U0593974

通山百赋

◎廖双河 著

南方出版社
·海口·

图书在版编目（CIP）数据

通山百赋 / 廖双河著. -- 海口：南方出版社，

2025. 4. -- ISBN 978-7-5501-9426-7

Ⅰ. I227.9

中国国家版本馆CIP数据核字第2024DN2134号

通山百赋
TONGSHAN BAIFU

作　　者　廖双河
责任编辑　尤付梅
出版发行　南方出版社
邮政编码　570208
社　　址　海南省海口市和平大道 70 号
电　　话　（0898）66160822
传　　真　（0898）66160830
印　　刷　三河市华东印刷有限公司
开　　本　787mm×1092mm　1/16
印　　张　22.125
字　　数　358 千字
版　　次　2025 年 4 月第 1 版
印　　次　2025 年 4 月第 1 次印刷
印　　数　1-5000 册
书　　号　ISBN 978-7-5501-9426-7
定　　价　78.00 元
告 读 者：如发现本书印装质量问题请与印刷厂质量科联系　T：010-85717689

舒展美篇
超百首一枝
独秀数双
河通山风物
全包揽桑
梓情怀且
放歌斗赋
鄂南谁敌手
传灯汉韵已
无多思君亦
悟从文苦引
远还须学
骆驼

贺通山百赋出版

甲午秋李城外

贺廖双河《通山百赋》付梓

李城外

舒展美篇超百首，一枝独秀数双河。

通山风物全包揽，桑梓情怀且放歌。

斗赋鄂南谁敌手，传灯汉韵已无多。

思君亦悟从文苦，行远还须学骆驼。

（李城外，中国作家协会会员，湖北省向阳湖文化研究会
会长，全国著名五七干校研究专家）

序

笔墨有情生雅韵

方家忠

2024年入梅以后，连续多日的强降雨创通山历史纪录，每个人的心情似乎都被甲辰龙年的这场雨淋湿浸泡得潮重。

记得是"七一"刚过，雨后初霁，终于见到了久违的太阳，大家的心情也跟着晴朗起来。刚上班，在通山县政府办工作的廖双河同志拿着一本《通山百赋》样书来到我的办公室，想请我为《通山百赋》作个序。当时，我的脑海里一闪而过的是"这可不好随便应答啊"。因为平时我就熟知腹笥渊博的双河同志的文笔，并拜读过许多篇他发表在报纸杂志上的笔墨生香的文字，特别是社会上对双河同志声名远播的赋作一直赞誉有加。如此有分量的赋作集，我建议双河同志还是请名人大咖来作序。但心中"却之不恭"之感又油然而生。本来我就十分敬重双河同志的为人，敬佩双河同志的才情。于是，我便又立马应允："好吧，我来试试看。"

翻开《通山百赋》，118篇文辞华丽、骈偶工整、格调清新、音韵和谐的赋作，读后如品香茗，如饮陈酿。双河同志真是太牛了，没想到这些我们平时习以为常的文字，在双河同志生花的妙笔下，一个个都鲜活起来，并且闪烁着夺目的光芒。文秀如精美佳肴，句佳似醇厚美酒，让人阅之有感，嚼之有味，品之有悟。

这是一部饱含深情的心血之作。双河同志从2013年开始赋体创作，至今年7月上旬结集《通山百赋》，可谓"十年磨一剑"。十多年的时间里，他的足迹踏遍了通山的山山水水，查阅了大量典籍和资料，不知疲倦，不事张扬，使一篇篇具有通山特色和通山人文烙印的赋作得以问世。十多年的时间里，他不畏盛夏酷暑，战胜冰雪严寒，牺牲了大量休息时间，耗费了大量令人难以想象的精力和心血。但双河同志始终以极其坚毅的精神战胜孤独和寂寞，仔细揣摩，遣词造句，精雕细琢，展开丰富的想象力，挥舞着心灵和感情的如椽巨笔，写出一百多篇字字珠玑的锦绣文字。这一切，如果不是心怀对家乡通山的热爱，不是饱含对通山这方热土的深情，是很难无怨无悔、锲而不舍坚持下来的。

扑面而来的浓浓桑梓情，情真意切。双河同志做事严肃认真，为人真诚善良、热情大方，赋作中浓浓的桑梓之情让人产生共鸣。作为厦铺蛟滩人，在他的笔下，蛟滩"风情如画，景致养眼；村湾和美，天上人间"，乡亲们"个个勤勉，人人崇善""户户思进，家家忘闲"。他爱家乡厦铺，于是厦铺所属的"三省边区，多少将帅浴血奋战；鄂赣红都，无数先烈捐躯安眠"的冷水坪，"峰列七十二埂，谷分四十八源"的三界谷，"矗岩壁垒，青峦如臂环抱；林木玉立，山色似画琳琅"的大城山，"林海郁郁，翠峦嵩嵩"的太阳山，"幽林葳蕤而叠翠，山涛漫卷而涌澜"的北山，"茂林修竹古树，青山秀水幽庄"的林上古树公园，"新构虽偏小，精神却堂皇"的桂梅亭都形诸笔端，独占鲜妍。

日月可鉴的殷殷为民心，心诚意实。双河同志出身于农村，在基层工作多年，到县城工作以后，也始终不忘基层群众，近几年在乡镇驻村，更是直接和老百姓打交道，为基层群众办了不少好事和实事。他殷切的为民情怀，在很多赋作里展现得淋漓尽致。如《人民至上赋》"一切为了群众，群众迸发力量；一切依靠群众，事业创造辉煌""江山是人民，人民是江山，党民共命运，沧海变沃仓"；《中国共产党百年辉煌赋》"急人民之所急，解人民之所难，人民利益无小事；忧人民之前忧，乐人民之后乐，人民幸福心亮堂"；《老区通山赋》"喜看农村，粮丰林茂百业兴"；《咸宁幕阜山绿色产业赋》"牢记为民初心，肩扛强国念想；奉献满腔挚爱，播洒遍野琼浆"。

无比崇高的拳拳爱国志，志洁行芳。双河同志政治坚定，爱国爱党，品性高洁，公道正派。《通山百赋》很多赋作的语言文字中深深蕴藏着他对伟大祖国的热爱。如《闯王陵赋》"以史为鉴，江山就是人民；强国有我，人民就是江山"，《爱山广场赋》"爱家爱乡，情润厚壤；忧民忧国，德沛甘棠"，《咸宁践行"马真"精神赋》"在其位、谋其政、尽其责，分国忧患"，《中国共产党百年华诞赋》"华夏文化，远播欧美；中国精神，风骚海外"，《中华人民共和国成立七十周年赋》"是以国家富强，匹夫有责；民族兴盛，干群同襄"，《中国共产党百年辉煌赋》"为神州强盛铺大道，为中华复兴掀波澜"。

这是一份献礼家乡的文艺珍品。《通山百赋》收录双河同志赋作118篇，其中包括"我爱通羊好""青山入画描""风情滋沃土""秉性比天高"4辑107篇，以及外篇11篇。赋作内容涉及全县12个乡镇及部分特色村湾，通山的山川形胜、名优特产、非遗技艺、人文历史和重大事件等，都得到了全景式的展现。这无疑是双河同志精心制作的一道道精神大餐。

拜读《通山赋》，映入眼帘的是"千年古邑，百里青山，幕阜环嶂，崇堤围澜"的壮美和"仙境岂止天上有，人间通山胜蓬疆""山通水通铺坦道，镇美村美胜瑶坛"的巨变。从《通羊镇赋》的古镇新貌开始，12个乡镇的风光特色跃然纸上。《宝石古村赋》书写了"楚天第一古民居群"的古往今来，《冷水坪村赋》穿越烽火连天的历史尘烟，描绘了"僻壤变热土，野谷成桃源"的胜景。紧跟时代发展的步伐，随着双河同志的赋作一起走进石门村、隐水村、大竹村……一个个美丽的村湾，都让人流连忘返，心驰神往。

感谢大自然的恩赐，通山山有风骨，水有柔情。在双河同志的笔下，《九宫山赋》里的"云上蓬莱岛，仙境九宫山""惊世风光，千山艳羡"；《富水湖赋》透射出"冠西湖太湖之柔，胜鄱阳洞庭之刚"；《隐水洞赋》是美文加身美景，涌动着"游客如潮，车流如浪"。还有太阳山、太平山、大幕山、大城山……家乡的壮丽山川都被双河同志赋予了精神，赋予了能量。

乡愁是铭刻进骨髓的记忆。《通山茶赋》端出一碗"幽兰芳蔼""天香尔雅"的通山茶，并在"茶就是人，杯盏汤水走四野；人就是茶，千里机缘情不差"中弥漫着"鲜爽醇厚""千秋芳华"。《通山包坨赋》一、二两篇，将最具代表性的通山地方特色美食，展示得"品种层出成经典，风味无穷入诗章"，尽管岁月更迭，仍然"延及当世，风靡城乡""吃在口中，醉在心上""妇幼钟爱，老少痴狂"；《大畈麻饼赋》让"无愧湖广一绝""堪称天下奇粮"的大畈麻饼"传统复盛，品牌卓彰"；《杨芳酱品赋》"千秋演绎，工艺独特成佳酿；数代坚守，品牌铤亮耀禹疆"。慈口蜜橘、闯王砂梨、山茶油、金荞酒，等等，都被双河同志吟诵成了华章。

"山崇人高，水注情豪"。在通山这片古老而蕴蓄着红色基因的土地上，"耿直无畏，勇毅前行""求新求变，奋发急先"的通山人中涌现了不少英才俊杰，在脱贫攻坚、产业发展、全民抗疫等方面创造了许多可歌可泣的光辉事迹，这些都在双河同志的赋作中进行了赞美和讴歌。

毫不夸张地说，《通山百赋》既富有时代风韵，又兼备文化特色，洋洋大观，惊艳奇瑰，不仅具有实用与典藏价值，而且具有增识与启智效果，是陶冶性情的理想读本，收藏馈赠的上乘佳作，献礼家乡的文艺珍品。

这是一幅气势恢宏的时代画卷。在《通山百赋》这部作品中，双河同志根据时序的变化，注重着墨的浓淡，用细腻的笔触精心描画，为读者铺展开了一幅气势恢宏、波澜壮阔的时代画卷。

回望来时路，远处有微光。"溯其历史邈远，人文熠煌。石器棋陈谷地，青铜联袂低冈"（《通山赋》），"春秋皇庄，明清商廊"（《南林桥镇赋》），"南宋辟道场，香飘半赤县；元明多敕封，名播全禹田"（《太平山赋》），"庆历四年，与岳阳楼比翼；洪武初岁，就原基础复匡"（《通山圣庙赋》），"幸肇共和，颠沛流离从此已；更逢盛世，安道乐业展宏猷"（《通山一中赋》）……每一篇赋作，双河同志都追根溯源，自然而然增添了作品的历史厚重感。

"青山不墨千秋画，绿水无弦万古琴"，在双河同志的赋作中，如诗如画的家乡山水总是显得清新灵动、充满活力。《九宫山赋》"坐看云深处，雾随风变迁。如八仙过海，如万马驰鞍"，《大幕山赋》"野樱肆意排列，成亩连片；杜鹃磅礴列阵，接踵摩肩"，《隐水洞赋》"岩溶钟乳列千军，石室丹崖垂万象"，《九佛山赋》"登临远眺观仙阙，舒旷纵吟叹瑶坛"，《富水湖湿地公园赋》"一河枫杨翠，两岸稻花香；百处阡陌深，万户炊烟朗"，《凤池山赋》"方圆百顷翠微，绿浪养眼；曲径十里绝色，苍木参天"，《太阳山赋》"飞瀑满山，跌宕奔放；流泉遍地，回环悠扬"……陶醉其中，令人感慨万千。

盘点通山历史长河中产生一定影响的历史人物，双河同志总是以辩证唯物史观去审视，赋作中基本上是以慷慨激昂的文字，盛赞诸位先贤不为世俗所染，不为强暴所畏，不为诱惑所迷，不为权势所屈的铮铮铁骨。如《铁御史吴中复赋》称吴中复"名利不计较，清正不玷污""好官也，邦国之柱；廉吏者，百姓之颜"，《大明侍郎朱廷立赋》赞朱廷立"卓卓兮，擎百世风范；巍巍然，树万众标航""出仕廿六年，起起落落不介怀；居官十八载，兢兢业业敢担当"，《民国第一清官石瑛赋》评石瑛"处乱世而襟怀卓秀，出污浊却品性自芳。勇于担责不畏权贵，勤于政事不谋私藏"，《革命烈士叶金波赋》誉叶金波"心许马列浑身果勇，志拯工农满腹精忠""血洒河山，勋绩垂史册；身融大地，英名耀苍穹"，等等，用榜样感召后人，启迪来者立德立功立言。

在我们今天这个可歌可泣的伟大时代，双河同志更是激情澎湃、立意高远，以宏观的视角去探究，描摹了通山这块革命热土在新中国成立以来、改革开放以来所发生的翻天覆地的变化。"政府一声号令，民众二话不言"（《富水移民赋》），"社会和谐，证一党之伟大；黎民幸福，喜万户之瑞丰"（《通山脱贫攻坚赋》），"以山为根，景区三轴列列；以水为本，风光四时田田"（《通山旅游强县赋》）。《通山百赋》通过赋这种文学形式，形象地再现通山建县1000多年来的历史沿革、发展简史和通山县情，堪称极富通山地域特色的"百科全书"，对于增进县内外人民对通山的了解，弘扬传统文化、接续通山精神具有重要意义。

品味双河同志的《通山百赋》，就像拂去了历史烟云，穿越了时空隧道，让我们重新认识"山水清嘉，宛若蓬境"的大美通山，不断唤醒我们通山人"与山为邦，坚毅植入体窍；同水为伍，韧柔泽生华韶"的淳朴初心，深切感受我们通山人"紧盯目标，不畏千险；成就大业，敢克万难"的倔强秉性，继续弘扬我们通山人"众志成城士气旺，激情满腔汗水香"的老区精神。

时代的强音永远在回响，宏伟的目标不停在召唤！我们坚信，双河同志的创作激情和才思一定会如同奔流不息的江河，流向充满希望的未来，流向辽阔诗意的远方！

（作者系通山县人大常委会党组书记、主任）2024 年 7 月 25 日

目　录

我爱通羊好（26篇）

第一辑

003　通山赋

007　通羊镇赋

011　大路乡赋

014　南林桥镇赋

017　黄沙铺镇赋

020　大畈镇赋

024　慈口乡赋

027　燕厦乡赋

029　洪港镇赋

032　九宫山镇赋

035　闯王镇赋

038　厦铺镇赋

041　杨芳林乡赋

044　宝石古村赋

047　冷水坪村赋

050　石门村赋

053　隐水村赋

056　江源村赋

061　大竹新村赋

063　西坑村赋

065　程许村赋

067　横石村赋

070　南洞村赋

073　蛟滩赋

076　泥坑口赋

079　芭蕉湾赋

第二辑

青山入画描（29篇）

083　九宫山赋

086　富水湖赋

089　隐水洞赋

091　闯王陵赋

094　富水湖国家湿地公园赋

097　龙隐山赋

100　三界谷赋

103　太阳山赋

106　老崖尖赋

109　太平山赋

111　大幕山赋

114　大城山赋

117   凤池山赋

120   北台山赋

122   石航山赋

124   北山赋

126   林上古树公园赋

128   九佛山赋

130   八仙垴赋

132   富水水库赋

135   爱山广场赋

137   雉水公园赋

139   达观山公园赋

141   观鹭阁赋

143   雀寨赋

145   仙农山庄赋

147   通山樱桃花赋

149   大幕山红杜鹃赋

151   咸宁幕阜山绿色产业带赋

第三辑

风情滋沃土（30篇）

157   通山圣庙赋

160   通山茶赋

162   瑶红赋

165   通山木雕赋

168   通山包坨赋（其一）

171   通山包坨赋（其二）

173　大畈麻饼赋

175　杨芳酱品赋

177　大畈枇杷赋

179　万家甜柿赋

181　慈口蜜橘赋

183　闯王砂梨赋

185　唐老农山茶油赋

187　横石八大碗赋

189　金荞酒赋

191　通山山歌赋

193　通山一中赋

196　通山县职教中心赋

199　通山县实验高中赋

201　镇南中学赋

204　通山县迎宾路小学赋

207　双语学校赋

209　通羊三小赋

211　通山县图书馆赋

213　鸡口山古道赋

216　牌楼廖氏宗祠赋

219　龙华古寺赋

221　桂梅亭赋

223　子谦书院赋

225　菜根谭书院赋

229	老区通山赋
232	山通水富赋
235	通山烈士陵园赋
238	红都冷水坪赋
243	铁血畅周赋
246	富水移民赋
249	通山脱贫攻坚赋
251	通山石材开发赋
255	通山旅游强县赋
258	铁御史吴中复赋
260	大明侍郎朱廷立赋
266	干吏王明璠赋
270	民国第一清官石瑛赋
273	革命烈士叶金波赋
276	革命烈士阚禹平赋
278	通山王姓赋
282	通山曹氏赋
284	鄂南廖氏赋
289	通山旗袍秀赋
291	通山精神赋
294	咸宁践行"马真精神"赋
297	向阳湖文化名人旧址赋

第四辑

秉性比天高（22篇）

外篇（11篇）

外篇

303　中国共产党百年华诞赋

306　中华人民共和国成立七十周年赋

309　党指挥枪赋

312　人民至上赋

315　中国共产党人赋

317　中国改革开放赋

320　脱贫攻坚赋

322　党员先锋赋

327　《中华辞赋》赞

330　处世在心赋

333　弄潮儿精神赋

用赋为家乡作传

代后记

335　用赋为家乡作传（代后记）

第一辑

我·爱·通·羊·好

通山赋

　　千年古邑，百里青山。幕阜环嶂，崇堤围澜。[1]邻五地而襟黄九，派长江而抱富川。[2]踞鄂赣边陲，怀吴楚之形胜；处华中腹地，占荆扬之福田。[3]乃咸岳九之前沿，路网华夏[4]；为湘鄂赣之支点，势崛中天。山水清嘉，宛若蓬境；人文鼎盛，尽出杰贤。

　　观夫重山列列，复水泱泱。碧波青峦，蕴乾坤灵秀；奇洞异谷，藏绝世风光。云绕岚缠，氤氲一方阆苑；木熙卉盛，掩映四时琼廊。景区林立彰吴楚，胜地星罗冠荆湘。登九宫而无华岳，荡富水而藐漓江。上龙隐山，山色万般名禹甸；游隐水洞，洞天十里耀寰邦。千山奇美招远客，百谷深幽引夷郎。况尔兽走禽飞，自在无障；泉淙瀑荡，富氧成仓。满目葱茏，万岭竹篁腾浪；无边烂漫，百坡花甸溢香。更有石桥石井石板巷，古树古村古牌坊。仙境岂止天上有，人间通山胜蓬疆。

　　溯其历史邈远，人文熠煌。石器棋陈谷地，青铜联袂低冈。市集兴乎西汉，山川炫乎古章。民居广硕翘华夏，道场名悠先武当。[5]红茶夺金万博会，木雕入录国保堂。[6]雄关犹若思武穆，沙场依稀诉闯王。[7]胡公挥毫辉日月，山谷寄馆历沧桑。[8]亦有英杰代代，哲人双双。铁面御史同包拯，布衣元勋奉黎苍。[9]帝师弃官护国本，工部杖体匡君皇。[10]侍郎勤政铭史传，巡按捍民铲倭殃。[11]旧时一门九进士，六都百魁芳。[12]今朝五里八忠将[13]，三镇千柱梁。土地沃沃蕃俊彦，民风卓卓育文昌。村村摆歌台，巷巷升戏帐；非遗红世博，俚唱俏南洋。荣膺文化大县，誉享山歌之乡。

　　尔乃遍野红土，铁血铮铮。舍身破暗，济世求明。民运独树，暴动先行。[14]政兴省道县，兵驻军师营。[15]旗红湘鄂赣，血浴妇老青。彭总三临固据地，英雄百战崩敌庭。[16]捍卫苏区，瑞金授旗；艰辛抗日，江南悬缨。[17]星燎华中，廿万乡民纾国难；柱砥荆楚，八千义士隐碑铭。丘冈寂寂埋忠骨，草木兢兢护丹灵。先烈浩气同山在，后昆雄心与云平。瞻工农府，谒忠烈亭。[18]

人杰进伟力，地灵源忠肝。是故秉初心，党政联袂；担使命，干群并肩。山通水通铺坦道，镇美村美胜瑶坛。立足资源，绿色助力，县强民富八方羡；建功时代，科技赋能，园袤厂兴四时欢。大文旅登国榜，新能源耀中原。电商风靡街巷，产业笋冒麓边。继而城乡同构，工农连环。创新增活力，发展绽笑颜。广场舞猎猎，夜市人潺潺。边陲日益蝶变，小县因而涅槃。

噫嘻，通山秉性，老区精神。山河展瑰丽之画卷，史册筑不朽之人文。而今霞光炫炫，瑞气熏熏。文修武偃，众朴民淳。当昂旗奋进，笃志勤耘。扬特色以壮新时代，续基因而臻不世勋！

（依《词林正韵》，撰于2023年10月7日）

注释

通山县属湖北省咸宁市，地处鄂东南边陲、幕阜山脉中段北麓、长江中游南岸，面积2680平方千米。北宋乾德二年（964）南唐（遵北宋年号）始置通山县，以通羊、青山二镇各取一字命名。早在新石器时代，境内就有人类繁衍生息，先后出土石斧、陶器、青铜器等千余件珍贵文物。通山素有"八山一水一分田"之称，集山区、库区、苏区、贫区于一体，境内山川秀美、人文深厚，拥有九宫山、隐水洞、富水湖、龙隐山、闯王陵、王明璠府第等国家著名风景名胜，明清时期古民居500余座，中国传统村落11处。

[1]通山多山，县境四周大部被幕阜山脉、大幕山脉及其余脉环绕，东面局部区域地势偏低为富水库区。20世纪60年代，在县东与阳新县交界处的南北两岸高山之间拦河建起长940米、高45米的水库大坝。

[2]通山县东与黄石市阳新县相邻，南与江西省九江市武宁、修水二县交界，西、北与咸宁市崇阳县、咸安区接壤；域内主要河流为富水，旧称富川，系长江中游南岸三大支流之一，容纳全境绝大部分水流经阳新县

汇入长江。

[3]通山历史上称吴头楚尾，南部幕阜山脉延绵100余千米，为湖北、江西两省交界地带；荆扬，指历史上的荆州、扬州，秦代以前通山地域处于荆州、扬州之间。

[4]咸岳九，即指湖北省咸宁市、湖南省岳阳市、江西省九江市。

[5]九宫山道教始于南北朝时期，南宋至元代，瑞庆宫被敕封为皇家道场，比明永乐时才兴起的武当山道场早900余年。

[6]瑶山红茶，清宣统二年（1910）获南洋赛会二等镶金银牌奖，民国四年（1915）获巴拿马万国博览会一等金牌奖；通山木雕，2014年12月列入国家级非物质文化遗产代表性保护项目名录。

[7]南宋绍兴五年（1135）春，抗金名将岳飞曾率兵翻越九宫山上的吴楚雄关，直抵湖南洞庭湖地区征剿钟相、杨幺起义；清顺治二年（1645）五月，闯王李自成率部南逃，在湖北省通山县李家铺被清兵围剿，单骑突围后，最终被大源口乡勇程九伯等人杀害于九宫山北麓牛迹岭的小月山上。

[8]1984年12月5日，时任中共中央总书记胡耀邦视察通山，并登上九宫山，其间为"九宫山""咸宁报""鄂东南革命烈士纪念馆"题字；山谷，即黄庭坚，今江西修水县人，年少时黄庭坚曾随父到位于一山之隔的湖北通山县三界尖下姑妈家入馆就学。

[9]北宋进士、龙图阁直学士吴中复，不畏权贵弹劾两任宰相，宋仁宗特书敕"铁御史"；布衣元勋，指同盟会会员、国民党元老、被国共两党誉为"民国第一清官"的南京市市长石瑛。

[10]帝师，指明代进士舒弘绪，明光宗朱常洛为皇子时曾为授课老师；工部，代指明代进士、工部侍郎徐纲，明世宗信奉道教，以道装御殿理事，并令文武百官戴黄冠参朝，徐纲冒死进谏，受廷杖几乎死去。

[11]侍郎，指明代进士、礼部兵部吏部侍郎朱廷立；明代进士陈宗夔，曾任八府巡按，后为浙江兵备副使，与戚继光并肩抗倭。

[12]一门九进士，指北宋时期，吴几复、吴中复、吴嗣复兄弟一门及其子孙先后9人高中进士；六都，代指全县，明清时通山境内行政区域曾

划分为一至六都。

　　[13]五里八忠将,指共和国将军王平、阮贤榜、阮汉清、阮邦和、陈时夫、梅盛伟、贺俊侦、徐良才。

　　[14]1927年8月30日,通山举行秋收暴动占领县城,并于次日成立通山县工农政府委员会,成为中共中央汉口"八七会议"后成立较早的红色政权之一。

　　[15]土地革命战争、抗日战争时期,通山境内及周边地区曾成立7个县级以上党政军机构,其中有鄂东南道委、湘鄂赣省委、湘鄂赣边区党委,并先后组建红三师、红十七军、红十六师等数支工农武装。

　　[16]1928年9月上旬、1930年5月上旬、1930年6月下旬,彭德怀先后率部3次到达通山开展武装斗争。

　　[17]1932年7月,通山工农红军在第四次反"围剿"中一周之内连打4次胜仗,中华苏维埃共和国临时中央政府、中央革命军事委员会专门发来贺电,并授予"坚强苦战"锦旗;冷水坪、九宫山为湖北地区坚持到最后的两块抗日根据地。

　　[18]工农府,指位于县城圣庙的通山县工农政府委员会旧址;忠烈亭,代指通山县境内的鄂东南革命烈士陵园、冷水坪革命纪念馆、慈口乡革命烈士纪念碑、燕厦乡革命烈士陵园、楚王山革命烈士陵园等一批革命纪念地。

通羊镇赋

天地玄黄，宇宙洪荒；万载斯地，千秋通羊。杨吴置镇，启百姓福祉[1]；南唐定名，享七朝荣光[2]。万物滋生，泽山川之隆恩；百灵进化，沐辰宿之惠阳。雉水悠婉，凤池清朗；乡野广袤，街市未央。星斗位移，惊古镇之巨变；日月交替，叹邑地之繁昌。

南鄂重镇，人文沃疆。县治驻地，六都心脏[3]；吴楚要津，三省驿窗。地处深山，文脉却浩荡；位居边陲，史册也昭彰。后主李煜，迹留衣冠冢[4]；县令蒋公，诗孕爱山堂[5]。北宋学宫，展雄才以治国[6]；镇南名庠，谋大道以安邦[7]。军团长彭德怀，跃马扬鞭播星火[8]；总书记胡耀邦，山通库活景共襄[9]。莫道古村古桥古塔，底蕴深厚；更怜进士大夫侍郎，懋功堂皇。看今朝，百余科局星罗棋布，数十文教绽放芬芳。诗词歌赋，潇洒唐风宋雨；报刊网台，灿烂秋色春光。龙灯狮舞，游戏街头；山歌山鼓，氤氲巷坊。莘莘学子，建功四海；浩浩俊彦，创业梓桑。风骚独具，岂不名扬？

物华天宝，魅力城乡。青山作城郭，绿水当游廊。丘峦绵延，万亩林涛舞碧浪；田畴铺展，千顷果蔬醉秋阳。城中村、村中镇，云楼接荷塘；工业园、商贸街，物流联外洋。阡陌形如布翼，厂房状似高骧。大厦林立，尽显时尚；城乡一体，广纳和康。古有八景诗情浪漫[10]，今日两城画意琳琅。兴小区、辟广场，改昔日之样貌；扩学堂、建医院，铸当世之辉煌。老街，隐藏几多风情幽思；新城，洋溢无限霓虹羽裳。流连小巷，宛若翻阅历史画册；漫步大街，犹如走进江南苏杭。早晨，笑语惊醒山边旭日；夜晚，舞姿迷醉满天星光。如此佳地，岂不徜徉？

民风质朴，奉献之邦。耕读传家，古道热肠；忠孝节义，名垂史章。抗俄将军范德元，精忠报国护边地[11]；大明侍郎朱廷立，心系苍生振朝纲[12]。孝子太希，皇帝旌其硕德[13]；节妇成氏，朝廷树其标榜[14]。哥老会首吴有元，追求"三民"魂断武昌[15]；红军将领叶金波，献身"马列"血润厚壤[16]。更有近代，满目忠良，闹革命，歼敌狼。全国第一县政权，红旗猎猎耀南国[17]；鄂南首个党支部，星火灼灼旺荆襄[18]。反独裁，争民主；杀日寇，保家乡。多少先烈，千古流芳。人间正道，世事沧桑。英雄浩气，激励儿郎。兴产业，办工厂。立潮头，搏风浪。万众一心，携手小康；敢为人先，追逐梦想。舒爱拼敢赢之锐气，写大块锦绣之文章。有斯淳民，岂不兴旺？

天地浩浩，乾坤朗朗；今日通羊，豪情万丈。红色记忆，涵养村湾之厚德；宏伟蓝图，砥砺民众之伟尚。鹏程万里，插腾飞之翅膀；活力充盈，任激情之奔放。古镇春色正好，筑梦时代前途无量；山城百业兴盛，远瞻未来再谱华章。

（依《词林正韵》，撰于 2018 年 10 月 15 日）

注释

通羊镇地处通山县域中部偏西，自北宋乾德二年（964）置通山县至今一直是县治所在地。东接大畈、九宫山镇，南邻闯王、厦铺镇，西与南林桥镇、大路乡相交，北连黄沙铺镇，面积220余平方千米。

［1］五代十国时期，南吴杨隆演武义二年（920）置羊山镇。

［2］南唐元宗李璟十七年（959），改羊山镇为通羊镇。

［3］六都，代指通山县。元、明、清时期，通山境内曾分设一、二、三、四、五、六都。

［4］清同治七年（1868）《通山县志》载，李后主墓在翠屏山（即凤池山），世传南唐后主李煜以五十二棺同日出葬，为疑冢，而翠屏山属其一也。据此推断李煜生前应登临过凤池山，并对凤池山情有独钟。

［5］爱山堂是通山历史上著名的古建筑。南宋绍兴二十八年（1158），通山知县顾立于罗阜山麓、县治西建爱山堂，以前县令蒋之奇诗《我爱通羊好》命名。

［6］学宫，即圣庙，又名文庙，始建于北宋庆历四年（1044），为通

山兴教育人的儒学中心和隆师尊孔的殿堂，先后造就了朱志先、朱廷立、陈宗夔、舒弘绪等一大批朝廷栋梁之材。

［7］1924年，通山西坑潭人李兆庚于汉口博学书院毕业后，回乡开办私立镇南中学，自任校长，以"熏陶英俊、蔚为国华"为办学宗旨，并聘任魏书、郑芝藩等中国共产党秘密党员担任教师，传播马列主义，使镇南中学成为通山革命的发祥地。

［8］1930年6月23日，彭德怀率红三军团进入通山，击败国民党罗霖部，一举占领通山县城，将军团司令部设在圣庙。驻扎期间，彭德怀接见了中共通山县委书记叶金波，并把从井冈山带回的《星星之火，可以燎原》油印小册子送给叶金波，要求县委学习井冈山斗争经验。

［9］1984年12月5日，时任中共中央总书记胡耀邦到通山视察，在位于凤池山半山腰的凤池山庄接见全县干部群众代表，并作出通山要"山通库活"的重要指示。

［10］明代，县治八景为：罗阜岚光、翠屏塔影、石桥秋月、双溪春水、犀港晨耕、焦岩晚渡、新岭樵歌、瞿塘渔照。清代时，将"焦岩晚渡"换为"航山积雪"。

［11］范德元，今通山县通羊镇范家垄人。清咸丰年间投入湘勇团练和字营，咸丰七年（1857）因立战功赏六品顶戴，后升为游击、参将。光绪二年（1876），随左宗棠进军新疆抗击沙俄侵略军。光绪六年（1880）后，范率将士攻克乌鲁木齐、吐鲁番等地，迫使沙俄驻军撤出伊犁，被誉为"神将"。清军主力撤回内地后，范长期留驻边疆，致力于发展农牧生产，政绩斐然，当地民众立"将军岭"石碑以作纪念。

［12］朱廷立，今通山县通羊镇人。明嘉靖二年（1523）中进士。后历任浙江诸暨知县、河南道监察御史、两淮巡盐御史、北直隶（顺天府）巡按御史、四川巡按御史、浙江道监察御史、北直隶督学御史、南京太仆寺少卿、都察院右佥都御史、大理寺卿、工部右侍郎、礼部右侍郎。因政绩显著，嘉靖皇帝称赞他"功勤可嘉"，并赏金币。

［13］乐太希，今通羊镇郑家坪村节三湾人。清同治七年（1868）《通山县志》记载，乐太希"侍母方氏，不离左右，年四十余，告终养。

夜侍床第，四更始就寝。母年登大耋……奉讳庐于墓五年，供养如生时"。道光丙戌年（1826），皇上赐建孝子坊。

[14]成氏，系儒生许显达（今通羊镇岭下村塘下垄人）之妻。新婚一年后丈夫病逝，成氏恪守妇道，抱养寄子，孝敬公婆，当丈夫的二哥三哥相继早逝后，又撑起许家门庭。同治五年（1866），皇上赐建节孝坊。

[15]吴有元，通羊镇西城人。20世纪初，吴有元组织"哥老会"并接受孙中山的"兴中会"领导。清光绪三十二年（1906），他联合咸宁、江西武宁"哥老会"起兵聚义，打出反清旗号。当年6月，在咸宁被俘，就义于武昌。

[16]叶金波，今通山县通羊镇石宕村人。20岁时被推举为通山县首任农民自卫大队大队长，22岁任中共通山县委书记。之后任红三师政治部主任、政委、师长兼政委，红十七军副政委兼参谋长，当时与陈毅、徐向前、张焘等齐名。28岁，以"国民党改组派"罪名被错杀。1984年获平反，被追认为革命烈士。

[17]1927年8月30日，通山举行秋收暴动，并于次日在县城圣庙成立通山县工农政府委员会，夏桂林被推举为委员长（县长），叶金波任副委员长兼军事部长，阚禹平、陈兆秀、涂宗夏分别负责财政、民政、教育工作。直到10月初，在多路国民党部队的进逼下，通山农民革命军才撤离县城，转移至九宫山地区坚持游击战争，工农政府共运行了43天。通山秋收暴动，打响了全国秋收暴动的第一枪。通山工农政府比1927年11月成立的海陆丰苏维埃政府早两个多月，经中共党史专家论证，系全国第一个县级红色政权。

[18]1924年，中共武昌地委成立，地委委员长陈潭秋派特派员魏书到通山，以镇南中学教师身份作掩护，开展革命活动。1925年五卅运动爆发，魏书在镇南中学发展叶金波、陈钟、吴斌、夏子菁、吉孟来、阚学增、吴礼执、陈兆秀、江福来、阚禹平10名学生入党。同年6月，经武昌地委批准，鄂南第一个党组织——中共镇南中学支部委员会成立，陈钟任书记。

大路乡赋

路开天府，丘合沃田。疆处门户，地兴城垣。连繁华之街市，筑广袤之福园。国道高速纵横邻湘赣，平畈溪谷交错笼云烟。昔乃通衢之驿路，今为旺业之商圈。科教菁菁，成发展之前哨；厂区列列，树创新之标杆。物产丰饶，百世宏休长续；俊才彬蔚，千秋文脉永蕃。

稽其薪燃西周，褴缕亢兀；叶茂北宋，炊烟苍苍。雉水东流，衍秦汉之亭寨；鸡山南顾，繁元明之铺庄。[1]瑞庆行宫，见证钦天之盛；宾兴会社，开启弟子之昌。[2]朝廷干员，生祠祀于江右；楚剧名腕，德艺馨于汉阳。[3]且夫志烈忠节，历久弥新。桂林抛颅，勋功为党；明山反暴，青史流芳。[4]义聚龙岭源，民众赳赳歼倭日；旗扬山口铺，边区猎猎控赣湘。[5]连厢店街，王震驻军兴据地；遍野英烈，浩田题字树碑坊[6]。继有俊杰翩翩，赓前贤之芳躅；儒生济济，硕华夏之柱梁。

斯民纯贞，总有善果；兹土厚重，必得祥禧。观夫远村近郊，处处别墅；高冈低谷，片片霞帷。不墨青山，蜿蜒脱俗之画卷；有声绿水，弹奏天籁之弦丝。新村月下，倩影对对；民宿山头，霓虹潋潋。农家院里终年香沛，采摘园中四时芳菲。古巷幽幽，诸君迷醉；新城憩憩，众鸟唱啼。沐朝日而挥腿，拥晚晴以舞姿。小国寡民，乐尧天而击壤；闲人逸士，临胜景以赋辞。黄发垂髫满脸眯笑，妇孺孤寡心头美滋。

若乃天人和熙，风华熠丽。共城区于一瓯，撑邑厦以半壁。破思想之樊笼，兴民营之经济。掀改革之浪潮，领市场之风气。尔乃擎开发之大旗，执强县之牛耳。楼盘屡建，文教居并肩；集市重张，商游乐比翼。迎宾大道，璀璨一地之欣欣；文博场馆，氤氲千年之继继。更有机械电子，蕴藏无限潜能；物流电商，洋溢蓬勃伟力。生物医药，名播南北东西；教育康疗，惠及赵钱孙李。树山城重构之宏猷，怀县域新兴之远志。喜看开发区之繁盛，引凤筑巢；共谋产城带之腾飞，养精蓄势。

而今国运昌隆，展旷世之锦；民族兴旺，辉惊天之光。和风轻柔，萌催大地；澍雨频渥，滋硕甘棠。遂令康庄画图，献忠诚而流汗；富美绮梦，融情志以溢香。甚喜远景正践行，初露气象；城乡在蝶变，毕现锋芒。由是立潮头，自强不息；跟时代，再创辉煌。定让城襟之地，成为首善之邦！

（依《词林正韵》，撰于 2023 年 11 月 12 日）

注释

通山县大路乡地处县域西北部，东、东南与县政府所在地通羊镇相连，南、西与南林桥镇接壤，北与咸安区桂花镇交界，东北与黄沙铺镇毗邻，总面积95.7平方千米。106国道、209省道贯穿全境，杭（州）瑞（丽）高速公路穿境并设置出口。乡政府驻地宋家祠，东距县城通羊镇5千米。全乡辖神堂铺、新桥冯、石圳、东坑、寺下、余长畈、塘下、下朗、犀港、石壁下、吴田、洞口罗、龙岭、界水岭、山口、焦夏、宾兴会、杨狮坑、坳上焦19个村，191个自然湾。

大路乡古时是咸宁、崇阳进出通山的必经之路，故名大路。历史上由于靠近县邑，行政区划皆为首区，名之一都或一区。境内历史人文深厚，名胜古迹众多。寺下铺、大地垴、夜林包、蔡岭、石圳、新桥冯等地，为周代人类活动遗址，曾出土石斧、鼎、罐等文物。寺下铺、山口铺，新中国成立前曾是全县著名市镇；山口铺是通山与外界交往的主要通道，也是抗日战争时期湘鄂赣边区党政军机关驻地和鄂南重要战场。著名景区景点有国家重点文物保护单位王明璠府第（芋园）、中国传统村落吴田畈上王、九佛山、雀寨、山口铺等。

自古以来，大路乡境内工商业繁荣。改革开放后，砖瓦厂、鞭炮厂、编织厂、竹木加工厂等各类企业迅速发展。特别是2005年县经济开发区落户犀港村后，大路乡逐步承担起县城功能，成为县域工业核心园区和房地产重点地带。

[1] 雄水，即通羊河；鸡山，指鸡尾尖，地处大路乡北部，为域内最

高点。

　　[2]瑞庆行宫，地处山口铺，为九宫山钦天瑞庆宫香客接待之所，始建于明正德五年（1510），清同治元年（1862），当地人儒林郎严钟麟将其改建为山口庙；境内宾兴会，始创于清道光二年（1822），为通山历史上首个助学公益民间组织。

　　[3]王明璠，大路乡吴田人，1828年出生，从四品知府，江西上饶、瑞昌、萍乡知县任上，以"清、慎、勤"为座右铭，因其政声卓著，当地群众建生祠春秋致祭。余长畈人余庆官，清代乾隆、嘉庆年间汉剧著名演员，德艺驰名于汉口。

　　[4]夏桂林，大路乡焦夏人，1896年出生，通山早期共产党员、革命领导人，先后任通山县工农革命政府委员会委员长、中共通山县委书记。1927年12月，参加湖北省委扩大会议，当选为中共湖北省委执行委员。由于叛徒告密，他与其他30余人在武汉被捕，后牺牲于武昌阅马场。杨赐栽，号明山，大路乡洞口罗人，1818年出生，清咸丰三年（1853）投奔太平军，动员近千名青年参加太平军反清，在鄂南一带驻守。后升任旅帅，率部转战江浙。后人为纪念其壮烈的一生，将其事迹编成《杨赐栽大战板桥关》广为传唱。

　　[5]抗日战争时期，境内龙岭、杨城山、界水岭一带成立武工队，积极抗击日伪，帮助地方建立抗日民主政权，为新四军、八路军筹粮筹款。1945年3月，八路军南下支队司令员王震、政委王首道和新四军第五师十四旅政委张体学等率南下主力部队挺进鄂南，司令部驻山口铺。5月6日，根据毛泽东同志来电指示，在山口铺召开中共湘鄂赣边区党委第一次会议，正式成立中共湘鄂赣边区党委、湘鄂赣边区行政公署和湘鄂赣军区。6月27日，南下支队在山口铺与日伪军展开激战，共歼敌400余人。山口铺战役的胜利，为巩固以鄂南为中心的湘鄂赣抗日根据地、夺取抗日战争的最后胜利奠定了基础。

　　[6]2009年，通山县人民政府在大路乡洞口罗村动工兴建新通山烈士陵园，并请中共中央政治局原委员、中央军委原副主席、原国务委员兼国防部原部长迟浩田上将为纪念碑题写碑名"鄂东南革命烈士陵园"。

南林桥镇赋

　　春秋皇庄，明清商廊。浩浩兮三千载文脉，莽莽兮两万顷沃疆。六镇毗邻，三县连相。军事要冲，扼守武长路；咽喉重地，联袂鄂赣湘。县域西门，风景这边独好；雉水源头，生态无限汪洋。挽鸿古之雄风，一方骏概；兴盛世之懋业，万众轩昂。

　　人文浩荡，历史卓彰。商周铜甬，积淀经世粗犷；战国编钟，展露远古辉煌。[1]楚王猎场，号角铮铮传四野；石门关道，茶马熙熙联八荒。[2]白羊山上，药王传说今犹在；长夏畈里，商铺遗存仍溢芳[3]。革命据地，奋勇志士浴血雨[4]；抗日前沿，忠贞民众猎倭狼[5]。日月经天，春秋更张。几多俊彦，名垂史章。侍郎朱廷立，明皇赐金匾[6]；神童夏元霓，弱冠坐正堂[7]。御史徐与俭，勤勉立贤祠[8]；将军陈宗夔，抗倭保海乡[9]。览往昔，进士贡生卓卓炳史册；看今朝，精英贤能济济耀荆襄。学府教授，桃李满天下；文坛作家，鸿篇名四方。杏林高医，妙手泽百姓；商场魁首，贸易通外洋。吴楚风情，氤氲山梁。山歌山鼓，抒情壮志；神歌夜歌，荡气回肠。狮子龙灯，铿锵喜庆；单龙戏虎，劲舞安康[10]。

　　若夫山川，绿浪宽广。长垄短岔，低丘高冈；云轻气甜，水净风爽。松杉竹桂，鳞次栉比，苍翠无边；鹂鹭雀莺，对唱互答，歌声高亢。楚王山庄，村舍恬静；白羊仙踪，景致阔朗[11]。雨山烟霞，恰似千顷锦绣[12]；石门长谷，宛如十里画坊[13]。登高远眺，置身仙宫；漫步村湾，梦游天堂。

　　创新发展，百业腾骧。凭机遇兮崛起，借地利兮自强。高速国道，八方通达；集镇村庄，四季和祥。南林新村，灯火璀璨；文化广场，歌舞未央。生态农庄，观光体验；工业园区，招凤引凰。县域副城区，引领通山未来；省级中心镇，接力荆楚总纲。

壮哉南林桥，勠力发展旗帜高举；美哉南林桥，同心创业大道正昌！

（依《词林正韵》，撰于2018年1月4日，修改于2024年6月12日）

注释

南林桥镇地处通山县域西部，东连大路乡、通羊镇、厦铺镇，南与杨芳林乡交界，西与崇阳县路口镇接壤，北与咸安区桂花镇毗邻。东西长约15.4千米，南北宽约14千米，面积217.3平方千米。系湖北省文明乡镇、重点中心集镇。旧时，南林桥是崇阳、咸宁、武汉等地至江西的必经之路，行商多在此落脚。20世纪30年代初，国民政府修筑武昌至长沙公路，途经南林桥，后阳新至通山公路接通南林桥，南林桥由此成为鄂南重要交通枢纽。境内楚王山传为春秋时期楚王狩猎场，白羊山为唐代药王孙思邈采药地。

[1]1975年、2000年，南林桥镇河边、雨山水库分别出土西周青铜甬钟和战国编钟，有力证明南林桥境内人文历史辉煌悠久。

[2]石门镇守湘鄂赣交通要塞，古时建有"石门关"，是通山通往咸宁、武汉和江西、湖南的必经之路。历史上茶马市场兴盛时，石门关是通山至咸宁、富池口和湖南岳阳的商业通道，也是湖南安化至汉口茶马古道的陆路复线。

[3]清代前，长夏畈是通山三大集市之一，当时有各类商家数十户，俗称"小汉口"。1934年，武汉至长沙公路修通后开始萧条。

[4]新民主主义革命时期，楚王山是通山革命根据地之一，为中共鄂东南道委、中共咸蒲崇通县委驻地。当地先后有数百人参加红军和赤卫队，并组建红三师九连，仅查明身份的革命烈士就有200余人。

[5]抗日战争时期，日军攻陷南林桥并将其作为军事基地，当地民众英勇抗击日军，先后涌现出"只身火烧军火库"的徐阿栋、"抗日孤胆英雄"徐达成等一批抗日英雄人物。

[6]朱廷立，明代进士，今南林桥镇湄溪村朱家庙人，先后任大理寺

卿、工部侍郎、礼部侍郎。明世宗嘉靖皇帝赐匾"功勤可嘉"。

[7]夏元霓，生于元代，今南林桥镇石垄村人，自幼聪慧，经史过目不忘，应答出口成章，众人视其为神童。19岁即被朝廷选拔任用，先任四川丹棱知县，后升四川眉州知州，政绩斐然。

[8]徐与俭，明代举人，今南林桥镇举桥人。历任江西道监察御史、都察院右都御史等。逝世后灵柩归乡时，唯有琴书。朝廷追褒赐建"绣衣坊"以资纪念，凡官员经过，文官下轿、武官下马。

[9]陈宗夔，明代进士，今南林桥镇罗城村大屋陈人。曾任浙江兵备副使，积极抗击倭寇，保障了沿海群众生命财产安全，当地民众曾为其建生祠，朝廷赐建"御史坊"。

[10]单龙戏虎，亦称"龙虎斗"，系当地群众为纪念药王孙思邈而流传下来的一种独特的民俗舞蹈。据传正月玩单龙戏虎，可得龙神、虎神护佑，保风调雨顺、老少平安。

[11]白羊仙踪，指白羊山诸景。白羊山主峰海拔700余米，世传东晋永昌时有3人乘白羊入此山而得名。主要景点有：祖爷先基、官山眺远、慈航古洞、牧羊石哨、白羊钟声。

[12]雨山烟霞，指雨山周围诸景。雨山上有景点观音洞、芦胡洞、秀珍洞；山下是雨山水库，面积800亩，风景优美，库中有3座小岛。

[13]石门长谷，指石门茶马古道沿途诸景，包括石门关、石门河、仙人寨、寨头洞、长夏畈古民居、楚王山、石门天池（水库）等。长夏畈古居民群始建于明仁宗年间，兴盛于清代中期，形成宽3至5米、长200余米呈曲尺形的商铺街道，街面遍施青石板，铺面遍设青石柜台，商贸物品齐全，前店后宅、前铺后塾布局特色鲜明。石门天池面积1300亩，湖光山色，景色宜人。

黄沙铺镇赋

　　将军故里，吴楚仙乡。地承三县，域衍百庄。大幕绵绵，挽北耸屏障；高速促促，穿南达瑞杭。水复山重，降瑶境于尘世；民淳风烈，茁杰贤于禹疆。虽处深山，精神弥坚创大业；素称古镇，风采踵继谱华章。

　　若夫山川峻秀，风物大观。群峰环牵，无边美苑；碧水曲流，广袤桃源。巍巍大幕山，胜景棋布迷人眼；兀兀蒲圻崖，雄奇迭出醉心田。鸡口山中隐古道，烽火尖上览霞烟。达观山巅沐春色，古村落里游坤乾。黄沙河、梅田河，河道幽远展画卷；石龙洞、神龙洞，洞天神异赛蓬仙。野樱杜鹃，漫山遍岭；楠竹古木，接地连天。黄沙苦荞，酒香南北；万家柿子，味绝人间。

　　尔其文化绚丽，灿若星辰。或虎旗岩之古脊，或长春洞之孑存，或石屋坑之遗址，或擂鼓凸之陶墩。绳史前之祖武，传邦地之火薪。悠悠西周，青铜历历；熙熙北宋，商铺尊尊。国公驻此习武，孟嘉于斯立村。[1]千秋山门，犹传翰林之文脉；六朝寺院，永铭宋皇之功勋。[2]厅官为民，沥血荒岭育林海；省主尽瘁，融身大山铸昆仑。[3]偏不则已，百代破壁通大道；富而思进，万众建园砺子孙[4]。文昭明而乔乔，俗厚朴而醇醇。

　　夫其遍地红壤，勋垂汗青。星火燎原吉口里，红旗漫卷郭家坪[5]。道委省委根据地，纵队师旅大本营。阮旦明、阮耕，聚众革命；何长工、李灿，挥师夺城。彭帅亲临，人空闾巷；全民激奋，声震廊亭。拥军扩红，黄沙街头攒子弟；武装割据，兰田林宕出雄兵。反蒋图存，儿郎仆继大地；抗日救亡，志士联袂坟茔。呜呼！革命之坚，鲜血红遍杜鹃树；牺牲之最，深山密布枪炮坑。

　　继而人杰俊彦，鸾集凤翔。将军编伍，郡守列行。文起中土，艺震夷方。黑夜深深，捐躯救国；长征漫漫，为党护航。创造立圭臬，科研宣大纲。精勤登国榜，楷范觐中央。更有教授学者据院府，公仆匠师满村庄。

　　嗟夫！黄沙毓秀，盛景溢香。九天揽月壮志，万顷动地锋芒。琼楼

栉比，新村悠扬。路桥通畅，林特苍茫。绿色能源冠南国，生态景区耀荆
湘。丽水青山齐欢舞，村湾集镇共铿锵。乱曰：

天风浪浪，厚土苍苍。山隅僻壤，盛世旺冈。

古镇不老，斯地永昌。千秋彪炳，万世流芳！

（依《词林正韵》，撰于 2023 年 6 月 5 日）

注释

通山县黄沙铺镇地处县域北部，东邻阳新县王英镇，东南连慈口乡，
南靠大畈镇、通羊镇，西接大路乡，北界咸安区大幕乡，总面积290.5平
方千米。通（山）黄（沙）公路和107国道支线——咸（宁）辛（潭铺）
公路穿境而过，大幕乡至黄沙铺镇旅游公路翻越大幕山相连，杭（州）瑞
（丽）高速公路穿过境南并设置出口。镇政府驻地黄沙铺，西南距县城通
羊镇34千米。全镇辖上坳、高槎坪、大地、西庄、兰田、孟垄、中通、烽
火、新屋、新民、晨光、源头、柏树、毛杨、梅田、泉塘、下陈17个村，
273个自然湾。

黄沙铺镇历史悠久，金星山长春洞、石屋坑仙人洞、虎旗岩洞曾出土
古生代动物、植物化石；阮家墩播鼓凸是新石器时代人类居住遗址，曾出
土磨制石刀、夹砂红陶鼎足及绳纹陶片等物品。境内还出土过西周乐器纽
钟。北宋时期，阮姓从江西迁入，在黄沙河中游东岸黄沙地落业，并开店
铺以利商贾，因名黄沙铺。

黄沙铺是鄂南著名的革命老区。1929年10月，何长工、李灿率领红五
军第五纵队开辟鄂东南革命根据地，以黄沙铺为第一个落脚点。当年11
月，以黄沙铺为根据地，攻占通山县城通羊镇。彭德怀到通山时，曾驻扎
黄沙竹岭官王庙，然后率部队向星潭铺、三溪口、石灰窑等地推进。1932
年8月，鄂东南道委在黄沙铺召开鄂东南14县县委书记联席会议，传达"古
田会议"精神。此后，湘鄂赣省委、湘鄂赣北路指挥部、鄂东南道委机关
曾一度迁驻黄沙铺兰田。自红五纵队进驻黄沙铺开辟根据地后，当地先后

有5000余名热血青年参加红军，其中在册烈士1300余名。在血与火的洗礼中，先后走出中央军委常委、原总后勤部政委王平，安徽省军区副司令员阮贤榜，山东省军区副司令员阮邦和，第二军医大学政治委员阮汉清，解放军无线电技术学校校长贺俊侦5位将军。

［1］国公，指李靖。据传隋末时期，李靖曾在大幕山中避难修炼，后出山协助李渊平定天下，被封为卫国公。孟嘉为东晋名士、阳新县令，为《二十四孝》中"哭竹生笋"的孟宗的曾孙、陶渊明的外祖父，其子孙在境内孟垄落业繁衍。

［2］鸡口山南面山腰处有一天然石门，由三块巨石组成。清代阳新籍翰林院庶吉士王凤池题诗云："何处飞来石，凭空设此门。乾坤神阖辟，吴楚足藩垣。扪斗通天坐，穿云插地根。皇仁牢锁钥，固守在元元。"六朝寺院，指建于北宋的北山寺和北山书院，最初为宋神宗赵顼下旨拨专银兴建，寺内存有北宋进士、太子太傅田福所赐100首七绝签文及苏东坡为签文所写注解。

［3］厅官，指李振周，曾任中共通山县委书记，后任湖北省计划委员会副主任、省统计局局长。退休后，他长住大幕山20余年，造林万余亩。省主，指关广富，曾任中共湖北省委书记，生前长期关注通山发展，去世后骨灰葬入大幕山。

［4］2019年，在黄沙铺镇晨光村周家湾农民周宇胜领头及各方的大力支持下，当地干部群众先后集资200余万元兴建达观山农民公园。该公园于2023年6月3日举行开园仪式。

［5］郭家坪，指大幕山村郭家山。

大畈镇赋

南鄂古镇，荆楚名乡。轫发殷镐，踵继汉唐。挹幕阜之奇秀，拥富川之灵光。水阔山崇，萃禹甸之瑰丽；风琅物美，荟华中之熠煌。临高巅兮览画卷，步村湾兮憩心房。瞻红壤兮情志亢，略库区兮日月长。文旅之色晖晖，蓬莱化境；鼎兴之潮浩浩，胜景未央。

若夫阆苑胜概，满目琳琅。一河两岸，山环水绕呈绝色；千峦百岭，林深路幽隐仙庄。富水湖，万顷烟波景致独匠；隐水洞，十里琼宫天下无双。龙隐山，惊奇迭现，真乃云端逍遥谷；观鹭阁，鹭鸶联翩，恍若稀世富春江。国家名胜比肩一地，华夏网红誉享八荒。[1]品白泥、西泉，青砖黛瓦耽古韵；游下杨、隐水，长垄阔畈渥岚芳。鹿眠塘，乐浪野趣；三潮泉，喜沐甘棠。周步山，莺雀欢唱；长滩顶，云彩悠扬。

且有人文彪炳，历史大观。石器铮铮，诉说上古之筚路；青铜飒飒，印记春秋之云烟。[2]东汉兴村，鱼米乡曾屯万千铁甲；明清成市，石板街庇佑千万家园。沙场依稀，轮演几许古战；沃野兴旺，更迭何多先贤。侍郎独钟，于斯寄情山水；翰林眷顾，驻此赋题诗联。[3]首创新学，散尽钱财育英俊；毕生护法，磊落肝胆辨忠奸。[4]更喜哲人纷纷，遗德烈烈；良杰代代，故尚虔虔。实乃淳厚之地，以致芳风蔚然也。

尔乃红色沃土，功勋至殊。敌后策源，成秋暴之前哨；县委设立，奠革命之中枢。工农建军，旗展鄂赣；民众施政，情漾巷闾。血雨腥风，卓绝根据地可谓；拯民救国，坚贞众英雄当书。身许马列，抛子别家播星火；血染山野，粉身碎骨不忘初。齐枪洞躯，堪称凛然钢铁汉；链索穿肋，无愧视死女丈夫。[5]甚有一庄百烈士，一门数寡孤。由是铸红军劲旅之柱，襄共和缔造之途。

继而垒坝兴库，建镇迁村。家园不顾，亲邻离分。义举震烁今古，精神永垂秋春。自力更生，重建村镇；勇于奉献，再造乾坤。政府扶持不等要，人定胜天无晨昏。靠山而居，临崖而垦；就坡而种，平垄而耘。滔滔碧流入大海，莽莽群山树昆仑。

于是踔厉奋发，壮业薪传。立足山水彰特色，融合文旅焕韶颜。璀璨霞蒸，村镇星列而美艳；堂皇雾立，景区棋布而隆轩。核电厂[6]，静处蓄势；光伏站，毅勇当先。而新村倩，古居妍；衢道畅，集市繁。乡村巨变，产业鹏抟。生态之行，游山玩水探洞乐体验；人文之旅，赏花摘果逛湾享悠闲。麻饼、枇杷，明清特产，名爆山外；橘橙、油茶，致富金果，香飘天边。美矣哉！好一派卓世风情，怎不惹人艳羡缠绵？

观夫今日大畈，秉库区精神，宏图矗蓬勃之势；赓红色血脉，伟业圆梦想之时。惠泽长施，小康正炽；春风广布，兆民欢驰。万顷红土冈，长励干群斗志；十里富川浪，叠开游客遐思。夜色养人，邀来岚月平添三更醉；日景惬意，坠入画图陡增九分痴。噫，叹霞客之千篇，竟遗斯境；笑渊明之一梦，未遇此奇。所以桃源为虚，难媲大畈之胜；膏壤为实，澎湃旷古之诗。

（依《词林正韵》，撰于2022年10月6日）

注释

通山县大畈镇地处县域东北部，东连慈口乡，西抵通羊镇，南交九宫山镇，北接黄沙铺镇。总面积192.5平方千米。镇政府驻官塘，西距县政府驻地通羊镇20千米。幕阜山生态旅游公路通（羊）慈（口）段贯穿全境，与板（桥）富（有）公路交会，杭（州）瑞（丽）高速途过镇北并在隐水洞景区附近设置出口。全镇辖下杨、西泉、板桥、杉木园、竹家楼、隐水、官塘、和平、鹿眠塘、大垅、白泥、高坑、长滩13个村，188个自然湾。

大畈镇是历史重镇。三国东吴大将甘宁曾在境内练兵、驻军、屯粮，板桥曾是太平天国时期的古战场。明代，大畈镇境内开始出现集市，到清代中叶成为鄂南三大名镇（龙港镇、金牛镇、大畈镇）之一，镇区4条石板街，面积3平方千米，过往的商船、马队，均在此歇脚、补给。旧时，大畈是通山、阳新交通咽喉，东经富池可直达长江，南至燕厦到江西，北经鸡口山通黄沙铺直往大冶金牛。境内的古民居谭氏宗祠、西泉世第、高坑大屋等，雕梁画栋，是鄂南地区古民居的上品。

大畈是第一次、第二次国内革命战争时期著名的革命根据地。1927年四一二反革命政变后，通山发生五二一惨案，叶金波秘密到周步山，联系附近的吴礼执、江福来、章继林、阚禹平、许金门等人发展农军，攻打各地民团。在石磊皮，他们多次策划以消灭各地民团武装后再攻打县城的行动方案。8月中旬，在板桥茶滩章公开召开县委扩大会议，成立通山县秋收暴动委员会。8月底，率先攻下西坑潭，并协同分派到全县各地的5支农军攻下通山县城，建立全国首个县级红色政权。1930年3月、1931年8月，通山县第一、第二次工农兵苏维埃代表大会在白泥谭氏宗祠召开，正式成立县苏维埃政府，建立乡、村苏维埃政权。1932年，中共通山县委机关驻扎大垅。1937年10月，中共阳通中心县委在大畈街成立。1933年8月，中国工农红军第十七军在隐水黄石洞成立。先后涌现出吴礼执、谭英鸿、谭质夫、阚禹平、全忠、石秉智、阚学增、谭元珍、窦联顺等革命烈士。

大畈镇也是鄂南著名的库区。兴建富水水库前，全镇耕地2.41万亩，其中水田1.25万亩。水库建成后，大畈成为主要淹没区之一，淹没耕地近2万亩。目前，特产主要有麻饼、枇杷、柑橘、甜橙等。

[1] 大畈镇境内有国家水利风景区富水湖，国家地质公园，国家AAAA级旅游景区隐水洞，国家AAAA级旅游景区龙隐山，中国传统村落西泉村、白泥村，全国文明村板桥村，湖北省重点文物保护单位谭氏宗祠，以及乡村游网红打卡地观鹭阁、周步山、鹿眠塘、三潮泉等。

[2] 大畈镇官塘村的磨盘山、马家垄、栗林山，西泉村的太爷山，板桥村的塘坪、竹林墩，下杨村的石嘴头、李家山，曾出土新石器时代人类生产工具和生活用具。大垅村曾发掘出春秋时代剑、戈、矛等青铜兵器。官塘村的熊家铺，东汉至西晋墓葬群曾出土珍贵文物100余件，足可证明至少在东汉时期境内就已形成村落。

[3] 明代通山籍礼部侍郎朱廷立曾游历隐水洞，并作七律二首，他去

世后安葬于今大墈村境内的朱家山。清末，翰林院庶吉士、国史馆总纂吴怀清，曾到祖籍地大畈西泉省亲，其间创作大量思乡恋乡诗文，并题数副对联于西泉祖祠。

［4］毕业于汉口博学书院的大畈西坑潭人李兆庚，于1924年个人捐资在县城创办私立镇南中学，以"熏陶英俊，蔚为国华"为办学宗旨，聘任魏书、郑芝藩等中国共产党秘密党员为教师，使镇南中学于1925年诞生鄂南第一个党组织，成为通山革命的发源地。民国期间大畈籍法官石补天，先后在长沙、黑龙江、浙江、安徽、湖北等地任法官或检察官，他一生尊重法律，秉公执法，从不收受钱财，曾一次拒收黄金上百两。

［5］大畈籍革命烈士全忠，在红三师任军医处处长，后调任红十六师卫生队队长。1935年6月，在阳新县太子庙、大王庙为保护伤病员而双腿负重伤。疯狂的敌人向他步步逼近，他砸毁身边所有医疗器械和药品，然后从容举枪对准自己的右额扣动扳机，不料子弹哑火。他愤怒地将手枪向敌人砸去，敌人十几支枪一齐向他射击，他身中数十弹壮烈牺牲。女烈士谭元珍被捕后，敌人用铁链穿过她的锁骨，她仍坚贞不屈，最后壮烈牺牲。

［6］中国首个内陆核电厂——湖北咸宁大畈核电站落户于大墈村狮子岩，后因日本核电泄漏事故而暂停建设。

慈口乡赋

　　富川涌翠，慈口叠芳。地衍千载，名驰八荒。毓秀钟灵，辉映斗牛之宿；枕山襟水，坐拥河岳之邦。水陆齐驱，扼东门之锁钥；湖山共焕，启库区之瑶窗。是故岁月峥嵘，曾为历史之古邑；人文熙洽，可谓盛世之仙乡。

　　观夫斯地秀丽，实乃山峻水泱。两岸青峦列屏障，一湖碧波映画廊。港汊参差，景致跌宕；岛屿棋布，风韵悠长。山因水而俊朗，水因山而柔芳；湖因村而幽远，村因湖而阔张。绿凫逐嬉，壮湿地之苍渺；白鹭竞掠，显长空之澄芒。春晖融融，环山苍翠；夏日艳艳，叠浪浩荡；秋色疏狂，橙黄满目；冬津静肃，水墨一方。由是骚客慨，游人慷。穿乌崖，过月山，尽赏三峡雄壮；登白岩，上山口，饱览千岛风光[1]。游大竹、西垄，湖光山色入化境；逛茶园、老屋，水寨渔村胜桃疆。

　　乃知胜境之嘉，更昭史迹之璨。上古两帝，开荒以生息；春秋伍员，筑城以御战。[2]西汉置县，邑署肇于斯[3]；东吴点兵，粮草充于院。古镇鼎兴聚筏舟，人文卓世入史传。陶潜寄学居府衙，钟山兴教泽巷畈。[4]同仇抗日，战区屯兵富水边；率队劳军，郭公献旗土塘观。[5]更有燎原星火，点亮黎明；不朽功勋，永耀墨翰。

　　于是地脉盛，人杰标。躬身孝德，孟嘉品行著东晋；潜心诗韵，王质才情冠宋朝。[6]侍郎徐纲，忠正立京庙；名伶洪寿，绝艺逞首骁。[7]旧时五里一学士，今朝两岸百凤毛。精武成武将，研文当文豪。[8]从政是公仆，育人出天骄。贤才得一湖之粹，赞誉传华夏之霄。

　　尔其水土之淳厚，砥砺换地之精神。顾大局，舍故土，携老幼，当移民。鱼米之乡，陡成无边水库；富庶之畈，竟耸逼仄山村。然山高不挡路，水阔不堵门，眼中有愿景，心里有乾坤。甘当愚公，凿凼填土种果树；乐为渔客，结网围箱造金盆。党政关心，立项拨款；专家助力，授技惠群。于是万马奋蹄，追风逐日；全民笃励，沐雨披尘。浩浩乎，漫山橘橙舞曳曳；渺渺哉，满库鲤鲢跃纷纷。斗地战天，挺不屈之脊骨；靠山临水，耕锦绣之秋春。

嗟夫盛际浩荡，库区争妍。拼搏创伟业，奉献塑山川。碧波漾漾成湿地，僻壤熙熙变公园。拆网箱，禁渔捕；护绿水，呵蓝天。转型高定位，发展开乾元。建景区，通大道，兴小镇，谋鸿篇。南北通途，展环湖之美；东西联袂，秀滨水之颜。景在身边，产业生态俱兴旺；名扬山外，民生福祉更无前。看今朝，大美画卷；待明日，天上人间。

（依《词林正韵》，撰于2022年10月30日）

注释

通山县慈口乡地处县域东部偏北，为县境东大门，是富水湖国家湿地公园的核心区域。东北及东界阳新县东源乡、龙港镇，南与燕厦乡、九宫山镇毗邻，西同大畈镇相连，北靠黄沙铺镇，总面积147.4平方千米。乡政府所在地慈口街，西距县政府驻地通羊镇38千米。幕阜山生态旅游公路、富水南岸公路分别贯穿北岸与南岸，杭（州）瑞（丽）高速途过境北并在大竹村附近设置出口。全乡辖大竹、乌岩、慈口、西垄、石印、老屋、白岩、下泉、磻溪、山口、茶园11个村，109个自然湾。

慈口乡历史悠久，人文深厚，曾是阳辛镇所在地。早在上古五帝时期就有人类居住，西汉时县衙设置域内。历史上的慈口镇，曾是富水河畔大畈镇至辛潭铺镇之间的大集镇，居有数百户人家。抗日战争后，居户仅有数十家，几里街道存留不足百米。慈口是革命老区，境内曾建中共党组织和工会、农会。鄂南暴动失败后，革命武装继续坚持斗争于白崖山地区，鄂东南苏区后勤机关曾在白崖山北麓长期驻扎。

慈口曾是鄂南有名的鱼米之乡。1958年，由于兴建富水水库，慈口成为富水流域被淹面积最大的库区乡镇，大部分群众上山后靠或移居他乡。富水水库建成后，境内耕地由2.3万亩减至0.7万亩，其中水田由1.2万亩减至1598亩，水面面积达5万亩。20世纪70年代，富水库区开始发展柑橘生产，作为水库重点区域的慈口乡大力发展柑橘产业，先后建成柑橘园1.6万余亩，西垄村出产的柑橘"龟井"获全省第一名，并出口苏联、远销东北。90年代后，开始在库面发展网箱养鱼。后由于水体污染，根据国家环保政策，2016年至2017年对库面4.6万余口网箱进行全部拆除，并于2020年实施"渔民上岸"政策，还库区一湖绿水。同时，县委、县政府招引中林森旅公司对富水湖进行整体旅游开发，以促进库区快速发展。

［1］千岛，即指千岛湖。

［2］富水大坝上端水域最宽处为阳辛古城故址，据传慈口流域曾是上古时期颛顼高阳、帝喾高辛叔侄两帝开辟洪荒之地，并由此得名阳辛；春秋时期，伍子胥曾在境内构建子胥城，用于御敌。

［3］西汉初年，汉高帝刘邦置下雉县，地域包括今通山、阳新等地，县衙就设在慈口境内的阳辛古城。

［4］诗人陶渊明童年时期曾寄学于外祖父孟嘉府上，当时孟嘉家安阳辛（阳新）；钟山，即今西垄村后山的钟山寺，古时寺中设有乡学，周边学子多到寺中求学。

［5］抗日战争时期，南京失陷后，国民党第九战区司令部设在慈口土塘（今在湖内）徐氏宗祠；1938年9月，国民政府军事委员会政治部第三厅厅长郭沫若率团到土塘慰问官兵，并与战区司令官陈诚共同举行献旗典礼。土塘观，代指徐氏宗祠。

［6］东晋大名士孟嘉，其曾祖父是《二十四孝》中的孟宗，孟嘉以祖辈为楷模，时以孝义、才华和品貌著称于世；王质为南宋文学家，诗经研究著作《诗总闻》独创十闻之体，《雪山集》录入《四库全书》。

［7］徐纲，今慈口乡石印村人，明嘉靖年间进士，后任工部侍郎。明世宗崇信道教，以道装御殿理事，令文武百官戴黄冠参朝，徐纲拒戴黄冠，冒死进谏，受廷杖几死，其忠直之举受朝野一致赞赏；朱洪寿为民国时期名扬武汉三镇的汉剧大师，并常出省演出，足迹遍及重庆、九江、长沙等地。

［8］慈口人才辈出，文武兼备，涌现出新时代将军徐良才、著名画家孔奇、中国作家协会会员孔帆升等一大批党政军、科教、文化杰出人物。

燕厦乡赋

隋唐兴屋场，共和辟新宕；旧称宝川市，今谓燕厦乡。[1]境交两县，界邻四壤；文化千载，名著八荒。低丘蜿蜒，满眼苍翠浩荡；长湖铺展，万顷碧波悠扬。地利独具，百年风云交响；人和共举，盛世伟业铿锵。

至美之域，山清水长。丘陵间平畈，塘湖伴低冈。田畴绕垄谷，绿树掩村庄。山纵水横，脏腑舒畅；林茂氧富，心灵徜徉。冬夏春秋，阴晴雪雨；四季和美，气候温凉。万物蓬勃，百卉怒放；松竹摇翠，莺鹭云翔。若问乡野风情，最在湖区苍茫。绵延数十里，宛如大画廊。两岸青山，万叠碧浪；峰回路转，湖阔景彰。谷幽蝉鸣，风清月朗；日斜水涟，舟横樵昂。无霾尘之侵扰，有怡神之和祥。住是养性福地，游则梦里苏杭。

厚德之域，人文琳琅。燕厦老街，辐射两省，俨然汉口市场；宝塘商号，绵延百家，货售北国南疆。[2]汉剧、串堂，走红鄂赣；山歌、茶戏，遍及村坊。革命号角，依稀耳边回荡；红色遗址，犹在眼前铺张。烽火年代，几多将帅挥鞭跃马；峥嵘岁月，数万旌旗蹈火赴汤。[3]贤达俊才，煌煌列阵；硕学鸿儒，济济满堂。荆楚宿儒，铮铮风骨；御前侍卫，耿耿忠肠。[4]传奇侠女，心忧蓬户；清正知府，情融黎苍。[5]革命先驱，民国元老，忠贞为民千古嘉誉；共和将军，警备司令，赤胆报国万世流芳。进士举子贡生，旧时名震四野；院士博士硕士，今朝誉满八方。

新兴之域，活力堂皇。区位优越，路网通畅；风景瑰丽，物产繁昌。农业多元，特产销禹甸；资源富集，石材俏外洋。橙柚遍山麓，白茶红电商。抢抓机遇，巧干快上；勤勉进取，不息自强。发展生态旅游，擦亮山水名片；建设风情村镇，助推百业腾骧。

噫嘻！昔日红区，军民勠力；今日燕厦，万众共襄。不忘初心，牢记过往；践行宗旨，奋发担当。历史古镇，续写时代大美交响；千秋福地，再创盛世不朽辉煌。

（依《词林正韵》，撰于 2019 年 7 月 17 日，修改于 2024 年 5 月 1 日）

注释

燕厦乡地处通山县域东部边缘，东邻黄石市阳新县龙港镇，南与洪港镇接壤，西靠九宫山镇，北连慈口乡，总面积182.7平方千米。燕厦是国民党元老石瑛、中国共产党早期领导人华鄂阳、共和国将军梅盛伟、上海警备区司令员陈时夫（程时福）、中国科学院院士程时杰的故乡，是全省27个重点老区镇（乡）之一。

［1］隋唐时期，境内开始有人定居；1958年兴建富水水库后，燕厦古镇整体搬迁，大部迁至大塘山（今洪港镇），小部后靠至现在的燕傍山"城门颈"。燕厦明朝形成集市，时称"宝川市"，后因集市上首宝塘河筑堰，便将集市称为"堰下"。清初，当地文人据谐音将地名改为"燕厦"，意为"燕栖之厦"。

［2］燕厦老街形成于明代，兴于街道呈"Y"状，长约1500米，宽约10米，街上有各种商铺百余家，各种特产经水路过阳新出富池销往全国各地。

［3］大革命时期，燕厦是鄂东南苏区的中心地带，红十二军、红十六军、红八军、红五军、红五纵队、红三师、红十六师等部队曾在境内活动，并建有红军兵工厂、弹药库、被服厂、苏区银行、学校、医院、疗养院。彭德怀、何长工在此作战，李灿、程子华在此疗伤。

［4］荆楚宿儒指华国礼，又名华宾王，燕厦街人，明末在京城教书，学生多人在朝廷任大员，受清康熙帝召见，不愿为官返乡终老。御前侍卫指程万年，上湖畔人，清代武进士，被乾隆帝钦点为御前侍卫，后在广西、西藏为将为官，死后朝廷赐建牌坊。

［5］传奇侠女指成寒英，明代女侠，武功高强，专门劫富济贫，行侠数县，深受百姓称颂。清正知府指华存礼，又名华泰丰，明代人，先后任江苏桃源知县、户部主事、云南大理知府等职，因政绩突出，被皇上钦赐为"天下第一清官"。

洪港镇赋

南鄂重镇，吴楚名乡。山崇水密，物阜人昌。居边陲而扼鄂赣，揽驰道而邻京羊[1]。南屏高峦，壑沟纵横藏宝矿；北履低嶂，垄畈蜿蜒蕴粮仓。三县要冲，地利而市街旺；五镇襟喉，位优而村野煌。风物峥嵘，成其钟灵瑶地；人文熙洽，孕此鼎盛沃疆。

若夫山川形胜，大美天成。青峰栉比如珠嵌，碧港襟连似玉萦。林木浩浩掩云日，竹篁茫茫漾海滨。四面山、大垴山、石埂山，崔嵬而修茂；雷公岩、斑鸠岩、燕子岩，峻穆而空灵。壮美太平山，云巅画廊盖禹甸；奇幽桃源洞，世外阆苑扬盛名。石岩岭之神秀，芦苇荡之芳菁。江源村、西坑村，湾宕隐隐胜仙境；杨林铺、沙洲店，梯田叠叠飘巨缨。[2]

且有人文彪炳，朗照汗青。西周甬钟，昭薪火之发轫；南宋书院，启高冈之迭兴[3]。古铜坑，学士充栋；东台寺，闯王宿营[4]。龙图刚直齐包拯，道观盛熙赖帝庭[5]。而明清古遗，村湾忽现；土特艺技，巷陌风行。文脉千年不辍，匠心百代愈精。政商半通邑，英彦多洋瀛。亦且碧血处处，忠贞盈盈。支前扩红，老少尽力；游击抗日，青壮均兵。德怀、长工，兢兢播马列；子华、李灿，耿耿树旗旌。尽皆名著华夏，无不勋辉书铭！

于是踔厉奋发，宏图共襄。资源丰饶，兴业之热土；秉性勤进，创新之家邦。昔日石材厂，启华中之筚路；今朝高山茶，赓荆楚之荣光。[6]敢闯敢干，愈挫愈强。依区位之便利，谋商贸之腾骧。借生态之清丽，成文旅之绵长。种养加基地棋布，水陆网业态汪洋。[7]工业园脱贫，山间誉满；大理石创汇，海外名彰。财富藏乎千家，小康浩荡；韶颜焕乎百业，大道未央。

然其风华正茂，更应勇毅当先。常铭初心，不辍奉献；撸起袖子，无畏辛艰。绿色红色齐举，工业农业并蓄。转型再发力，创业乐攻坚。拥地利，占天时，殷赈乡邑；立人本，施仁政，营筑福田。继往开来，奠一镇之懋业；步贤怀德，铸万世之鸿篇。

（依《词林正韵》，撰于2023年10月28日）

注释

通山县洪港镇地处县域东南部，东、南与江西省武宁县泉口镇、大洞乡交界，西与九宫山镇相邻，北与燕厦乡接壤，东北与阳新县龙港镇毗连，总面积300.2平方千米。106国道贯穿全境，与316国道在镇东相交，大（庆）广（州）高速公路穿境并设置出口。镇政府驻地洪港，西北距县城通羊镇58千米。全镇辖三源、贾家源、车田、茅田河、三贤、洪港、下湾、东坪、沙店、盘田、杨林、江源、留祖等15个村。境内海拔千米以上高山有太平山、大垴山、四面山、石埂山、天鹅山、山牛岩、燕子岩7座，其中最高峰为海拔1447米的四面山。

洪港镇是湖北省200个重点中心集镇、咸宁市38个口子镇之一，系鄂赣两省三县边贸大集镇。境内历史人文深厚，名胜古迹众多。车田村笔架山，为西周时期人类活动遗址，曾出土青铜甬钟等文物；著名景区景点有太平山、桃花源洞、北台山、三源石岩岭、下湾芦苇荡等；古民居有江源王氏老屋、老宗屋、成氏老屋、西坑朱氏宗祠、何家老屋等10余处。

洪港是革命老区，土地革命战争时期，彭德怀、黄公略、何长工、程子华、李灿等革命前辈曾在域内领导革命。境内留存有鄂东南总医院、鄂东南兵工厂、龙武县苏维埃政府、鄂东南道委等遗迹遗址20余处。

［1］京羊，指大广高速公路所经城市北京、广州（羊城）。

［2］江源村是湖北省历史文化名村、第六批中国传统村落，西坑村是全国美丽生态乡村。杨林原名杨林铺，沙店原名沙洲店，旧时两地店铺较多，商贸发达。

［3］北宋仁宗年间，当地人吴中复考取进士，后升任龙图阁直学士。南宋时，时人为纪念吴中复，在其读书处北台山建起龙图书院。元明时

期，书院闻名遐迩，生员遍及湖北、湖南、江西等地。直至清同治年间，太平军忠王李秀成率兵过此毁废。

[4] 古铜坑，位于杨林村，即吴中复家族居住地。宋代，此地吴氏家族共出县令以上官员10余人，其中进士9人。东台寺位于杨林黄连洞山上，据寺钟铭文记载，明末农民起义领袖李自成从武昌败退后曾率部留宿寺庙。

[5] 北宋进士、龙图阁直学士吴中复刚正不阿、不畏权贵，先后弹劾两任宰相，宋仁宗特书敕"铁御史"。历史上，太平山为道教名山，道场兴起于南宋，曾获元明两朝皇帝敕封。

[6] 1974年，杨林公社在留柤桥一带开采大理石，成为全县乃至咸宁大理石产业之发端，此后，通山大理石产业迅猛发展。至2010年前后，全县石材加工企业200余家，在全国各地设立办事处、加工厂和门店100余家，从业人员3万余人，产品出口美国、韩国等20余个国家和地区。2016年，通山回乡人士陈从拼在太平山上发展有机茶，次年生产的"太平山雪顶乌龙茶""太平山雪顶红茶"获欧盟有机茶认证，茶品畅销全国中高端茶叶市场。

[7] 种养加，指种植业、养殖业、加工业；水陆网，指水面、陆地、网络。

九宫山镇赋

　　九宫新镇，横石旧疆。景区门户，集市瑶窗。处幕阜之北麓，居通邑之南邦。扼楚尾而襟吴头，倚鄂陲而望赣湘。镇以山名，枕名山气质奔放；地凭史显，溯显史底蕴铿锵。山川悠悠，区位独特驰噪九域；人文浩浩，前景大美领炫八荒。

　　嘉其青峦叠嶂，长谷悠扬。山矗四围而涌翠，水萦百湾而溢芳。丘冈沟壑相间，深垄平畈互彰。横垱山、背架山、正垴山，惹人游逛；石峰尖、竹篙尖、大锅尖，引君徜徉。东坑垄，七里桃境；石壁下，百仞画廊。登天梯，体验云端世界；憩港塝，饱览无边草场。灵秀源自生态，美艳更在平常。鸟鸣深涧，花闹山梁。稻香溪畔，树掩村庄。观音洞里观音现，石马山上石马狂。[1]修竹勾连隐泉瀑，丛柳婆娑映清塘。富有河、船埠河，碧流汩汩激荡；沙洲畈、庚申畈，果蔬飒飒飘香。不是蓬莱藏胜景，虽处深山皆风光。

　　至若遗风遍野，人文精英。五千年生息有痕，墩头山佐证；六朝代烟霞与共，茅埠堡留凭。[2]山引玉帝而传说，地出青铜而闻名。进士府宅，勤进报国，彰一地之风范；内熊新屋，耕读济世，励百家之品行。[3]吊楼悬河，展能工之巧；官堰凌水，承古匠之精。九宫门楼，胡公御书耀日月；木雕技艺，国家非遗留芳馨。[4]旧时布政知府忠黎庶，今日厅要博材效都京。[5]文安中土，武镇边庭。伦理开先河，医学探首径；书画红华夏，编审爆荧屏。

　　且夫商贾笃定，街市旺兴。店铺肇始北宋，坊号琳琅明清。茶庄、酒庄、钱庄，盛名甲鼎；药铺、饭铺、当铺，佳誉充盈。油面、布匹、纸墨、烟丝，百货井井；打铁、屠宰、缝纫、理发，诸业菁菁。马帮极夷地，竹筏通江宁。山货俏蒙汉，舶品嚣廊亭。

　　俱往矣，数商贸大镇，还看今朝。厂矿连镇野，基地漫村郊。制茶入国展，造纸创行标。瓜果采摘，客如江鲫；旅游休闲，车摆龙蛟。农庄品乡趣，民宿醉琼瑶。格格小豆腐，鲜爽十里俏；款款汤水宴，味美千户销。更有万米街巷聚三江财气，百家商铺汇四海时髦。门店比邻，物品竞韶。吃穿住行皆具，老少妇幼尽挑。小镇赛都市，大度盖汝曹。白天人头攒动，深夜霓虹风骚。

嗟夫！欣欣横石潭，勃勃九宫山。文旅之胜地，宜居之佳园。县域之重镇，南楚之要关。乘历史之长风，厚积大势；沐盛世之惠政，狂书新篇。山川凤舞，宏业鹏抟。秉承初心使命，续写纬地经天。

（依《词林正韵》，撰于2023年4月24日）

注释

通山县九宫山镇地处县域中部偏西，原名横石潭镇，是进入国家重点风景名胜区、国家级自然保护区、国家AAAA级旅游景区九宫山和国家重点文物保护单位李自成墓的门户，为全国重点口子镇。东邻燕厦乡、洪港镇，南靠九宫山风景区，西界闯王镇，西北连通羊镇，北接大畈镇、慈口乡。总面积267.4平方千米。镇政府驻横石潭，西北距县政府驻地通羊镇30千米。106国道贯穿全境，幕阜山生态旅游公路（209省道）经镇域抵达九宫山风景区，距大（庆）广（州）高速洪港出口、咸（宁）九（江）高速坳坪出口25千米。全镇辖牌楼、富有、韩家、程许、畈中、横石潭、南成、横石、彭家垄、寨头10个村，233个自然湾。

九宫山镇历史悠久，北宋已有建制，属通山县水南乡并行里茅埠堡。明为庆和里、永安里。清改里为都，域内为六都、四都。新中国成立前，域内古道可通阳新、崇阳、咸宁（今咸安）、江西武宁及本县黄沙铺等地，水路可通大畈、慈口、阳新，直抵长江。域内商业发达，自宋至明清，富有、冷铺、茅埠、砂垄、泥坑口、寨头、罗家铺等地便有不少居民从事饮食、客栈服务业；清初，横石潭、富有开始形成较大集市，至同治年间，横石潭为县内各集市之最，建有后街、前街、横街。

［1］观音洞位于九宫山镇横石村东坑境内，洞长300余米，宽敞高

大，冬暖夏凉，洞内有一座酷似观音菩萨的天然石像。全洞共有七重，入洞下台阶30米处，洞底平坦，洞两边有形态各异、惟妙惟肖的钟乳石，称为金线吊葫芦、白色睡狮、石龟、石牛、金唢呐、石鼓、石钟、石罗汉、百亩田、陡坡地。顶部有二十八宿、天马行空、石凤展翅、麒麟飞舞等景观。观音立像高约7米，裙带飘拂，雅致奇妙，栩栩如生。脚下莲台，花瓣分明，天然生成。莲台前一石碗，顶上有龙嘴流水，不偏不倚滴入石碗之中，名为碗中仙水。

　　〔2〕位于街区的墩头山，是域内古文化遗址，曾出土双孔石刀、单孔石刀、石斧、石网坠、擂钵等新石器时代人类生产工具和生活用具。同时发现乐器青铜甬钟一件，高60厘米，重约25千克。

　　〔3〕进士府第地处九宫山镇牌楼村坳头，建于清康熙年间，面阔五间，进深三重，分前厅、过厅、后厅，两边厢房阁楼，面积约200平方米。2002年，列为通山县第四批文物保护单位。内熊新屋地处九宫山镇彭家垄村四组、白虎峰东侧，建于清代道光年间，面阔五间，通深三重，占地700余平方米，内有大小天井9个，门厅、中厅、祖祠、厢房20余间。2018年，列为咸宁市第一批重点文物保护单位。

　　〔4〕九宫山门楼建于九宫山镇横石村九宫路口地段。门楼上"九宫山"三个大字，系时任中共中央总书记胡耀邦于1984年12月5日视察通山时所题。通山木雕2014年12月入选国家级非物质文化遗产保护名录，九宫山镇彭家垄村熊应华为通山木雕国家非遗代表性传承人。

　　〔5〕自古以来，九宫山镇人才辈出。明清时期，曾有湖州知府韩衡、太平知府韩廷彧、颖昌知县涂仲贵、南京左布政使陶铸、余干知县熊伯通等官员。新中国成立后，先后涌现副军级、厅级党政军干部20余人，教授、博士等高级知识分子近百人。

闯王镇赋

瑶天胜境，山水画廊。重峦跌宕，叠畈舒张。树簇绿海漾千岭，水贯幽谷绕百庄。毗邻九宫山兮美冠吴楚，长眠大顺帝兮名满禹疆。怀宝石兮特产丰饶，藏古村兮锦绣未央。水复山重，拥高速通畅；峰回路转，现田园悠扬。嗟乎，天下桃源何处有？众里翘楚是闯王！

若夫山川钟秀，厚赉上苍。太阳山、凤凰尖、雷公尖，终年衔云缭雾；桐港河、界牌河、大源河，四时荡波涌芳。仙人台，丘峦数重胜蓬岛；金鸡谷，洞壑十里比庐匡。仙崖步步高，梯田垒垒酿风月；大崖头瀑布，飞练迭迭挂云裳。漫山嘉林，翁翁郁郁；遍地荆芷，浩浩汤汤。花门楼，长垄抱秀；小源口，夹岸弥香。上下仇，周遭坠绿；朦瞳岭，满目汪洋。古木掩村寨，石蹊伴幽篁。山色盈门户，珍鸟嬉屋场。春夏秋冬，时时皆轴画；晨昏昼午，处处若仙乡。

至若遗存林总，古韵灿然。牛迹历历追李耳，古道悠悠通云关。[1]坟葬闯王，石棺经几多风雨；桥名万寿，木亭沐四朝霞烟。[2]汪氏宗祠创县学，崇福古寺留翰篇。[3]朱家湾、芭蕉湾，传统村落熙远客；山下吴、汪家畈，民国政府拒日顽。一九七师抗倭，血肉垒筑亭子里；人民军队剿匪，仁义感化富家山。莫道古遗无限美，精彩最在巷道间。进士故居，文脉硕壮六都曰最；焦程宗祠，匠艺精绝南鄂称元。宝石村，入国苑，古建筑，冠楚天。六百春秋聚居地，两万平方大观园。古店古圃古牌坊，石井石街石门轩。官厅民宅鳞次比，阁楼厢房呈大千。

尔乃访民问典，地毓士贤。弘绪为帝师，庙堂仗言正气在；宗翰任知县，敦煌护宝美名传。[4]举人舒道宏，清廉膺万民牌匾；进士谢得懔，才高领一方文坛。[5]焦义庵赈灾，救百姓于荒难[6]；程九佰保境，助大清以靖安。一代名伶，弟子赫赫遍荆楚；满门医匠，仁术起起济桑田。[7]

然则非独山川之秀，人文之丽；亦有民众之兢，社会之兴。地处县域之麓，业争前列之精。茶叶研制惠村镇，水果远销入都京。生态旅游，景红网络；乡野农宿，客满院庭。民生富裕，街巷康宁。无愧厚土均奋发，不负苍生尽笃行。

呜呼！镇傍人名，常怀清勤之警；地因民旺，皆源俭取之心。时逢盛世，竞进在今。效法先贤，赓续伟业无止境；立足山水，再上层楼奏高音。

（依《词林正韵》，撰于 2023 年 5 月 20 日）

注释

通山县闯王镇地处县域南部，是进入国家级自然保护区九宫山、国家重点文物保护单位李自成墓（闯王陵）的门户。东接九宫山镇、九宫山风景名胜区，南邻江西省武宁、修水县，西界厦铺镇，北连通羊镇、九宫山镇，国有林场带村、高湖村穿插境南，总面积274.6平方千米。镇政府驻刘家岭，西北距县政府驻地通羊镇32千米。咸（宁）九（江）高速穿境并在坳坪村设置出口，九宫山环山公路、幕阜山生态旅游公路（209省道）镇域交会，东行6千米接106国道。全镇辖汪家畈、刘家岭、龟墩、宝石、苦竹林、界牌、坳坪、小源、仙崖、高湖、大源、集潭12个村。

闯王镇由宝石、高湖两乡合并而成，因境内闯王陵（李自成墓）而得名。明朝中期，属宝石堡，清初属六都（庆和里）崇福会。民国时期先后隶属六都、横石区、宝湖乡。新中国成立前，域内古道可通九宫山云关、江西武宁及本县厦铺、通羊等地，水路可通横石、大畈、慈口、阳新，直抵长江。域内人文底蕴深厚，有中国传统村落宝石村、高湖村朱家湾，其中宝石村为鄂南最大的古民居群，占地2万平方米；重点古建筑除宝石古民居群外，还有芭蕉湾焦氏宗祠、大屋场程氏宗祠、上陈陈氏宗祠、山下吴老屋、屋背山老屋、万寿桥凉亭等；明清时期，有进士舒弘绪、谢得愀、汪宗翰及举人舒道宏、舒道光、谢庭树等人；抗日战争时期，通山县民国政府曾在汪家畈、山下吴办公。境内景区有闯王陵、金鸡谷森林公园，著名自然景观有大崖头瀑布、仙崖步步高、莲花洞、仙人台等。著名地方特产有闯王砂梨、宝石花红、茶叶等。

[1] 牛迹岭，因巨石上有两处凹印似牛迹而得名，传说老子骑牛过此。

[2] 清顺治二年（1645）五月初二，大顺军遭受清军重创后，闯王李自成单骑进入小源口，不幸被当地乡勇程九佰等杀害于小月山。之后，当地村民用几块页岩石板当棺材将其就地埋葬。万寿桥，位于小源口，始建于明洪武十五年（1382），重修于清同治四年（1865），是一座人行桥兼凉亭茶亭建筑。

[3] 1942年8月，通山县第一中学始创于宝石汪家畈汪氏宗祠，时称县立初级中学。次年春迁杉坑寺（崇福寺），秋季迁山下吴。崇福寺，原名杉坑寺，始建于南宋开宝年间，明代通山籍侍郎朱廷立曾手书杉坑寺额匾，并留下诗文。

[4] 舒弘绪，明万历年间进士，宝石村人，曾任明光宗朱常洛授课老师，以直言不讳、不阿谀媚上著于朝。汪宗翰，清光绪年间进士，汪家畈人，任敦煌知县时，为保护莫高窟藏经洞文物作出贡献。

[5] 舒道宏，清乾隆年间举人，宝石村人，在江西安远知县任上，兴教办学，注重民生，从不贪占，并常接济百姓。离任时，当地民众前来相送，以至万人空巷，绅民自发捐资为他建“惠泽宏施”坊，上表“青天白日”匾。谢得怀，清乾隆年间进士，与其侄谢开堂名噪江汉，当时称为“通羊二谢”；其父谢庭树系康熙年间举人，著有大量诗文。

[6] 明弘治初年，饥荒导致饿殍载道，龟墩人焦义庵献粮赈灾，使崇阳、通城、通山饥民多赖以全活。事后，朝廷敕封其为义官，并建鼓乐楼以旌表。当地人称其故里为义官门。

[7] 舒二喜，宝石村人，清末至民国年间湖北汉剧名伶、教育家。宝石村有一个杏林世家，第一代“神医”为舒习锥，武贡生，出生于清道光年间，开办“仁德堂”悬壶济世，至今一百多年，代代出名医。

厦铺镇赋

吴楚要冲，鄂赣屏障[1]；大唐古市，盛世沃疆[2]。三县交界邻六镇，五道纵横通八荒。[3]丘陵蜿蜒，峦峰跌宕；幅员广袤，村湾苍茫。山环水绕兮安居仙境，云蒸霞蔚兮旅游天堂。

人文深厚，源远流长。两州故道，七朝雄壮[4]；半山铺镇，千载流芳[5]。史册彪炳，传说昭彰。东汉科匠张衡，炼铁造船建厂[6]；孙吴大将甘宁，辟寨屯兵驻防[7]。诗祖黄庭坚，雷打石前呈气象[8]；军师刘伯温，安平寺里留逸章[9]。明大夫弘绪，庙宇苦读登京殿[10]；清高宗乾隆，江南巡游醉茶香[11]。民俗旷野，武术高庄。革命据地，歼日战场。龙灯狮灯，古今威望；山歌山鼓，中外名扬。钓月桥上赏圆月[12]，上下铺中觅商坊[13]。周家大屋，廿三斗拱其艺独匠[14]；郑氏庄园，四八天井其势高张[15]。红区冷水坪，工农号角嘹亮[16]；高地大城山，抗倭枪炮疯狂[17]。十余将帅挥师鄂赣[18]，万千志士浴血山冈。

山川毓秀，大美堂皇。两垄长谷，千峰翠荡；一河富水，百里画廊。林木啸风，彰其接天之势；稻田叠绿，显其漫野之扬。登北山，吸醉有机氧；上城山，饱览原风光。荡舟望江岭，两岸渔歌，满湖气象；徒步太阳山，千水赛秀，万物竞芳。大耒山中观萤火，赤水口里享冲浪[19]；最爱村落藏雅韵，蓦然漫步回大唐。西湖、双河、蛟滩，顿生无限遐想；山明、水秀、青山，惹狂万千诗行；杨坪、藕塘、竹林，引爆满眼春光。古树古井古巷，石桥石磨石墙。狗吠鸡鸣牛哞，松绿竹翠桂香。

资源丰饶，发展浩荡。三万顷沃野，千百载典藏。楠竹成海浪盖浪，松杉列阵行连行。包坨线粉，四时徜徉；香榧油茶，历朝兴旺；杨桃板栗，漫山舒张。昔日三界云雾入贡，今朝九宫佳茗过洋。[20]古韵悠悠化锦绣，气势勃勃趋辉煌。山重文旅兴，水复电能锵。特色种养，誉享南国；生态产业，名冠荆襄。新区与旧街竞美，大道和小巷同芳。喜看镇村日新日靓，更爱民众自奋自强。立发展之宏愿，期昌乐之腾骧。水秀山清，大美福地；国兴邦盛，龙飞凤翔。歌曰：

诗画厦铺，华中绿廊。宜居厦铺，江南水乡。和谐厦铺，万众昂扬。富裕厦铺，百业隆昌。魅力厦铺，其道大光。

（依《词林正韵》，撰于2016年11月14日，修改于2024年6月12日）

注释

通山县厦铺镇地处县域西南部、幕阜山脉北麓，东与闯王镇毗邻，南与江西省修水县布甲乡交界，西南与湖北省崇阳县港口乡接壤，西与杨芳林乡、西北与南林桥镇、北与通羊镇相连，面积380余平方千米。

［1］厦铺境域古属吴头楚尾交会之地，今为湖北江西两省交界之处。

［2］据史料推断，境内唐代时期应建有商贸集市。

［3］厦铺交通发达，境内国省县乡村道路网贯通，出行十分便利。

［4］与江西修水相邻的三界地域，至少从唐宋开始就是鄂州、洪州两地的重要通道。

［5］通山北宋乾德二年（964）置县时，县内有通羊、青山二镇，各取一字命县名通山；当时位于两州要道上的青山镇，原址在厦铺镇青山村，依山傍河建有商铺数十家。

［6］相传东汉著名科学家张衡曾在大城山读书、制铁船，现有大王庙、铁船厂、张子平读书处等遗址。

［7］三国时期，东吴大将甘宁曾率军在大城山上驻防。

［8］北宋英宗年间，洪州分宁（今江西省修水县）举人黄庭坚经三界古道进京参加科考，留下"雷打石"的神奇传说。

［9］据传明朝开国军师刘伯温曾住太阳山安平寺，当地至今仍流传着他出家、埋葬的传说。

［10］明代宝石村儒生舒弘绪，年少时在北山飞龙寺就读，后高中进士入翰林院为庶吉士，并任皇子朱常洛（明光宗）授课老师。

［11］相传乾隆皇帝巡视江南去江西途经三界，喝了云雾茶后疲劳顿

消，大加赞赏，并封为贡茶，即为"三界贡茶"。

[12]厦铺桥旧名钓月桥，建于清光绪年间，传说每到月圆之夜，月光正好透过桥孔，行人站在桥上，就像站在水光之中，景致美妙。

[13]厦铺原名"下铺"，当时一河两岸建有上铺、下铺，后下铺商贸发展较快，便以下铺为名，后雅化为厦铺。

[14]周家大屋位于厦铺村，建于清光绪年间，面积880余平方米，全部屋柱以木石拼接、抬梁穿斗式结构，建筑精美。

[15]郑氏庄园建于清朝后期，位于藕塘村，为当地大财主郑启厚所建，原有48个天井，抗日战争时期被日军飞机投弹毁去大部。

[16]位于三界尖北麓的冷水坪，土地革命战争时期曾是湘鄂赣边区革命的指挥中心，湘鄂赣省委、省军区、鄂东南道委、红十六师、红十七师、红三师等党政军机关驻扎于此，并建有红军医院、兵工厂和政治学校。

[17]大城山是鄂南著名抗日战场，1941年春，国民党新编十五师四十三团曾3次在此抗击日军，歼敌1000余人。

[18]革命战争年代，彭德怀、黄公略、李灿、滕代远、陈寿昌、徐彦刚、傅秋涛、萧克、程子华、何长工、江渭清、钟期光等10余名将帅曾在厦铺领导工农革命。

[19]大耒山位于桥口村，拥有丰富的萤火虫资源，湖北省守望萤火虫研究中心与当地合作，建起国内首个萤火虫生态保育园；青山村赤水口建成太阳溪漂流，长约5千米，景致优美，惊险刺激，系华中地区精品漂流目的地。

[20]产于三界尖的九宫山牌有机茶，有效传承三界贡茶工艺，产品畅销中外，2011年被认定为中国驰名商标。

杨芳林乡赋

　　隋朝古市，南鄂名疆。幕阜绿谷，盛世画廊。青峦隐约，沃野掩藏。碧河东流，环及厦铺之壤；黛冈西展，延至崇阳之梁。巍峨南接，显大城山之壮；葱翠北抵，胜南林桥之苍。九村并举，家业兴旺；百溪交集，物产繁昌。四季循序，春秋奔放；千载风云，古今名扬。此安居之蓬地，乃憩息之天堂。

　　厚哉人文，壮哉杨芳。数千年文明史，志书锃亮；廿万亩低丘陵，山水苍茫。人名变地名[1]，偏庄成旺庄。郭家岭遗址，石器历日月[2]；芭蕉岭商道，砖茶输外洋[3]。新丰古集市，炉火灼灼铁器棒[4]；遂庄木板铺，旌旗猎猎军号狂[5]。杨芳街，八国商家小汉口[6]；龙崖寺，三百僧众进士堂[7]。宫乐十样景，村野奏交响[8]；民居古牌匾，总统题字章[9]。辛亥元勋黄振中，建功首义大武汉[10]；常务主席黄曲辰，履职民国党中央[11]。更有当代，辈出贤良。工农兵学商，百业孕大匠；老少中青妇，众志振家邦。

　　奇哉风物，瑰哉杨芳。群山环村，绿水绕畈；田畴井然，炊烟悠扬。徜徉八仙崖，沉醉八仙传奇之朗朗；登临大城山，静享九天宫阙之煌煌。探龙岩洞，奇景异石胜想象；游樱花谷，俏颜琼姿尽芬芳。竹林风，又兴竹林隐逸风尚[12]；忆江南，再现江南梦里轩窗[13]。瑶山红茶，色正汤亮光耀万国奖[14]；杨芳酱品，味甘质优香透紫禁堂[15]。农家包坨，百年风味领誉南疆招牌榜；野山茶油，千秋工艺堪称华夏领头羊。

　　美哉生态，勃哉杨芳。水秀山清，心灵滋养；林茂氧富，脏腑舒张。曲桥弯流，绿树白墙。房前村后，百鸟天堂。牛羊相争草地，鲤鲫对跳莲塘。游滩鹤鹭，戏水雉鸳。稻浪千重，金镶田埂；松涛万顷，玉饰山冈。接力幕阜绿色产业带，布局生态发展大篇章。兴修水利，整治荒宕；建美村镇，做靓广场。家庭庄园，引领时尚；观光农业，辐射鄂湘。勃勃百端正举，浩浩八方弥彰。

噫吁！锦绣杨芳，穆穆皇皇。人杰地灵兮，百福千祥。欣逢盛世兮，凤舞龙翔。秉承伟业兮，富民强乡。

（依《词林正韵》，撰于2017年5月6日，原载2018年3月《中国诗赋》，修改于2024年5月1日）

注释

杨芳林乡地处通山县域西南边陲，东、南连厦铺镇，西邻崇阳县港口乡，北接南林桥镇。东西长约15千米，南北宽约10千米，面积140余平方千米。

［1］杨芳林古时称大田铺，明末清初时，江西巨石港人杨芳林来此开饭铺，经商贩运茶叶特产，来往行人以其姓名代地名，久而得名。

［2］郭家岭为新石器时代遗址，不仅出土石斧等文物，还发现战国时期古墓及青铜剑。

［3］芭蕉岭，位于杨芳林乡杨芳村与南林桥镇湄港村交界处，系古商道，旧为武汉、咸宁（今咸安）、通山通往江西、崇阳、蒲圻（今赤壁）的重要通道。

［4］隋大业十年（614），在今新丰村境内设立新丰市，督征冶铁赋税。

［5］遂庄铺为红五纵队驻地旧址，民国十八年（1929）十月，中国工农红军第五军第五纵队，在军长彭德怀、第五纵队司令员李灿、党代表何长工的率领下，从崇阳县进入通山，首站到达杨芳林。

［6］明末清初，杨芳林已形成村镇，清道光年间街道两边店铺多达30家，驻汉口的英、德、意、法、美、日、葡、俄八国茶商在此设立分支机构（茶庄）收购茶叶，有"小汉口"之称。

［7］龙崖寺为明代进士刘会旺（江右人）于永乐年间隐迹修建，兴盛时有僧徒300余人。当时，周边48个寺庙的住持、方丈每年都要到寺中朝拜。

[8]据传，十样景源自宫廷，形成于清代。十样景由锣鼓乐、吹奏乐两部分组成，由10位或8位（其中两人每人奏两种乐器）乐师共同演奏10种乐器，已入选湖北省非物质文化遗产项目保护名录。

[9]民国十二年（1923），孙文为杨芳林商人黄贻中儿媳（黄健纯之母）谢氏题赠"节励松筠"匾额，以彰其"坚守节操、性情贤淑、教子有方"美德。

[10]黄振中，生于清光绪十一年（1885），今杨芳村人。1911年，参加辛亥革命，率部在武昌、汉阳、汉口等地辗转作战10余天。后大总统黎元洪根据其功绩，奖以"开国元勋、功劳卓著"金字匾额，并授陆军上校五等文虎勋章。

[11]黄农，号曲辰，生于1911年，今杨芳村人。民国三十五年（1946）当选国民政府首届"国大"代表。到台湾后，进入国民党中央领导集团，先后担任国民党中央教育部部长、农林部部长、国民党中央主席团常务主席。

[12]竹林风，占地数千亩，是依托山沟垄岔兴建的农业生态园。

[13]忆江南，占地近200亩，是集观光、休闲、餐饮、园艺、养殖、购物于一体的生态农业观光园。

[14]瑶山红茶，产于杨芳林境内瑶山，清道光三十年（1850）问世。1910年，参加南洋赛会获二等镶金银牌奖；民国四年（1915），获巴拿马万国博览会一等金牌奖。

[15]杨芳酱品，以当地黑豆（俗称牛肝豆）为原料生产，历史可追溯至明末清初。包括固体酱油、液体酱油、无盐豆豉、多味豆豉、麻辣豆豉、液体豆油、风干豆油、香味酱干等品种，其中以固体酱油、豆豉最为有名。杨芳酱油清乾隆年间曾作为贡品进奉朝廷。1998年12月，在中国第四届国际食品博览会上，"杨芳"牌老抽酱油获"中国市场名牌产品"，与广州"海天酱油"并列获酱油类食品金奖；2011年杨芳酱油、豆豉生产工艺入选湖北省非物质文化遗产项目保护名录；2014年，杨芳酱油、豆豉入列国家地理标志产品。

宝石古村赋

（以"华中第一古村"为韵）

名盛吴楚，誉尊华中。古村焕晔，风物葱茏。倚青峦之环护，拥碧水之景从。旧屋存明清之遗韵，驿路溯宋元之烟烽。耕读传家，沐四朝之宠；宦商连市，享百载之隆。景象天成，集江南形胜于一地；人文至善，树村庄典范于三农。是以游客频至，文旅丰丰；曲巷喧闹，两岸融融。

观夫古村悠悠，风物济济。一河两岸，房舍参差；南市北居，街巷迤逦。长亭翘首映水而辉，浅坝横卧凌波而旖。宝石河上，鹭凫翩翩；沿村路旁，遗存几几。卵石巷，述岁月之沧桑；商埠街，彰往昔之地利。粉墙黛瓦，厅堂楼阁鳞次依；走兽飞禽，石木砖雕无伦比。盈盈七万方，华居百余计；殷殷六百年，传奇二三里。巷道曲折，如入大观之园；古韵流芳，胜似婺源之第[1]。嗟乎！虽处山野，营构之美鼎甲楚天；虽非颐宫，工艺之精屈指禹地。

尔其历史欣欣，人文奕奕。兴于洪武之开基，盛于明清之负笈。和于民约之严苛，睦于后昆之自律。[2]文化妇幼，家怀博爱献私资；德沛闾湾，族崇大同谋公益。[3]由是，贫不畏饥，学不却笔。困有所帮，孤有绕膝。仁义之善怡怡，孝悌之行历历。克勤克俭，民风烈烈励子孙；且读且耕，书香袅袅出彦狄。一湾百庠生，十家一贡席。士农工兵商，户户建勋绩。文为帝王宾，武当万人敌。[4]戏名三镇开宗成师，医冠六都登峰造极。[5]善矣哉！治族以德为本，庄湾继继属无双；齐家以仁为根，人杰烒烒堪第一。

更有繁华商贸，炳耀典坟。衢市纵横，招坐贾之辐辏；店幡次第，引行脚之云屯。北往南来，马队踵踵；水载陆运，小二芸芸。商贩广集百货，挑郎散走千村。茶楼、酒楼、戏楼，吆喝声声侍奉冬夏；饭铺、药铺、当铺，灯彩款款守候晨昏。白昼品茗会友，夜晚听曲销魂。街头可赏风月，船中可度秋春。悬彩竞渡盛况独具，曲水流觞风骚绝伦。[6]比武昌城之稍逊，同小汉口之绝群。

至乃元符开新纪，村湾正风华。得各级垂怜而关注，赖多方鼎力而清嘉。发掘人文，风靡华夏；擦亮名片，网红天涯。古街古巷叠古瓦，老檐老砖垒老衙。有神游岁月之趣，无饕餮时光之瑕。入列中国传统村落，跻身神州最美人家。塑造村魂引四客，营建景区成一佳。老少咸宜，寻幽鹜鹜；雅俗共赏，悬口夸夸。

是以遇清闲，宜放步。携友任阴晴，伴亲于朝暮。可漫游，可专注，可静思，可怀古。不为世俗所羁，不为乱云所顾。半晌可清心，竟夜可祛负。感而乱曰：

华夏多古村，宝石独一树。宜游又宜居，神交万人慕。

（依《词林正韵》，撰于 2022 年 12 月 24 日）

注释

闯王镇宝石村地处通山县南部，距镇政府所在地1千米，距县城25千米，咸（宁）九（江）高速穿村而过，距高速出口5千米，国家重点风景名胜区九宫山环形旅游公路途经村庄北侧。村域面积10余平方千米，4个村民小组，456户1984人，常住人口1067人。山林面积2.5万亩，耕地面积1580亩，其中水田1165亩。

发源于九宫山北麓的宝石河，从村中流过，因河床积满卵石，故名宝石。村落以宝石河为中心，以先南后北秩序发展，逐渐形成南北两片民居群落，并发展成为鄂赣边区的贸易集散地。民国时期有“小汉口”之称。

宝石村是舒氏聚居地，开基建庄于明洪武初年（1368）。历经明、清、民国，遗有各时期各式风格民居130余栋，面积7万余平方米，是鄂南最大、历史面貌最完整的民居村落，被誉为“楚天第一古民居群”。南岸以店铺为主，形成商贸街区；北岸以宗祠为中心，由西向东南纵深发展，单栋民居建筑形式各异，木石装修工艺精致，建筑排列有序，卵石巷道前后错落，是舒氏家族的活动中心。据《舒氏族谱》记载，明清两朝，宝石村考中秀才200余人、进士举人23人，八品以上文武职衔和封敕官员100余人。

2002年，宝石村被公布为湖北省重点文物保护单位，2014年11月列入第三批中国传统村落，2018年11月成为第七批中国历史文化名村。

［1］婺源之第，指江西婺源。

［2］旧时，宝石村十分注重民风建设，对不孝、不忠、不悌、忘祖、偷盗、赌博、横强、狡诈、酗酒、撒泼、挑唆、拖欠等不端行为予以明令禁止，并进行惩戒。

［3］旧时，宝石村非常重视公益事业，私人捐资、家族出资建有"义学会""桥会""路会""香灯会"等公益性组织10余个，确保贫困人口老有所养、贫有所学、幼有所依。

［4］舒弘绪，明万历十一年（1583）进士，任翰林院庶吉士、吏部给事中，因参与万历朝"国本之争"而落籍回乡，后被天启皇帝诏赠为光禄寺少卿，并赐建"天垣补衮"牌楼，以表彰其护卫朝纲的功绩。舒为霖，武师，被誉为"神武绝伦"，曾在广东、武汉擂台赛中击败日本武士、满旗武官。

［5］舒二喜，汉剧戏曲教育家，清末民初时期名震武汉三镇。生前办科班传授技艺，培养出一大批汉剧人才，其中著名弟子朱洪寿成为一代宗师。舒习锥，清道光年间武贡生，在家创办诊所"仁德堂"，专治跌打损伤，其儿孙杏林妙手辈出，均成为享誉一方的名医。

［6］明万历年间，宝石河始设官渡，此后，每年端午节都举行"悬彩竞渡"大型赛事。有记载云，"悬彩竞渡与上巳、曲水流杯同一村间韵事"。

冷水坪村赋

揽翠岫于诸峰，层林漫漫；聆鸣泉于环佩，清溪潺潺。斯为冷水坪，疑是武陵源。明山夹秀水，高岭抱平川。背依太阳山，地交鄂赣；面朝九重峦，胸怀远天。沟壑纵横，乾坤无限；长龙蜿蜒，气象大千。北客南宾，寻游而忘返；春华秋实，餐秀而养颜。是谓华中绿谷，荆楚瑶坛。身临胜境，心离凡间。

夫山清而岁古，景美而地偏。如隐客幽居，素惮樊笼；似逸民远遁，唯喜竹泉。若溯历史，激荡七朝云烟；若考文脉，璀璨千秋长篇。吴楚通衢要津，青山古镇前沿。[1]驿路弯弯，烽火接南北；商道悠悠，物流连桑田。御封贡茶，缘起乾隆帝[2]；借雷打石，当思黄庭坚[3]。三省边区，多少将帅浴血奋战；鄂赣红都，无数先烈捐躯安眠。[4]遍地遗址，铭刻腥风岁月；漫野青松，昂扬浩气永年。

况复生态原始，秀冠鄂南。千顷山峦荡翠幕，万亩修竹涌苍澜。溪流纵横，碧水环绕村湾；垄岔曲折，丘岗掩映田园。古桥古树，静默乡愁；土楼土屋，氤氲炊烟。欲览山村全景，还须移步岭巅。四面层峦叠嶂，周遭乔木参天。白云眼前飘荡，瀑布耳边回旋。几条峡谷藏在林底，数处村落露出瓦檐。若问何时最美艳，朝朝暮暮皆新鲜。春赏野樱杜鹃，夏溯山涧流泉；秋来目光所及温润浪漫，冬至林海深处景致斑斓。可一日逛走长垄深岔，可数周品游山后村前。可陪家人小住怡情，可携友朋徒步悠闲。此时此地，身心无羁脱尘世；此情此景，乐哉悠哉赛神仙。

而今山村勃发，景致炫然。水泥公路车流不断，文化广场舞姿翩跹。红色资源富集独特，生态产业无人比肩。乡村建设成示范，扶贫开发换旧颜。擦亮特色牌，谋划旅游之路；跨步新时代，谱写惠民鸿篇。合天时，占地利，享人和，得机缘。康养公园呼之欲出，特色小镇前景高远。[5]看今朝，僻壤变热土，野谷成桃源。待明日，迎五洲宾客，接四海俊贤。

嗟乎！美哉冷水坪，来者欣悦，去之流连；丽哉冷水坪，芳颜独具，绝伦人间。

（依《词林正韵》，撰于2018年12月26日）

注释

厦铺镇冷水坪村地处通山县域西南太阳山北麓，系原三界乡政府所在地，毗邻黄荆、三宝、宋家村，南与江西省修水县布甲乡接壤，是三界河流域中心村。冷水坪因四周群山环抱，中间地势如坪，常年有冷泉、溪流奔涌而得名。全村6个村民小组、10个自然湾，耕地800余亩，山林面积4万余亩，其中楠竹林1万余亩。冷水坪峡谷众多，沟壑纵横，溪瀑长年不断，山上有红豆杉、香榧、小叶青冈、金钱松、三尖杉等古树群，并有3000余亩成片红杜鹃、野樱花，森林覆盖率达90%以上。

[1] 据史料推断，唐代时，冷水坪地处吴楚（鄂州、洪州）两地重要通道区域；距冷水坪数里外的青山村，是当时青山镇所在地，并建有大量商铺。

[2] 据传，清乾隆皇帝巡视江南曾途经三界去江西，喝下冷水坪所产云雾茶后疲劳顿消，大加赞赏，并封三界云雾茶为贡茶。

[3] 据传，北宋著名文学家、书法家黄庭坚（今江西省修水县人）经三界古道进京科考，借雷将一条藏在巨石里吸食来往行人的大蟒蛇打死。至今，在通往江西的山道上仍耸立着一块大石头，像是被刀劈开似的从中一分为二，其中半边石头的中间，凸出一道弯弯曲曲黝黑的石棱，像一条硕大的蟒蛇。当地群众称其为"雷打石"。

[4] 大革命时期，冷水坪是湘鄂赣边区革命的指挥中心，湘鄂赣省委、省军区、鄂东南道委、红三师、红十六师、红十七师等党政军机关曾驻扎于此，并建有红军医院、鄂东南兵工厂、军政干部学校、红军被服厂、列宁小学、苏区银行，堪称"鄂赣红都"。彭德怀、黄公略、李灿、滕代远、陈寿昌、徐彦刚、傅秋涛、萧克、程子华、何长工、江渭清、钟

期光、叶金波等近20名将帅曾在冷水坪浴血战斗，有的光荣牺牲。

[5] 2017年，湖北厦铺河流域旅游开发有限公司委托湖北大学对三界地区进行旅游规划编制和可行性研究。按照编制规划，准备将三界地区打造成"三界谷风景区"，冷水坪则是三界谷的中心区域。目前，在上级党委、政府及有关部门的大力支持下，冷水坪村立足实际，拉开特色小镇建设序幕。

石门村赋

  前朝古市，今日新庄。人间福地，世外桃疆。倚青峦之环绕，拥碧水之汪洋。旧屋存明清之雅韵，驿路连蒙俄之沧桑。老街清幽，品风情无限；新村壮美，览景致未央。耕读传家，六百寒暑；文武兼修，四朝阴阳。荣膺中国传统村落之典范，喜获全国文明乡村之徽章。

  斯地也，历史悠久，人文绵长。楚王狩猎震中原，茶马互市联外洋。巍巍石门关，守护三省商旅；袅袅长夏畈，福泽万家和康。先祖拓荒，克勤克俭；后辈兴业，乃荣乃昌。辟溪垄以躬耕，沐浴春雨；入野山而撷采，披挂秋霜。安深谷而瞻天下，居偏隅而谋四方。崇文尚武，兴农重商。中庸致和，道义担当。百丈古商道，卅七店铺房。白昼摩肩接踵，夜晚飞歌流觞。堂堂兮荆楚明珠，赫赫然鄂赣旺壤。

  更有忠孝仁义，名震八荒。女子聪慧，儿男铿锵。有清一代，学士满廊。巨商大贾走南闯北，朝臣边将定国安邦。武举功高，天朝诰命三代荣耀[1]；民妇节孝，冰清玉洁万世名扬[2]。近代风云跌宕，遍野赤旗高张。男女老少，众志成城；咸蒲崇通，县府升堂。闹革命，歼日狼，身似铁，志如钢。星火燎原南鄂，号角激越山梁。丹心一片昭日月，热血满腔付国殇。

  忆往昔，地利交替，时世苍茫，商道冷落，村舍蒙霜。百年沉寂，热土成瘠壤；一朝关注，旧貌换新装。精准扶贫，朗朗气象；新村建设，浩浩华章。政策惠民，各级倾囊[3]；干部勤勉，群众自强。修公路，兴广场，绘蓝图，招客商。风雨无阻，昼夜奔忙；汗洒田间，情暖村巷。两载辛劳，十景堂皇[4]；村湾大美，人间天上。石门古驿，民居阔朗；楚王山麓，遗址昭彰。石门天湖，群峦倒映；百鸟朝凤，孔雀熙攘。荷花基地，莲叶接天；采摘园区，果蔬琳琅。贞节牌坊，提振能量；十龙府第，令人奋昂。长寿禹泉，四季荡漾；七彩稻田，无限风光。俯首鸟瞰，村舍错落，田野伸延，如铺开锦带；徜徉其间，民众安乐，山垄和畅，似梦里故乡。真可谓：历史人文醉心扉，青山绿水惹人狂；移步即景道不尽，如诗如画尽芬芳。

噫嘻！石门重生，感恩我党；村湾兴盛，聚力各方。看古村日新月异，喜桑田家富民康。鉴古思今，产业为上；光前裕后，特色弘扬。欣逢盛世，抢抓机遇兮，百业隆昌；融身时代，傲立潮头兮，前景辉煌。

（依《词林正韵》，撰于 2018 年 11 月 12 日，发表于 2018 年 11 月 21 日《咸宁日报》文学副刊）

注释

南林桥镇石门村地处通山县境西北边陲，系全国文明村、中国传统村落、全国一村一品示范村镇、全国乡村旅游重点村、湖北省历史文化名村、湖北省文明村、湖北省绿色示范乡村、湖北省特色文化村。由原石门、古楼、山泽、黄荆林、朗口五个村合并而成，东与大路乡东坑村相邻，南与青垱村接壤，西与团墩村相连，北与咸安区刘家桥交界。石门因域内石门关而得名，境内有一条东西走向约2千米的山垄，两侧山峦对峙，中途两块巨石分立，高约3米，形状似门，古道从中通过，成一道天然门户，故称石门关。1969年兴修石门至朗口公路时，巨石被炸毁，石门关不复存在。沿长夏畈北行，沿途有10座各自独立的小山岗，俗称"九龟朝北斗，一龟守水口"，构成石门村特殊地貌。石门村的发展史至少可追溯至明代，明代嘉靖年间通山籍侍郎朱廷立曾游历石门并作《石门歌》。早在春秋时期，境内的楚王山就是楚王狩猎之地，清同治七年（1868）《通山县志》载："相传楚王曾猎于此。"古集市石门街位于长夏畈，始建于明代，清雍正年间开始大规模建设，道光年间进入鼎盛时期，至今已有600余年历史。石门主街长300多米，两侧原有店铺47家，是源于我国茶马古道形成的一处驿站，也是英、俄茶商茶叶加工集散地，同时也是连接湘鄂赣的一条商业通道，每天有数千人往来，被誉为"小汉口"。据宗谱记载，历史上石门街有从九品至三品的官吏百余名。石门不仅是历史文化古村，也是苏区村、库区村。大革命时期，咸（宁）蒲（圻）崇（阳）通（山）中心县委和苏维埃政府设在境内的楚王山。石门水库为全县首座中型水库，1959年动工兴建，1962年竣工蓄水，最大水面1300亩。

[1]据《夏氏宗谱》记载，清代楚王山人夏德淳，中武举被录为军职戍边，清道光八年晋升兵部差务官，补守备府武略骑尉，其祖父、父亲及祖母、母亲、夫人均受诰命加封。

[2]清代楚王山人夏蟠灼，学年因患肺结核病逝，其未出阁聘妻蔡氏（蔡姑）冲破家庭阻拦，雪夜以"三寸金莲"倒穿绣鞋悄悄赶至七八里外的亡夫家戴孝，并自嫁于亡夫家，几十年如一日服侍公婆、抚育养子，其忠贞节孝事迹感天动地。道光二十年（1840），朝廷旌表建三门四柱牌坊，中间二柱分刻对联一副：无瑕璞玉辉湘水；有色龙章映楚山。

[3]2017年3月，中共咸宁市委办公室驻村工作队进驻石门开展精准扶贫和新农村建设。两年间，石门村容村貌发生显著变化，修通7公里生态旅游公路，改造15千米通村公路，兴建1000平方米村级党员群众服务中心，发展种养殖基地2100亩，新建孔雀养殖观光园、农家乐2家旅游企业，村庄绿化、亮化、美化实现全覆盖。

[4]石门十景，指石门古驿、楚王游猎、石门天湖、百鸟朝凤、贞节牌坊、十龙府第、香荷映月、七里果香四季采摘园、七彩稻田、长寿禹泉。

隐水村赋

灵秀隐水，钟毓山村。俊朗风物，蔚起人文。唯因化境深幽，辟国家名胜以饮誉；巧合山形奇妙，彰鄂赣传说而著闻[1]。深而不闺，袅袅之态尤妩媚；野而不隅，落落之姿最清纯。垄深水弯，斯地大美；口传史载，底蕴绝伦。

夫其三山环连，二垄朝拱。左邻隐水洞，张门扉之冲融；右接龙隐山，巍地标而高耸。路桥交错而悠长，村畈棋布而郁蓊。或誉之人间仙境，或赞为世外桃源。十四庄湾，两路隐隐多忽现；十五姓氏，一堂融融总携联。郑家、王家，芳树夹岸；阮家、李家，阡陌蹒跚。石牛山，峰峦跌宕；袁家畈，田畴绵延。大石垄，欢喧弥漫；梅山峡，静谧高悬。墩上、北坑，土平地旷；案坑、泉口，山深天圆。老屋全，院庭栉比；南山下，楼舍井然。二里三里，满目风月；七拐八拐，别有洞天。有盈畈之蔬稻，有满坡之果鲜；有领客之莺雀，有引路之涧泉。方见人家簇簇，又逢篱笆单单。此处星光朗照，彼地灯火斑斓。一村之间，可居可游；一域之内，忽凡忽仙。白叟黄童，谁识悠哉岁月；清泉碧酿，自怜耕读霞烟。

至若历史，肇乎元明；考其文化，煌乎畈场。石牛结缘玉帝，地名载于典藏。[2]长洞历经亿兆，古屋氤氲文昌。[3]四朝风云浩荡，数百人家贤良。旧宅宗祠高檐巷，青砖瓦屋马头墙。台阶门联串厅第，石桥水口小周庄。尚武崇文，代代杰彦辈出；播仁行义，族族风范堂皇。九代连中十秀才，公鸡打鸣叫子曰；十户考上九硕博，农夫路过也书香。[4]革命时期，工农举旗黄石岩[5]；战争岁月，元帅题赠长征郎[6]。及至和平年代，党政商学，累累成行，或拼搏于山外，或建功于梓桑。

懿夫仁风吹万，爱棠无双。市县镇宏规，启休烈于百代；省纪委进驻，秉热血之一腔[7]。树脱贫攻坚之高标，四民同志；扛乡村振兴之重任，九力共襄。授技援物，嘘寒慰伤。夯基筑础，开思明章。由是兴产业而护山水，改旧陌而换新装。小康建设之圭臬，生态旅游之村邦。则看村口人头攒动,门店特产琳琅。

噫嘻!放眼隐水之巨变,饱览富足之未央。农家别墅,画栋雕梁。民风纯善,百姓和康。生态天然,兼旅居而康养;产业绿色,因人文而卓彰。借网红之景区,跃马扬鞭再奋力;布时代之大政,创新发展更领航。

(依《词林正韵》,撰于 2022 年 4 月 18 日)

注释

大畈镇隐水村地处通山县中部偏北,东邻官塘村、大塅村,南界板桥村,西接西泉村,北连黄沙铺镇孟垄村、林场带村、鸡口山村。幕阜山生态旅游公路穿村而过,杭瑞高速公路在村内设有出入口,紧靠国家湿地公园、国家水利风景区富水湖。面积16平方千米,山林面积2.8万余亩,耕地面积1134亩,其中水田634亩。全村18个村民小组,13个自然湾,599户2094人。域内已建成国家地质公园、国家AAAA级旅游景区隐水洞、国家AAAA级旅游景区龙隐山旅游度假区。先后获全省村级集体经济进步村、全市特色产品示范村等荣誉。

[1] 国家名胜,指隐水洞、龙隐山;传说,指聂龙化身为龙和许将军化身为神相互争斗形成隐水洞等地名的传说,该传说在湖北通山、江西武宁等地流传甚广。

[2] 隐水村内有一座无首石牛山,相传此牛原为玉皇大帝之女的坐骑,因私自下界偷吃金牛畈的稻谷,被玉皇大帝派来的雷神击断牛头,便化身为石牛山。隐水洞的名称,至少在明代就见诸史志家乘。至于隐水村的由来,目前最早记载见清同治七年(1868)《通山县志》,隐水村原为三都仁厚里隐㼚堡,后为隐㳌堡。"㼚"指长大的山谷,"㳌"指急流的水,从中可看出隐水村名经历了从山谷到流水的演变。

[3] 长洞,指隐水洞,隐水洞的形成经历了亿万年的演化;古屋,指古民居,隐水村的案坑、郑家、梅山峡等地散布着多处清代古建筑。

[4] 隐水村的北坑世代有读书传统,并出过举人,旧时不少人以解

书、写书、印书、教书为业，曾经九代连中十位秀才，时人留下"九代连中十秀才，公鸡打鸣叫子曰"的美谈。石牛山下的王家，崇尚耕读传家，旧时出过武举，新中国成立后走出不少大学生。如今，10余户的自然湾就有本科生、硕士、博士10余人。

［5］隐水村境内的黄石宕，是土地革命时期湘鄂赣地方部队——中国工农红军第十七军成立旧址。1933年8月1日，鄂东南道委根据湘鄂赣省委、省军区指示精神，将红三师扩编为红十七军，并在黄石宕举行成立大会。

［6］长征郎，指隐水村郑家的老红军郑自兴。郑自兴1929年参加工农红军，1934年10月参加长征，任中央保卫局保卫科科长，后任陕甘宁保卫局局长等职。新中国成立后，历任中共九江地区副书记兼公安处处长、江西省公安厅副厅长、郑州铁路局公安处处长、山西省公安厅第一副厅长、山西省政协副主席。陈毅元帅曾向郑自兴题赠锦旗"以武宁之"。

［7］2021年8月，湖北省纪委监委驻村工作队由板桥村进驻隐水村，继续开展乡村振兴工作。

江源村赋

（以"山中福地、荆楚名村"为韵）

悠悠长垄，袅袅江源。天成绝色，地毓韶颜。倚青峦之叠嶂，拥碧流之回环。老屋存明清之朗韵，洋楼彰村镇之大观。耕读传家，民风纯善；文修武偃，众姓勤贤。峥嵘七百年，名动湘鄂赣；纵横二十里，秀撼幕阜山。

尔其地貌清丽，景物葱茏。以山水之婀娜，致风情之郁浓。一源逶迤，两岸田畴展轴画；百峦列阵，九道垄谷隐仙踪。缓步漫游兮，山环水纵；放眼四顾兮，树森竹丰。行到尽处现村落，登临高巅御苍龙。满目灵秀，堪谓玄通。雄狮扑食、双龙戏珠，惟妙惟肖；象鼻卷草、鲤鱼摆尾，活姿活容。[1]飞天鹅公，越千秋之祺岁；泛波海螺，逾万古之时空。[2]桃林依依，漫山妩媚；枫杨飒飒，沿溪朦胧。一山一谷占地蕴，一树一水秉天功。四时各异，卓尔不同。是故游人熙熙，惊喜溢足下；文士鹜鹜，风雅盈胸中。

观夫村湾恬恬，意韵舒舒。十余庄门，因地而栖；五百人家，依水而宿。畈宕山拱围，楼舍锦作服。阡陌纵且横，巷道往而复。潺潺溪泉绕院庭，恰恰莺雀驻檐屋。田园款款，古树穆穆。晨岚袅袅，繁星烛烛。门迎乾坤十里，窗含风月百幅。黄发垂髫怡然，农汉村妇贤淑。日出而作，日落而息；无纷无争，自乐自足。善矣哉！可净羁尘之心，独享惬世之福。

村庄清幽，古建瑰丽。宗祠、老屋、商铺，规模恢恢；牌匾、门额、题联，款幅济济。老宗屋，三朝营建，厅院延绵；迪德堂，兄弟拓基，墙垛迤逦。成氏宗祠，花窗隐壁独具匠心；义筹老屋，藻井斗拱无与伦比。店铺商道，犹存明清之石蹊；成氏老屋，高张南阳之世第。参差二百间，方圆万平米。浮雕镂刻巧夺天工，石柱木梁精湛工艺。入湖北文物示范区，成中华乡土保护地。

若夫迹遗佳话，四野充盈。七朝风云，原是姜戚地；一门教严，堪比欧母情。[3]古咏抗暴之勇士，今歌革命之精英。村落残垣，深印民众之浩气；红色旧址，犹腾农会之长缨。第五乡、子英乡，拥军扩红，抗租惩劣；彭德怀、何长工，撒星播火，纵马挥旌。全民抗日，举村从兵。国共合作，大义高擎。赓续阳新中学，茁壮救国之预备队；迁址国民县府，拱卫抗战之后方营。中将师长率部驻斯，拼死赴国难；江源父老捐粮献物，鼎力斩榛荆。

地灵出杰能，蕴藉育梁柱。知县学正，亦官亦儒；孝廉科士，允文允武。[4]理政崇尚清廉，处事甘担劳苦。品行端贤励后昆，声名卓显耀族府。武举兴公益，功德甚殊；兄弟办黉堂，门生遍布。[5]潜心艺术，堪称戏剧名师；诚信经营，无愧商界巨贾。[6]百余英烈，为国捐躯；十数处科，惠民吐哺。[7]继有创业诸辈，致富不忘乡隅；笃志青年，护村无畏酸楚。[8]

有道是，崇德民知义，重教才盛兴。遥想往昔，贡生庠生翩翩联袂；甚喜当下，博士硕士济济满庭。[9]清华北大屡登榜，武大华科任我行。教师医生翘楚市县，专家学者位居郡京。攻关站前列，设计坐中廷。科研获国奖，著作俏书厅。[10]教科文卫多建树，内陆外洋累清名。

嗟乎！灵秀江源，至美阆苑；人文深邃，景致缤纷。欣逢新时代，发展正千钧。省部调研，导师提振；政府规建，央媒播闻。[11]占天时，享地利；汇南北，聚干群。依托绿水青山，建美康养首选地；发掘锦绣历史，擦亮休闲第一村。

（依《词林正韵》，撰于 2022 年 4 月 9 日）

注释

江源村地处通山县洪港镇西北部，东与杨林村交界，南与留咀村、郭源村毗邻，西与九宫山镇彭家垄村相连，北与九宫山镇寨头村接壤。村域面积15.9平方千米，山林面积2.17万亩，耕地2050亩，其中水田1560亩。全村12个自然湾，辖8个村民小组，500余户。系湖北省历史文化名村、湖北省特色文化村、湖北省生态村，入选中华乡土文化保护地。

江源属低山丘陵区，村域主体是一条10余千米的山垄。垄内水系为江源河，发源于国家重点风景名胜区九宫山东北麓，自西南向东北穿村而过，汇入富水支流燕厦河。坳下、坳背、畈宕、枣树下、下杨、成家畈、闵家、茶地坳、塘里、新屋里、畈中、楼下、罗庄、祠堂畈、南岭口、南岭、花墩等10余个村湾，分布于江源河两岸的平畈与山宕。

江源历史悠久，原为姜、戚二姓集居地。唐宋时，姜姓自江西迁居域内，取地名姜源。明代，成姓与王姓迁入，后姜姓、戚姓外迁，便改名江源。境内有10余座明清时期的古民居，房屋180余间，面积8500平方米，以老宗屋、王氏老屋、义筹老屋、沿河古商铺、成氏宗祠、成家畈老屋等为主体组成江源村古民居群，入列湖北省重点文物保护单位。

江源是一方红色的热土。1929年，江源人王义够等共产党人组织农民运动，成立党组织，并建立第五乡苏维埃政府，办公地点先后设在江源成氏宗祠、王氏老屋。同年冬，李灿、何长工曾率指战员到江源视察指导革命活动。1930年5月，彭德怀率红五军4个纵队到鄂东粉碎郭汝栋、罗霖两师的进攻，在此期间率部到沙店、杨林等地，并亲临江源看望革命群众。1932年，为纪念革命烈士成子英，便将第五乡改为子英乡。在土地革命战争时期，江源有100余人参加红军或工农游击队，新中国成立后，追认革命烈士的就有40余人。

江源还是抗日战争时期巩固的大后方。1938年底，阳新县城沦陷，国民阳新县政府迁到燕厦，最后落脚江源，在王氏老屋办公。与此同时，国军197师师部驻扎江源老宗屋，师长兼长沙警备司令丁炳权中将在此指挥部队对日作战，并在境内组建197师野战补充团。1940年9月，阳新县初级中学迁至南岭口成氏宗祠办学，后迁至成家畈老屋和王氏宗祠，直到抗战胜利才迁回阳新县城。抗战时期，江源人民舍己奉公、捐粮捐物，积极支持抗战，直至迎来全民抗战的胜利。

[1]雄狮扑食、双龙戏珠、象鼻卷草、鲤鱼摆尾，分别指境内山峰形成的景致。

[2]飞天鹅公、泛波海螺，分别指大横山、海螺山。

〔3〕康熙年间，江源王泗兴之妻舒氏，贤淑大方，持家有度，公婆去世后便长嫂当母，帮助丈夫管教年幼的弟弟河兴、澍兴。河兴、澍兴双双考取功名后，敬爱兄嫂如父母，呼舒氏为"嫂娘"。舒氏"真善美"之举赢得当地群众的尊崇与称颂，翰林院学士柯谨在舒氏七旬寿辰之日，借欧母教育欧阳修之事，题赠匾额"胆荻教严"，以启迪后人。

〔4〕明清两朝，江源域内走出唐县知县成铨，孝廉王永钧，举人、均州学正成可贞，举人王忠照等近40位庠生以上功名者。

〔5〕康熙年间武科举人王德尚，为人豪侠尚义，多次上报州府，使当地无家可归之难民得以招抚，不但出资重建北台寺、龙图书院，还赠予田产。兄弟指光绪年间岁贡王迪吉、国学生王迪光。王迪吉放弃仕途，与弟一起筹办经馆，培育弟子百余人，考取功名者十数人，时人敬称其居所为"迪德堂"。

〔6〕戏剧名师指成利贞，为洪港、燕厦一带有名戏曲家，一生专注于传统戏曲，传下采茶戏《上天台》《大清官》《乌江渡》等大戏剧本42本，《点药》等小戏剧本22本；商界巨贾指王忠杞，其秉承父王迪光之志，艰苦创业，家中拥有田园千亩，富甲一方，为旧时燕厦一带知名乡贤。

〔7〕新中国成立后，江源走出王贤旨、王能学、成煜、王旺贤、成家旺、成红兵、王贤火、成纯松、成纯江、华建军、成家炳、王龙方、王少儒等10余位处科级党政干部。

〔8〕江源世代有经商传统，仅2000年后，就涌现出成纯厚、王能明、王能友、王贤槐、成纯显、王定钊、王国本等20余位在外经商的成功人士；2005年以来，王定钊一直致力于江源古民居保护工作，多方呼吁奔走，引起省部、市县领导的高度重视，促进了江源古村落的保护开发。

〔9〕江源人崇尚读书，自20世纪90年代以来，先后涌现出清华大学硕士成家均、武汉大学博士成宁彦（女）、华中科技大学博士成纯波、香港城市大学博士后王建婧（女）、英国伦敦大学硕士成婧（女）、华中科技大学硕士王俊等博士、硕士40余人。

〔10〕成纯浩，研究员职称，曾任陕西飞机制造公司设计所研究室副

主任，先后获国防科学技术奖一等奖、国家科学技术进步奖二等奖，荣获中华人民共和国国家科学技术奖励。

　　[11]自2011年以来，先后有时任湖北省政协副主席陈天会、王振有，住建部、省住建厅、文化厅等部门领导、市县党政领导，以及武汉大学、华中科技大学等高校教授，计数十人次，到江源村调研古民居保护利用和乡村振兴工作。同时，中央电视台等全国多家媒体先后对江源村进行宣传报道。

大竹新村赋

诗画大竹庄，山水小天堂。背倚红岩之崔巍，聚天地形胜；前临富川之浩渺，纳日月华光[1]。绿水绕乎浅屿，韵江南之翰彩；瑞鸟集乎林间，奏时代之笙篁。乃世外蓬莱，风情俊美；实人间福地，景色焕彰。由是摄师频至，文家激昂。嘉客泛兰舟而抒臆，高朋悠香车而慨慷。

观乎山村婉秀，洞地壶天。两脉青峦，四面环绕；一带碧波，九曲缠绵。五百人家，安居深湾港汊；十里河岸，飘逸山后村前。高速公路，如虹翠岭跨越；柏油省道，似带家户相牵。村务大楼，春风拂面；文化广场，舞乐流连。完全学校，敞室新阶；游客中心，古壁飞檐。农家乐，色香出彩；野营地，情趣无边。路灯列队，长夜飒爽不息；花木布阵，四季生机盎然。

最是霞蔚云蒸，丽日晴岚。游步栈道，松杉映掩；生态基地，果蔬绵延。楠竹摇曳，山茶垂悬；药材簇拥，瓜瓠满园。万亩林海，涌暗馨阵阵；百顷慈水[2]，惹雌凤翩翩。红岩坡远眺，身醉图画间；南面山放眼，心荡白云巅。朝旭渲染气象，斜阳氤氲大千。真是：一山一世界，一水一重天；一月一风韵，一季一坤乾。于是忘都市之喧躁，倾乡野之净恬。梦幻不知归，欣喜不觉眠。俨然九寨沟，恰似武陵源。

眼前新村，舜日尧天；往昔大竹，困月穷年。移民六十载，山重水复寻富路[3]；蝶变数春秋，柳暗花明换新颜。市纪委驻村，重振河山；工作队扶贫，再造桑田。[4]款款深情，感召日月；耿耿衷肠，燃旺炊烟。楼房易茅屋，小车替木船；愁眉绽笑脸，山沟成游园。钓鱼节登台，赛事民俗共热[5]；梅花鹿落户，产业扶贫比肩[6]。宜居宜业，魅力凸显；亦村亦镇，蓝图高瞻。几经冬夏，汗水描出和谐画；数度寒暑，心智挥就大诗篇。

美哉大竹，荆楚瑶坛；贺哉大竹，兴盛永年。赞新村大美，思创业维艰。感而铭曰：

大竹奔小康，纪委堪颂扬。新村如画卷，民众享和祥。

偏地成热壤，盛世谱华章。功德与地久，党恩同天长。

（依《词林正韵》，撰于 2018 年 11 月 19 日）

注释

通山县慈口乡大竹村属富水库区移民后靠村，由原大竹、朱里、贺家 3 个村合并而成，地处富水湖国家湿地公园、富水湖国家水利风景区北岸湖汊区域，东邻乌岩村，南傍慈口村，西接黄沙铺镇烽火村、新屋村，北靠阳新县王英镇，总面积 20 平方千米。大竹村依山傍水、风景秀丽、交通便利，杭（州）瑞（丽）高速公路穿村而过，S360 省道肖星公路贯穿全境，距国家地质公园隐水洞 20 余千米，距国家 AAAA 级景区仙岛湖 50 余千米。

［1］红岩指红岩山，位于村北；富川指富水，位于村南。

［2］慈水，即指黄沙河，发源于大幕山东麓，流经大竹村后注入富水。

［3］1958 年，国家兴建富水水库，当地群众少数外迁，大部分移民后靠。

［4］2015 年 10 月，咸宁市纪委、监察局驻村工作队进驻大竹村开展扶贫攻坚和新农村建设。几年来，在驻村工作队和各级各部门的帮扶下，大竹村先后兴建起党员群众服务中心、旅游集散中心、完全小学、幼儿园、文化广场，并修通村组入户公路，安装太阳能路灯，发展种养殖基地 2200 余亩。

［5］2017 年 9 月、2018 年 11 月，大竹村连续举办两届钓鱼节，着力打造鄂南垂钓小镇。

［6］2018 年 4 月，湖北君一堂集团投资 2.1 亿元在大竹村兴建尊禧鹿业养殖基地，重点打造集养殖、加工、观光于一体的产业基地，并对接精准扶贫，带动贫困户脱贫致富。

西坑村赋

莽莽鄂赣，风光田田；袅袅西坑，景致千千。南枕四面山，簇拥万重苍翠[1]；北倾杨林铺，挥洒十里桃源[2]。物华天宝，人世绝伦山水；文明懿范，荆楚最美村湾。国级宜居之福地，堪称仙母后花园；王牌生态之佳境，胜比玉帝小壶天。

美哉西坑，秀水明山。两脉群峰，周遭环护；一垄幽谷，九曲绵延。山是清秀山，泉是石沁泉，绿是滴翠绿，天是湛蓝天。百年红豆杉，掩隐成片；万亩楠竹林，浩瀚无边。杜鹃野樱铺满峭岭，珍禽稀兽游戏峦巅。春赏花阵，醉迷心扉；夏宿林荫，卧听鸟蝉；秋撷百果，欣品野味；冬逛山窝，静享悠闲。登高凌绝顶，鄂赣泱泱如画卷；溯流攀峡谷，石瀑堂堂成奇观。如此佳地，深闺素颜，原始纯美，卓然凡间。

美哉西坑，人文斑斓。六百年历史，四朝代霞烟。古民居高耸，青瓦飞檐；石牌匾静立，隽秀雅典。吴楚风情，浸透热土；耕读人家，义薄云天。闹革命，建据点，拥红军，斗敌顽。[3]英烈肝胆，永耀史篇。

美哉西坑，村容大观。八里山道幽长婉转，引人入胜；四季清溪左右相伴，扣君心弦。峰回路现，身在画图中；豁然开朗，心荡白云巅。好一处世外绝境，实乃武陵露真颜。房舍依山有致，田畴傍水井然。学堂医室，村民福利之归所；绿地广场，群众休闲之乐园。硬化路通达山湾，新农村设施齐全。生态宜居，诗画无限；规划大度，建设超前。出门可观山，闭户能听泉。鸡犬相亲唤晨起，雀莺和奏伴夜眠。

美哉西坑，民风纯贤。几代人初心不改，无悔无怨；数十载战天斗地，携手登攀。兴耕读之良习，却赌博之陋风；导后生之正道，承先辈之真传。山高不挡道，路遥不遮眼；家家思奋进，事事勇争先。明净若泉，近于上善；高节若竹，远于尘烟。因知识而眼慧心明，凭诚朴而贤淑庄端。出力流汗，业兴家安；献热遗爱，子旺孙绵。看今日图强发奋，正人人策马扬鞭。

妙哉！斯是蓬莱，居可成仙；如在瑶池，乐享永年。君若有暇，可邀朋结友亲临体验，可携家带眷造访流连。至必心旷神怡而归，亦必志得意满而返也。

（依《词林正韵》，撰于2018年11月26日，原载2019年3月《中国诗赋》）

注释

洪港镇西坑村地处通山县境东南边陲、鄂赣界山四面山北麓，东接沙店村，南交江西省武宁县澧溪乡，西邻留咀村，北靠杨林村，面积28.5平方千米，森林覆盖率达93%。境内风景秀美、峡谷瀑布众多，动植物资源极为丰富，不仅有万亩竹海、数千亩天然杜鹃花野樱花，更有数十种珍稀动植物、多处大面积百年红豆杉群落。据宗谱记载，西坑村早在明代初期就开始形成。现存有两栋清代中期古民居及一块清光绪年间石牌匾。自2000年以来，先后被评为全国绿化千佳村、全国生态文化村、全国美丽宜居村庄、湖北生态文明村、湖北绿色示范乡村、湖北卫生村、湖北宜居村庄。

［1］四面山海拔1447米，属幕阜山脉高峰之一，与国家级自然保护区、国家重点风景名胜区、国家地质公园九宫山同脉，登至山顶可看到湖北、江西两省美丽风光。

［2］西坑地形为峡谷带状，南北长达7千米，从入山水口至村落4千米，村庄绵延3千米，分布在西坑源两岸。

［3］大革命时期，西坑是鄂东南地方部队红三师活动区域，全村有100余人参加红军，在册烈士20余人。

程许村赋

幕阜之灵，宠于一地；通邑之秀，聚于一村。仙境程许，大美乾坤。南邻名山九宫，北连通衢国道，地利天时兼具，外形内质共芬。人文悠悠，民风敦厚；山川郁郁，生态至纯。享荆楚示范乡村之殊誉，获国家森林乡村之伟勋。古湾清幽，品风情之无限；小镇绮丽，览景致之昆仑。

观夫胜状迭现，宛若世外桃源。登高远眺兮，地形称奇似仙掌；缓步漫行兮，村容夸绝冠楚天。五山环列，风月十里；一水中流，气象万千。百顷梯畴，农耕古朴乡韵浓烈；四里峡岸，山势跌宕瑰丽延绵。古树苍苍，漫村掩映；修竹翠翠，伴河蜿蜒。游步道兮，参差花木清新美艳；小公园兮，仿古廊亭典雅光鲜。文体广场，神采奕奕；青荷别院，莲叶田田。最是长垄隐隐，庄湾缠缠。新田、冷铺、许家、横坑，两岸依依闻犬吠；船坞、甘坑、下涂、坑口，曲径幽幽听流泉。木瓜园、夏家墩，田舍错落如水墨；横垱山、鲍家塘，云烟萦绕非人间。

然则程许之美，不唯山水，亦在人文。石马山、师姑台，七朝梵钟激荡[1]；北山崖、茅埠畈，千古传奇氤氲。大义祖孙，四代接力，绝壁凿通便民路[2]；革命烈士，一心许国，热血铸就马列魂[3]。古时举人贡生，恪尽职守沥肝胆；今日教授学者，精诚履责付毕生。犹有卓卓名家，伦理研究惊哈佛[4]；兢兢民众，忠孝广布励后昆。历史悠远，文脉兴盛，士民勤进，乡野质醇。如此福地，无比绝伦。

至若前景历历，更彰秀美山川。因地制宜，发展生态产业；立足区位，建设锦绣家园。万株油茶，枝叶繁茂；千亩香榧，英姿勃然。特产车间，木雕麻饼工艺精湛；水果基地，甜柚香桃品味大观。青山茶油，品牌重塑，壮实强村支柱；香榧小镇，景区新兴，开启富民鸿篇。借大政之东风，持续推进，乡村振兴日新月异；举生态之旌纛，整体开发，文旅融合地阔天宽。

噫嘻！亲亲程许，熠熠名庄。土地神奇，不慕蓬莱之降世；未来壮美，全赖干群之同襄。看今朝，惠策扶持，上下凝心，新村活力奔放；待明日，蓝图已筹，世人纷至，古湾毕露锋芒。

（依《词林正韵》，撰于2022年3月1日）

注释

程许村位于通山县九宫山镇中部，距镇政府2.5千米，东与本镇彭家垄村相连，西与畈中村毗邻，南与横石村接壤，北与富有村交界。106国道穿村而过，距国家重点风景名胜区九宫山5千米。村域面积18平方千米，有林地2.7万亩，其中生态公益林8800亩、油茶林6500亩。全村10个村民小组，15个自然湾。新中国成立后，域内大力发展油茶，曾是通山县三大油茶产区之一。2011年6月，被中共咸宁市委表彰为"村级党组织十面红旗"；2016年10月，被评为湖北省绿色示范乡村；2019年12月入选国家森林乡村；2020年，域内香榧小镇列为国家AA级旅游风景区。

[1] 村域南边石峰尖东侧石马山上建有传灯寺，该寺原名白马寺，始建于唐代；许家湾后山师姑台上建有西莱禅寺，该寺始建于明代。

[2] 清代嘉庆年间，贡生程懋德父子在村下首的石壁山处开凿悬崖修路，以利行人。程懋德之孙英爵，曾孙大猷（才经）、大本（才伦）接力修路，四代经营近百年方得坦途，费资数千金。乡人编有"石壁下才经哥，卖了良田把路修"的民谣。

[3] 1927年5月，共产党员涂文光坚持与窜入通山的国民党夏斗寅叛军进行斗争，不幸在杨林铺被捕，押往燕厦英勇就义，年仅20岁。为纪念他的革命功绩，1929年，中共通山县委将他的出生地坑口乡命名为"文光乡"。

[4] 程许村涂家湾人涂秋生，系四川省社会科学院副所长，20世纪80年代，其伦理学观点被《人民日报》《红旗》《光明日报》等报刊刊载，并引起邓小平的关注。因其在学术上颇有建树，被美国哈佛大学和哥伦比亚大学聘为客座教授。

横石村赋

　　村舍历历，田园畴畴，峦岭隐隐，洞溪悠悠。倚层林而列青嶂，顺宕谷而铺绿洲，接幕阜而藏奇秀，处镇郊而立墅楼。垄畈九曲炊岚入画，茶果四野碧翠盈眸。天赋一村绮丽，情倾八面乡愁。如此佳地位何处？鄂南横石胜蓬丘。

　　观夫村境，风韵田田。九宫耸其南，氤氲仙苑；石马立其北，幻变画轩。国道贯其东，洋溢风华浩瀚；市集镶其西，抖擞魅力无边。十里船埠河，清波荡漾；七里东坑谷，桃源蜿蜒。罗家铺、陶家垄，生态无限；泥坑口、熊家畈，景致斑斓。是以移步可亲炫彩画卷，驻足能享恬静家园。

　　斯地也，不唯山水堂皇，亦在人文大象。八百年衍村庄，廿余姓襄沃壤。古道蕴传奇，筚路欣豪放。观音洞里观音端，石马山上石马亢。先祖创业，克俭克勤；后昆兴村，既荣既旺。韩知府心系黎民，涂县尊情暖陋巷。革命浴血，先烈奉胆肝；抗日除倭，师部驻军帐。总书记墨宝溢芳，义门陈良家浩荡。怀瑾握瑜，众贤杰堪称仁德；舍己救人，大学生真乃榜样。[1]继有崇文重教，硕博连廊；睦邻争先，和美粗犷。士民求富裕，营商增收；乡土以躬耕，种养竞上。文化广场袅袅舞姿，幸福家庭熠熠星榜。

　　忆往昔，耕耘春秋，山隔路阻；喜今朝，吮吸甘露，民富村姝。叠叠田畴，处处林圃；村更旧貌，地换新躯。绿水欢歌，得益习公之政[2]；青山喜色，何期天堑之疏。继而蓝图正践步，形胜自神殊。复兴古镇，光大通衢。文旅联袂，农贸相扶。风物独奇，古韵共新村并布；地舆大度，人文同山水齐驱。由是行而却步，闲而忘孤。可短住，可长居。观山峦之仙宫云雾，享村野之梦里吴苏。[3]陶令东篱，四季冉冉；王孙野趣，满目酥酥。[4]成九宫山之前院，筑大武汉之后庐。颂曰：

　　青山环碧水，风情扑面来。地秀誉名远，民贤仁义开。

古镇定弘复，深垄宜驻待。不忍回眸处，乡愁入梦台。

（依《词林正韵》，撰于2024年6月28日）

注释

横石村位于通山县九宫山镇东南部，距镇政府1.5千米，东邻彭家垄村，南交九宫山风景区，西连镇政府所在地横石潭村，北与程许村接壤，面积21平方千米。全村辖8个村民小组，17个自然湾，799户，2800余人。106国道穿村而过，是进入国家重点风景名胜区、国家级自然保护区九宫山的门户。

境内平畈山垄交错，丘陵低山连绵，山谷河溪纵横，楠竹松杉广袤。东坑垄长达3.5千米，紧邻九宫山风景区，穿过狭窄山门，眼前豁然开朗，一溪从村中流过，两旁青山环绕，民居错落，田地棋布，与晋代大诗人陶渊明笔下的"桃花源"极其相似。在东坑的屋背后山，有一条长达数百米的溶洞观音洞，洞内有一尊天然的观音像，栩栩如生。

域内历史悠久，至少在元代就有建制。早在宋代，今船埠河沿岸，就是各地信众上九宫山寺庙朝圣的要道，也是今江西武宁、湖北通山两县民众来往通道之一。根据文献推断，韩姓应在宋末元初迁入境内；元末（1350年前后），江州"义门陈"后裔从今九宫山镇南成迁入泥坑口；元至正十八年（1358），另一支陈姓从今通羊镇湄港北山陈迁入砂垄。至中华人民共和国成立初期，陶、周、成、焦、江、罗、李、程、郭、吴、黄、廖、方、章、张、孟、石姓等相继迁入定居，朱、徐、袁、邓、谭、夏、黄、阮、鲁等姓为20世纪五六十年代兴建富水水库移民境内。2000年后，邻村寨头村高家山住户整体搬迁至境内安居。1938年，抗日部队国民党一九七师师部曾驻扎高家山。

横石村虽地处深山，但人才辈出。历史上，有明洪武年间举人、庐州及湖州知府韩衡，明洪武年间广东通判涂万钟，明代举人、河南颍县知县涂仲贵，明隆庆年间山东博县知县涂宗鉴，明崇祯年间举人、司马陶黥，清代横石首富陈创成等。中华人民共和国成立后，先后涌现出一大批教授高工、博士硕士、工商精英、县处官员、省市模范等社会人才。

　　［1］2009年10月24日，就读于长江大学的横石村人陈及时，在荆州江边因抢救两名落水儿童，与另两位同学一起英勇牺牲。后被追认为烈士，并被评为全国舍己救人优秀大学生。

　　［2］习公，指中共中央总书记、国家主席、中央军委主席习近平。

　　［3］吴苏，代指江南水乡。

　　［4］陶令，指陶渊明；王孙，古时指贵族子弟。

南洞村赋

地蕴灵秀，山藏洞天。群峦环抱，碧水相牵。旧交两县之嵋界，今控四村之沃边。物华闻于龙燕，形胜可追宋元。民众朴诚而俊美，人文繁茂而大观。骚客纵笔吟佳句，史家秉书留赞言。地偏却盛名蜚噪，村狭而精神永传。

观夫村域叠翠，生态斑斓。玮玮南山，云雾缠绕；幽幽源谷，春秋妖妍。丘陵低山集居，平畈垄窝勾连。松竹掩映而郁郁，港溪参差而潺潺；阡陌交错而有序，田畴齐整而俨然。矫健桂樟，排行路畔；合围巨木，护卫村沿。林深任兽禽嬉闹，田阔惹莺鹭翩跹。至于天然景致，漫村绵延。将军寨，阴塘尖，大泉洞，蛇蛙湾。石虎镇山，神威历历；马象守口，憨态虔虔。赳赳群山悬水墨，汩汩涧流醉心弦。真乃一步一轴画，一山一蓬仙。

斯地厚重，历史璀璨。郭祖于兹开篇，筚路蓝缕而寨；众姓相继迁入，比肩抵足而庄。四朝烟云，族裔颇颇衍山岙；十载岁月，工农芸芸扛刀枪。塆塆驻兵将，家家献食粮。拥红扩军多青壮，纳鞋缝衣多嫂娘。丹心一片昭日月，热血满腔付国殇。苏维埃，兵工厂，遗址卓卓；军医院，分银行，浩气锵锵。先民拓荒，克勤克俭；后辈弘德，乃荣乃昌。辟瘠地以耕耘，沐浴春雨；入野冈而撷采，披挂秋霜。安深山而瞻天下，居偏隅而谋四方。耕读传家，明清贡儒名士联袂；勤进立族，共和博硕彦杰挤廊。崇文尚义，重农兴商。扶危济困，敬贤尊良。

而今南洞，民富村强。宝地如盆气势壮，新乡换颜天泽长。腊珍风行山外，豉品走俏筵房。地道茶油名声远，有机果蔬质地香。脱贫攻坚，磅磅大象；跨越发展，款款诗行。楼墅井井而敞亮，黎苍融融而安康。鸟瞰亲亲之家园，若画铺锦带；憧憬灿灿之前景，似梦现天堂。莽莽乾坤，惹旅友造访；田田野趣，招伴朋观光。

嗟乎！喜政通人和，月朗风清。南山盛德屹屹，淘港上善晶晶。村湾展瑰丽之胜卷，史册载不朽之勋名。满目霞光遍地，瑞霭充盈。流光溢彩，摇翠夺睛。当感党政懋功，兢兢奋进；聚乡贤伟力，猎猎前行。续先民之质朴，赓英烈之神精。掘特优再宏业，秉风骨更光庭。由是，高挂云帆，御鹏风以破浪；纵横今古，荡龙宇而扬旌。

（依《词林正韵》，撰于2023年12月9日，并收入《南洞村志》）

注释

南洞村位于通山县燕厦乡西部，东邻新庄村，南接畅周村、湖畔村、成龙村，西连九官山镇韩家村，北与理畈村接壤，面积10.38平方千米。全村辖8个村民小组，总计380户，1500余人。

域内历史悠久，至少在明代就有建制。明初，郭氏先行迁入，清代至民国时期李姓、谭姓、邓姓、阮姓、吴姓等相继迁入定居，华姓、杨姓、陈姓、王姓为20世纪五六十年代移民境内。土地革命战争时期，是鄂东南革命根据地中的一块鲜红热土。1925年6月，域内创建燕厦地区第一个党小组。1929年9月，成立南洞乡党支部和乡苏维埃，组建赤卫队、农协会、少共团、妇救会、互济会等机构，管辖南洞、碧水、理畈、沉龙4个村苏维埃。其间，鄂东南工农兵银行石印局、湘鄂赣第二兵工厂枪械修理所、鄂东南红军总医院分院、鄂东南政治保卫局审判庭等先后设于境内。据不完全统计，域内共有600余人参加革命，发展中共党员100人、农会会员300余人，170余人为革命光荣牺牲，政府确认烈士24人。其中，郭伟钦、李世英等人系中共龙燕区重要领导人。

南洞虽地理位置较为偏僻，但人才辈出。历史上，有奉政大夫郭有信、知县郭有谅、贡生郭肇衍、九品官员郭西敖、郭昌燃、李光修、郭步厚、郭西宝、郭肇齐、郭西舜，国学生郭步明、郭步扬、郭肇兰等，考取功名者达30余人。新中国成立后，先后涌现出中共通山县委副书记郭衍洪、通山县政协副主席李厚欢、鄂城县文化局党委书记李厚誧等一大批党政干部。改革开放后，域内更加人才辈出，党政军学商界及本科以上学历人员有200余人，MBA研究生、美国硅谷海归人才、北京家乐学教育科技有限公司董事长郭庆水，浙江大学博士、苏州盛迪亚生物医药有限公司副经理杨喜琴，清华大学硕士、上海朝溪电子科技有限公司销售总监郭盛罡，公安部博士郭庆波，财政部硕士郭少泽，云南祥鹏航空公司飞行员李天赐等，就是其中杰出代表。

蛟滩赋

地接幕阜，水连富川。土膏壤腴，众朴民贤。忠恕裔孙兮信义高重，武威德业兮世代相传。[1] 斯地者何？号曰蛟滩。

唯我蛟滩，天公独眷。依山傍水，水绕山环；一河两岸，四垄七畈。蛟龙逐绿波[2]，金鲤镇碧潭[3]。形胜吴楚地，灵秀小江南。纵横十里，绿野无限；方圆千顷，乡趣盎然。长垄阔朗挽岔谷，高丘林立拥低峦。溪沟互牵兮田冈相恋，路桥通畅兮三地毗连。古祠肃穆，苍木簇团。篱笆恬静，新居卓鲜。十余巷道内涵秀，百处炊烟气象轩。鸡鸣灌丛，莺啼高树；泉吟屋后，柳翠窗檐。看鱼翔滩头，浪漾河岸；听人喧闾巷，歌越长天。村前廊道，赫赫兮脉律世界；文化广场，欣欣兮胸怀坤乾。丽哉！风情如画，景致养眼；村湾和美，天上人间。

览今思古，气象大千。肇始明中期，开元嘉靖帝；五百载营造，十余代衍蕃。[4] 遥想先祖，垦耨荒蛮：朝饮晨露，夕披霞烟；冬修水利，春整桑田。耕读传家兮文修武偃，物阜民康兮家兴邦廉。乃荣乃昌源筚路，克勤克俭砥贞肝。古贤累累，新杰瀚瀚；名庠跶跶，俊彦连连。有经馆鸿儒名显山乡，有黉门教授声著禹甸，有首席专家艺冠荆楚，有巨擘骚士文追马班[5]。政坛赤子，为民不眠；戍边卫士，护国在肩。商界精英，都市兴伟业；留洋硕博，外番克难关；开明贤达，桑梓焕丽颜。山歌出擂主，狮舞领头衔；雕刻当魁匠，鼓乐成师仙。工农商兵学，行行有状元。盛哉！底蕴厚丰，人文璀璨；乡风淳朴，浩瀚无边。

富水浩荡，蛟滩绵延。先祖懿德，泽润永年。后辈大业，景象联翩。喜看个个勤勉，人人崇善；乐观户户思进，家家忘闲。乘时代东风，古村日新月变；沐党政雨露，山庄勃发空前。赞曰：

名湾蛟滩，风光无限；文明生态，胜比桃源。春和景明，幸福浪漫；

继往开来，再书鸿篇！

（依中华新韵，撰于 2017 年 12 月 5 日，修改于 2024 年 6 月 20 日）

注释

通山县厦铺镇蛟滩村地处富水干流厦铺河中游河畔、望江岭水库（省级湿地公园）库尾，属库区村、移民村，紧邻镇政府所在地，原为厦铺镇辖下行政村，今系厦铺镇厦铺村最大的自然湾，面积10余平方千米，100余户人家，为通山县廖姓主要聚居地之一。

蛟滩，明代地属水北乡新丰里，清代属四都（永安里）望江会耒阳堡，民国时期属厦铺区上永安乡、永丰乡。中华人民共和国成立后，先后属厦铺区厦铺乡、厦铺公社厦铺管理区。1960年前后，因兴建富水水库，慈口朱姓迁至域内黄土包居住，公社从蛟滩地域划拨山林、田地千余亩，供移民人口耕作。1962年公社体制缩小，厦铺管理区改为厦铺公社，蛟滩为东升大队。

1975年2月撤区并社，蛟滩并入厦铺公社锦华大队，域内分设一、二、三、四生产队，其中一队为移民队，二队为里堂前、细禾场，三队为塘背、中段，四队为新屋下。1984年2月实行政社分开，蛟滩重新独立建制，为厦铺区厦铺镇蛟滩村，下辖4个村民小组。1987年2月撤区并乡，为厦铺镇蛟滩村。2002年12月全县小村合大村，蛟滩村并入厦铺镇厦铺村，为厦铺村一、二、三、四村民小组。

［1］蛟滩廖姓堂号为"武威堂"。唐贞观年间，廖崇德任虔化（今江西省宁都）县令，政绩显著，深得民心；崇德的父辈曾任武威太守，其后裔从唐代起几百年间声势显赫，均以"武威"为堂号。

［2］相传古时，常有蛟龙在村前河滩出没，蛟滩由此得名。

［3］村口河中有一潭，名为蛟滩潭，深不可测，潭底有一石洞，传说洞中放满金碗、金匙、金筷、金盘等物件，洞口常年有一对硕大的金鲤把守，外人不敢入内。

　　[4] 蛟滩建庄历史470余年。唐宣宗初年，蛟滩廖氏先祖廖忠、廖恕兄弟因避战乱，从婺州兰溪县太平乡（今浙江省金华市兰溪）迁至鄂州唐年县太平里茹菜垄（今湖北省通城县隽水镇油坊村茹菜垄）定居。北宋太祖建隆年间，恕公六世孙廖端（字正翁）由茹菜垄迁至黄沙（今崇阳县金塘镇黄沙村）。元末，恕公十二世孙廖善琛（字探玉）、廖善济（字匡时）兄弟，由崇阳县黄沙迁通山县新丰市（今杨芳林乡新丰村）。明洪武初年，恕公十四世孙廖德新（字三日），携子胜先由新丰市迁至牌楼（今杨芳林乡郭家岭村牌楼）。明成化年间，恕公十七世孙、胜先公之孙、中宪大夫廖原兴开始在蛟滩购置林地，且殁后葬于蛟滩。明嘉靖年间，恕公20世孙、原兴公之玄孙廖必连（字明也），携弟必祥由牌楼迁至蛟滩，必连公为蛟滩廖氏始祖。后随人口繁衍，蛟滩廖氏子孙开始迁居外地。清雍正至同治年间，先后至少有80人携家迁往今陕西、江西、十堰、咸安等地，其中迁至陕西白河县、镇安县等地达60人，并以乾隆、嘉庆年间外迁为多。至今已繁衍至"维"字辈，共18代。

　　[5] 马班，指汉代的司马迁和班固，后用来借指那些著作颇具影响的文人。

泥坑口赋

（以"家在泥坑口"为韵）

壬寅仲秋，九宫山镇横石村泥坑口有幸成为通山八个美好环境与幸福生活共同缔造省级试点之一。"共同缔造"以"决策共谋、发展共建、建设共管、效果共评、成果共享"为基本内容，致力于建设"人人有责、人人尽责、人人享有的社会治理共同体"。在各级政府及领导的关怀指导下，全体村民勠力同心、共谋共建共管，一幅"村湾美、产业兴、人心齐、规矩立、民风淳"的图景徐徐展开。感于此，特赋曰：

九宫北麓，青峦纵横。古村逸丽，名曰泥坑。枕幕阜之余脉，接国道之远程。承天地之造化，沐时代之祥贞。义门之湾，仁孝历历[1]；真良之土，忠信赓赓[2]。民勤地腴，漫野盛盛；山清水秀，满目峥峥。是以，览风物而信步无束，品人文而掷地有声。

观夫村湾大美，景致姜姜。五冈如狮拥立，一墩似球拱依。畈垄贯南北，河道环东西。广场激风月，岸廊荡霞霓。楼舍簇簇悌悌，炊烟袅袅熙熙。村前河溪响，窗外莺雀啼。桂樟尽苍翠，蹊路无尘泥。古树曲流悬桥，真乃画中仙境；绵山篱墙仄巷，最是心头故栖。

尔其历史沧桑，人文多彩。庄兴元末之肇基，地旺共和之开泰。民继义门之遗风，家崇真良之豪迈。水陆变迁，村乡轮在。古镇之郊，驿路之隘。悠悠七百春，起起五朝代。地利育贤能，人和彰文采。古时举人贡生名六都，今日商贾杰才著四海。情倾桑梓，行仁义之德；报效国家，慷忠良之慨。

至若岁逢壬寅，处处婆娑；时遇元符，人人叱咤。美好环境，幸福生活，共同缔造，聚力谋划。县镇村叠下，你我他倍加。清门前河，整屋后巷；砌游步道，围种养笆。投工投劳，捐资捐物，尽力无言话；让利让地，献计献策，用心皆可夸。由是村容村貌焕丽色，湾里湾外享清嘉。

继而立公约，定章法，评先进，授最佳。同心同德不等靠，五共浇开幸福花。良家亭中民风烈，荣誉榜上笑脸巴。天南地北心相印，线上线下赞吾家。

嗟夫，赪赪横石村，欣欣泥坑口。气象岁美，赖以干群绸缪；风光日新，唯凭上下奋斗。享惠政，基础建设业已酬；浴党恩，乡村振兴正抖擞。盛在同心，兴在携手。路在绵延，梦在坚守。义门砥砺村湾，真良教化昆胄。于是乎，业旺地灵，年丰人寿；车攘客熙，风薰物蔻。

（依《词林正韵》，撰于2022年11月18日，并悬展于泥坑口良家亭）

注释

泥坑口地处国家重点风景名胜区九宫山北麓，系通山县九宫山镇横石村的一个自然湾。20世纪60年代至90年代，境内先后建立泥坑口大队、泥坑口村，并曾成为陈坪公社、陈坪乡政府所在地。地域面积1.6平方千米，山林面积2100亩，耕地258亩，其中水田64亩。居民66户，314人。

泥坑口交通便利，106国道贯穿全境，209省道、幕阜山生态旅游公路邻湾而过，距镇政府所在地2千米，距九宫山风景区5千米，距大（庆）广（州）高速洪港出口20千米，距建设中的咸（宁）九（江）高速九宫山出口15千米，可一刻钟上高速，半小时到县城。

泥坑口建庄始于元末，是江州"义门陈"的分支聚居地，95%以上的住户为陈姓。境内地形以山峦、河谷、垄畈为主，山间林木广袤，森林覆盖率达70%以上。泥坑河绵延穿村2千米，两岸青山环护、田地棋布，古枫挺拔、吊桥悠悠，石堤高峻、曲水荡波，数十幢民居簇拥，是一处引人驻足憩心的"梦中老家"。

[1] 义门，指义门陈。义门陈始祖陈旺，于唐大和六年（832）因官定居于庐山脚下江州府德安县太平乡常乐里永清村艾草坪，即今江西省德安县车桥镇义门村。至唐中和四年（884），已是数代同居50余年。第三任族长陈崇撰写家法33条，治理全族，义著江州。唐僖宗见陈氏聚族三百

而居，共食一堂，遂御笔亲题"义门陈氏"，并赐联旌表：九重天上旌书贵；千古人间义字香。自此，江州义门陈累受旌表，闻名遐迩。南唐升元元年（937），南唐开国皇帝李昪敕立"义门""义柱"，旌表孝悌，标揭门闾。

[2] 真良，指真良家。北宋至道二年（996），江州义门陈已聚族二千余口，太宗遣内侍裴愈奉旨赐书，陈氏得三十三卷。愈上复《义门陈家法三十三条》和《家法十二则》，太宗览后赞曰："天下有此人家，真良家也！"遂御赐"真良家"三字。

芭蕉湾赋

　　山漾翠幔，谷袅岚烟。楚中胜境，南鄂名湾。地接幕峰，承四合之造化；基肇元末，历五朝而绵延。怀灵掩秀，纳月隐仙。人文淳美，风度天然。庄衍古今，毓百户之厚土；声著遐迩，成一方之福田。

　　观夫庄湾恬静，景致绝伦。青峦巍巍，藏万千风月；涧溪澈澈，映四时晨昏。公路曲伸，幽谷扬名山外；田地梯布，稻菽列阵前屯。芭蕉驻守村口，牌楼卓立山门。绿树婀连房舍，碧塘婷坐中村。宅第簇拥，乡韵浓烈；广场大度，风情缤纷。

　　尔其历史悠远，人文馨芬。溯源麟史留芳，不乏蟾桂；寻本鲤庭有径，滋生兰荪。探花延脉之裔族，名绅嫡传之后昆。古木悠悠，昭示一地文脉；小巷迭迭，激荡百年风云。宗祠堂堂，树通邑之典范；德行熠熠，彰举族之精神。是以勤当径，善为根。世代不罔，长幼相遵。乃贾乃官，忠信匡济虔虔乡梓；亦耕亦读，仁义恩泽兢兢子孙。福寿之乡，韵景天成有道；清华之地，嘉风本色无尘。

　　至乃乾坤巨变，时遇元符。庄更旧貌，湾换新图。绿水青山，弘习公之旨；青山绿水，铭本心之初。睹此新村，不慕汉唐之再世；拓其愿景，还待上下而同驱。扬风物之独，走生态之途，谋产业之特，创康养之区。兴民宿，建园庐，邀远客，连市都。体验短旅，休闲长居，祛虑增寿，劳身健躯。由是古韵与新风并美，人文共山水齐舒。乡村振兴旗帜高树，小康奋进大业当书。

　　（依《词林正韵》，撰于 2022 年 6 月 20 日，并收入《通山县国有林场带村志》）

注释

芭蕉湾地处通山县闯王镇境内,系国有高湖林场高湖村的一个自然湾。1992年,芭蕉湾由高湖乡芭蕉村划归高湖林场,组建芭蕉湾村。2002年,芭蕉湾村和小源口村合并为国有高湖林场高湖村,芭蕉湾从而成为高湖村下辖的一个自然村落。村庄坐南朝北,背靠大山,前临大源河,屋场以焦氏宗祠和池塘为中心分布于四周,呈回字形,中有巷道相通,西北角通县级公路与外界相连。

芭蕉湾建庄始于元代。现有住户90余户、400余人,均为焦姓,系南宋光宗绍熙元年(1190)庚戌科余复榜探花焦抑的后裔。元代时,焦抑后裔焦青卿从兴国焦滩(今属阳新县龙港镇)迁居通山焦颜,元末焦青卿之子荣二分迁芭蕉湾。

芭蕉湾内有古树6棵,其中2棵银杏树,高约30米,树龄千年左右。焦氏宗祠为湖北省重点文物保护单位,建于清末,为三重砖木结构建筑,依次分梯级而建,占地面积850余平方米,被省文物专家称为"湖北省内的古民居极品"。

第二辑

青·山·入·画·描

九宫山赋

云上蓬莱岛，仙境九宫山。势揽吴楚之形胜，地控鄂赣之霞烟。雄峙幕阜之壮美，广纳中华之芳妍。叠嶂层峦，坐拥万重苍翠；壁沟深壑，氤氲百里桃源。景致瑰奇，与五岳竞美；人文深邃，同三山比肩。王牌生态区，秀色甲禹甸；国级名胜地，风情冠瑶坛。

观夫方圆百里，苍茫大观。巍巍轩表，凛凛峻颜。下通地脉，上接云巅。峥嵘万顷，似绿浪漫野；嵯峨九重，若游龙滔天。林密山高，云荡雾掩；竹修树伟，涧湍瀑悬。冬夏春秋，风光无限；阴晴雨雪，景致联翩。漫游云中湖，拜佛问道养性；凌空铜鼓岭，眺远赏雾观岚。寻幽石龙沟，万余阶磴铺画卷；探奇金鸡谷，千种珍稀醉心田。谒吊闯王陵，一代英雄彪炳史册；品古中西港，三朝民风情趣盎然。漂流银河谷，跌宕十里，惊喜潺潺。

九宫览胜，美景斑斓。可乘车，可坐缆；可野宿，可攀岩。坐缆俯观，奇峰频现；乘车直上，画廊延绵。野宿穹端，情漾霄汉；徜徉古道，梦回宋元。春观百花斗艳，夏享清凉安眠，秋赏红叶曼舞，冬踏雪国翩跹。一年四时，大美风光入画卷；一日四季，绝妙气候引客仙。

若问九宫何处最奇艳，在奇松在险峰在杜鹃。或陡坡或曲路，或溪旁或崖边。迎客松行礼鞠躬，夫妻松挽臂亲脸，摇摆松扭腰独舞，姐妹松携手相牵。险峰之险，穿云临渊。拨云岩，登天柱，飞龙岭，云狮关。三面绝壁，胆战心寒。铜鼓峰、龙瑞峰，峰峰凸显；老鸦尖、三峰尖，尖尖怪巉。攀爬登高，远近错落，妙景琅琅竞艳；临顶眺望，身心豁然，鄂赣泱泱争鲜。杜鹃满山岭，映红四月天。成团成簇，漫地漫峦。十里摆花阵，千亩铺锦绢。丹霞流光，冷焰欲燃。似静处西子，如舞者燕环。

若问九宫何处最壮美，在水国在雾海在雪原。崇山十万，丽水三千。云中湖纳一山秀色，十八潭藏九天涧泉。泉崖喷流，如诗如幻；翠谷奔涌，若雷若弦。看云雾之浩渺，任游者之流连。坐看云深处，雾随风变迁。如八仙过海，如万马驰山。山盖银被，地披素棉。冰凌、冰瀑、雾淞，俨然童话世界；银湖、琼楼、玉树，宛若仙阙琼川。

瑰丽风景，纳天地之浩气；人文古迹，汇历史之遗篇。山名"武昌"，事记"御览"[1]；形胜万载，佛道千年。无量禅院，十八级飞檐，居江南之最；九宫道场，两百年皇观，开武当之先。真君石殿，沐天子之宏恩；云关古寺，结兆民之仙缘。吴楚雄关，岳鹏举扬鞭跃马；牛迹小月，李自成喋血长眠。[2]欧阳玄领命撰碑记，赵孟頫奉旨挥毫端。大宰辅宣诏彰旌表，胡耀邦题字熠青岩。[3]红军洞、红军山，革命星火不熄；苏维埃、司令部，战斗回忆犹酣。彭德怀武装工农，呕心沥血；众将士同仇敌忾，志昂意坚。[4]十数峥嵘春秋，浩浩赤诚热血；三省红色据地，堂堂铁胆忠肝。

嗟乎！惊世风光，千山艳羡；亘古名胜，大美不言。看今朝，通高速，增景点，谋高瞻。纳入全省总规划，营构文化大内涵。文旅联姻，明星大腕云集；品牌重塑，节庆赛事前沿。创新产业示范区，荣膺旅游鼎甲县；打造风情度假地，建美都市后花园。立足华中，擦亮生态风景线；放眼世界，跻身精品旅游圈。

（依《词林正韵》，原载 2020 年第 4 期《中华辞赋》，2023 年 10 月 13 日有局部修改）

注释

湖北九宫山地处鄂赣交界的幕阜山脉中段，南麓属江西省武宁县、修水县，北侧属湖北省通山县，主要景区在湖北一侧，是国家重点风景名胜区、国家级自然保护区、国家地质公园、国家AAAA级旅游景区，域内李自成墓（闯王陵）为全国重点文物保护单位。总面积287平方千米，主峰老崖尖1656.6米，系鄂南第一峰。九宫山既是道教名山，也是佛教名山，南北朝时期就有道教活动，隋唐之际山上建有佛寺；南宋淳熙十四年（1187）著名道士张道清上山兴建皇家道场。九宫山现已开发出云中湖、铜鼓包、石龙峡、金鸡谷、中港、闯王陵、银河谷七大景区。

［1］以"九宫"标山名，最早见于唐代成书的《武昌记》；据北宋初年《太平御览》载："九宫山，西北路去州五百八十里，其山晋安王兄弟九人造九宫殿于此，遂以为名。"

［2］岳飞，字鹏举，南宋时期抗金名将；牛迹小月，指九宫山北麓牛迹岭上的小月山。

［3］大宰辅，指元代中书左丞帖木儿不花。

［4］1928年9月上旬，彭德怀、滕代远率红五军主力进入九宫山休整，帮助建立九宫山党小组和赤色自卫队；大革命时期，彭德怀、滕代远、傅秋涛、李灿、何长工、萧克、江渭清、王震、王首道、王平、柯庆施、程子华、彭绍辉、姚喆、邱剑成、余立金、钟期光、叶金波、张蒲、王恩茂等20余名将帅在九宫山地区浴血奋战。

富水湖赋

　　华夏泱泱，荆楚其上；富水浩浩，天下独彰。地处鄂南，域接两县；南吞幕阜，北倾长江。自成于人工，巧夺于天匠；六百里湖岸，一万顷波光。千山回环，其境晃晃；百水归流，其势汤汤。冠西湖太湖之柔，胜鄱阳洞庭之刚。

　　美哉斯湖，一湖诗章。上古两帝辟洪荒，春秋伍员筑城墙；西汉县治发祥地，东吴水军屯练场[1]；千年古镇潜湖底，万世文脉耀荆襄。徐氏祠、西泉祠，地灵人杰上御榜[2]；钟山寺、崇岩寺，释荣儒兴登卿堂[3]。观音阁、和尚坪，革命先驱意气亢[4]；谭家祠、红军洞，工农战士斗志昂[5]。历史似水浩荡，人文如波汪洋。东晋名士孟嘉，孝德播京殿[6]；南宋文匠王质，才情冠四方[7]。诗宗陶五柳，祖府寄学露锋芒[8]；史家郭开贞，土塘劳军励兵将[9]。侍郎徐纲，正色立朝触帝皇；元老石瑛，清廉倾国功两党[10]。昔日五里三进士，今朝一湖百文昌；前贤巍巍立标杆，后辈浩浩高前浪。壮哉！道不完千秋深邃风骚，数不尽百里蓬勃厚壤。

　　美哉斯湖，一湖画廊。举目兮，大湖牵汊湖，一湾连众湾，碧波澹澹争浩荡；远眺兮，高峰挽低峰，群岛环主岛，青山隐隐竞苍茫。岸依水奇，水借岸而阔朗；岛因湖秀，湖随岛而幽长。阳春之时，群莺嬉湄，山花怒放；金秋之日，沿湖尽染，橘橙飘香；炎夏之中，叠浪拍岸，飞舟来往；隆冬之际，村舍静卧，云水悠扬。一年有四时，时时不寻常；满湖十景区，景景成绝唱。可岸边漫步，可长堤骑行；可古寺悠闲，可村间游逛；可乘船顾盼，可入水潜游；可进洞探幽，可登岛瞭望。过乌崖，当赏三峡雄壮；登白岩，如览漓江丽妆。游湿地，芦苇摇曳鹭排行；临大坝，田舍怡然景连厢。妙哉！人都爱说苏杭美，我言富水胜蓬疆。

　　美哉斯湖，一湖光芒。虽处深山，名利共旺；因居村野，景物并煌。湿地公园、地质公园、水利景区、4A景区，数个国家品牌放眼量；滨湖环行、浪里飞舟、岛屿怡情、农家采摘，多重体验风情惹人狂。有民歌满湖悦耳，有茶戏沿村脆响；有麻饼畅销天下，有山珍走俏外邦。一湖两岸，八方来归，浩浩热土其势不可当；两岸一湖，九州注目，铮铮美誉蓝图正腾骧。伟哉！三百里富水，其气大象；五百里青山，其观无双。

富水成湖，当代之壮举，盛世之和畅；湖名富水，千秋之大业，万载之隆昌。感而铭曰：

名湖富水，中外齐仰；雄居福地，万里流芳！

（依《词林正韵》，原载2016年第7期《中华辞赋》，2023年10月13日局部修改）

注释

富水湖系国家湿地公园、国家水利风景名胜区，地处湖北省通山、阳新两县，大坝位于阳新，水体、景观等均在通山县境内。富水湖景区除富水湖外，还包括国家地质公园、国家AAAA级旅游景区隐水洞和国家AAAA级旅游景区龙隐山。

［1］公元前201年，汉高祖刘邦始置下雉县，地域包括今通山、阳新、大冶，设县治于今阳辛故址；三国时期东吴水军都督甘宁曾在今富水域内的大畈屯兵操练、垦荒种粮。

［2］徐氏宗祠、西泉祖祠走出明代徐纲、清代吴怀清等数名进士。

［3］旧时，钟山寺、崇岩寺既为寺庙又兼作族学，培养了不少朝廷栋梁。

［4］1929年至1931年冬，红五纵队在观音阁设立红军疗养院，李灿、滕代远、何长工、程子华等革命前辈先后在此疗伤，彭德怀曾到此探望伤病员；1933年8月1日，在大畈隐水黄石洞的和尚坪召开红十七军成立大会。

［5］1930年3月、1931年8月，分别在大畈白泥谭家祠堂召开通山县第一、二次工农兵苏维埃代表大会；土地革命时期，一批红军战士曾在崇

崖绝壁下的石洞里藏身革命，后人称石洞为红军洞。

[6] 孟嘉，东晋大名士，其曾祖父是《二十四孝》中的孟宗。孟嘉任武昌府阳辛（阳新）县令时落户阳辛，以孝义、才华和品貌著称于世。

[7] 王质，南宋文学家，著有《雪山集》《绍陶录》《诗总闻》等诗文集，其中《雪山集》载入《四库全书》。

[8] 陶渊明，名潜，字元亮，别号五柳先生，是孟嘉的外孙，年幼时长期在孟府居住练习诗文。

[9] 徐纲，明代进士、工部侍郎。1566年明世宗信奉道教，令文武百官戴黄冠参朝，徐纲冒死进谏，受廷杖几乎死去，其忠直之举受到朝野一致赞赏。

[10] 石瑛，辛亥革命元勋、国民党创始人之一、国民党首届中央执委，其一生极其清廉，被誉为"民国第一清官"，在湖北任职时曾为共产党培养大批革命骨干，并解救多名被捕共产党人。

隐水洞赋

华中胜景，隐水仙洞；天造地设，鬼斧神工。水韵奇丽，石状峥嵘。风情独具，气势恢宏。人间蓬莱，地下华宫。

观夫隐水洞，山峦苍翠，石门高张。坐拥万顷碧塘，肩挑千里杭瑞[1]；臂挽古村青巷，胸怀北国南疆。悠悠岁月兮，亿万年沧海；窈窈仙境兮，百十重华堂。两溪伏流兮，成千秋芳名；十载雕琢兮，铸万代荣光。古岩生辉，景区大象。建索桥悠然而行，兴栈道盘旋而上。仰视穹顶，满天星斗璀璨；俯瞰洞底，一带绿波汪洋。大厅如广场，小道似陌巷，曲径常通幽，景致豁开朗；钟乳生百态，长洞胜曲廊，霓虹闪烁处，风情惹人狂。鱼蟹悠闲，蝙蝠熙攘；飞瀑狂舞，流泉叮当。美哉！纵横三叠，宛若绝世画舫；延绵十里，堪称吴楚洞王。

身融洞穴，满目琳琅。岩溶钟乳列千军，石室丹崖垂万象。泛舟"龙宫"，游船荡漾；穿越"幽谷"，轻轨铿锵；徒走"灵峡"，步履轻狂。沿途景点多传奇，两壁风光成典藏。"天将神靴"，威镇雄关；"比萨斜塔"，傲立丘冈。"马良神笔"，笔锋犀利；"寒山古钟"，钟声悠扬。"倒挂石林"，凌空高悬；"黄金瀑布"，仗崖奔放。"八百罗汉"，堂堂无敌阵容；"千亩梯田"，朗朗村野风光。"玉兔餐桃""观音送子"，妙趣横生；"大圣腾空""龙王戏妃"，意味深长。妙哉！十二关洞天，磅礴气象；卅六大景观，震撼无疆。

畅游佳境，如梦如仙。绝伦玉韫，孰能比肩？聂龙穿山留遗迹[2]，侍郎寻韵赋诗篇[3]。洞因人文而显著，人文因洞而大观。慕斯洞之奇崛，朋俦联袂、纷至沓来；爱斯洞之瑰丽，伴侣同欢、流连忘返。噫嘻！抒怀放步赏幽境，风光绝伦心怡然。

政治清明，百业兴旺。度假休闲，蔚为时尚。游客如潮，车流如浪。
赞曰：
灵山秀水兮，处处画廊。幽洞大美兮，醉人心房。4A景区兮，溢彩流光。地质公园兮，国色天香。千秋万载兮，享誉八方。

（依中华新韵，撰于2018年7月5日，原载2021年第3期《地质风》）

注释

隐水洞位于通山县大畈镇境内，入口在隐水村，出口在西泉村，为国家地质公园、国家AAAA级旅游景区。洞口绝壁高耸，气势雄伟，两条小溪伏流其中，故名隐水洞。隐水洞为地下河大型洞穴，主洞博大而悠长、弯曲而平缓，长度5180余米，有"十里地下长廊"之称，平均高20米、宽25米，洞内宽处可容4辆卡车齐驱。钟乳石、石笋、石幔千姿百态，主要景观有天将神靴、寒山古钟、玉兔餐桃、龙宫水府、比萨斜塔、千亩梯田、观音送子、大圣腾空、龙王戏妃、黄金瀑布、倒挂石林、八百罗汉等。景致分为三重十二关：第一重龙宫泛舟，乘船观光游览；第二重幽谷龙吟，坐轻轨火车观光旅游；第三重通灵峡谷，徒步观光游览。

［1］杭（州）瑞（丽）高速公路与隐水洞擦肩而过，并与碧波万顷的国家水利风景区富水湖相邻，距隐水洞不远处建有高速出口。

［2］相传，很久以前，湖广人聂龙、江西人许将军在一起读书。一天，他俩下河挑水，许将军发现一枚漂亮的鹅卵石。聂龙接过来却变成了龙蛋，便剥开蛋壳一口吞进肚子，并开玩笑说："如果我变成了龙，就要把江西造成海，把湖广立州城。"许将军十分气愤，本来龙蛋是自己发现的，却被聂龙抢吃了，于是他捡起蛋壳吃掉，说："你吃蛋，我吃壳；你成龙，我来捉！"不久，聂龙真的变成一条龙，许将军也有了神力。于是，许将军一直追杀聂龙，聂龙只好在山里面钻来钻去，便成了今天的隐水洞。

［3］明代通山籍侍郎朱廷立曾应友人之邀游历隐水洞，并留下诗作。

闯王陵赋

巍巍九宫山，肃肃闯王陵。坟倚高丘，此乃激战之地；墓居小月，斯为殉难之坪。松柏森森，若军旅依依默泣；亭台历历，拥帝星寂寂长瞑。魂驻深山，通邑何其甚幸；血喋野岭，大业屡催悲情。遗一段行踪，任千秋褒贬；树一处文物，由万众说评。

窃闻自成勇武，堪称英豪。山河失色而举义，黎庶求生而扬旄。身先士卒，艺盖尔曹。剑锋指城多俯首，旌旗到处尽献肴。荥阳议兵，毕露王气；商洛锤锐，奠基头鳌。均田免赋开先例，薄役养民鉴后朝。转战北国军威炽炽，称帝西安大顺昭昭。

然则入京而军纪废，奢欲而初心茫。美色破戒律，金钱颠纲常。深宫熙熙，玩乐夜以继日；酷刑烈烈，追缴不分恶良。将相无心政事，兵丁热衷私囊。哀号连街逆民意，固边无策生祸殃。八旗踏山海，农军丧脊梁。由是遁北京，退晋豫，丢潼陕，弃武昌。辗转图存，叛乱重创；御敌乏术，号令难张。兵败如山倒，树折猢狲亡。单骑走深谷，碧血洒蛮荒。呜呼！赳赳闯王，纵横半中国，谁料英雄曝野旷；煌煌义旅，鏖战十七载，岂知天朝成夭殇。庄人怜之，石棺草葬；民间敬也，时节奉香。悠悠三百秋，孤冢伴荆木；迭迭数朝代，史籍掩锋芒。

及至新中国，荒冢泛绿青。政府关注，史家正名。征地兴土木，拨款建廊亭。百亩陵地，三级佳城。牌坊、石阶、祭台，因地而设；浮雕、护栏、曲径，着意而兴。落印洞、系马松，传说尤盛；激战坡、殉难处，遗址无声。陈列馆中，历史风云再现；玉石碑上，巨匠手书永铭。政要显达，题词充栋；诗客骚人，吟咏连庭。

进入新时代，陵区再扩充。兴文化园，铭记伟人进京之坚定；布展示厅，高扬领袖赶考之景从。[1]挖掘闯王兴亡之教训，警醒党政为民之初衷。牢记"两个务必"，践行群众路线；恪守"我将无我"，甘当百姓仆工。[2]以民心为心，事业必将千秋传颂；以民本为本，江山方可万世称雄。

至若一园两区，文化突显；两区一园，主题多元。可拜谒，可自警，可究史，可著篇。陵起六十载，客盈逾万千。春秋冬夏旗猎猎，东西南北人潺潺。长者步履缓缓，年少思绪拳拳。叹创业之卓绝，感守成之维艰。嗟夫！天下兴亡，民心为最；国家衰盛，政治当先。以史为鉴，江山就是人民；强国有我，人民就是江山！

（依《词林正韵》，撰于 2023 年 9 月 22 日）

注释

闯王陵位于湖北省通山县境内的国家重点风景名胜区、国家级自然保护区九宫山西麓的牛迹岭小月山上，是明末农民起义领袖李自成的陵寝，也是全国唯一保存下来的农民起义领袖陵寝。

李自成(1606—1645)，明末农民起义领袖。本名鸿基，陕西米脂（今横山县）李继迁寨人。童年时给地主牧羊，曾为银川驿卒。1629年（崇祯二年）起义，后为闯王高迎祥部下闯将，勇猛有识略。1635年荥阳大会时，提出分兵定向、四路攻战的方案，受到各部首领的赞同，声望日高。次年高迎祥牺牲后，他继称闯王。1638年在潼关战败，仅率刘宗敏等十余人，隐伏商洛丛山中（豫陕边区）。次年出山再起。1640年又在陕西鱼腹山被困，以五十骑突围，进入河南。其时中原灾荒严重，阶级矛盾极度尖锐，他用李岩等提出的"均田免赋"等口号，获得广大民众欢迎，时有"迎闯王，不纳粮"的歌谣。部队发展到百万之众，成为农民战争中的主力军。1643年在襄阳称新顺王。同年，在河南临汝（今汝州）歼灭明陕西总督孙传庭的主力，旋乘胜进占西安。次年正月，建立大顺政权，年号永昌。不久攻克北京，推翻明王朝。四月，多尔衮率八旗军与明总兵吴三桂合兵，在山海关内外会战李自成。李自成战败，退出北京，率军在河南、陕西抗击。1645年5月，李自成辗转南下，后被清军阻于江西九江，转道经瑞昌、武宁后取道太平山进入通山县境，在九宫山下李家铺再与清军遭遇，经过血战，全军覆没，李自成单骑突围，后被源口寨乡勇头目程九伯等杀害于牛迹岭，终年39岁。"有庄人怜者，草葬之"。300年来，李自成墓仅为石垒荒冢。中华人民共和国成立后，受到重视。1952年，通山县人民政府将其确定为县级文物保护单位，1956年被列为湖北省第一批重点文物保护单位。1975年，国家拨款修建陵园，占地120亩，主体建筑有牌坊、墓冢、陈列馆等，郭沫若题写碑名"李自成之墓"，茅盾题写"李自成陈列馆"横匾。1988年1月，被国务院公布为国家重点文物保护单位。2014年4月，由湖北省纪委牵头，在紧邻陵园正前方建起占地20余亩的闯王文化园，成为湖北省著名的廉政教育基地。由此，闯王陵形成"一园两区"的格局。

[1] 1949年3月23日，毛泽东等中央领导从西柏坡前往北京，基于对李自成农民起义失败的历史教训，毛泽东对周恩来说，"今天是进京赶考的日子""我们决不当李自成"。2013年7月11日，习近平总书记到"两个务必"发源地和"进京赶考"出发地的河北省平山县西柏坡参观，并在著名的九月会议旧址召开县乡村干部、老党员和群众代表座谈会，再次以"赶考"告诫党员干部："我们面临的挑战和问题依然严峻复杂，应该说，党面临的'赶考'远未结束。"

[2] "两个务必"，指1949年3月毛泽东在中国共产党于西柏坡召开的七届二中全会上的著名论断，即务必使同志们继续保持谦虚、谨慎、不骄、不躁的作风，务必使同志们继续保持艰苦奋斗的作风。2019年，面对外国政要提问，习近平总书记脱口而出："我将无我，不负人民。"

富水湖国家湿地公园赋

地秀南鄂，名扬荆襄。水漾幕阜，浪涛长江。一湖两带，两岸三乡。港汊蜿蜒，岛屿苍茫。拥百里青山之丰饶，蕴千顷碧波之大象。湖区广袤，胜似氧舱。生态纯美，恍若苏杭。

昔为鱼米乡，今成大库塘。春秋筑方城，西汉置正堂。[1] 燕厦兴集市，慈口开埠商；石街聚百货，木筏连武昌。[2] 一河枫杨翠，两岸稻花香；百处阡陌深，万户炊烟朗。共和兴水利，夹山砌石方；民众离故土，垄岔辟屋场。[3] 平湖当田畴，陡坡种食粮。今朝易往昔，贫困变和祥。漫山橘橙，遍湖银浪；满冈基地，沿村农庄。路桥隐约，楼舍掩藏；游船朝发，渔歌晚唱。

浩渺水域，连轴画廊。四面苍峦，一湖清亮；日月同行，天地互彰。举目是景，移步成章。朝看仙境，夕观蓬疆。曲岸悠远，碧波荡漾；千雉媲美，万鹭成双。阳春之际，仪态万方。远山含媚，近水舒张；橘花比艳，杜鹃竞芳。杨柳依依，蒹葭茫茫，菱叶田田，蒲草泱泱。盛夏之时，绿色屏障。碧水倒映蓝天，松竹摇曳山冈。蝴蝶探白芷，蜻蜓恋荷塘；石蛙鼓独奏，树蝉勤对唱。坐林荫以听鸟，泛扁舟以击浪。秋风送爽，神怡心旷。层林尽染，坡岸皆黄。千亩芦苇荡，万山橘橙香。网撒朝露，钓垂夕阳；歌越湖面，笑荡波光。寒季来临，周遭净朗。朔风湿润，冬日暖洋；雀喧湖林，烟浮村庄。抒情对长空，寻幽走曲巷；入湾听茶调，登堂话麻桑。

碧水青山如画，人文物产辉煌。王质墓隐牛头山，崇崖寺藏两卿相[4]；懒拙痴佛恋石洞，狮岩雄威孕帝王[5]。纱帽盒底文脉深，南北土塘军旗亢[6]；观音古阁星火烈，富水大坝碛歌狂[7]。至若美食，满目琳琅。甜橙蜜橘，远销八荒。竹笋蕨菜，走俏电商。空心挂面，百年独创；清水鱼烤，万家齐仰。靠山山育，傍水水养。龙舟竞渡，汉戏铺张。婚俗奇丽，布贴堂皇。

今逢盛世，生态高昂。封山育林，植树灭荒。撤围汊，拆网箱[8]；清污浊，控排放。还一湖绿荫，净一库碧浪；养地球之肾，护人类心房。架桥修路，招凤引凰。美山靓水，富民强乡。湖区建公园，渔村降甘棠；胜景醉游客，偏地成旺壤。赞曰：

富水汤汤，湿地莽莽；群山浩浩，百鸟翔翔。林地保育，公园大美；生态旅游，景区宏昌。

（依《词林正韵》，撰于2017年8月28日，勒碑立于富水湖国家湿地公园慈口地段主题广场，修改于2024年6月19日）

注释

富水湖国家湿地公园于2013年12月经国家林业局批准建设，地处湖北省通山县燕厦、慈口、洪港3个乡镇交会区域，与富水湖国家水利风景区部分重叠，范围涉及17个行政村，总面积3821.8平方千米，其中湿地面积2835.03平方千米。境内湖汊众多，岛屿（半岛）密布，生物资源极为丰富，是鄂东南物种资源库。主要有慈口万亩柑橘园、下湾千亩芦苇荡、港口万只白鹭群、牛鼻孔象狮谷、石印岛屿群、富水湖大坝、观音阁、牛头山、白崖山、月山、狮岩等重点景观。

[1]春秋时期，伍员曾在境内构建子胥城；公元前201年，汉高祖刘邦始置下雉县，地域包括今通山、阳新、大冶，县治故址今沉入湖底。

[2]富水水库建设前，燕厦、慈口是大型商贸集镇，数里石板街依河而建，各类商品齐全，竹筏木船可直达长江。

[3]1958年8月，根据湖北省委、省政府指示，动工兴建富水水库，1960年1月大坝竣工截流。此项大型水利工程，共移民1.1万户、5.6万余人，除外迁全县各地外，大部分后靠垄岔安家。

[4]王质，南宋著名文学家，著有《雪山集》《绍陶录》《诗总闻》等诗文集，其中《雪山集》载入《四库全书》，其墓在湖边的牛头山上；旧时，崇崖寺既为寺庙又兼作族学，明代时朱之佐、朱之弼考中进士，成

为皇帝的左卿右相。

　　[5]懒拙，即米友仁，北宋书画家米芾的长子，宋朝大学士，后辞官问佛、修行求仙，传说燕厦乡金坑村石玉洞是其修行处；狮岩位于慈口乡慈口村，因有两块巨石酷似雄雌两狮而得名，据传此处为诞生天子的风水宝地，后皇上派人将其破坏。

　　[6]纱帽盒山位于慈口乡石印村，山下走出明代进士、工部侍郎徐纲，因其忠直，受朝野一致赞赏；1938年9月，国民党第九战区司令部设在慈口土塘，国民政府军事委员会政治部第三厅厅长郭沫若率团到土塘慰问官兵，并与战区司令长官陈诚共同举行献旗典礼。

　　[7]1929年至1931年冬，红五纵队在燕厦观音阁设立红军疗养院，李灿、滕代远、何长工、程子华等革命前辈先后在此疗伤，彭德怀曾到此探望伤病员；建设富水水库动用14个县劳力，最多时6万余人，大坝采取传统打硪方式，用土石垒筑而成。

　　[8]2016年11月至2017年6月，通山县委、县政府对富水湖4.6万余口网箱进行拆除，并对54个湖区岛屿实行绿化全覆盖。

龙隐山赋

一山何奇，万众仰望；荆襄雷贯，吴楚卓彰。依大幕之舆脉，邻富水之滨疆。张洞府之盛誉，涵传说之滥觞。[1]景虽人工，势却天匠；纵览千轴，横陈百缃。方圆二三里，惊奇联翩，真乃云端逍遥谷；上下八九重，风光迭现，堪比仙界蓬莱冈。

龙隐之美，尽在登攀。山道十八盘，可车游可步览；景致一线穿，唯行进唯趋前。沿途翠柏青松，风逐绿浪养双眼；漫野天然氧吧，山溢清芬舒容颜。安步玻璃长桥，凌空赏峡谷壮丽；端坐飞天魔毯，纵目品峭岭大观。幽秘石林，似兽似龙，怪状百态；浪漫天镜，如梦如幻，奇妙万般。龙隐天壶，瀑布跌宕；星空栈道，景色蜿蜒。哇塞哉，美景帧帧勾心魄；快瞧也，脚步颠颠若离弦。由是步石阶，过亭阁，穿林荫，达山肩。二三声鸟音甜媚，四五处人声欢喧。绝艳才掠脑后，惊喜又涌心巅。紫藤长廊，高山草甸，风月款款，情趣田田。主题游乐园，嬉戏琳琅，居华中首冠；星空魔幻馆，身历缥缈，窥宇宙无边。

再走青龙脊，韵味更盎然。立柱飞檐，依山而建，游移曲摆，如龙在天。一亭一幅画，一廊一婵娟。可远眺，可近瞻，可独坐，可携牵。金帆依依，践君许愿；风铃脆脆，助尔悠闲。[2]如此惬意，怎不缠绵？

至若至美之处，当属云鼎广场。四面耸峭，九龙张扬。周遭通透，上抵穿苍。置身其间兮，神怡又心旷；环步饱览兮，心旷更神昂。东瞰富川，碧波浩荡；西观隐水，风云铿锵。[3]南极九宫，美轮美奂；北望大幕，云卷云藏。[4]右盼兮，层峦叠嶂，山色湖光；左顾兮，路桥粗犷，村畈堂皇。好一派蓬勃盛景，更耀龙隐之煌煌。

尔其登山之趣，最在刺激连连。跨谷天桥，凌空漫步，声光变幻双脚颤；横山飞索，悬身疾行，眼耳虚惊毛发弹。悬崖秋千，猛颠猛坠肝胆悸；玻璃滑道，尖叫尖吼周身寒。丛林穿越，或匍匐爬行，或贴身攀岩，或吊索漂移，或单绳上下，兢兢战战一身汗，乐乐癫癫处处欢。

呜呼！登山贵在体验，怡情且砺尔曹。层层临绝顶，步步见妖娆。畏葸不前，不足以观奇妙；凛然无惧，乃能得赏云霄。是故树龙马精神，荡心态暮老；越世途高壁，扬前程旌标。嗟夫，人生无处不龙隐，攀爬奋勇显风骚！

（依《词林正韵》，撰于2022年4月14日）

注释

龙隐山旅游度假风景区位于通山县大畈镇隐水村境内，与国家地质公园、国家AAAA级旅游景区隐水洞接壤，紧邻国家湿地公园、国家水利风景区富水湖。距杭瑞高速公路隐水洞出入口55米，距通山县城12千米，距武汉市130千米，交通极其便利。

龙隐山海拔520米，占地4400余亩。景区围绕"隐龙乡野、奇石乐城"总体形象定位，以"石林奇乐、隐龙传说"为市场特色，打造集山水观光、民居观光、花海休闲、养老度假、户外运动、自驾服务、商务会议、旅游地产服务等功能于一体的富水湖旅游经济区"接待大厅"。景区既有玻璃天桥、悬崖秋千、丛林穿越、玻璃滑道等惊险刺激的游乐项目，也有石林秘境、云端草甸、星空栈道、紫藤长廊等与大自然亲密接触的天然观光项目，还有可以俯瞰富水湖全景的九龙鼎广场，可谓观景玩乐两不误，趣味十足。自2020年8月开业以来，龙隐山景区成为通山乃至华中的又一张旅游新名片。

［1］洞府，指国家地质公园、国家AAAA级旅游景区隐水洞；传说，指在鄂赣交界地区流传甚广的关于聂龙化身为龙、许将军化身为神相互争斗，从而在通山境内穿山成洞（隐水洞）、江西境内造田成湖的传说故事。

［2］金帆、风铃，指安放在青龙脊廊亭中的祈福金帆和楼道风铃。

　　［3］富川，指富水湖；隐水，指隐水洞。

　　［4］九宫，指国家重点风景名胜区、国家级自然保护区九宫山；大幕，指省级森林公园大幕山。

三界谷赋

幕阜蜿蜒，形胜禹甸；深谷跌宕，秀甲南天。远尘世之喧扰，聚天籁于山川。拥险幽达数十里，造风景逾万千年。纵横鄂南，神奇漫野；毗邻吴楚，钟毓无边。峰列七十二埂，谷分四十八源。上沐三光，近探云霞之府；势及万顷，深藏风月之园。山水万态，村落千般。自然伟丽，人文大观。誉江南之九寨，同仙界之瑶山。

嗟其地域广袤，景物苍茫。曲曲连三县，叠叠横百冈。东西千峰翠，南北万壑苍。将军尖、白沙尖、三界尖，山山叠嶂；赤水港、茶园港、四都港，河河涌芳。冷水坪、九龟畈、仰天塘，青瓦隐隐；泉洪岭、鲁家源、余家巷，古树彰彰。青山、水秀、山明，澎湃无限想象；西隅、黄荆、林上，氤氲连轴画廊。[1]空中翱翔，若临滔天绿浪；实地穿越，如坠蔽日汪洋。满眼多丛木，遍野尽幽篁。高山挽低谷，梯畴卧散庄。

昔者吴楚古道，迹遗琳琅。七朝云烟激荡，千载文脉偾张。驿路通南北，商街名荆襄。[2]兵寨巍巍兴于汉[3]，古镇赫赫盛乎唐。诗祖黄庭坚，雷打石前留佳话；勋臣刘伯温，安平寺中度阴阳。[4]郑氏庄园，天井半百成贾府；三界贡茶，云雾千箱俏京堂。[5]深山小延安，高地大战场。[6]保卫局、苏维埃，旧居穆穆；总医院、兵工厂，遗址皇皇。一路一沟皆历史，一崖一石尽沧桑。

是以慕仙境，上峰巅，跨松涧，步苔阡。汩汩流泉脆响，声声雀莺缠绵。坡陡径窄催脚力，竹修林密润容颜。纵有危崖当道，峭壁高悬，怎挡征服之悦，登顶之欢？手攀脚蹬乎上下，尔呼我应兮携牵。临斯顶，饱览千峦秀色；沿山埂，可窥百里霞烟。然登山之美，多在途间。春观杜鹃簇簇，秋醉红叶嫣嫣，夏喜山果飒飒，冬赏琼枝翩翩。信步而行，时时见胜景；频首而顾，处处若蓬仙。人似画中游，悠悠乎忘我；心在山头醉，飘飘然离凡。

亦可溯溪港，穿涧泉。山外暑气烈烈，谷中凉风潺潺。崖壁夹岸遮红日，枫杨连理撑绿轩。九步一泉濑，一沟九瀑潭。时而淙淙细语，时而哗哗长喧，时而飞流直下，时而顾盼回环。涉水，攀岩，清新满目；潜游，迂回，爽透心田。若问溯溪之巨美，莫过瀑布之大千。逢潭必有瀑，瀑瀑呈万端。如崩雪直泻，如散雾飞旋，如天降雨幕，如山垂绸棉。三眼潭、老林沟，疑是银汉坠深涧；高塘溪、鹅公颈，宛若黄河奔壶滩。谷怒骤雷，响征鼙之百架；石裂狂流，飞骏马之万骈。

至若逛村湾，心欢畅。山路伴崖边，瓦舍驻窝宕。石堤围东窗，古树掩西巷。竹椅竹凳竹床，土菜土禽土酿。脱樊笼，神驰以行；返自然，雀跃而访。一村更比一村偏，一庄更比一庄犷。二三声赳赳鸡鸣，四五处隐隐犬吠。山岚氤氲风物长，林海浩渺放眼量。朝霞溢彩，层林彤彤而多姿；朗月当空，周山寂寂而辽旷。恍如隔世兮，缈不知身处何方；疑在仙宫乎，忽已觉魂飞神惘。

而今文旅潮涌，休闲时兴。民寻体验之趣，士怀览游之情。党行生态之令，政举文明之旌。立足资源勤规划，彰显特色细点睛。通油路，美院庭，建碑馆，具雏形。古树公园遍布山麓，红色基地远播都京。溯溪康养蔚为时尚，研学度假已然风行。偏地在蝶变，图景正充盈。人头攒民宿，山野结队营。待明日，风云际会，独占魁星！

（依《词林正韵》，撰于 2023 年 7 月 16 日）

注释

三界位于湖北省通山县厦铺镇境内，因地处幕阜山脉北侧三县（湖北省通山县、崇阳县与江西省修水县）交界处而得名。三界谷，即指三界地区，因境内属富水上游河谷而命名。狭义上的三界谷，指原三界乡，即厦铺河赤水口地段以上区域，面积150余平方千米。广义上的三界谷，指厦铺河西湖地段以上长达数十里的高山长谷，包括西湖、藕塘、青山、瓜坪、西隅、黄荆、冷水坪、三宝、宋家、林上10个村，面积200余平方千米。三界谷内竹木茂密，沟谷纵横，古树参天，瀑布众多，是鄂南地区保护最好、面积最大的原生态山谷。

2017年，湖北厦铺河流域旅游开发有限公司与湖北大学合作，着手编制《三界谷溯溪康养旅游区总规》，将三界谷空间布局为"一轴四区"，即三界景观带、四都港田园休闲旅游区、三宝村漂流运动旅游区、天鹅湖溯溪探险体验区、冷水坪旅游综合服务区（红色小镇）。2021年，县委、县政府将三界谷旅游开发纳入全县旅游总体规划。先后重新编制了规划，铺设了进山油路，完成建设冷水坪全国红色教育基地。

［1］青山、水秀、山明、西隅、黄荆、林上，为境内村湾，带有浓厚的生态色彩。

［2］唐代，今三界地区地处吴楚（鄂州、洪州）两地重要通道上，今青山村是当时青山镇所在地，并建有大量商铺。

［3］三国时期，东吴大将甘宁曾在大城山上建兵寨屯兵。

［4］北宋英宗年间，洪州分宁（今江西省修水县）举人黄庭坚经三界古道进京城参加科考，留下"雷打石"的神奇传说。明朝开国元勋刘伯温曾住太阳山安平寺，当地至今仍流传着他出家、埋葬的传说。

［5］郑氏庄园，即郑家大屋，为当地大财主郑启厚所建，建于清朝后期，位于藕塘村九龟畈，原有48个天井，抗日战争时期被日军飞机投弹毁去大部。据传，清乾隆皇帝巡视江南曾途经三界去江西，喝下当地云雾茶后疲劳顿消，大加赞赏，并封三界云雾茶为贡茶。

［6］土地革命战争时期，三界地区是湘鄂赣边区革命的指挥中心，湘鄂赣省委、省军区、鄂东南道委、红三师、红十六师、红十七师等党政军机关曾驻扎于冷水坪，并建有红军医院、鄂东南兵工厂、军政干部学校、红军被服厂、列宁小学、苏区银行；彭德怀、何长工、黄克诚、萧克、江渭清、傅秋涛、钟期光、李达、姚喆、张藩、郭鹏、刘玉堂、吴咏湘、王义勋、汪克明、秦化龙、阮贤榜、阮汉清、朱直光、吴嘉民、谭启龙、刘士杰、李平等曾在此战斗，其中元帅1人、大将1人、上将4人、中将3人、少将9人。

太阳山赋

　　界分吴楚，势控西东。天赋其秀，地臻其雄。奇峰嵯峨，俯瞰鄂赣之无际；险壁嶙岣，凌耸华中以九重。林海郁郁，翠峦嵩嵩。人文浩浩，风物鸿鸿。冠尘寰之奇美，拥仙境之誉隆。

　　观其山蠡幕阜中段，景荟南鄂之长。峻峭直擎于圣界，逶迤屹立于蓬疆。层峦旖旎乎莽莽，叠嶂峥嵘乎苍苍。彰傲然之神韵，崛凛秀之华妆。幽峰掌影，仄径羊肠。松立绝壁，竹撑横梁。裁浓荫而为盖，披绿翠以为裳。飞瀑漫山，跌宕奔放；流泉遍地，回环悠扬。瑶藤蔓而松苍劲，谷风幻而云肆狂。观林涛如涌浪，看山色似流筋。若夫玄霾渐散，晓雾初张。日冉沧海，峦绵巨航。霞呈鳞羽之状，曦分冷灼之光。登临巅岭，极目群冈。足起凌云之气，胸生豪迈之慷。

　　至若国家保护区域，实乃江南鼎甲绿仓。纵横数十里，莽莽大走廊。珍禽翼翼，稀木泱泱。蛇兽游逛，鲵鱼浅翔。天籁环萦演交响，卉丛拥簇树花墙。金雕临风之嬉戏，水獭沐月之碌忙。砅崖喧豗之鹰隼，汩壑婉转之雉鸯。春花郯郯乎潋滟，秋叶灿灿乎琳琅。携樱花而妩媚，拂杜鹃而弄装；撷野珍而脆悦，品山果而弥香。至于千年古树、百年古藤，林林济济，成排成行。尽言难描其状，片图难摄其彰。

　　尔其地蕴灵秀，史铭青山。古道连唐宋，传奇浸岚烟。[1]石径悠悠，黄庭坚借雷劈蛇怪；古刹穆穆，刘伯温寻幽度余年。[2]千载岁月，百代桑田。红旗猎猎，丹心攒攒。忆往昔，尚荒寒。群情激昂，三省创建根据地；民众奋进，五星闪耀荆楚天。[3]彭德怀进山播马列，吴致民喋血献忠肝。[4]武装工农，与敌周旋燃星火；坚定信念，踞山游击撼坤乾。红色遗址遍山麓，英雄故事满岭巅。

　　而今之太阳山，人文丰盈，山川妖娆；红绿相彰，风光倍好。茶地片片铺庄园，林波层层掩翠岛。云蒸霞蔚，松涛与泉韵相应呼；山静鸟鸣，白鹇与河麂共欢闹。红旅初兴，理念再造。融新求变，绿水是金；提质整

103

规，青山皆宝。借山水之资源，筑康养之绿道。弘红色之基因，塑使命之大脑。由是，护生态之屏，谋发展之窍。文旅和融，因势利导。游人遍神州，品牌擎大纛。诚谓梦与绿水长流，心共青山不老！

（依《词林正韵》，撰于 2024 年 3 月 27 日）

注释

太阳山为鄂赣界山——幕阜山脉中段山体，位于通山县厦铺镇三界、闯王镇高湖、九宫山国家级自然保护区一线，山南为江西省修水县，山北为湖北省通山县。太阳山系呈脉状分布，形似太阳光芒四射，故得名。最高峰老鸦尖（老崖尖）海拔1656.6米，为鄂南第一高峰。境内溪流纵横，河谷交错，有河流、溪流20余条，瀑布20余处，瀑潭100余个。有森林6万余亩，森林覆盖率达97%以上，被称为"南方绿色宝库"。有珍稀濒危植物30余种，列入国家一、二级保护的珍稀濒危物种40余种。境内曾是土地革命战争时期著名的革命根据地，并建有冷水坪革命纪念馆。

［1］自唐宋时期开始，太阳山就是吴楚两地重要的通道，直至新中国成立初期仍发挥作用。

［2］在通山县厦铺镇通往修水县布甲乡的通道旁有一块巨型石头名为"雷打石"，据传是北宋黄庭坚进京赶考时借雷劈开的。兴建于元末明初的安平寺，据传为明朝开国军师刘伯温出家的古刹。

［3］土地革命战争时期，厦铺三界地区是湘鄂赣著名的革命根据地，一度是修武崇通县委、苏维埃所在地，湘鄂赣省委、省军区、鄂东南道委、红十六师、红十七师等党政军机关曾驻扎于此，并建有兵工厂、被服厂及医院等。著名红军将领陈寿昌、徐彦刚、傅秋涛、萧克、何长工等曾在太阳山一带浴血奋战。

［4］1928年9月上旬，彭德怀、滕代远率领红五军主力从通城县、崇阳县经三界地区进入九宫山休整，并发动群众，建立地方武装和苏维埃政

府。1935年2月，江西地方反动武装偷袭冷水坪，时任省委特派员代理鄂东南道委书记的吴致民（化名胡梓）在组织反击时不幸中弹牺牲，为纪念吴致民，省委决定将修武崇通县改名为胡梓县。

老崖尖赋

　　仙境蓬莱岛，人间老崖尖。山耸拔地之姿，秀甲吴楚；峰起入霄之势，壮冠鄂南。盘坐深山，风仪潇洒；脉拱幕阜，气象威严。一崖踞两疆，风月无边千山黯；九重垂半壁，画卷连绵万众馋。混沌自开，山海经里觅踪迹[1]；嵯峨相对，老林农中辨云岚。亘古至今，慕而却步者无计；最当在我，羡而攀登之有三。

　　襄会暮春，驾邀驴侣。车行高湖源之蜿蜒，步绕金鸡谷之曲阻。迄山麓而躬身，入半腰更趋步。林深叶茂，蔽日遮天；树高荆稀，抬腿即路。沿直脊而上，可旗指峰巅；觅斜侧而迂，亦标达高处。少缓冲之地带，难得筋伸喘舒；多迎面之陡坡，常赖手爬杖拄。虽汗流腿绷，却心昂劲鼓。仰老松之枝张，啧遒藤之形塑，欣藓草之滋萌，叹覆叶之积腐，惊猪窠之星罗[2]，哀断木之交抚。偶遇平宕，席地休整，或恣身而盘，或肆眼而顾。少顷起呼，一路前赴。心忧海拔之巍巍，唯恐返程之暮暮。然兴兴撞撞、振扑扑之珍禽，哗哗喧喧、惊溜溜之兽鼠。忽遐忽迩，风过树梢阵阵萧；且后且前，鸟伴枝头声声语。是以群情怡畅，疲乏渐消，此喊彼呼，你赳我努。

　　继而遇险隘，过峭关。危岩当道，羊径临悬。或窄如鞋跟，需扶扶颤颤；或耸如锥帽，得爬爬翻翻。或凌乱不堪，必处处匍匐；或犬牙交错，当步步蹒跚。一藩且过，又逢一栏。硕木横斜，手足互缠。动石纵垒，首尾顾瞻。体健助腿怯，男士援婵娟。一关一峦兢兢过，一步一拖达云巅。

　　及至山脊，心旷神昂。阳光熠熠，云海茫茫。绝壁峻峻，深壑苍苍。清风充盈左右，荆木浪漫山梁。人人激奋高亢，个个欣喜若狂。半天辛劳消遁，一时兴致铿锵。穿斜蹊，过凹宕，登曲径，达顶岗。三面耸峭，四方浩荡。极目远眺，鄂赣泱泱；沿顶近览，草木洋洋。幕阜百里绵延，横卧天际；老崖千仞巍峙，卓立仙疆。山高我为峰，看万山匍匐脚下；天阔我为上，任云天氤氲胸膛。

然则丽日偏西，时间过午；整列团队，商榷归途。由是别原路，向西图。山埂迢迢，两翼风光收眼底；风雨晦晦，一条迹影尽荒芜。虽地势栩栩，却满路茱茱。掰荆条，钻棘灌，寻旧径，定行衢。前者梳障，后者跟附，趺趺拐拐，莽莽粗粗。受伤不流泪，迷辙不服输。几番穿梭，甄别岔口；再三迂回，方达正隅。此时天虽降夜幕，众人心悸却全无。听雀莺悠鸣，闻涧泉低诉，回想半日之奔突，聊称下山之垫铺。

旋即领队当先，健硕殿后；妇弱紧随，男强护扶。前队喊，后队呼；后队缓，前队徐。沿途屡屡报数，一路唏唏嘘嘘。八九盏远光灯，十数里林间路；廿一人编队组，二三时达原初。巳时登山，亥时出谷，历练一日，不负尔余。虽饥肠辘辘，却身朗心舒；虽手足楚楚，却兴高神愉。

呜呼！览秀色，观奇峰。弃百虑于心外，纳八荒于胸中。爬山多得趣，爬山亦遇恐；爬山可悟道，爬山好看空。唯有向明，方能得中；唯有协勉，方能势雄。唯有自强，方能行远；唯有不懈，方能始终。感而曰：

人生一世，风华万千。过虑裹足，尽失机缘。

勇毅向上，可达穹天。胸怀丘壑，乾坤大观。

（依《词林正韵》，撰于 2022 年 5 月 24 日）

注释

老崖尖，亦称老鸦尖，海拔1656.6米，幕阜山脉中段太阳山主峰，系幕阜山脉最高峰，为鄂南第一峰。山体面积2平方千米。南为江西省武宁县，北为湖北省通山县，属湖北九宫山国家级自然保护区核心区域，其北直下为金鸡谷。爬老崖尖，主要线路有三：一是从金鸡谷谷口面北右侧，沿山麓直上，四五个小时可达山顶，山顶面南左侧斜，对面即为老崖尖。该线路多为60度以上陡坡，中途有多处巨石当道，只得绕行，但古树参天，风景大美。原路下山3小时左右。二是从金鸡谷中段面北左侧上山，到达山脊后再向东沿山埂行走，经第一线路处，五六小时可达老崖尖。该线路较为平缓，少参天古树。三是从闯王镇高湖村谢家湾至富家山登山，到达山脊后向东沿山埂行走，经第二线路处，8小时以上到达老崖尖。该线路较平缓，但路途遥远。2010年11月6日、2013年12月12日、2022年5月4日，本人曾三次攀登老崖尖，前两次经第一线路往返，第三次经第一线路上山，由第二线路下山。

　　[1]幕阜山，在《山海经》中名为"暴山"。

　　[2]猪窠，指野猪衔枝条做的窝。

太平山赋

　　形胜跨吴楚，磅礴冲霄汉；嵯峨雄赣北，峥嵘甲鄂南。夫太平山，界交两省，历史名胜；脉延西东，福地洞天。峻岭横亘，萃幕阜之奇秀；崇峦耸立，胜匡庐之丽颜。

　　远眺太平山，奇峰接云雾；近览太平山，胜景铺谷巅。低矮农舍古朴，左右隐现；盘山公路飘逸，上下蜿蜒。千层梯田，似水墨高挂；万顷修竹，若波浪回旋。行至半山，林木汪洋，身坠绿海；登上高顶，风光绝伦，心离凡间。溪泉淙淙脚下，瀑布汩汩崖边；鸟雀长年嬉闹，山色四时大观。春风拂过，遍野群芳斗艳；夏雨徐来，盖地林荫益然。秋爽阵阵，漫山红叶迷双眼；冬雪皑皑，无边琼枝醉天仙。最怜云雾时，妙景胜瑶坛。或澎湃如潮，或氤氲如练；如西施出浴，似玉环翩跹。巍岳潜行，蓬岛乎，卧龙乎，奇峰迭千变；旭日普照，罗纱也，锦羽也，流云舞万般。

　　追溯历史，沧桑千年。南宋辟道场，香飘半赤县；元明多敕封，名播全禹田。皇帝赐山名，天子题宫匾；朝廷铸神器，巨儒书诗联。品游山岭，穿越云海；步入道宫，梦回开元。一石一涧，与道对话；一花一木，同仙结缘。三仙坡、葫芦坪，仙踪隐现；试剑石、炼丹亭，仙法妙玄。仙人桥、仙人床，仙气弥漫；仙人谷、仙人坡，仙境斑斓。佑圣宫、万福宫、万禄宫，善男信女熙熙接踵；祖爷殿、真宝殿、巡山殿，历史典故津津流传。

　　夫山不在险，有史则远；地不畏偏，有景则喧。悠悠太平山，盈盈耀百川。山岭环立，谷地相间；草木茂密，泉瀑联翩。香火缭绕，紫气弥漫；人文浩瀚，景致延绵。忆往昔，风云际会，拳拳忠情滋厚土，英雄热血染龙燕；喜今朝，盛世和畅，耿耿热忱撼山岳，宏图大业谱新篇。

　　嗟乎！深山丽土，仙谷桃源。怡情养性，浣慰延年。胸怀寰宇，放眼尧天。济世爱民，立德立言。感悟超凡之境界，回归无穷之自然。融汇古今，情牵天下之忧乐；和谐物我，心系大众之福田。

（依中华新韵，撰于2019年6月21日）

注释

太平山，原名丝罗山，明宪宗赐名太平山，属幕阜山脉，为鄂赣界山，山南为江西武宁县大洞乡，山北为湖北通山县洪港镇，西与国家重点风景名胜区九宫山相连，主要景观在通山境内。面积20余平方千米，平均海拔1200米，主峰海拔1329米。山上气候宜人，有2万余亩竹木，森林覆盖率96%，林内名贵珍稀动植物繁多。山顶建有天乙佑圣宫，历史上为鄂赣著名道场，得到宋、元、明三朝多位皇帝的御赐和诰封，元仁宗敕书"天乙佑圣宫"，明宪宗钦书"通真宝殿"。较著名景观有三仙坡、葫芦坪、试剑石、仙人床、鸡冠岩、仙人桥、喷水崖、道士坟、洗澡盆、好汉坡、仙人谷等30余处。大革命时期，太平山地区是湘鄂赣革命根据地的重要组成部分，老一辈无产阶级革命家彭德怀、滕代远、李灿、何长工、吴致民、程子华、傅秋涛、王平等曾在此浴血奋战，一大批工农红军壮烈牺牲长眠山中。

大幕山赋

南鄂大幕，吴楚名山。峰横云影，谷裹翠岚。依幕阜之北脉，邻香城之南轩[1]。秀林清幽，氤氲万顷阆苑；人文馥郁，滋养百里桃源。生态至纯，乃华中极品福地；风物大美，成江南无上洞天。

尔其景物雅致，蔚为大观。以山水之灵丽，渲画卷之联翩。曲径悠悠，溪涧连一线；纵谷寂寂，奇峰排两边。翠竹摇摇，漫山遍野腾碧浪；莺雀飞飞，枝头草巅相欢言。举目满眼景，开怀全腹鲜。山麓山梁，碧波迭现；岭头岭尾，苍盖缠绵。天池铺四时水墨，慈湖荡一山俊颜。[2]柳树泉、三叠泉，泉汨树葱意韵无限；仙人桥、黄鹤楼，桥杳楼隐妙境盎然。最是登高处，风情呈大千。双尖雄巍，如插天利剑；甑背崎耸，似凌空峨冠。放眼近观，两地历历；极目远眺，八方田田。垄畴绿树铺锦带，云雾青峦酿琼仙。环首，船行汪海，幻变万象；静坐，心游高顶，意畅千般。

溯乎胜遗佳话，千秋永传。古咏隐居之雄杰，今歌革命之烽烟。隋末李靖，出山平天下；明清义士，垒寨拒暴官。[3]遗址尚存，铭刻彭德怀之功业；忠魂不朽，流芳红三师之美谈。反蒋为民，红旗猎猎；抗日剿匪，丹心拳拳。转运局、兵工厂，遍洒军民之碧血；跳崖处、总医院，犹见英雄之忠肝。硝烟虽散尽，基因得续延。大山儿女抛子别家，战天斗地育林海；江城公仆筹劳捐款，露宿餐风造坤乾[4]。六万亩葱茏，数十载血汗，其功可颂，其绩可镌。更有省委书记常眷顾，两届九临情相牵。[5]厅干忙植绿，省尊谋高瞻。生前，足踏峰岭；死矣，身融山川。

至若登山览胜，情漾流连。一树一形，一竹一媛；一峰一画，一壑一弦。纵有大师，画笔难摹其态；虽精诗典，言语未状其妍。曾家山、郭家山，古村古韵顿感隔世；黄金寺、上下叶，土风土俗陡回百年。四季畅游，尤在春夏；赏花避暑，情趣潺潺。野樱肆意排行，成亩连片；杜鹃磅礴列阵，接踵摩肩。阳春四五月，花事正狂颠。山岭披锦被，沟谷着彩棉。步花径，憩花亭，身置花花世界；赏花姿，品花魅，心醉朵朵娥娟。

人熙车攮，波波潮涌；啧赞惊叹，声声耳喧。盛夏正酷，半山始寒。一岭分两季，两昼春秋蹒。白天拥风信步，夜晚伴涛安眠。快哉，纵情尽兴；美也，惬意而欢。

嗟乎！昔日山荒岭寂，如今地旺名贤。人文浩浩，风情骞骞。绿水是金，灵秀尽钟形胜；青山皆宝，祥瑞长占方圆。且看生态升值，风车劲转[6]；更喜资源开发，文旅兴澜。借势助推，当擎风景之大纛；依地远谋，定登名胜之穹巅。

（依《词林正韵》，撰于 2020 年 12 月 25 日，并收入《通山县国有林场带村志》）

注释

大幕山地处通山县域北部，为通山与咸安界山，山南为通山县黄沙铺镇，山北为咸安区大幕乡，总面积约40平方千米。境内山峦起伏，沟壑纵横，群峰连绵，地形东西狭长南北窄、北高东低向南斜，有大幕山观、冬瓜大包、双尖、犀牛望月等高峰，主峰甑背岩海拔954.1米。1972年2月，县委、县政府组织劳力开始创建国营大幕山林场，1995年被省林业厅批准为省级森林公园。大幕山既建有林场，也设有行政村，有曾家山、郭家山、黄金寺、上下叶、老屋陈等自然湾。历史上，主要景点有寺磬重鸣、慈湖荡碧、大幕三杰、柳泉林海、流泉叠翠、画壁长春、双尖远眺、黄鹤栖梁等。第二次国内革命战争时期，大幕山是湘鄂赣苏区的重要组成部分，也是工农红军红三师的根据地，彭德怀、李灿、何长工曾率部到此。抗日战争时期，王震、王首道率领八路军"南下支队"与张体学率领的新四军十四旅主力进入鄂南，挥戈大幕山。

［1］香城，指咸宁市府所在地温泉。

［2］天池，指大幕山顶一处无名大水塘；慈湖，指大幕山观水库。

［3］相传隋末李靖曾随母隐居大幕山，后出山助李渊创立唐朝；明末农民起义、清太平天国革命期间，曾有民众队伍在此据险与官兵对峙

抗争。

　　[4] 从1984年开始，原中共通山县委书记、湖北省原计委副主任李振周扎根大幕山义务造林20余年，计1万亩，2009年1月去世后根据其遗愿骨灰葬入大幕山。

　　[5] 20世纪八九十年代，中共湖北省委书记关广富在两届任期内，先后数次到大幕山考察调研，并帮助解决实际困难，2016年4月去世后其骨灰归葬大幕山。

　　[6] 2019年6月，中广核大幕山风电场并网发电，总装机容量58兆瓦。

大城山赋

山险峰巉，形若城堡之状；石怪崖陡，炫乎洞天之光。地控古道，史溯籍章。[1]气吞富水，势峙太阳。[2]钟幕阜余脉之秀，荟南鄂渚冈之长。四门通村落，八面耸危墙。遥望山峰巍峨，近观崖堑铺张。矗岩壁垒，青峦如臂环抱；林木玉立，山色似画琳琅。噫吁！人文丰厚追东汉，生态优美胜蓬疆。

观夫四围险峻，山顶坦然。置身其上，心无忧烦。纵目观风景，敞怀抱岚烟。翠蕤覆地，碧树参天。卉丛岩宕，坡漾草原。纵笔荆棘，噙露花开而艳；含情灌木，望风草盛而绵。城门隘、樱花谷、石林坡，聆雀鸟之啭唱；娘娘泉、载狮泉、杨四泉，赏溪流之潺湲。春回野樱杜鹃怒放而耀日，夏至翠竹修松漫卷而涌澜；秋染山峦紫光炳焕，冬临寂林水墨大观。至若奇石罗列，异象争妍。石屋石桌石碗石床，款款惊叹；石狮石猴石虎石鼠，栩栩腾欢。大和尚肃立朝圣，小尼姑盘腿参禅。更有崖洞交错，绝美难言。老君洞、栖云洞、仙猿洞，一洞胜一洞，洞洞藏坤乾。或攀爬半天，难窥其底；或潜行数里，未知边沿。或钟乳垂立，或巷道回环。或大厅连小室，或叠瀑伴梯田。至今不可探，斯哉亿万年。

风光虽大美，文化更堂皇。其名始北魏，故事遍山梁。聂龙穿山成洞，许军舞剑凿窗。石缝出稻谷，岩蜜成药浆。[3]铁船厂、读书台，相传张衡之遗址；云崖寺、大王庙，印证往昔之辉煌。[4]东吴甘宁屯兵立营寨，国军志士抗日歼东洋。[5]太平军驻守山麓，清知县喋血藕塘。[6]古时猿猴嬉佳木，今日遍野换新装。[7]公路盘山岭，天街兴舍房。茶叶吐翠，果蔬飘香。观山花，吸绿氧；听天籁，健肝肠。虽无名山之接踵，亦有公园之徜徉。驴友结队，游人排行。慕名而至，尽兴而慷。

嗟乎！生态旅游，水秀山清。林野跌宕，丘谷纵横。攀峦胸开眼阔，探洞魄动心惊。传奇猎猎，笑语盈盈。宜游宜憩，寻幽寻宁。户外活动无边趣味，休闲度假万千风情。蓝图已绘就，前景在勃兴。看此山，资源丰富独冠南鄂；待明日，机缘臻至盛名楚荆。

（依《词林正韵》，撰于 2024 年 3 月 25 日）

注释

大城山，又名城山，俗称蛇山，地处通山县域西南部，为幕阜山脉支脉，属厦铺镇、杨芳林乡共辖。山体顶部平坦，四面绝壁耸立如城，故名。东西长3.5千米，南北宽3千米，面积11平方千米，最高峰龙王尖海拔912.5米。山之四方各有一崖缝孔道通向山顶，分别称东门、西门、南门、北门。大城山地形特异，易守难攻，山下是通往江西的要道，因而成为历代兵家必争之地。

[1]北宋乐史《太平寰宇记》、北宋欧阳修《舆地广记》、南宋王象之《舆地纪胜》、清初顾祖禹《读史方舆纪要》，均对大城山进行记载。《太平寰宇记》卷一百一十二"通山县"下记载："翠屏山，在县南八十里。山上有石城，三面有石壁，一面峻极。本名石城山，天宝六载改为翠屏山。"《舆地广记》载："上有石城，三面有石壁，本名石城，唐天宝中改名翠屏山。"根据史志分析，大城山历史上本名为石城山、翠屏山，其名与山形极为吻合。山下地域至今仍名"翠屏"，并曾建过翠屏公社、翠屏乡。清代起，后人将凤池山混为翠屏山，其实有误。

[2]富水，长江南岸主要支流，其干流为厦铺河，发源于三界尖北麓；太阳，指太阳山，位于厦铺镇三界、闯王镇高湖、九宫山国家级自然保护区一线。

[3]据传，大城山里有一仓谷取之不尽，曾有人看见谷从一石缝中漏出来；又传绝壁悬崖之上有无数石穴式的蜂房排列，取其蜜饮用可治百病。

[4]相传东汉天文学家张衡曾在大城山上读书、造铁船，山上留有铁船厂、张平子读书处等遗迹。明末清初，山顶上的云崖寺香火旺盛，僧侣最多时达300余人；大王庙，又称张衡寺，是后人为纪念张衡而建，始建于

明万历年间，鼎盛时香客日达千人。

　　［5］三国时，东吴大将甘宁曾驻兵大城山，并在山上疗伤静养。抗日战争时期，国民党第十五师所部凭借天险，扼守拒敌，全歼日军一个中队。

　　［6］清咸丰年间，太平军以大城山为要塞，与清军对峙，通山知县陈景雍率兵激战时阵亡。

　　［7］古籍载，城山"昔有猿猴出没"。据旧志艺文分析，至少在清初山上应有猿猴。

凤池山赋

悠悠雉水河，朗朗凤池山。坐拥幕阜之北要，虎踞县城之南巅。青峦巍峨，纳众岳之形胜；绿岭蜿蜒，蕴人文之蔚观。石器述万古，清名越千年。任时光荏苒，安对风雨雷电；纵沧桑变幻，静观星月云烟。

凤池览胜，美轮美奂；景观若许，既丽既妍。方园百顷翠微，绿浪养眼；曲径十里绝色，苍木参天。春来雀莺婉转，夏至清凉缠绵。秋览山光，无尘不忘；冬游幽境，有梦结缘。海拔不高，雅致偏成悦赏；幅员不广，风情自有嫣然。溶洞星罗乾坤殿，野藤丛生伊甸园。远观奇树环生，各有神姿而浮想；近看异石列阵，纷呈妙态而联翩。丽日远眺兮，新老二城，气势磅礴凌霄汉；静夜俯瞰兮，东西两市，霓虹璀璨耀重天。塔影入八景，卓卓载史卷[1]；盛世吟廿咏，堂堂成大观[2]。

况乎大美人文，最在内涵。梧桐立高冈，凤凰栖池边。[3]传说千秋不老，山名今世相延。翠屏古寺，香火绵远；狮子宝塔，文脉永传。两崖洞、炯然亭，侍郎功德留胜迹[4]；怀煜亭、衣冠冢，后主才气泽山川[5]。领导频来，游赏长留佳话[6]；百姓眷顾，欣逢皆绽笑颜。山水清华留芳墨，文学巨匠作鸿篇。[7]数十政要，临山叹为观止；百余文魁，赋诗吟而流连。

且观旧城改造，天地时迁；隧道贯通，两翼相连。路道顺达，车辆不绝往返；生态优美，风情自可缠绵。遂为城市之心脏，渐成民众之乐园。木郁郁而滴翠，花艳艳而流丹。桃樱染红石径，鹧鸪鸣幽树端。三五亲朋，洒笑声于亭里；成双情侣，留足迹于林间。门楼路旁，棋弈对战；山枣树下，太极出拳。绿荫广场而曼舞，白石山梯而登攀。雪月风花，尽览凤池妩媚；春秋冬夏，皆宜游者休闲。遂感而赞曰：

凤凰附丽，南鄂名山；钟灵毓秀，森林公园。城市福地，世外桃源；

百姓欣乐，忘返翩跹。天成丽质，风景独妍；独出奇秀，气象万千。

（依《词林正韵》，撰于 2016 年 10 月 30 日，原载 2017 年第 9 期《中华辞赋》，并收入《通山县国有林场带村志》）

注释

凤池山系南鄂名山，位于湖北省通山县通羊城区南侧，总面积4.82平方千米，最高海拔462米。该山地形奇异，山貌独特，山中奇石遍布，溶洞众多，紫藤丛生，素有"容通山之全貌，纳江南之奇秀"之美誉。

［1］旧志载有"通山八景"，凤池山上的"翠屏塔影"居八景第二。

［2］在旧时基础之上，今人重新命名塔镇雄狮、凤宿池边、衣冠遗冢、百怪石林、石莲古洞等主要景点20余处。

［3］相传，古时凤池山上遍布梧桐树，有凤凰长栖山顶天池戏水，故称凤池山。

［4］明代，通山县通羊镇人朱廷立年少时在凤池山石洞中攻读，并于嘉靖二年（1523）中进士，后任工部侍郎、兵部侍郎、礼部右侍郎，晚年回乡在山上建"两崖书院""炯然亭"，传道授业，以文会友。其所撰《马政志》《盐政志》收入《四库全书》。后人把朱廷立苦读诗书的石洞，称为两崖洞、侍郎洞。

［5］清同治七年（1868）《通山县志》转引明万历九年（1581）《通山县志》载："李后主墓在翠屏山（即凤池山），世传南唐后主李煜以五十二棺同日出葬，为疑冢，而翠屏山其一也。今墓不存。"据此推断李煜生前应登临过凤池山，并对凤池山情有独钟。后人为纪念李煜，便在山上建起怀煜亭。

［6］1984年12月5日，时任中共中央总书记胡耀邦到通山视察，在位于凤池山半山腰的凤池山庄接见全县100余名干部群众代表。针对通山是山区、库区、苏区、贫区的实际，作出通山要"山通库活"的重要指示。胡耀邦视察后，通山发展步伐全面加快。继而1986年9月、1988年4月，中共

中央政治局委员、书记处书记胡启立，中共中央顾问委员会常委、上将萧克，又先后视察通山。1986年1月、2004年5月、1996年5月，全国人大常委会副委员长王任重、顾秀莲，全国政协副主席、中国社会科学院院长胡绳分别到通山视察指导工作，有效促进通山旅游、教育等事业快速发展。1997年1月，凤池山被列入省级森林公园，10月中共湖北省委书记关广富为门楼题写"凤池山森林公园"。

[7] 1986年，著名作家姚雪垠曾住凤池山庄数月，创作长篇历史小说《李自成》，并获首届茅盾文学奖。

北台山赋

　　幕阜莽莽，北台苍苍。旧称云凤，今构新庄。悠悠千载，盈盈万方。身居南鄂，名著北疆。襟连三县，胸纳八荒。古兴国之文脉，大宋朝之柱梁。[1]儒释相生之厚土，日月共荣之福冈。

　　赞我北台，凤翥鹤翔。贤士辈涌，俊彦成行。兄弟勤勉，草庐当学宫；同朝登第，史志留墨香。[2]胸藏良知璞玉，笔吐道德文章。三代两龙图，文武浩浩作标榜；一门四进士，忠义铮铮为朝纲。[3]中复刚阿，两弹宰相；仁宗明正，书赐朝堂。[4]宋史载伟功，殊荣胜包拯；宗谱录绩业，清名励儿郎。[5]龙图书院铭远志，北台古刹历沧桑。[6]俱往矣，山存余韵，乾坤豪放；看今日，磬击层楼，风月堂皇。

　　颂我北台，绝美画廊。绿色氧吧，生态屏障；乡村水墨，田园诗章。霞蔚云蒸，雨沛风爽；竹影摇月，树绿擎阳。清泉暗流于岭，莺雀竞歌于冈。佳木秀而繁荫，野芳发而幽香。秋水长兮生绮梦，幽篁止兮听凤凰。最喜重峦环顾如宽胸，千顷方圆放眼量；更爱叠丘敦厚似深怀，咫尺春秋意气昂。奇哉北台山，台坐悬崖，石生众像；雄哉北台山，峰屹层峦，谷掩苍黄；秀哉北台山，水绕石罅，壑腾碧浪；幽哉北台山，寺隐青云，林藏韶光。

　　兴我北台，行健自强。吴楚名山，骚客咏唱；华夏一页，国史昭彰。锦山丽川，前波后浪；春风惠雨，再谱华章。儒释携手，懋业同兴；官民合力，宏图共襄。文旅相融，前景无量；承前启后，大道辉煌。云凤义林已滴翠，龙图书院正重昌。[7]乐今朝，万众凝心扬厚蕴；待明日，四方沓来仰其芳。

　　北台山壮，富川水长。瞻古明志，思今奋扬。忧国忧民处乡野，立德立功居庙堂。胸怀寰宇，写锦绣文章；放眼天下，当社稷栋梁！

（依《词林正韵》，撰于 2017 年 5 月 10 日，原载 2017 年 12 月第 4 期《神州辞赋》）

注释

北台山位于湖北省通山县洪港镇车田村，其名声影响至毗邻的阳新县和江西省武宁县。

［1］历史上，北台山地域曾长期隶属兴国府州，明清时期地方志书均予以较详记载。

［2］宋仁宗年间，吴几复、吴中复、吴嗣复三兄弟到离家四里地的北台山攻读诗书，并相继考中进士，此事后被载入《湖广总志》。

［3］宋英宗年间，吴中复之子吴立礼考中进士，加上几复、中复、嗣复，一门考中四位进士；吴中复任上政绩突出，官进龙图阁直学士，后其从孙吴择仁宋徽宗年间亦加封龙图。

［4］吴中复在御史任上弹劾梁适、刘沆两位树大根深的宰相，使他们先后被革官去职，宋仁宗飞帛书"铁御史"三字相赐。

［5］吴中复的历史功绩载入《宋史》；吴氏宗谱和宗祠撰有楹联"持议刚方，座席正讲官之体；风裁峻厉，飞帛书御史之名"，下联即概括了吴中复的主要事迹。

［6］南宋时期，吴氏后人为铭记先祖功德，在北台山兴建龙图书院。后由于朝局动荡，"废为寺"，明末"又遭兵燹"，寺庙仅存遗址。清康熙年间，当地武举人王德尚率众修复龙图书院和北台寺，至此书院、寺庙并存。太平天国时，书院、寺庙被毁。晚清北台寺重修，但书院不曾恢复。"文化大革命"期间，寺庙被改作大队林场场部，直至20世纪80年代才复为寺庙。

［7］2015年3月，通山各界有志之士行义举，在北台寺后山一带营造"云凤林"，并倡议社会着手在遗址恢复龙图书院。

石航山赋

地处城畔，形似石船。秀藏野岭，名满通山。叹自然之造化，感岁月之蹒跚。俯瞰疑是丹青之画卷，近观恍如锦绣之屏藩。是以迁客骚人，兴勃勃而欲往；雅媛逸士，步翩翩以趋前。

公路盘山而上，蓝天绕身而牵。嘉木旁立，垂崖壁悬。遍文锦以杲杲，集珠琲而鲜鲜。观其县城之佳处，赏其郊野之高巅。驻足远瞻，旧城新城渺渺如瑶市；扬目环视，丘畈村落悠悠若蓬天。及至山顶，景愈斑斓。峰峦起伏而叠翠，霭雾缥缈而脱凡。松杉遮天蔽日，荆藤缠足摩肩。清风款款可祛愆，鸟鸣脆脆以合欢。葱茏林海，蓊郁岩原。引飞禽而聚会，惹走兽以登攀。长空鹰击，峻岭兔喧；枝头雀闹，地上雉闲。更有石林幽深，姿态千万；山花烂漫，风情万千。

至若林深掩黑瓦，坡陡连青田。成化建庄，村衍三姓；至正弘道，寺繁双泉。[1]古木矗矗以历世，碑塔隐隐而永年。航山积雪载县志，进士撰文酬僧官。[2]兄弟献身，勇抗倭日；英贤浴血，力拯黎元。[3]革命故事堪铭记，风物传说众口言。

观夫生态之纯美，因于林场之绵延。村湾变林地，荒岭生翠檀。茶叶遍坡麓，油茶满山边。到处旖旖旎旎、袅袅姗姗。闻夫盛夏清凉，诚为避暑之福地；林荫茂密，实乃休闲之廊轩。清秋韵浓，更适采果而踏翠；冬景意远，备觉怡神而养颜。四时之美各异，无边风光大观。

如今富足求乐，乐中寻安。斯山得城郊之地利，胜凤池之回环。诚可借生态之鸿丽，谋民生之新篇。依山体，建公园；兴文旅，聚客仙。此乃万民之愿，必传千秋之刊！

（依中华新韵，撰于 2024 年 4 月 16 日）

注释

石航山地处通山县城东郊，因山形酷似石船而得名。石航山面积6.18平方千米，自西向东分布郑家、夏家、新屋阮、老屋阮4个自然村落。境域属低山丘陵区，林木丰富，较有名的山峰有双尖峰、棺材山、金竹尖、面前山、高椅槽、白猫山等，最高点棺材山海拔780米。

1971年2月，境内建立李渡林场。1973年初，改名石航山油茶场。1978年，夏家、郑家由城关公社石航大队划归油茶场，组建夏家大队。1990年，阮碧山老屋阮、新屋阮由畈泥乡祝家楼村划归油茶场，组建阮碧山村。2002年，夏家村、阮碧山村合并成石航山村。2008年，石航山油茶场更名为国有石航山林场。林场总面积2.6万余亩，经营面积2.1万余亩。

[1]据姓氏宗谱记载，石航山境内最早人口迁入为明成化年间；双泉寺始建于元至正二十年（1360），为县域内较早建造的寺庙之一。

[2]航山积雪，为县城旧时八景之一，见于县志；双泉寺内至今保存有七块石碑，其中有赐进士出身、清光绪年间通山知县傅为霖题撰的碑文。

[3]抗日战争时期，当地民众积极抗日，先后有夏祥富、夏与贵、阮祖志等人英勇牺牲；通山早期革命志士叶金波、吴礼执、许金门等人曾在山上开展革命活动，发展组织成员。

北山赋

　　苍茫林海，灵秀北山。史载典册，名耀尘寰。叠嶂层峦，接幕阜之余脉；长岭深壑，蕴风物之大观。桃源可羡，阆苑可堪。山掩四庄，鸡鸣稀落幽旷野；地交三镇，绿浪无垠袅翠岚。

　　尔其林木郁郁，山色田田。公路蜿蜒，风光无限；峰峦跌宕，景致大千。幽林葳蕤而叠翠，山涛漫卷而涌澜。峻岭秉凛秀之容，气度卓异；古树矗岿然之态，神韵空前。莺雀嗾嗾而和奏，溪泉咚咚而潺湲。春来野花覆地，夏至清岚养颜；金秋紫光炳焕，隆冬素色灿然。风起，树影斑驳生瑞象；日落，月幕高垂笼霞烟。噫吁！如诗如梦，若凡若仙。

　　至若大美胜迹，尽在坡谷高巅。石林森森，百态迭现；钟乳累累，千姿争妍。石城石街遛石兽，石阁石殿掩石帘。惊天地之造化，感自然之独怜。攀陡岩，跻蹬道，身临九天云汉；登绝顶，眺周遭，胸纳八面斑斓。仰观群山猎猎，俯瞰丛林翩翩。此刻非唯风光宜人而陶醉，斯时更以情怀大我而慰宽。

　　溯乎风生物秀，涌翠流芳。祖师行踪，传说凿凿播村野；飞龙古刹，文昌煜煜誉朝堂。[1] 侍郎题诗，贡生吟唱；山民立业，知青垦荒。[2] 更有护林三杰，奋不顾身蹈火海，壮举赳赳励儿郎。[3] 风餐露宿不言苦，历寒经暑斗志昂，誓把青山重描画，愈遇险阻愈铿锵。由是汗水汩汩浸山峦，赤诚铮铮耕岩宕；荒坡万顷绿叠绿，美景千重冈连冈。

　　喜看于今之北山，气象日新，风光倍好。人文悠悠，林木浩浩。漫野滴金，遍地皆宝。路网丰腴，楼台窈窕。民众发家愿景可酬，林场创业雄心不老。借生态之资源，筑康养之廊道。文旅和融，林商携抱。助力全域旅游之宏图，擦亮乡村振兴之新貌。

　　嗟乎！巍巍北山，悠悠画卷；亭亭风物，恬恬公园。游之可比霞客，居也效作陶潜。如斯风情，岂不惹人艳羡?! 风情如斯，怎不引人情牵?!

（依《词林正韵》，撰于2022年9月24日，并收入《通山县国有林场带村志》）

注释

北山地处通山县域中西部，地域涵盖北山林场和北山村，四周与厦铺镇、杨芳林乡、南林桥镇接壤。清同治七年（1868）《通山县志》载："狮子山，一名北山，距县三十里，形如狮子。上有狮子岩，山阴有飞龙寺。"北山林场建于1966年，是全县3个省办国有林场之一，也是县内最大的商品材和绿化苗木基地。林场总面积2万余亩。北山村为北山林场带村，辖4个自然湾，组成3个村民小组。

［1］相传九宫山道场开山祖师张道清，曾游经北山境内的罗城岭，并留下一句偈语：此地有千人喝的水，无千人吃的米。明代进士、吏部给事中舒弘绪，明代举人、知州姜时棠等曾在飞龙寺内读书，后考取功名。

［2］明代礼部侍郎朱廷立、清代贡士阮士楚曾畅游北山，并写下诗句。北山境内自明代晚期开始有人上山定居；20世纪70年代，为建设北山林场，县委组织50余名回乡知识青年上山开荒植树。

［3］2000年3月27日，北山林场发生特大火灾，烧毁林木1.5万余亩。林场场长袁观宝、会计郑有能、农民程时富参加扑火英勇牺牲。

林上古树公园赋

　　幕阜之北，南鄂之边。参天古木，拥簇成园。秩乎百岁，寿逾千年。风采熠熠，气象田田。村因树幽，树因人秀，人树修睦，大道自然。感此胜景，特拟赋篇：

　　一山古树，十里奇观。卓秀林上，耀誉楚天。腾巨浪而送歌，苍茫漫漫；携长风而献舞，浩瀚绵绵。滋乎清冽之浆，源源兮泉瀑喷涌；涵其深幽之谷，芸芸兮生灵翻跹。得厚土之眷顾，赖淳民之志轩。

　　若夫林上郁郁，山川泱泱。地纳吴楚形胜，脉延幕阜雄苍。山谷悠悠，纵横跌宕；林木飒飒，参差汪洋。莺雀招伴呼朋，漫天恰恰；溪泉弹弦奏曲，沿路汤汤。村舍零落，田园掩藏。炊烟婀娜，野径芬芳。游客驻足留宿，文士摹画赋章。远离尘世之福地，放飞心灵之梓乡。

　　尔其生态之地标，莫若神奇之古树。房前屋后，二三相依；村头路旁，六七成伍。山梁之上，接踵摩肩；沟谷之滨，右盼左顾。椰榆、黄檀、香榧，种类琳琅，煌煌星罗；金盆、泉洪、茶园，村湾绵延，赳赳棋布。

　　是以远观羡其貌，近瞻慕其容。独处亭亭，众聚隆隆。拔地张魁霸，破岩扬威雄。俯之如云盖日，仰之若伞遮穹。惟挺惟曲，铁干一身道骨；尔盘尔错，瑶枝九派仙风。初看壮美，英姿无穷。或独木成林，或数树连丛；或六人合抱，或九丈指空。树干浑圆，气压嵩岳；虬枝苍劲，势冠飞龙。深识瑰奇，世间难逢。一棵一风月，一株一兀峰。一湾均国宝，一地皆猫熊。百龄恰春少，千岁正年中。依依青钱柳，演世百万载，堪称树中凤；亲亲红豆杉，存遗冰川纪，无愧老顽童。更有一树历十朝，十树共妪翁，两树合一体，一树兼母公。

　　噫嘻！信步林上，快意无疆。茂林修竹古树，青山秀水幽庄。感自然之无私，天赐奇丽；喜民风之纯善，人造福冈。生态之至美，黎庶之同襄。先辈秉持身教，后昆践行弘扬。宁折一斗米，不舍一棵树；宁绕一道弯，不毁一枝桑。有道是，人敬山一尺，山馈人一丈；人养树一滴，树予人一江。由是山金水银，家兴国旺；年丰人寿，地久天长。

（依《词林正韵》，撰于 2022 年 5 月 13 日）

注释

通山县厦铺镇林上村位于县域西南边陲、幕阜山脉腹地，东与冷水坪村接壤，南与宋家村毗邻，西与崇阳县港口乡大东港村交界，北与瓜坪村、杨芳林乡横溪村相连。全村林地40880亩，耕地957亩，6个村民小组，9个自然湾，228户，828人。林木资源以松树、杉树、枫树、楠竹、油茶为主，野生猕猴桃、樱桃分布广泛，知名的樱花谷就在村内。

林上村古木众多。目前，已发现古树84株，主要集中在泉洪、金盆、大茶园等自然湾，有榧树、银杏、榔榆、槐树、黄檀、棕树、小八角苗、青钱柳等10余种。其中，榧树56株，一级古树15株、二级古树29株、三级古树40株；1000年以上榧树3株，树龄最长达1500年。榧树为中国特有树种；银杏为中国四大长寿观赏树种之一；青钱柳，别名摇钱树，为冰川四纪幸存珍稀树种，仅存于中国，被誉为植物界的大熊猫、医学界的第三棵树。

近年来，林上村结合古树资源保护，积极打造古树公园，以古树保护为主题发展森林康养旅游产业，助推乡村产业振兴、生态振兴。

九佛山赋

　　熠熠山口铺，煌煌九佛山。净门古圣境，禅宗新洞天。位扼隘衢，树丛林于吴楚；地穿高速，结善缘于尘寰。处乡井而烟霞十万，无崇壑却景物大千。传教圣地，步游琼园。草绿树苍，展拱丘婀娜之静美；岚缠鸟恋，呈檐阙幽深之回环。袅袅佛音，涤红尘之寂奈；浓浓禅意，添岁月之悠闲。

　　观夫景致若许，言其大端。汉白玉牌楼，虔虔躬立；柏油面驰道，款款伸延。田畴错落连村寨，寺庙斑斓卧山沿。人文帧帧，传说泛泛；地貌郁郁，风光田田。九峰蜿蜒，悬连轴画卷；两邑广袤，现无垠桃源。荆木飒飒，雀莺翩翩。霞蒸霭霭，水流潺潺。春来漫野叠翠，夏至周丘涌澜。金秋紫光炳焕，隆冬素色灿嫣。满目华妆，变幻四季；遍地神韵，曼妙千般。可静心，可养眼；可穿越，可徒攀。登临远眺观仙阙，舒旷纵吟叹瑶坛。绿荫茂繁，凭人休憩；小径曲邃，肆意撒欢。令人神怡心旷，忘返流连。

　　至若移步寺内，但见巍峨堂皇。重楼高耸，叠台轩昂；广场恢廓，宝殿腾骧。所望耀眼红门于佳境，临风飞檐皆彩妆。大德丹楹硕文脉，长老妙墨辉画梁。毫光慧曜，洪钟声彰。俯则澜翻金碧，仰则峰拱祇堂。阁廊清新雅致，花木苍翠弥芳。更有七丈天王，金装称冠；万手观音，构意无双。

　　忆昔一方净土，天地三光；民传千载衣钵，风云八荒。朝圣九宫山，此处为前院；礼佛云关寺，斯地当斋房。芸芸兮，且来且往；攘攘哉，亦痴亦狂。谁料世事多变，人道多徨。风雨摧其柱，战火毁其墙。三尺神明，一地沧桑；数朝更迭，几度难襄。及至改革开放，寂土重构柱桩。然廊舍狭小，院庭疏凉。幸有法师妙量，结缘驻足山冈。许愿弘法，矢志复匡。黄卷青灯，僧伽之精勤不怠；晨钟暮鼓，头陀之惕历弥刚。游四极以列蒲团，兢兢十余载；积五德以兴庙宇，朗朗数万方。是以逢清世以旺盛，展佛图以辉煌。五百罗汉接风，熙熙穆穆；三尊玉门迓客，赫赫洋洋。立净土之群，德泽广布；怀慈悲之爱，大道宏昌。

噫矣！九佛山福地，弥陀塔仙宫。文旅崛盛，山寺冲融。山以圣芳而声噪，寺以绝色而熙鸿。城郊天然氧仓，步蹒袤野；世外赍美阆苑，身沐春风。尔其旅人涌涌，虔客匆匆。热斯地以成景胜，泽陌村以富商农。当赓续精进，高瞻善充。则懋功无尚，丕业鼎隆！

（依《词林正韵》，撰于 2023 年 12 月 10 日）

注释

九佛山位于通山县境西北部，系2023年兴建的人文景区，地跨大路乡山口村、杨狮坑村，由九佛山、弥陀塔寺、山门、广场等部分组成。主体建筑寺院坐落于山口村九佛山下，杭（州）瑞（丽）高速、209省道临边而过，距县政府所在地7千米。规划面积300余亩，目前建成面积60亩。

古时，此地为九宫山朝圣者驿站，后建为山口寺。当时香火旺盛，有僧侣百余人。后几度兴衰，几度变更。20世纪80年代，经政府同意，在废墟上重建寺庙，面积80平方米。90年代末更名为弥陀塔寺。2009年，九宫山无量寿禅寺妙量法师驻寺规划扩建，占地60亩。历经10余年，于2023年4月12日寺庙区整体落成并开光。

八仙垴赋

地处深山中的八仙垴，经当地有识之士投巨资建设，农业生态观光园初具规模。丁酉仲夏，受园主之邀，组织县作家协会30余名会员上八仙垴采风。垴虽危，景却幽；路虽深，业正旺。赞叹自然之造化，感慨园主之宏想，特作此赋。

悠悠杨芳林，巍巍八仙垴。一掌兀立，泽被两乡；五指峻拔，涵养三塘。[1]地势雄奇，莽莽北山耸绿冈[2]；视野广袤，浩浩丘壑腾苍浪。人文深厚，物产丰广；景致星罗，诗意琳琅。

厚重八仙垴，地久史韵长。混沌初开，乾坤汪洋；山崩地裂，倒海翻江；奇石乃现，幻若蓬疆。八仙慕名，结伴造访；游游逛逛，乐乐锵锵。背岩为座，席地当床；卒冲车挡，月升日降；轮番对弈，输赢难量。仙界几昼夜，尘世百秋光。传说越千载，寺庙著四方。[3]

灵秀八仙垴，风光在险廊。曲径穿村，清流绕庄；山环路转，峰起谷藏。上岭翼翼，下坡惶惶；惊奇骤至，宠辱皆忘。莺雀怡情，野花怒张；林木葱郁，菜果苗壮。庄稼连块，梯地成行；瓦舍简约，乡情清朗。步履臻高，目极八荒；尘嚣离远，心脱樊堂。临绝顶，其景幽长；观石林，其势大象。泱泱数十亩，列列三万方。远望兮，如藏百万兵将；近观兮，似罗千百玄房。古称八景[4]，气势犷犷；今成百态，神姿煌煌。石兔石牛石和尚，石碗石桥石月亮，或立或爬或飞翔，或蹲或躺或张望。如观音打坐，如骆驼骑象，如孙猴腾云，如嫦娥梳妆，如少女起舞，如老农牧羊。星星点点，密密莽莽；步步入镜，处处成像。身在山上游，云在脚底荡；心中有桃源，眼中是天堂。

今日八仙垴，扬帆正远航。时逢盛世，再续鸿章。开明乡贤，志高百丈；勇立潮头，锐意图强。开山筑路，兴果种粮；繁木育竹，消芜灭荒。营建旅游，引领观光；情融乡梓，德沛甘棠。传承历史文脉，谱写山水华章。争创生态公园，打造绿色银行。山因人兴，人因山芳；景因地美，地因景昌。祝曰：

清清八仙墭，沁沁大氧舱；欣欣似春花，灿灿如艳阳。今日多锦绣，明朝更辉煌！

（依《词林正韵》，撰于 2017 年 6 月 25 日，修改于 2024 年 6 月 19 日）

注释

八仙墭位于通山县杨芳林乡寺口村境内的八仙崖上。八仙墭地名由来有二：一曰山顶有八石如八仙聚会，故名；二曰曾是海洋，海水退却留下一片壮美石林，八仙眷恋此地，曾流连其间嬉戏、下棋。

［1］八仙崖为乡镇界山，八仙墭的南面为杨芳林乡，北面为南林桥镇，周边分布着1座中型水库——雨山水库，和寺口、晓寨2座小型水库。

［2］八仙崖所处的北山山脉百余千米，由崇阳县青山镇自西南向东北经杨芳林乡延绵至厦铺镇境内，八仙墭为最高峰，海拔700.2米。

［3］邑人根据八仙传说，曾在山上兴建八仙寺，后被废。

［4］古人曾颂称八仙崖八景：天鸡唱晓、野雁鸣阴、勒马回岩、渴狮饮水、达摩面壁、昭君琵琶、茅仙观斗、果老餐霞。

富水水库赋

　　滔滔富川，横贯南鄂；巍巍大坝，雄峙楚天。移山筑堤，千载洪魔隐狰貌；拦河蓄库，百里滚涛成安澜。喝山低头，令水让路，旷古壮举赖万众；削峰发电，引流灌溉，惊世殊功益永年。追往昔，战天斗地，民心耿耿垂青史；喜今日，路畅水欢，风景绰绰胜蓬仙。

　　九曲富水，长江支源。河连两县，域共一田。大江自古多泛滥，富河有史常逞顽。江水逆流，山洪涌灌；汛伏接踵，旱涝携联。本属鱼米地，却无好家园。三年两头旱，十载八九淹，高岸人畜苦，低畈田庐悬。最怜湖沼水渍处，血吸虫病竟蔓延。户绝村演，哀鸿遍野；墙倾路断，疮痍无边。水旱虫肆虐，民众不堪言。县保甲呼吁，抚督难顾牵。嗟乎！泱泱天朝，忿无半钱固国本，恨无一官遂民愿。望河兴叹，血泪殷殷；看天求生，命运战战。

　　欣逢盛世，首开纪元。中央关切，地方动员。七年论证，矢志不移；八载建设，动地撼山。十四县建民团，战旗猎猎遮霄汉；六万人当兵士，铁臂昂昂掩平川。裹蓑衣，穿草鞋；食薯饭，睡竹轩。沐雨栉风，披星戴月；履冰步雪，餐露饮泉。镐锹挥舞，锄铲劲攒；板车电掣，扁担狂颠。先锋队、突击队、尖刀队，人人似虎；决心书、挑战书、保证书，字字如磐。共产党员冲锋陷阵，普通群众克难攻坚。兄弟接力，父子携手，姑嫂联袂，翁婿相援。老黄忠敢战小马岱，穆桂英比拼花木兰。轻伤人不下火线，流血担不卸双肩。吼声惊落莺雀，夯歌震晕虾鳊。秋来春去，寒往暑连。热汗浇铸枢纽，鲜血绘就新篇。洪涝顿消，疫病绝散，湖区围垦，良畴井然。六十万人口，百万顷家园，水害变水利，愁容换笑颜。放眼下游，两岸山歌切切；鸟瞰阳新，百里稻菽绵绵。伟哉壮哉，大坝截流，长河恬澹；壮哉伟哉，灾害远遁，曲岸蜿蜒。

　　水库建设，泽润千闾；库区移民，德彰万户。工程上马十万火急，移民动员紧锣密鼓。党政统领，分片包干；镇村交心，和风细雨。日串山野拉家常，夜摸庄湾掏肺腑。精忠听党献家园，大义为国徙他处。场面壮烈，数十村寨弃冢抛庐；忠义可嘉，六万儿女别先辞祖。拆屋推墙，宰禽赶牲；背驮肩挑，车载牛负。一声令下，即拆即走，结队前行；两眼泪湿，拖幼携老，义无反顾。建制搬迁者，远山异乡立庄湾；自愿后靠者，岸巅库缝架梁柱。茅棚屋，土坯房，重新创业栖憩安身；坡改梯，旱改田，常年开荒全力以赴。风风雨雨难求肚圆，寒寒暑暑从无怨怒。

尤其中游库区，两岸相遥如海隔，"五难"叠加似绳缚[1]。六万移民，通山占九，后靠半多，如棋悬布。抬脚即上山，出门即入库；地无三尺平，家无半篓薯。向山要口粮，向水要盈余。三代人赳赳不息，廿余载兢兢不驻。造田种稻，围汊养鱼；挑土栽果，凿石植树。年复一年，秋累一秋，其艰难铭，其辛难诉。

自力更生，不等不靠；党政挂怀，越逐越高。建基地，种橘柑，莽莽果园金灿灿；辟水域，兴渔场，悠悠网箱银滔滔。靠山吃山，靠水吃水，产业苗壮，日子逍遥。致富改民生，建房娶亲上学校；立项固基础，拓路通航修大桥。跨入新时代，发展更狂飙。拆网箱，净库水；兴高速，连远霄。整治村容村貌，复绿山宕水碓。移步满眼景，闲坐入仙瑶。绿水成名片，青山树路标。水库设景区，风光无限倾倒万国客；库区建公园，生态大美迷醉百家骚。[2] 橘橙枇杷，采摘成盛典；麻饼果饮，网售掀狂潮。[3] 更有渔船上岸、渔业转产，长江保护得永续[4]；文旅结合、乡村振兴，库区活力更妖娆。

清波浩渺，岁月如浪；工程卓绝，人力胜钢。登临坝巅，极目远眺，胸怀激荡；置身库区，漫步周游，心灵舒张。苍山碧水如轴墨，峰横云绕似漓江。枢纽列排，连两岸而气壮；村湾错落，分南北而态芳。广袤湿地，禀赋无量；环库绿道，流金画廊。一库之上，万千气象；四时之间，俊容万方。旧时望河而心碎，今朝临水而胆慷。建民宿，卖风光；兴旅游，富百庄。贫困面貌兮，一去不复返；小康图景兮，脚步正铿锵。承清正之德泽兮，倍加阔步；弘库区之精神兮，奋桨远航。

（依《词林正韵》，撰于 2021 年 12 月 26 日）

133

注释

富水水库，系鄂南最大水利工程、湖北省大型水利工程、湖北省第三大水库。富水为长江南岸主要支流，全长197千米，流经通山、阳新两县。水库于1958年8月动工兴建，1964年大坝砌坡竣工，1966年9月正式发电。水库大坝距通山县境不足1千米，拦截通山县域东部与阳新县交界处的富水干流中游，枢纽工程建在阳新县富水镇（今龙港镇），淹没水面97%在通山境内。主体工程建设时期，新州、黄冈、麻城、红安、罗田、英山、浠水、蕲春、广济、黄梅、鄂城、大冶、通山、阳新14个县的民工6万余人，分成22个民工团集中施工。建设富水水库，虽然淹没通山境内耕地山林8万余亩、房屋5万余间，1万余户6万余名群众或迁居外乡或后靠山梁，但确保了下游阳新县57万人口、35万亩耕地，阳新县城及铁路、国道，阳新长江干堤的安全，使阳新人民远离洪涝与血吸虫病的困扰，贡献巨大。

［1］五难：指住房难、吃粮难、行路难、上学难、看病难。

［2］为开发富水水库资源，促进库区群众脱贫致富，2008年6月，通山县设立富水湖风景区，使富水湖成功创建国家水利风景区、国家湿地公园。

［3］为促进库区特产柑橘、枇杷营销，通山县连年举办柑橘、枇杷采摘节。麻饼指大畈麻饼，明清以来为地方著名特产；果饮指开发研制的枇杷酒、枇杷饮料。

［4］2020年实施《长江十年禁渔计划》，富水水库所有渔船上岸拆卸，所有渔民转产改行。

爱山广场赋

　　县行政办公大楼前有一广场，市民习惯称之为"政府广场"。笔者认为，一县中心广场乃一方之门户、一地之文脉，其名应彰显地方人文、突显区域特色，故建议命名为"爱山广场"，旨在弘扬传承千年的"爱山情怀"，砥砺全县民众爱山爱乡、务实担当。特作赋曰：

　　县治福地，雉水河旁；洋都新区，爱山广场。邻街伴市，南北坐向；纵横开阔，十万平方。生态城市之绿洲，强县富民之沃壤；吴楚风情之展台，社会和祥之长廊。

　　古邑通山，源远流长。石器辟疆，传近万载薪火[1]；苗蛮筚路，启四千年文昌[2]。颛顼帝喾，结庐兴水利[3]；春秋楚王，置营厉武装[4]。吴将甘宁，屯田安境[5]；县令蒋公，惜民兴乡[6]。煌煌功绩，心怀桑梓志；兢兢职守，旨表爱山堂[7]。木构虽远逝，精神却永芳。爱山即爱民，爱民重担当。广场名爱山，秉承爱民情怀；爱山冠广场，砥砺为民衷肠。

　　悠悠广场，朗朗风光。得形势之胜，据地利之昌。左挽滨河路，人脉浩荡；右牵碧水湾，灵秀汪洋。背倚居民楼，福抵万户；前临洋都道，通达八方。布局奇妙，集广场园林于一身；风光大美，融娟秀雄峻为一堂。周遭乔木簇簇，场内灌丛双双。草坪交错，铺陈绿浪；土丘起伏，宛如翠冈。驻足园亭长台，听莺鸟啼唱；漫步小桥曲水，览景致未央。华楼擎天，彰显公仆锐气；荧屏映月，问讯百姓安康。政务中心，春风洋溢；体育场地，激情飞扬。最在一湾清流，四季荡漾；鱼翔浅底，凫戏边塘。花木幽婉，云霞掩藏。天籁自在，荻草消长。斯景堪比村野郁苍。

　　亲亲广场，魅力轩昂。晨练脚步，惊醒朝日；山歌乡曲，唱醉夕阳。老者闻鸡起舞，顽童跨马游逛；夫妇携手私语，友朋结伴彷徨。清早，挥剑展拳，恰蛟龙腾跃；黄昏，轻歌曼舞，如鸾凤翱翔。每逢假日，少长咸集，群贤毕至，熙来攘往，怡泰和康。至若节庆，人潮似海，歌声似涛，物我两忘，盛况泱泱。最喜白昼，婀娜窈窕，胜似有声有色之画舫；更怜夜晚，梦幻溢彩，俨然无门无墙之蓬疆。

壮哉广场，展兴旺之大象；伟哉爱山，蓄文化之锋芒。山川秀美，城乡和祥；圆梦在即，小康在望。广场怡然，激励高亢；爱山绰约，启迪堂皇。爱家爱乡，情润厚壤；忧民忧国，德沛甘棠。

（依《词林正韵》，撰于 2018 年 9 月 10 日）

注释

为满足广大群众对大型休闲娱乐、体育健身活动场所的热切需求，2005年12月，中共通山县委、通山县人民政府结合县行政中心办公大楼异地重建，规划建设占地160亩的中心广场，并于2008年12月正式投入使用。

[1] 据考古发现，早在新石器时代，通山境内就有人类繁衍生息。

[2] 三苗是4000多年前炎帝缙云氏之后，又叫"苗民""有苗"，主要分布在洞庭湖（今湖南北部）和彭蠡湖（今江西鄱阳湖）之间，即长江中游以南一带。通山境内即为三苗活动的主要区域。

[3] 据传，富水湖区域是上古时代颛顼高阳、帝喾高辛叔侄两帝开辟的洪荒之地。

[4] 南林桥镇楚王山传为春秋时期楚王狩猎营地。

[5] 三国时期东吴水军都督甘宁曾在今大畈域内屯兵操练、垦荒种粮。

[6] 北宋通山县令蒋之奇在任上勤政爱民，其诗作《我爱通羊好》流传至今。

[7] 爱山堂是通山历史上著名的古建筑。清同治七年（1868）《通山县志》载，宋绍兴二十八年（1158）通山知县顾立于罗阜山麓、县治西建爱山堂，以前县令蒋之奇诗《我爱通羊好》命名。明代进士林焦涯任通山知县7年，著有大量诗作，为继承前代名宦"爱山情怀"，将诗集定名《爱山堂集》，并请朱廷立作序。

雉水公园赋

千年通羊，风华大象；万古雉水，盛景未央。绕河道之蜿蜒，修放步之硕巷；环市街之错落，建休闲之长廊。横跨两城，域纳万民以浩荡；曲伸六里，形如北斗而铿锵。春夏秋冬，人气粗犷；阴晴雪雨，景致非常。治水成园，生态人文相旺；营城出景，惠民善政互彰。

观今思远，岁月变迁。楼盘疯长侵汉岸，淤土累积扰暑寒。垃圾堆丘，鱼虾难觅；垢污凝滞，鸟雀无言。汛期洪水阻塞虐市，旱时黑泥裸晒熏天。民有流觞之愿，河无野趣之颜。衣杵划过春秋，清波岂在；明珠顿失丽色，合城难安。幸而为政关切，部门趋前。不辞民生而奔走，心怀善水而纳贤。于是拓河床，清河道；治污企，断污源。垒石固岸，筑坡护边。纵堤而铺栈道，横坝而出平川。条椅棋布，绿地斑斓。葭苇顾盼，亭廊遥牵。保生态而织玉锦，平水患而造公园。再无洪涛之漫漫，常有清流之潺潺。绝迹脏乱于全域，长留芳馨于人间。泽山城之世代，耀青史之永年！

尔其连四区于廊道，缀八景于水瀛。循幽就曲，依势塑形。逶迤美景，连轴画屏。岸植草树，汀覆蓝青。桥卧碧流，路安彩荧。木高低而飘逸，花俯仰以娉婷。群鹭嬉闹而呖呖，团鱼追逐以惺惺。栈道回环，涉趣而乐水；垂柳摇曳，任性而多情。雨中漫步，晨间疾行。踏歌犹响，契会时经。况乃秋冬，上下通透，满目轻盈。感天地之造化，悦尘世之欢宁。

至若华灯初上，满园煌煌。则有映水岸而溢彩，辉桥沿而流光。坠星汉而漾于地，笼霓虹而披作裳。人头攒动，车马连厢，接踵赴会，联袂登场。或窃窃私语，袅袅成双；或亢亢喧乐，飒飒排行。引伴呼朋，宣泄满腔豪放；携亲带属，缠绵几许柔肠。阔步流星，挥汗如雨；踟蹰放眼，沐风似棠。长夜悠悠，梦中陡添妩媚；明朝灿灿，浑身焕发慨慷。更有皎皎月色，依依娥嫦。径曲树掩，言酥语糖。娇娇婀娜女，奕奕临风郎。一诺千金牵玉手，三生有幸共鬓霜。噫吁！夜色虽有涯，风月却久长。公园虽有尽，和美却无疆。正是：

　　雉水公园雉水长，清波一湾润通羊。

　　德政于民无大小，千秋功业垂史章。

（依《词林正韵》，撰于 2023 年 8 月 14 日）

注释

　　通羊河，旧称雉水，为富水支流。雉水公园，即通羊河滨河景观带，系通山县首个水体公园，全长3千米，上始政府广场地段，下至月亮湾大桥，地跨新城、老城，途经洋都大道、滨河路、兴业路，共分"翠岛寻韵、通羊闲茗、青埠畅游、柳岸闻莺"四个主题板块。公园集防洪、生态、休闲、娱乐于一体，建设谋划于2017年，正式动工于2018年5月，全面完工2019年5月，包括沿河道路、滨河绿化亮化景观、沿河驳岸、河道清淤、配套市政管网等工程项目，两岸修建有滨水木栈道、亲水平台、休闲廊阁、拦水橡皮坝、健身小广场、公共厕所等设施，总投资5700余万元。雉水公园的兴建，使昔日夏汛冬涸、常年淤塞、到处脏乱的通羊河变成绿树成荫、碧波荡漾、景色怡人的城区景观带，不仅改善了人居环境、提升了城市品位，而且极大地丰富了广大市民的娱乐休闲生活。

达观山公园赋

（以"上善达观"为韵）

巍巍大幕，堂堂公园。地衍古镇，山寓达观。苍茫之崖峰背倚，澄清之涧流身穿。镇郊登临，车马声销入幽境；野中漫步，胜景轴动如壶天。兀石累累硕其骨，松竹曳曳美其颜，山径绵绵婀其态，广场臃臃丰其冠。晨岚飘飘，引红桑之瑞气；暮霭荡荡，融碧昊之瑶烟。偶来可驱愁，烦心抛脑后；常往能益体，怡神在眼前。不愧其名曰：独孤非人愿，达观驻心田。

夫其景物满山，美轮美奂。袅袅哉，千亩婀娜；赳赳兮，百丈伟岸。门楼玉立，笑迎四时霞烟；广场婷开，欢悦三村晨晚。山垄扑面，清新而幽深；梯畴比肩，成趣且养眼。徘徊碧流之潺潺，尤叹石堤之燕燕。更有斜径之蜿蜒，弥彰翠微之无限。五路达山巅，众景串珠线。荆林翠翠，缓坡丛生；藤萝依依，山宕忽现。古木相矗，其姿威威；雀莺互答，其声善善。溶洞棋布，横竖不知所终；石林星罗，左右难状其面。沿阶而上，移步见乾坤；山中缓游，顾首即画苑。况乃一线天，光影缠绵；尼姑坪，情思无限。身在山中不知年，心憩高处无俗念。继而红色基因，精神浩瀚；热土一方，风华千万。

欣公园之曼妙，感厚土之清嘉。民勤物阜，俗淳风华。德扬善导，礼守仁达。富而思齐，美丽家园同心谋划；和则求进，幸福生活聚力叠加。翼翼周郎，誓言荒郊作画；虔虔诸彦，岂止锦上添花。投工投劳不言累，让地让利不自夸。献计献策乐参与，捐款捐物勤应答。修健步道，砌文化廊，户户齐飒飒；兴游乐园，建大舞台，人人顶呱呱。线上线下忙商洽，村里村外无闲暇。继而县镇褒奖，项目推拉，多方扶带，累年补差。涓涓千万余，功在上中下；烈烈四寒暑，事萦你我他。由是山岭蝶变，众民称佳。风靡荆楚，网红天涯。留满湾大爱，造漫野奇葩。引百村追捧，砺万巷攀爬。农民建公园，华中无二处；乡野共命运，吴楚第一家。

最怜公园婷婷，民众兀兀。晨登而浴朝阳，晚踱而披霞帐。一人独步，享清幽于心房；众侣群嬉，遗豪迈于山宕。或长亭悠闲，或广场游逛。可曼舞袅摇，可劲歌狂放。携儿带女，怡乐融融；呼朋招伴，情趣漾漾。若逢年节，人山人海，三五比肩，七八相向。及夫月上梢头，星垂野旷。清辉一派烦忧空，夜色无边心旌畅。

嗟夫！大美达观，盛世厚壤。水秀山明，人兴地旺。休闲健体之胜地，生态人文之琼窗；乡村振兴之标杆，基层治理之高岗。上沐惠政之泽泽，下承民心之荡荡。书写中国式之新篇章，建功现代化之大合唱。今日风采已正中，明朝气度更无上。

（依中华新韵，撰于 2023 年 8 月 16 日，修改于 2024 年 6 月 29 日）

注释

达观山公园位于通山县黄沙铺镇晨光村，背靠大幕山，面向蒲圻崖，邻近镇区，系通山乃至鄂南首个农民公园。达观山，原名独孤山，后人谐音雅化而成今名。达观山海拔300米，地域面积1000余亩，山上奇石异洞、古木乔木众多，森林资源丰富，清泉常年不涸，著名景点有观音洞、石獭洞、怪石阵、一线天、尼姑坪等。达观山公园除自然山体外，建有文化大广场、百姓大舞台、门楼、凉亭、长廊、生态停车场、儿童游乐园、上山健步道、大众游泳池、旅游公厕等基础设施。公园于2018年由当地乡贤周宇胜倡导发起建设，2019年正式动工，后在县镇及部门的大力支持下于2022年整体落成，总投资1200万元，其中百余户群众捐资、捐工、捐物计500余万元。2022年底，黄沙铺镇烈士纪念园整体搬迁至达观山公园，后续将兴建陈列馆、展览馆。

观鹭阁赋

甲午年春，省纪委驻扶板桥，越三年，库区僻壤业兴民康、水碧山苍，引成群白鹭长栖翠冈，乃建观鹭阁于富水湖畔。沉思其义，遂以赋之。

富川汤汤，观鹭堂堂。气吞两岸，势凌九冈。斗拱飞檐画栋，红墙碧瓦朱窗。巍巍三层兮，饱览山水和畅；端端四面兮，聆听鸟雀悠扬。千年通山之新地标，万载文脉之高气象；和谐社会之展景台，生态文明之检阅场。

登临斯阁，景致无疆。周遭嘉木秀，阁内翠墨香。百里青峦映川色，一带秀水入画廊。长桥卧波，圆千秋梦想；新村婀娜，沐世纪小康。更怜白鹭雪裳荡漾，且有山村绿海苍茫。丘陵绵绵，丛木莽莽，涟漪粼粼，荻蒲苍苍。凭高栏而眺远，览鹭鸶于未央。或序班朝觐，或比翼翱翔，或翻飞嬉戏，或结伴梳妆。千只万只，款款流畅；万只千只，列列成行。观斯鹭也，人物两忘；叹其美也，你我共襄。

阁名观鹭，寄寓畅想。与鹭为邻，山水净朗；鹭与人处，福寿绵长。富民不懈，生态至上；情融苍生，德播甘棠。躬为公仆，大爱汪洋；虔作黎民，党恩浩荡。

国运盛则民运强，文化荣则教化广。时逢盛世，巨变沧桑。斯阁落成，砥砺邑邦。山通水富画卷徐开，绿色发展图景正昌！[1]

（依《词林正韵》，撰于2017年8月2日，原载2018年12期《中华辞赋》）

注释

观鹭阁坐落于国家水利风景区富水湖北岸，通山县大畈镇板桥村白鹭新村之阳，由湖北省纪委监察厅、湖北省鄂西生态文化旅游圈投资有限公司援建，并于2017年仲夏整体落成。该阁仿唐风格，主要以钢筋水泥、大理石为材料，共3层，高29米，其中楼高20米，总投资近200万元。

　　[1] 2016年11月29日，在中共通山县第十四次代表大会上，县委所作《开拓创新、竞进争先，为加快山通水富、绿色发展而努力奋斗》工作报告，描绘了通山"山通水富、绿色发展"的宏伟蓝图。

雀寨赋

悠悠仙人台，煌煌孔雀庄。地控山口要津，襟连县治通羊。坐拥千亩绿谷，远眺万顷翠冈。生态沃土，荟人间锦绣；清新福地，胜世外蓬疆。

游历斯寨，心旷神慷。遥看小天地，近处大文章。仿山门楼，营构粗犷；声光展馆，场景堂皇。气势冠南鄂，匠心领荆襄。沿曲道而上，品草木芬芳。伫短亭四顾，览山色未央。丘峦舒长臂，林陌展画廊。楼台绰风韵，墅阁秀丽庞。小池流泉叮当，栏栅孔雀闲逛，莺雉枝头欢跃，山花四时悠扬。可赏景怡情，可小住静养；可结伴巡游，可独处彷徨。听天籁，吸谷野之氧；养浩然之气，平尘世之狂。

观乎斯寨，襟怀轩昂。寨主王文教，军旅铁肩膀；创业泽山外，回归哺故乡。巨资建基地，赤诚献乡党；科普励后生，养殖富村庄。羽羽孔雀，片片情意；盈盈收获，款款衷肠。秉承绿色理念，上切中央总纲；助推共享发展，下合民众念想。倾力小康铭初心，扶贫攻坚耀国榜。其行可嘉，其志可长；其业可圈，其功可彰。

心怀远志，方有担当。业交国运，方可久长。投资庄园，蓝图既望；振兴乡村，前景汪洋。农商综合体，其势大象；文旅风景区，其道永昌！

（依《词林正韵》，撰于 2018 年 8 月 6 日，恳书于雀寨民宿景区石壁，修改于 2024 年 6 月 19 日）

注释

雀寨地处通山县大路乡山口村与界水岭村交会的山谷——仙人台，占地面积数百亩。2013 年，大路乡犀港村在外创业的退伍军人王文教回乡创办湖北源远孔雀养殖有限公司，投资兴建全省首个孔雀养殖基地——雀寨。通过"订单养殖、托管寄养、合同回购"的方式，在全县培育孔雀规模化养殖合作社5个，近千家农户通过养殖孔雀实现增收2000余万元。《人民日报》《湖北日报》等10多家媒体对王文教的扶贫事迹进行了大篇幅报道，王文教先后获"全省脱贫攻坚先进个人""咸宁市十大扶贫之星"等荣誉称号。2018年，成立湖北雀寨大自然旅游开发有限公司。

2020年后，雀寨放弃孔雀养殖，开展转型发展。目前，雀寨已建有自然科普馆、商务宾馆、民宿别墅、茶馆、健身馆等主体建筑，一个集科普宣教、休闲疗养、会议商务、健身养生、假日体验、野营烧烤于一体的雀寨文化旅游观光产业园已具规模，成为鄂南"网红打卡地"。2023年12月，雀寨成为国家AA级旅游景区。

时任湖北省委书记蒋超良，省长王国生，省委常委、纪委书记侯长安，省委常委、组织部部长于绍良，咸宁市委书记丁小强，市长王远鹤等省市领导先后深入雀寨实地调研考察。

仙农山庄赋

　　背倚石航岭，前靠岭下源。千重苍翠环绕，四面丘壑勾连。一垄乾坤，铺陈锦绣；三千沃野，孕育新天。冬夏秋春，清香炫妙；阴晴雪雨，景致多妍。如此佳地，原是仙农生态谷；佳地者何，宛若蓬莱降凡间。

　　观夫仙农山也，田畴弯弯绘水墨，溪流曲曲弹丝弦。垄岔幽深，萃人间秀色；山峦空旷，聚九天霞烟。满目生机勃勃，盈胸诗意连连。雀莺婉转，歌声恰恰；紫薇含笑，舞姿翩翩。松竹婀娜，撩我心醉；鸡犬欢悦，助我悠闲。登高漫游，风光遍陌野；缓步体味，心神离樊圈。

　　承神农之夙愿，接蓬壶之仙缘。庄主李氏，襟抱高瞻。初心未改，乡土情牵。舍功名利禄，垦偏丘荒原。风雨无畏，日夜不眠。人比荻草瘦，意胜山石坚。归去来兮，效陶公采菊东篱下；天伦乐乎，引百姓体验山城边。用情惠民，施施然带富周遭乡户；以文会友，美美哉招聚林下众贤。

　　乡村振兴，必重桑田。投资灭荒，切合上愿；蓝图既望，美景连绵。一年四季，群芳鼎簇；一日三时，气象盎鲜。可山谷嬉戏，看花草妩媚；可廊道信步，品瓜果脆甜。可碑林踟蹰，赏文韵绰绰；可苇塘静处，观莲叶尖尖。可荷锄下地，当半天农汉；可戴月上楼，做一夜神仙。攘攘兮，游人摩肩接踵；朗朗兮，骚客泼墨吟联。成通山又一风景胜地，造南鄂不二农业公园。

　　壮哉美哉，谁与比肩！美哉壮哉，大道自然！

　　　　　　　　　　　　（依《词林正韵》，撰于 2018 年 1 月 9 日）

注释

　　仙农山庄位于通山县通羊镇岭下村，处石航山之阳，占地3000余亩。

由原通山报社社长、县委党史办公室原主任李云石先生于2013年投资建设，已初具规模，计划建成一个集赏花、采摘、体验、休闲于一体的大型农业生态公园。

通山樱桃花赋

地名通山，境列吴楚；绿水浩浩，青峦茫茫。三月携寒，樱花荡漾；四野含翠，芳姿卓彰。夭夭灼灼，娇态千样；艳艳灿灿，风情万双。

丽日景明，惠风和畅；漫步村郊，行游山冈。低坡高岭，肆意绽放；浅谷深沟，争恐芬芳。玉树排排，婀娜更具粗犷；琼花簇簇，热烈又兼和祥。一片片窈窕清丽，一串串仪态万方。一朵朵风姿绰约，一丛丛璀璨流光。或如西施轻启芳唇，或如贵妃醉舞霓裳；或如飞燕出浴舒袖，或如卓女抚琴高昂[1]；或如貂蝉开怀长笑，或如昭君泪眼凄惶。嫦娥归来兮，花期何必待秋场；瑶姬临凡兮，仙容正好醉春阳。洁白如冰雪，粉红似唇绛；碧玉赛闺秀，无香胜有香。

方圆廿万顷，东西百里长。山之阴，水之阳，樱之繁，花之旺。若夫赏樱佳地，首推四道山梁。一曰大城山，数处樱谷，渺渺似花海；二曰大幕山，千亩连片，绵绵恰画廊；三曰太阳山，万丈林带，浩浩如腾浪；四曰打顶坳，十里桃阵，莽莽胜翻江。举目兮，花重靓眼，令人神怡心旷；抬头兮，芳叠绕身，呼吸胸阔气张。才子佳人，驱车游逛；红男绿女，结伴徜徉。于是乎：步逐花移，心随花漾；身在花中，花在脸庞。恍恍乎四围玄烨，华烟万象；渺渺兮三魂虚位，神韵飞翔。静立其间，纷思亢亢；坐卧树下，幻象泱泱。影影骚客，锦绣文赋；湛湛情种，慷慨衷肠。

乡间花事，浩如海洋。山野樱桃，柔韧顽强。精彩天阙，灵发地藏；冬熬苦寒，春斗冷霜；性守本分，扎根丘荒。虽无桃花胜人面，却比桃花韵味昂；虽无日樱花如锦，却优日樱红果芳[2]；虽无杏李春意闹，却超杏李魅力煌。[3]百花争春台，独自守草莽；芳姿虽半月，大美却无疆。
歌曰：

通山樱桃花，野生风韵棒；一簇芳华媚，三春情未央！

（依《词林正韵》，撰于2017年3月23日，修改于2024年6月19日）

注释

樱桃，别称莺桃、荆桃、英桃、樱珠等，通山民间称其为"恩桃"，花分白、粉、红三色。通山境内野生樱桃，有樱桃、单齿樱桃、矮冠樱桃等品种，分布广，相对集中成片区域有太阳山、大幕山、大城山、太平山、长林山、北山、一盘鳅、石航山，以及杨芳林乡横溪村打顶坳，通羊镇岭下村，闯王镇龟墩村，洪港镇三源村，厦铺镇青山村、林上村等，面积近2万亩，约60万株。其中太阳山连片面积最大，近3000亩，最长树龄达60年。

［1］卓女，即卓文君，西汉四川临邛巨商卓王孙之女，司马相如之妻。

［2］日樱指日本樱花，原产中国，唐代传入日本。观赏类日本樱花虽花冠比樱桃花大，但多不结果。樱桃花果实称"樱桃"，5月初成熟，状如豌豆，颜色鲜红，玲珑剔透，味美形娇，营养丰富，医疗保健价值高。

［3］杏李，指杏花、李花，比樱桃早二三周开花。

大幕山红杜鹃赋

通山县大幕山，鄂南著名赏花地之一。丁酉季春，受邀登山赏杜鹃花。三千余亩天然连片红杜鹃竞相怒放，甚为壮观。半山之上，车流如龙，游客如潮，杜鹃如炽。遂作斯赋曰：

人间四月天，杜鹃千万岭；通邑赏花地，最是大幕山。峰高三百丈，如龙蜿蜒；花簇数千亩，似浪铺展。夭夭怡怡，灼灼婉婉；摇摇曳曳，翩翩趼趼。身融其间，心旷神远。叹天公之造化，享琼姿之美艳；畅意气之风发，乐情趣之盎然。

美哉红杜鹃，洋洋成大观。廿道冈峦，浩浩乎赤浪排空；十里山梁，灼灼然绛焰漫天。气势磅礴，长绫相嵌；阵容广袤，不绝延绵。坡之阳，山之巅，溪之畔，崖之沿，团团簇簇，匝匝黏黏。攀岩缀壁，汲天地之灵气；横塝纵谷，沐日月之光鲜。压寒梅之冷傲，凌桃李之芳颜。朵朵婆娑绚丽，枝枝韵致天然。莺雀停翅为之踯躅，游客逐步为之狂颠。

天然红杜鹃，其美妙难言。远观漫山嫣红，旌旗招展；近看繁枝交错，花冠遒坚。浑如千支唢呐，高奏神乐；宛若万张笑脸，迷醉众仙。风姿绰约，婀娜甜甜；雍容华美，秀曼娟娟。香腮嫩报，不逊海棠初醒；玉骨沁香，堪与幽兰比肩。俯如西子之沉鱼，仰若洛神之惊艳；向如韩娥之放歌，背若文姬之弄弦；翩若飞燕之曼舞，娇若玉环之柔绵。[1]

寻芳于竹海深处，踏春于大幕之巅。秀色曼妙，惊东海蓬莱重现；景致迭变，喜王母瑶台悄迁。天设地造，万花绽脸，满眼红透，层林尽染。山鸟恋枝头，鸣啼不绝歌灿烂；流泉伴左右，浅吟低唱总欢颜。凭亭阁而骋望，登高台以临远；拥群英以怡情，徜花径以养眼。热血为之沸腾，激情为之燎燃。陶公倘知，定撰新版桃源[2]；李白醉倒，必留千古鸿篇。灵运若睹，当作诗词以题笺；霞客到此，应增游记于书间。[3] 韵妇宽怀，傍树比倩；丽姝起舞，与花争妍。相机连闪，手机不闲，争拍群芳图，引爆朋友圈。人于花丛中欢跃，花于心境间释然。

噫矣哉！游览者穿梭往来，观赏者上万成千。或眷恋于一枝之独秀，或着意于一山之烈焰；或放眼于八方之弘丽，或动情于万象之缠绵。然则，非旷远者，不能穷天地之大美；非达观者，不能享自然之馈赠也。

（依《词林正韵》，撰于 2017 年 6 月 19 日）

注释

［1］西子，春秋越国美女西施，中国古代四大美女之一；洛神，伏羲之女，中国传统神话中的洛水之神；韩娥，战国时期齐国著名女歌手；文姬，东汉末年女性文学家蔡文姬；飞燕，汉成帝皇后赵飞燕；玉环，唐玄宗宠妃杨玉环，中国古代四大美女之一。

［2］陶公，东晋杰出的诗人、辞赋家、散文家陶渊明。

［3］灵运，山水诗派鼻祖，东晋诗人、文学家、旅行家谢灵运；霞客，明代著名地理学家、旅行家、探险家、文学家徐霞客。

咸宁幕阜山绿色产业带赋

华中咸宁，千山粗犷；边陲南鄂，万水浩荡。吴楚形胜，书盛世构想；荆襄气魄，著时代华章。情系黎庶，营建绿色发展长廊；放眼华夏，高擎两山践行标榜[1]。胸襟纵横，蓝图已然大象；初心勃发，伟业正值卓彰。

幕阜巍巍，重峦叠嶂；袤野宕宕，山高水长。三省邻邦兮，莽莽群峰遮日月；吴楚偏隅兮，迢迢曲径掩阴阳。煌煌百载兮，山环山隔山挡；列列数代兮，路扰路困路缰。红旗漫卷兮，汩汩碧血染山岳；地理所缚兮，泱泱民众盼甘棠。欣逢盛世，全面小康号角吹响；幸遇善政，新发展理念高昂[2]。四十万人丁，两百余村寨；廿万顷原野，五百里山梁。泱泱乎，千万年渴望；浩浩乎，万千重韶光。

中央英明，绿色发展成国策；地方作为，两山理论耀总纲。建设产业带，惠民之举措；振兴大幕阜，富民之基桩。一轴两翼，产业至上；四区四带，绿海汪洋。[3]农业为本，工业为辅；旅游为核，生态为仓。关注民生，致富边远据地；繁荣经济，福泽贫瘠山乡。图景壮美兮，引兆民畅想；举措钧力兮，激万众奋扬。取缔大烟炉，关闭采石矿；清整荒弃地，净化脏水塘。修旅游省道，织村组路网；兴产业基地，招中外商帮。营构新型社区，打造特色小镇；争创国家公园，擦靓休闲天堂。项目支撑，蝶变产业链；绩效考核，砥砺领头羊。数度寒暑，幕阜山下旌旗招展；千余日夜，南鄂大地人车熙攘。

砺初心，沐雪雨；扛使命，袒胸膛。兢兢干群，汗盈山川，无限坦荡；耿耿省市，情溢衮土，满腹衷肠。通山通城崇阳，绿水青山明巷；天蓝地碧氧富，物阜民丰社康。袅袅乎，柳暗花明，萃禹甸绝色；琅琅乎，山重水复，荟九州典藏。

君不见莽莽幕阜，一派和祥。登高鸟瞰兮，层林栉比，村湾婀娜，令人心怡神漾；实地畅游兮，绿涛氤氲，田园斑斓，引人思翱意翔。冬夏秋春，景致广袤；阴晴雪雨，风情未央。春光融融，百花袅袅引骚客；夏日艳艳，曲径深深醉娇娘；秋色有声，韶华正茂硕果壮；冬景无寂，情趣盎然画图张。乡乡兴产业，村村换新装。镇镇似蓬界，湾湾胜周庄。万亩茶果，滔滔银浪；千顷秀水，汩汩金黄。十里店铺，山珍亭立；百处民宿，清梦徜徉。公园基地，披翠滴氧；景区名胜，夺冠摘王。农家乐，百花廊，冲浪屿，药膳房。游湖探洞登山，溯溪野营逛巷；采摘怡情体验，短住听歌疗伤。

君不见悠悠南鄂，九曲苏杭。大旅游、大文化、大健康，前瞻格局明畅；全方位、全要素、多样化，协同发展正昌。南起天岳雄关，北抵慈口岩宕，三县三重景，百村百花香。黄龙山、黄袍山、九宫山，磅礴无垠能量；大溪湖、青山湖、富水湖，激荡浩渺光芒[4]。荻田吴田苏塘，锦绣文化名吴楚；高枧大竹坳上，瑰丽民俗甲荆襄。柃蜜小镇、樱花小镇、萤火小镇，创业无双冠禹甸；农旅庄园、研学基地、民俗山寨，匠心独具盖南疆。户外骑行赛、枇杷采摘节、帐篷文化节，商潮涌动活力奔放；休闲度假区、田园综合体、风电光伏站，诗意绵延前景腾骧。九宫茶叶、高山药材、崇阳雷笋、黄袍茶油，订单走俏南北；杨芳酱品、通山包坨、众望麻花、大畈麻饼，特产风行电商。噫嘻！好一处新兴佳地，怎不惹人欣喜彷徨?! 好一块勃发热土，怎不引人开怀放腔?!

发展绿色产业，激活幕阜秉赋；上合中央大政，下彰地方担当。可谓南鄂之"一带一路"，邻省之"命运联邦"[5]。荆楚特色产业融合之增长极，全国生态文明示范之坐标棒，国际生态城市建设之最前哨，中国中部绿心战略之主战场。目标高远，拼搏开宏业；使命光荣，奋斗结膏粱。牢记为民初心，肩扛强国念想；奉献满腔挚爱，播洒遍野琼浆。心忧百姓，定能行不负党；笃于发展，才可福泽黎苍。喜今日，绿色发展蔚为大观，乡村振兴激越高亢；生态城市风骚卓立，小康社会步履铿锵。赞曰：

绿色发展兮，民生锃亮；共同富裕兮，伟业辉煌。

欣欣厚土兮，千秋兴旺；懋懋德政兮，万古流芳。

（依《词林正韵》，撰于 2019 年 11 月 30 日，修改于 2021 年 3 月 20 日）

注释

幕阜山系湖北、江西、湖南三省界山，绵延百余千米。山北称鄂南，境内的通山、崇阳、通城三县，是湘鄂赣苏区的中心区域。由于交通闭塞、基础薄弱，当地经济长期落后。党的十八大后，在中央的支持下，湖北省将幕阜山地区列入省级集中连片特困扶贫开发区，给予政策上的倾斜和资金上的扶持。2016年8月，中共咸宁市委、市政府决定以咸宁境南288千米幕阜山生态旅游公路主支线为基础，在幕阜山北麓的通山、崇阳、通城三县建设幕阜山绿色产业带。充分利用境内幕阜山片区资源和生态优势，以绿色发展为核心、以产业为主导、以项目为支撑、以企业为主体，按照建设"生态带、旅游带、文化带、发展带"的要求，将幕阜山绿色产业带建成国家级绿色发展与生态保护示范区、中国"中部绿心"展示区、湖北省脱贫致富先行区和鄂东南城乡统筹协调发展引领区。幕阜山绿色产业带区域约2657平方千米，辐射3县14个乡镇、192个村、15个社区，45.9万人口。

［1］两山，指绿水青山就是金山银山。

［2］新发展理念，即创新、协调、绿色、开放、共享。

［3］一轴两翼，指通城县天岳关至通山县慈口乡公路主线和通山县通羊镇至九宫山风景区、崇阳县铜钟乡至小山界两条公路支线；四区四带，指全国领先绿色发展示范区、国家生态保护与建设示范区、国家生态文明建设示范市、幕阜山中国中部"绿心"和生态带、旅游带、文化带、发展带。

［4］大溪湖，指通城大溪国家湿地公园；青山湖，指崇阳青山国家湿地公园。

［5］命运联邦，指命运共同体。

第三辑

风·情·滋·沃·土

通山圣庙赋

盘古开天，乾坤混沌；庠序立世，礼乐始彰。弟子三千，贤人各行其用；圣人七陋，学问腹笥所藏[1]。与国咸休，功名为小；同天并老，布衣而王。是故匡济天下者，尤重其典；化育吏民者，必效其方。儒道盛而文风劲，圣庙立而王道扬。

观夫圣庙，历经沧桑。址选罗阜山下，位踞衙城中央。庆历四年，与岳阳楼比翼；洪武初岁，就原基础复匡。有明一朝，舍宇数度修葺呈大气；迄至如今，阁堂几番扩容现端庄。尤其是共和，列款维护；文物省保，设所理襄。漫步庙堂，翘角飞檐，朱门青瓦；所见之处，斗拱高架，画栋雕梁。思筚路之蓝缕，后学励志；踵先贤之旧迹，文史流芳。擘画有本，同曲阜之形制；硕果少存，耀华中之光芒。

至若宫墙高深，学海辽旷；棂星卓峙，师范堂皇。大成、泮池，书声犹在；庑廊、崇圣，盛德有常。曲径通幽，幽境环壁；宇庙泛古，古意盈廊。曾孟颜思，立像旁配；贤人徙众，牌位同厢。[2]嘉木葳蕤兮欣欣繁茂，雀鸟和鸣兮恰恰浅翔。

且夫春秋两祭，官员百姓列列；雅舞八佾，金声玉振铮铮。斯文在兹，六艺定千载之统；德配天地，四书延万世之绳。礼乐丕兴，正音传吴楚；文脉薪传，科甲耀汗青。君不见，宦海浮沉，三部侍郎以民为命；疆场驰骋，八府巡按抗倭领兵。[3]进士举人层出，或履职府州，或跻身金殿；贤杰师匠渊薮，或泽福乡野，或誉名皇廷。嗟吁！数不尽苍生赤子，忧国爱民，鞠躬敬业；说不完社稷孤臣，精忠尽节，沥血请缨。

继有红旗猎猎，将士拳拳，发动工农，星火燎原传马列；忠实指示，秋收暴动献胆肝。农村包围城市，武装夺取政权。谋共和之路，树民运之巅。开辟苏区，彭德怀办公留宿；扩大战果，何长工议策建言。军团前委，扎营会商七昼夜；红色县府，驻此坚守卅余天。由是洪流席卷湘鄂赣，红星照耀赤县田。前朝学宫，文脉圣地，见证革命，何其幸焉。

尔其文化续赓，传统有继。精心修葺，圣庙呈雍容之颜；文旅协同，古邑泛书香之丽。尊师重道，祭孔盛典日新；研学育人，读书课堂月比。传承红色基因，常思初心真谛。励志修身，忠廉孝悌。圣哲千秋，木铎万世。装束峨峨兮生儒莘莘，厅堂肃肃兮麟凤济济。夫兢兢俊士，俯省得失之题；谦谦儒风，仰悟孔孟之义。于是乎，通山之内，士皆耿耿而尊道慕仁；城乡之间，民皆淳淳以崇贤尚礼。

　　嗟乎！博圣德之精涵，弘懿道之睿智。育高远之能杰，报效苍生；砺怀瑾之达贤，再创历史。维纪纲，绝陋弊；正三观，勤四体。秉政以德而清和，尚学于道而卓毅；为民以诚而康熙，报国于岗而蔚起。是以杲杲圣庙，通山古遗。彰师表于鄂南，播懋德于万里。

　　　　　　　　　　（依《词林正韵》，撰于 2024 年 5 月 12 日）

注释

　　通山圣庙，又名文庙，系湖北省重点文物保护单位，位于通羊镇四街，背靠罗阜尖，面临通羊河，进深90余米，占地4400平方米，建筑面积2300平方米。圣庙始建于北宋庆历四年（1044），营造时依地就势而建，落差近10米。对圣庙的扩建修复，有史记载始于明代，以后历代均有修葺。经历朝扩建渐具规模，共分五重：第一进为棂星门，门前为鲲化池，东西为黉门；第二进为仪门，亦称大成门，门前有泮池，东侧为乡贤祠，西侧为名宦祠；第三进为先师庙，即大成殿，两侧为庑廊，前为月台；第四进为明伦堂，即今崇圣祠，堂东为承德斋（教谕宅），西为广业斋（训导宅）；第五进为尊经阁，又名敬一亭。宋代至民国时期，圣庙为通山兴教育人的儒学中心和隆师尊孔的殿堂，造就不少英才。

　　1928年8月30日，中共通山县委在鄂南特委领导下，贯彻"八七会议"精神，组织农军举行秋收暴动，并于次日成立通山县工农革命政府，政府机关驻圣庙，前后坚守43天。1930年6月23日，彭德怀率领红三军团进驻通山县城，军团指挥部设在圣庙。6月25日至30日，红三军团前敌委员会在圣庙召开会议，会议由总指挥彭德怀主持，讨论攻打岳阳、长沙和巩固鄂东南根据地等问题。民国时期，"通山县政府"曾设于圣庙；中华人民共和国成立后，"通山县人民政府"也设于此，后更名为"通山县人民委员会"。

[1] 七陋，又叫七露，即孔子的七窍。传说孔子生下来奇丑无比，七窍都非常不协调，即鼻陋、嘴陋、眼陋、耳陋（四个器官，七个窍孔）。

[2] 大成殿案上供有孔子塑像，并配有"七十二贤""三千徒众"牌位。孔子像两旁，分别塑有曾参（曾子）、孟轲（孟子）、颜回（颜子）、孔伋（子思）的立像。

[3] 三部侍郎，指明代进士朱廷立；八府巡按，指明代进士陈宗夔。

通山茶赋

　　吴楚形胜，秀甲天涯。纵横百里，十万人家。巍巍幕阜，群峰雄跨；泱泱富水，溪流浩哗。史前嘉木繁衍地，南鄂北赣同生九宫茶[1]；千载香茗主产区，低冈高坡遍植瑞草芽[2]。芳叶好比阳春水，香片如同天撒花。蜂来拥，蝶来抹；雀来摩，莺来擦。云里雾里傲英姿，风中雨中斗奇葩。自古深山出好茶，通山茗品更清嘉。

　　通山之茶，栖身山崖。云蒸霞蔚，羽冠勃发；纤柯栉比，累叶挺拔。与山结伴，叠翠无涯；同泉相依，葱郁洋洒。云培雾养，内涵广纳；峰藏谷蕴，外形俊飒。幽兰芳蔼，柔美婀娜；厚德载物，天香尔雅。绿色有机，天地之造化；鲜爽醇厚，日月之精华。

　　通山之茶，名耀华夏。晋唐鸿篇，文中作答[3]；明清岁贡，皇室齐夸[4]。九宫道茶，开鄂南青茶之先家；杨芳瑶茶，创湖北红茶之史话[5]。陆越万里，惠泽大亚欧[6]；海运八国，饮誉巴拿马[7]。

　　通山之茶，气象叱咤。百里茶区，兴旺有加。山阴水阳，满披绿甲；畈头垄尾，氤氲烟霞。春采夏摘，村姑惊讶。勤研精制，再绽新葩。延千古之茶脉，开当世之朱华。集国饮之大成，胜名茶之韵雅。十数品牌无伦比，两大国标顶呱呱。[8]山泉水，入壶砂。香片纷纷翻作浪，甘冽沸沸化为茶。长城内外同芳香，大江南北传佳话。

　　通山之茶，蔚为文化。年茶婚茶，茶道潜默万家；桥茶亭茶，茶韵山野挥洒。茶与诗融，吼出茶歌震云霭；茶与舞合，唱成茶戏醉百花。喜看民间，诸事不离茶；漫步城乡，茶润你我他。茶就是人，杯盏汤水走四野；人就是茶，千里机缘情不差。

　　壮哉！通山茶，千秋芳华，八方嘉赞。盛哉！通山茶，喜跨龙马，独步天下。

（依中华新韵，撰于 2015 年 10 月 26 日）

注释

［1］据史推断，九宫山古有原生茶树，不仅繁衍于阳新、咸安、崇阳、通城、赤壁、嘉鱼各地，也衍播至赣北修水、武宁等县。

［2］唐宋时期文人称茶叶为瑞草、灵草，将它的嫩芽称为金芽、灵芽。

［3］记载通山茶叶的最早文献为晋陶渊明《搜神后记》和唐陆羽《茶经》。

［4］明清时期，产于三界尖的云雾茶上贡朝廷，年二三百斤。

［5］清道光四年（1824），广州茶商钧大福雇江西茶工到杨芳林传授红茶采制技术，开启湖北红茶创制历史。

［6］从唐代开始，通山帽盒茶就沿着古道销往蒙古易马；17世纪砖茶又汇入"万里茶道"，外销俄罗斯等国。

［7］清道光至民国初，英、德、意、法、美、日、萄、俄八国客商在通山特别是杨芳林设庄收茶、制茶，并经广州、汉口等码头海运至本国销售；民国四年（1915），汉口同太和茶庄以杨芳林红茶参加巴拿马万国博览会，获一等金牌奖。

［8］20世纪80年代后，通山有九宫龙井、九宫云峰、九宫白毫、九宫碧雪、龙盘茶、仰天茗、剑春茶等10余类茶品在省级以上评比中获奖，其中九宫山有机茶、同太和红茶被认定为中国驰名商标。

瑶红赋

地蕴嘉木，天生瑶红。根植南鄂，脉源幕峰。肇制于瑶山，名播吴楚；鼎盛于当代，声噪华中。两百年传承，茶香悠悠泽村寨；十数辈接力，匠心兢兢惠西东。

夫其幕阜广袤，山野苍茫。千冈滴翠，万壑流香。瑞芽钟秀之地，佳茗卓异之邦。茶事史记于晋，品质著闻于唐。[1]山川拱戴孕灵叶，日月交合出奇秧。低谷高坡，滔滔碧浪；街头巷尾，汨汨芬芳。访友会亲，携茶为礼；婚嫁生育，奉茶当粮。贡以帝京，皇室趋为真爱[2]；销之南北，黎庶鹜作甘棠。经九朝春秋，一叶一枝皆文化；历千载云雨，一枝一叶尽锋芒。

最在瑶红，产地至上；溯其历史，品牌为王。北纬三十度，四季生态廊。云雾滋，草木养，雪雨润，泉瀑浆。诞生于杨芳林，成名于清道光。全盛于六县邑，风靡于鄂赣湘。五大茶镇，百余茶庄，民以茶为业[3]；八国茶商，万锭茶税，地因茶而昌。陆跨大洲，走俏欧亚美；誉享天下，荣膺金牌章。

然则外侮入侵，家国动荡，茶业衰败，茶区芜荒。赳赳盛景不再，郁郁民众彷徨。百年风华成过往，世纪蹉跎总神伤。幸逢共和开元，茶事重振；更有赤子竞进，情志铿锵。数载潜心，古韵尤兀；百次研制，神采弥彰。入省级非遗，摘国际金奖；兴百亿产业，领一行标纲。浩浩乎，茶漾万顷阔且壮；欣欣也，富联千村慨而慷。

至若茶品，质地最纯。叶芽采自清露，焙制笃定时辰。拣剔精细不苟，炒晾缜密专神。工艺至臻，令其美形美味；包装大度，以利保质保真。由是玉杯花浮，砂壶液温；红汤橙亮，条索润匀。点注而聆磬响，浅呒而透芳醇。一盏舒缓倦色，三杯驱散愁云；五盏生津养胃，七杯净俗销魂。香可裂鼻，已知南屏三昧；色能定目，敢笑东坡几分[4]。

嗟夫！地灵孕山珍，国泰出香茗；时代逢昌盛，瑶红正隆兴。政府主推，企业引领；全域合作，品牌风行。感而赞曰：

千载传一脉，百年铸一品；九州齐称颂，四海共咸宁！

（依《词林正韵》，撰于 2022 年 7 月 26 日）

注释

瑶红，即瑶山红茶，是盛极百年、享誉世界的湖北历史名茶。清道光四年（1824），创制于鄂南通山县杨芳林古镇，因茶叶产于境内瑶山，故名"瑶山红茶"。到咸丰年间，鄂南的通山、咸宁（今咸安）、阳新、蒲圻（今赤壁）、通城、崇阳六县红茶大盛，形成杨芳林、柏墩、龙港、羊楼洞、大沙坪五大茶镇，英、德、意、法、美、日、萄、俄八国茶商坐地收购，百余家茶庄生产的红茶远销欧美、誉满英伦。宣统二年（1910）获南洋物产赛会二等镶金银牌奖，民国四年（1915）获巴拿马万国博览会一等金牌奖。后因第一次世界大战及抗日战争爆发，红茶生产几近停滞。

新中国成立后，鄂南茶叶生产得到恢复，但红茶生产式微。2000年，红茶生产开始受到社会关注。2012年，咸宁市农科院茶叶专家程繁杨带领团队，通过百余次研究试验，优化流程，提升工艺，生产出的瑶山红茶花香浓郁、汤色红亮，受到市场好评。2014年、2016年、2018年，连续三届荣获国际名茶评比金奖、特别金奖。2015年，荣获上海国际茶博会"百年荣耀·世纪名茶"金牌奖。2016年，瑶山红茶传统加工技艺列入湖北省非物质文化遗产名录。

［1］鄂南茶事，最早记载当属东晋陶渊明《搜神后记》："晋孝武世，宣城人秦精，常入武昌山中采茗。"古时茶产于大山，武昌山即指今幕阜山脉的九宫山一带。唐陆羽《茶经·茶之出》有江南茶出"鄂州、袁州、吉州"之语。毛文锡《茶谱》录"鄂州之东山、蒲圻、唐年县，大茶黑色如韭叶，极软，治头疼"。"唐年"是今崇阳与通城在唐时的县名，"东山"不是县名，而九宫山唐时在鄂州之东部，可见唐代九宫山一带产"大茶"。

　　［2］鄂南之茶，古时进贡朝廷。如清同治七年（1868）《通山县志》载："三界尖在县南九十里，为通邑诸山之祖，遗有龙发迹之处，昔产云雾茶入贡。"

　　［3］早在宋代，鄂南诸地，特别是通山境内曾出现"民以茶为业"的盛况。

　　［4］北宋元祐四年（1089），苏东坡第二次到杭州任知州。当年十二月二十七日，游四湖葛岭的寿星寺。南屏山麓净慈寺的谦师闻此消息，特地自南山赶去北山，为苏东坡点茶。苏轼作《送南屏谦师》以记其事，诗云："道人晓出南屏山，来试点茶三昧手。忽惊午盏兔毛斑，打作春瓮鹅儿酒。天台乳花世不见，玉川风腋今安有。先生有意续茶经，会使老谦名不朽。"

通山木雕赋

国家非遗，通山木雕。历史悠远，溯源三苗。丰腴于唐宋代，鼎盛于明清朝。工艺精湛，风格自标。中华一绝，傲立前茅。

特色浓郁，艺术高超。绿水青山，林木繁茂；吴风楚韵，人文盛骚。就地取材，香樟、楮木、银杏成首要[1]；品种多元，建筑、家具、装饰皆囊包[2]。浮雕、圆雕、阴雕、透雕，细腻饱满，叹为观止[3]；神话、民俗、人物、祥瑞，灵动写真，令人逍遥[4]。夸父追日、嫦娥奔月、八仙过海、女娲补天，瑰丽传说活灵活现；岳母刺字、三娘教子、黛玉葬花、柳毅传书，戏曲名段惟妙惟肖；桃园结义、苏武牧羊、文王访贤、太白醉酒，历史风云激荡眼前；百鸟朝凤、鲤跃龙门、花开富贵、六合同春，吉祥喜庆充盈怀抱。倾真情于构图，注心血于刻刀；化朽木为神奇，变弃树为再造。不惧物象何其众多，无畏场景何其纷扰；以木为本形意兼备，以雕为魂神韵独到。

遗存经典，生动写照。数百处古民居，不足传世之一瓢；上万幅木雕件，仅为千年之一秒。画栋雕梁，对话前朝；意深境幽，媲美蓬岛。三层金看橱，百图玲珑显匠才[5]；五进雕花床，千日心血藏玉娇[6]。七折木屏风，一花一鸟情趣妙；四朝焦氏祠，五雕六构荆楚韶[7]。国省专家，走村串巷连说好；中外游客，进堂登楼齐喊高。无愧木雕名乡，堪称工艺首翘。

非遗传承，因势利导；政府扶持，民间争豪。木板刺绣[8]，再领风潮。乡野村巷，龙凤满目盘梁绕；闹市街口，木雕琳琅任君挑。叶氏雕刻，祖传身教，熊氏作坊，省级旗帜。[9]雕品出国门，业务连港澳；贤能走四方，技艺传八迢。

美哉！通山木雕，世之奇葩，国之珠宝。

壮哉！通山木雕，千秋彪炳，万载荣耀。

（依《词林正韵》，撰于2017年3月14日，原载2017年12月第4期《神州辞赋》）

注释

通山县地处鄂东南，境内木雕起源于4000余年前的三苗时期，唐宋时木雕技艺基本成熟，明清两代步入兴盛。2014年12月，通山木雕被国务院列入第四批国家级非物质文化遗产代表性保护项目名录。

[1]通山木雕多以当地出产质坚、纹细、色浅、易雕易刻的香樟、楮木、银杏、枫木、柏木等为主要用材。

[2]通山木雕涵盖建筑、家具、日常用品、陈设装饰、宗教和丧葬用品等多个种类。

[3]通山木雕表现手法十分丰富，不仅广泛吸收石雕、砖雕的雕刻长处，而且兼收外地木雕流派优秀技艺手段，概括起来分为平面浮雕、圆雕、半圆雕、透空雕、阴雕和彩木镶嵌等，层次丰富细腻，构图饱满大气。

[4]通山木雕题材内容主要有图腾传说、神话故事、人物故事、民俗风情、生活场景、吉祥动植物等，图像写实传神，做工精细，格调秀雅。

[5]收藏于湖北省群众艺术馆的清中期"通山看橱"，共分上中下三部分，雕饰98组图案，采用浮雕、镂空雕和透雕手法相结合，有人物、花草和各种奇禽瑞兽，玲珑剔透，富丽堂皇，为存世极品。

[6]制于清晚期的通山雕花床，共有"五进"，占据大半间房子，床内有床头柜、梳妆台、抽屉、箱橱等，因一人制作需耗时3年左右，常称作"千工床"。这类大床系为儿女结婚添置，几乎是通体精工镂雕，系雕饰家具中的极品。

[7]境内闯王镇高湖芭蕉湾焦氏宗祠，在梁、枋、柱、栏杆、牛腿、

挂落等构件中，综合运用浮雕、圆雕、半圆雕、透空雕、阴雕等技艺，被省文物专家誉为"楚天第一宗祠"。

［8］通山木雕因其做工精细，有"木板上的刺绣"之誉。

［9］叶氏木雕、熊氏木雕为通山当代木雕最优秀的代表，均历四五代传承，其领衔者被命名为省级代表性传承人，并建有木雕厂，专门从事木雕制作和技艺传授。熊氏木雕厂还被命名为省级生产性保护示范基地。

通山包坨赋（其一）

莽莽吴楚多翠岗，巍巍幕阜孕天香。堪舆灵秀之地，人文偾张之邦。万载星火壮文脉，百年匠心创奇粮。传世包坨，通山独享；荆楚名吃，天下无双。三朝传承，情溢街巷；九代坚守，誉满八荒。

千秋演绎，岁月流光。溯源米粑，粗食裹心践奇想；肇始薯粉，薄皮包馅出妙方。袤袤沃野，红薯浩瀚；袅袅村寨，包坨琳琅。虽非稀世珍味，却为宴席主场。包坨之形，憨厚圆润；馅心之状，纯朴簇昂。斯是有情物，谨表寸心芳。颗颗虽无语，满腹诉衷肠。团聚节庆，喜送祥瑞；待客会盟，恭祝吉康。最是新春日，团圆寓久长。包坨奉长辈，长辈福寿畅；包坨送后生，后生红运涨；包坨赠情侣，情侣爱意荡；包坨献宾朋，宾朋家道昌。旧为年关稀罕品，今成餐桌日常粮。妇幼钟爱，老少痴狂；家家品味，村村弥香。

通山特有，风情独匠；手艺别致，味道堂皇。旷野薯粉作主料，农家土珍荟馅囊。坨皮分两宗，菜馅纳八样。大似鹅卵，小如核棠；皮厚酥软，皮薄脆爽。油酱烹炸，浓香四溢；水汤焖煮，清甜绵长；文火慢蒸，醇味盈腔。日啖几颗，脾胃舒畅；月品数碗，神思铿锵。吃在口中，醉在心上；百事可乐，荣辱皆忘。餐餐不嫌腻，碗碗不留汤。赛过东北包，胜超水饺王。

乡愁悠悠，游子煌煌。发掘美食，回馈故乡。擦亮包坨品牌，矗立通山标航。机械代手工，车间替门店；速冻易储运，味鲜历阴阳。传承创新，造福桑梓；良心匠心，惠泽邑邦。品种层出成经典，风味无穷入诗章。创国家标准，搭富民桥梁。笃特色大道，兴人文高冈。进驻超市酒店，走俏博览长廊。挤爆电商物流，风靡北国南疆。赞曰：

先民多智，赐我珍飨；经年累月，哺育黎苍。

后辈睿思，光大提档；其功永铭，其业永昌！

（依《词林正韵》，撰于 2018 年 8 月 26 日，发表于 2018 年 9 月 3 日《咸宁日报》文学副刊，修改于 2024 年 6 月 11 日）

注释

通山包坨不仅是具有代表性的通山特产，更为中华美食之绝唱，问世于清乾隆年间。其发展至少历经粑、粑坨、包坨三个阶段。2016年4月，通山籍闯王镇西岸人陈光明、万芃君夫妇怀揣故土深情，回乡在县城科奥工业园创办通山九宫乡人特色食品有限公司，该公司为全县重点农业科技创新型企业，安置30人就业。公司始终坚持"传承、创新、良心、匠心"的经营理念，致力于运用现代化生产技术发掘传统饮食文化，弘扬淳朴乡风民俗，主要生产以红薯为原料的特色食品。"通山包坨"是公司主打的产品，2017年初开始投放市场，深受广大消费者喜爱，畅销咸宁各大超市、酒店等。2018年，公司投资500万元，启动包坨扩建项目，计划日产包坨2000袋（1.3吨），年产包坨450吨左右，并同步开发薯粉豆腐（薯粉块）、薯粉、薯干、芋圆、红薯饼干等薯类系列食品。年销售收入可达1200万元，实现利税190万元。2022年3月，公司整体迁入阳新县木港镇，因厂房仍在建设中，目前处于停产状态。

附：通山包坨发展史考略

大凡食品的形成，总是由粗到精、由简到繁，且伴随着社会的发展进步日趋完美，并非一蹴而就。地方名吃通山包坨亦如此。

运用考古学、民俗学、历史学的观点，通山包坨应是千年人文传承的产物。尽管清同治七年（1868）《通山县志》记载薯始兴于乾隆年间，但并不影响包坨的雏形形成于红薯引入通山之前。

简要地说，通山包坨至少历经了三个阶段：粑→粑坨→包坨。目前，在通山境内，粑、粑坨、包坨同时存在，三者之间的渊源关系并不难理解。

一、粑。包括米粑、荞粑、玉芦粑、薯渣粑等。据考古发现，我国南方培育水稻有7000年历史，5000年前就出现了大米的加工品——米粉。由此米粑的形成历史久远，至少在千年以上，荞粑、玉芦粑的形成也便顺理成章。可以说，粑是人类农耕社会的活化石。

二、粑坨。粑坨是粑形成后的产物。至今，在通山县大路乡、南林桥镇，当地农村还存在做粑坨的习俗。所用原料以荞粉、玉芦粉为多。其实，就是在做米粑、荞粑、玉芦粑时，在粑里填充些日常的菜食，因加了杂菜不能压扁，就成了方不方、圆不圆的形状，被唤作"粑坨"。

三、包坨。红薯于明万历年间从南洋引入我国福建，100年后的清乾隆年间传入通山。由于红薯在我国种植了100多年，传入通山时，薯粉也一定出现了。也就是说，红薯传入通山之时，也是薯粉加工技术进入通山之日。勤劳智慧的通山人民，有了千百年做粑特别是做粑坨的技艺，用薯粉做"包坨"（当时或许仍称粑坨）也就水到渠成。所以，通山包坨的问世几乎与红薯传入通山同时。

至于把芋头掺入薯粉做皮，那是纯薯粉包坨问世之后，把土豆掺入薯粉做皮更是中华人民共和国成立后的创新了，因通山在民国末年尚无种植土豆的记载。

以上文字权作赋之附文，一则为"通山包坨制作技艺"申报国家非物质文化遗产抛砖引玉，二则是为引起众方家的关注与研究。

通山包坨赋（其二）

吴楚故里，山高水茫。有苗旧地，物阜民狂[1]。通山包坨，古今独创；三朝传承，八荒名扬。

传奇包坨，人文悠长。千年演绎，溯源米粑昭气象；百载坚守，肇始薯粉铸辉煌。日作夜息，寒来暑往；春播秋收，地老天荒。村妇奇思，樵夫妙想；粉粑包馅，粗食含香。亦粑亦坨，或圆或方。可荤可素，能蒸能烫[2]。至若番薯入境；承袭粑坨，包坨登场。虽非稀世佳肴，却为宴会主粮。新春团圆，寓意和美；贵客临门，恭送吉祥。逢喜庆而摆席，品佳肴而慨慷。情在坨心，意在坨状，味在口中，美在心房。火爆山旮旯，香萦紫禁堂。[3]延及当世，风靡城乡。户户咸爱，村村铿锵。

荆楚名吃，天地无双。通山特有，风味独匠；正源产地，厦铺杨芳。[4]薯粉捏坨皮，杂菜当馅粮；裹皮分两宗，内馅纳八样。[5]大似鹅卵，小如乒乓。油炸香郁，水煮味彰。餐餐不嫌腻，碗碗不留汤。卓影大都市，驻足小街巷；赛似东北包，媲美水饺王。

时代潮涌，浩浩汤汤。批产车间拓市场，创新工艺露华芳。[6]国标监制，精品包装。味鲜持久，速冻易藏。超市设专柜，物流运四方。品牌助推，前景无量；电商牵线，过海漂洋。赞曰：

美食包坨，源自通邑；荆襄绝品，世间奇粮。人见人爱，日思夜想；赏心悦目，荡气回肠。

（依《词林正韵》，撰于 2017 年 3 月 18 日）

注释

通山包坨系湖北地方特色美食，属通山县境内所特有，问世于清乾隆初期，至今已有300年历史。其形状为圆球体，外表为薯粉加开水调制的包皮，内装不同菜蔬做成的馅。包坨制作分切馅、揉粉、裹皮三道工序。包坨的源流可追溯至2000余年前的米粑（大米粉、玉米粉、荞麦粉加冷水揉搓而成，形如饼状），其后人们以菜蔬作馅放入米粑，做成粑坨，外形似圆似方，米粑、粑坨多以蒸食为主，也可放入热火灰申烧烤。18世纪初，番薯从福建传入，通山民众利用薯粉的柔韧性，以薯粉替代米粉，对粑坨进行改良，改"捏"为"包"，命名"包坨"，食用包坨主要为水煮，也可水煮之后放入锅中加食用油及酱油等佐料进行煎炸。另外，通山境内还有一种直接将薯粉与豆腐、肉末、花生米、油干等糅合在一起，做成坨状，汤煮食用的粑坨或薯粉坨。

　　[1]民狂，指民众思想奔放，富有创新精神。

　　[2]烫，用热火灰烧烤。

　　[3]据传，通山民间厨师曾应召入京为皇帝制作包坨，包坨味道鲜美，受到皇帝大加赞赏。

　　[4]包坨的正宗产地系境内的厦铺镇、杨芳林乡，两地所产包坨深受大众喜爱。

　　[5]通山包坨的裹皮分两种，一种是直接用薯粉做料，一种是薯粉之中掺入芋头；内馅主要由油干、竹笋、花生米、猪肉、白萝卜、豇豆、香菇等传统食材切细搅拌而成，也可根据个人喜好予以变化，并加其他佐料。

　　[6]2015年，有志之士创新通山包坨制作技艺，建起包坨生产基地，制造包坨机代替人工揉捏，攻克包坨速冻冷藏难题，注册品牌，精美包装。传统的手工制作进入车间批量生产，使通山包坨这一特色美食通过物流、超市畅销大江南北。

大畈麻饼赋

鄂南特产，荆楚孤芳。橙黄圆润，醇甜酥香。明清蔚起，无愧湖广一绝；民国灿然，堪称天下奇粮。[1]肇始于糕点，映接汉唐风物；启思于面饼，承载华夏荣光。巧制博采，历四朝烟火；匠心独具，享百年辉煌。

夫大畈麻饼，彰地域之特色，冠名优之头衔。遥想昔日大畈，街道幽深引南北商旅，富川通达连东西货船。八方地产，琳琅水埠之店铺；四海风物，陆离古镇之间间。遂使食饮纷呈异彩，名吃聚生香鲜。尤以糕饼擅盛，风味大观。精制细研，纳历代之绝艺；鼎新革旧，融诸匠之真传。终成一地之品牌，位列中华之食苑。万民钟怜，众口誉满。小吃登大雅，美食蕴坤乾。游子视若珍品，亲友奉作馈赠；国老寄寓乡思，将军情牵故园。[2]

人人皆赞麻饼好，岂知制作大文章？选材配料原生态，十八工艺日月长。[3]面粉加芝麻，茶油掺冰糖。种种求纯美，样样精配方。煎炒捶捏又滚拢，蒸打烘烤成金黄。皮薄馅足，细松脆爽；入口浓郁，扑鼻清香。益于安定神心，调和肠胃；更利畅通气血，颐养阴阳。

嗟乎！天上月圆，人间饼香。神州共庆，四海疯狂。旧日中秋麻饼俏，今时长年入寻常。政府引导，民众弘扬。传统复盛，品牌卓彰。[4]作坊联袂，工厂堂皇。手工研制，坚守一脉本真；机械生产，铸就千秋光芒。改革技艺，面向市场；彰显特色，强化包装。产品出系列，规格成联邦。小如饼干，一人独食；大似圆盘，全家共尝。入世博会，进超市廊。搭物流车，跨太平洋。赞曰：

大畈麻饼，阮氏研创；华中美食，吴楚甘棠。

盛世隆兴，产业无量；百年品质，万代永昌。

（依《词林正韵》，撰于 2019 年 1 月 17 日）

注释

大畈麻饼因原产于大畈镇而得名。大畈镇位于通山县域东北部，旧时为长江南岸支流富水河畔的商贸重镇，商业十分发达。

［1］大畈麻饼肇始于明清时期，由当地阮氏族人融合传统糕点、面饼制作技艺研制而成，时称"湖广一绝"，享誉武汉三镇，畅销华中数省。

［2］国民党元老、民国南京市市长石瑛先生常将家乡特产大畈麻饼当作礼物赠送友人；中华人民共和国成立后，通山籍开国上将王平喜爱品尝大畈麻饼，20世纪50年代大畈镇供销社先后两次向时任中国人民解放军军事学院（南京）政治委员的王平将军赠送大畈麻饼，受到将军的高度赞誉。

［3］制作大畈麻饼，采用高级面粉、上等芝麻、优质茶油，加之冰糖、葡萄干、陈皮、金钱橘等十几种食料，先人工拌、揉、搓、打、削成圆形，再经一蒸二熏三烘四烤等，历18道工序方可制成。

［4］大畈麻饼20世纪70年代即为湖北省名特优产品；2015年，通山县麻饼协会注册"通山麻饼"和"大畈麻饼"地理标志证明商标，入列中国地理标志产品。目前，大畈麻饼形成"复丰""阳春园""丰可"等10余个品牌。其中，"复丰"为纯手工制作，系百年传统品牌；"阳春园"获第21届中国食品博览会产品金奖，第17届、第18届湖北荆楚粮油精品展示交易会产品金奖；"丰可"获第12届中国武汉农业博览会产品金奖。

杨芳酱品赋

开门七件[1]，酱品留香。调味满目，杨芳为王。得日月之精华，纳山水之浩养；孕传世之非遗，奉大国之贡粮。千秋演绎，工艺独特成佳酿；数代坚守，品牌铿亮耀禹疆。

清流汩汩，群峦莽莽，平畈荡荡，沃野苍苍。土产牛肝豆，吸天地营养；山沁矿泉水，酿旷世琼浆。肇始隋代，九朝赓奇方；鼎盛晚清，百年铸辉煌。风味豆豉，老少作零食；固态酱油，荷叶当包装[2]。豆腐油，甘甜脆爽；隔夜俏，入口绵长。有机绿色，生态醇芳；微少元素，多重能量；滋阴益血，养胃润肠。可生食熟烹，可配菜制汤。可入石板巷，可登大雅堂。不分贵贱，无论城乡；人人怡爱，家家珍藏。赠客显情谊，馈宾兆吉祥。一朝手相牵，三春心慨慷。

人赞酱品好，孰知劳作忙？早春播豆，酷暑扬场；顶日除草，擦黑松墒。栉风沐雨，经阴历阳；皮黝肉厚，颗饱粒昂。原料地道，独此一域；酿技手传，全凭心详。豆豉多工序，酱油重秘方。水浸火蒸，日酵夜晾；木桶洗黄，草药添香；密封酝酿，闭锅熬浆；热液装罐，凝固蕴藏。三年五载，色香如常；十里八镇，美誉若狂。

延至当代，产业高张。酱油成国标，博览获巨奖；华夏占鳌头，豆品着丽装。作坊精制，车间批量；超市连柜，街巷成廊。男女老幼，餐餐爱酱香；楼堂馆所，处处酱彷徨。会亲访友，馈赠成时尚；节令佳期，网购连外洋。

嗟乎！地不畏偏，有品则煌；路不畏远，有牌则昌。杨芳酱品，盛名远扬；酱品杨芳，美景同襄。

（依《词林正韵》，撰于 2017 年 6 月 2 日）

注释

　　杨芳酱品因产于通山县杨芳林乡而得名，包括固体酱油、液体酱油、无盐豆豉、风味豆豉、豆腐油、隔夜俏（卤酱干）等系列产品。杨芳酱品以当地独有的牛肝豆（黑豆）为原料，配以优良山泉水酿制而成，具有香浓味醇、回味绵长、汤色厚爽、开胃健脾等特点。特别是固体酱油、豆豉制作历史久远，据考应始于隋朝初期，清光绪年间达到鼎盛，时有酱油作坊47家，乾隆年间曾被列为朝廷贡品。1987年9月，经湖北省农科院农业测试中心检测，杨芳酱油含人体所需氨基酸17种，含氨基酸总和达10.76%，且保鲜期在1年以上。20世纪90年代后，杨芳林乡加大杨芳酱品开发力度，与华中农业大学进行技术联姻，成功开发出酱品系列产品。1998年12月，在中国第四届国际食品博览会上，"杨芳"牌老抽酱油被评为"中国市场名牌产品"，与广州"海天酱油"并列获酱油类食品金奖。2011年6月，"杨芳酱油豆豉酿制技艺"入选湖北省非物质文化遗产保护名录。2014年，杨芳酱油、豆豉入列国家地理标志产品，其中杨芳酱油成为全国首个酱油类国家地理标志产品。

　　[1]七件，指开门七件事：柴、米、油、盐、酱、醋、茶。

　　[2]固体酱油是浓缩型膏状物，浓度极高。20世纪80年代以前，经销商将酱油装在两只木桶里挑着沿村叫卖，当时酱油一般用荷叶或纸包着销售。

大畈枇杷赋

鄂南边陲，低丘阔朗；富川两岸，青峦绵长。库区四季，风光峥嵘；人间五月，琼颜铺冈。万顷繁枝茂盛，十里枇杷飘香。国标特产，引领市场；华中圣果，享誉八方。

商周大畈，山水沃疆。人杰地灵，物阜民康。六朝枇杷史，犹存古树王；百年风云录，璀璨荆楚榜。一村笃实风行，千湾蔚为时尚。"隐水"品牌，众手传承历三代辉煌；"大畈"商标，匠心经营应万民期望。树冠虬龙，叶貌椭长。仲秋花团锦簇，孟夏满枝橙黄。房前屋后，坡头垄旁；经纬适宜，光照堂皇。若玉环之丰腴，恰西施之俊样；似晚霞之娇艳，如旭日之轩昂。轻吮沁入肝脾，细嚼搅动心房。温醇甘脆，七窍舒朗；汁液丰沛，满口琼浆。思之欲醉，闻之欲狂。俗心荡涤，正气高扬。滋肺腑，调阴阳；畅胸腔，润九肠；清肌理，靓面妆。常吃五脏矫健，日啖六腑安康。比天宫之蟠桃，胜世间之蔗糖。

产业主导，基地茁壮；上下合力，抱团共强。规模栽植，技术领航。修枝剪叶，添肥增墒。秋锄春耘，有机至上；疏花套袋，生态唯纲。科学提品质，品质赢市场；管理铸品牌，品牌耀光芒。列省部特优区，登国家龙虎墙。盛名传四海，财源达三江。物流联千里，九州共芬芳。

时维五月，艳日初涨；大畈村郊，漫山流光。原野游人雀跃，枝头青鸟吟唱；展区枇杷迷眼，T台姝女舞裳。商客云集，熙熙攘攘；媒体聚焦，洒洒洋洋。文旅搭台唱戏，节庆推介引商。款款枇杷仙，群英争艳；篮篮枇杷果，满目琳琅。采摘体验，休闲观光，修身养性，情志慨慷。人行枇杷长廊，春心肆意荡漾；身驻枇杷酒肆，诗情无限高张。

一果兴百业，一品旺百庄。佳树葱茏，兴绿色宝库；阡陌环绕，搭致富桥梁。青山绿水，正道沧桑；金山银山，民众共享。借助富水湖，擦亮生态牌；凭靠隐水洞，织牢销售网。笑看山乡大畈，小康道路铿锵；乐见富水库区，枇杷小镇在望。

（依《词林正韵》，撰于 2018 年 5 月 7 日，原载 2018 年 6 月第 2 期《中国诗赋》）

注释

通山县大畈镇地处鄂东南边陲、湖北省第三大水库——富水水库库区，商周时期境内便有人类居住繁衍。通山种植枇杷已有上千年历史，"大畈枇杷"原称"隐水枇杷"，历史上因镇域隐水村枇杷远近闻名而得名。"隐水枇杷"自清代始就成为地方传统品牌，并先后荣获"湖北省著名商标""中国绿色食品标志""国家地理标志证明商标"。为做大做强枇杷产业，2010年大畈镇大墈村种植大户袁观强牵头成立通山县枇杷专业合作社，采取"合作社＋基地＋农户"的经营模式，在各级政府和部门的支持下，带动全镇14个村发展枇杷1.5万亩。合作社所在地大畈镇大墈村被定为"湖北省枇杷特优区"，并被命名为第五批"全国一村一品示范村镇（枇杷）"。近年来，大畈镇党委、政府致力于打造大畈枇杷品牌，2017年5月，以"大畈五月天·相约枇杷仙"为主题成功举办首届大畈枇杷旅游节；2018年，依托国家地质公园隐水洞、国家水利风景区富水湖区位优势，以隐水、大墈、板桥3个村为规划范围启动"枇杷小镇"建设。

万家甜柿赋

巍巍大幕，莽莽万家。曳曳红柿，悠悠彤霞。历日月兮千载，绵山川乎万丫；汲吴楚之地脉，树南鄂之奇葩。味分涩甜之别，功兼食药之佳。江北江南，人间圣果成绝美；山里山外，地方特产誉顶呱。

溯夫宝树，肇源长江。万家甜柿，兴于汉唐。其山明秀回环，百丘叠翠；其水清纯跌宕，四时溢芳。荆草盛于漫野，修林掩乎湾庄。风雨调匀多朗日，春秋有度少寒霜。是故柿枝遒劲，珍果凝浆。外裹灿目之橙色，内藏扑鼻之芬香。天赐佳肴，飨甘甜之不尽；自然脱涩，品余味之绵长。叶落果悬，满山金赤；风摇枝颤，遍野明黄。于是游人攒动，笑语铿锵。篮提篓载，肩挑背扛。采柿果之四野，送甘棠于八方。三秋因而妖媚，四季由此慨慷。

但见长竿钩举，硕果摇欢。竿起柿落，袋鼓人喧。抑或手攀脚蹬，左摘右牵。篮堪卅枚，箱纳百员；层层叠叠，斑斑斓斓。垂涎频频，欲唉陌上之红艳；怜爱烈烈，陶醉山野之光鲜。巧褪皮衣，轻刀小削；微剥表质，浅勺慢咽。酥肉脆爽润喉润胃，津汁晶莹养肝养颜。甜柿里外皆是宝，日食三颗赛天仙。家贮作特产，网售为山丹；果膏销山外，饯饼俏城垣。

嗟夫！地利造华物，人和出柿乡。天下甜柿，万家无双。深加工，弘扬传统产业；强科技，塑造品牌长廊。煌煌兮，天赐圣果泽黎庶；浩浩乎，地淌金黄谱华章。问柿韵如何，千年甜柿名荆楚；观柿林荡漾，万顷风华渥家邦。

（依《词林正韵》，撰于 2024 年 4 月 8 日）

注释

柿子原产于我国长江流域，最早记载见于《礼记》。万家种植柿子，其历史应可上溯至唐代。

万家甜柿，主产于通山县黄沙铺镇万家。万家地处大幕山南侧崎岖山区，地势呈纵列向南倾斜，陡坡难以蓄水，溪流易涸，常年云雾少，日照强，蒸发量大，宜于柿树生长发育，所产柿子味道独特。品种多为本地磨盘柿、腰带柿、宝盖柿。20世纪80年代后，引进牛心柿、罗田甜柿。柿品主要销往湖北武汉、咸宁、荆州等地，以及江西、湖南、广东等省份。

慈口蜜橘赋

钟灵富川，毓秀慈口。天公疼怜，地媪眷厚。四季雨顺风调，八埏坡宽林茂。旧时嘉禾满园，今日蜜橘独秀。历史虽不远久，品质雷贯九州；珍果虽出深山，盛名冠高八斗。堪称江南特产之圣王，无愧地理标志之皇后。

伊昔库区窘顿，生计无章。畴畈成水域，岸宕无田桑。勤挖苦扒三百昼，精打细算半年汤。穷则思变，困则思张。借广袤之氤氲，兴葱茏之汪洋。政府帮扶，资金奖补；专家助力，技术领航。携壶荷箪，劈荆垦荒。层层山坳，叠叠橙黄。户户建基地，湾湾连长廊。富水荡荡腾碧浪，村湾熙熙换新妆。担担柑橘，袋袋食粮；亩亩柑橘，年年学堂；车车柑橘，栋栋楼房；款款柑橘，袅袅新娘。噫嘻！柑橘变身摇钱树，荒坡长出绿银行。

最喜醇醇之味，美妙无穷。北纬卅度，天然氧篷。雨露充盈养枝脉，温寒有度涵质容。阳光普照糖分足，雾霭低旋产量丰。其色也，油胞细腻，光滑润泽；其味也，微酸多甜，绵嫩汁汹。甜如蜂蜜却淡，酸似柠檬不浓。怡心爽口，顺气宽胸。桃李与比，其肉太板；荔枝与比，其鲜渐庸；樱桃与比，其酸略过；葡萄与比，其甜显空。昼啖一颗，馋虫拱动；日品三枚，如沐春风。

如今民众康乐，橘乡卓彰。树簇万亩，叶摇千冈。漫山遍野皆蜜橘，富水两岸尽芬芳。质量优先，生态种养；品相改造，科技扶匡。注商标，塑品牌；强销售，重包装。兴合作社聚力九寨，办采摘节引客八方。嘉木与山水共苗壮，经济与旅游同铿锵。美哉，后皇嘉树生库区，橙黄橘绿靓蓬疆！

（依《词林正韵》，撰于 2024 年 4 月 10 日）

注释

通山县发展柑橘始于20世纪70年代，主产地位于富水库区的大畈镇、慈口乡。1973年12月，华中农学院（今华中农业大学）教授章文才、湖北省农业局技师李祥瑞到富水库区考察，认定富水库区是通山发展柑橘的理想场所。此后，县政府按照"连片开发、分户经营、免费供苗、以补代奖"的思路，在当时的大畈、慈口、下泉、畈泥、畅周、洪港等库区乡镇发展柑橘2400余亩。1979年，柑橘进入丰产期。

慈口因地处富水库区核心区域，该地所产柑橘品质最优。1983年，慈口乡产柑橘250万斤，第一次出口苏联4万斤。至1985年，全县柑橘面积达2万余亩。2000年后，全县柑橘面积发展到近4万亩。80年代，慈口乡西垄村所产柑橘"龟井"获全省评比第一名。2003年，慈口乡注册"慈口蜜橘"商标。2020年后，慈口蜜橘先后获国家地理标志产品、国家绿色食品、湖北省名优产品认证。

闯王砂梨赋

南鄂嘉果，闯王砂梨。莽莽丛林，隐蓬莱之胜境；巍巍山脉，延幕阜之余溪。秀水灵山，赓文脉之吴楚；清风沛雨，植仙梨于坡畦。暖春安闲，游客则五湖四海；爽夏和畅，砂梨则百媚千姿。观花海之灿灿，赞金梨之顾顾。外形润圆，疑是瑶坛之奇品；鲜肉甜脆，常为厅室之朵颐。

夫砂梨者，虽非土生，却成名产。引域外之枝夭，合本地之菀板。兴翁郁之梨园，绿荒芜之丘畈。三级鼎力，村前庄后斑斑；四方同心，高岸低滩款款。[1]卅载扩充，千亩连片；簇簇盈乡，泱泱过万。气候温润，造就优良之渊源；土壤丰饶，适宜极品之彰显。林亭婀娜之姿，地涌澎湃之瀚。初春疏影秀雅，俏丽嫣然；盛夏茂枝曳摇，油光璀璨。画匠为之挥毫，文师为之题撰。最喜繁花漫漫，靓女俊男满山湾；硕果累累，香车宝马挤蹊畔。

及至丰收时节，遍野芬芳。万树匍枝，满园妩媚；亿丫挂果，无限澄黄。翠冠金水，黄金湘南，雍容华贵，仪态大方。[2]若西子之腴丽，恰关公之轩昂。似晚霞之娇艳，如旭日之淡妆。登高望远，一片繁忙。放眼左右，男铿女锵。喜上眉梢，户户乐采果；风生足下，村村欢装箱。

观夫砂梨独特，品质无双。皮薄肉嫩，核酥味糖。品之蜜蜜甜，闻之喷喷香。无渣妇幼喜，多汁老弱狂。可生食熟烹，可瓶制罐装。可入小陌巷，可登大雅堂。醒酒养肝，利胆健脾益体亢；润肺止咳，清心降火保胃康。皆言天然巧克力，众誉水果人参浆。荣登金牌榜，膺授国标章。待客增情谊，馈友兆吉祥。

至若砂梨兴农，勃勃大象。党员干部携手趋前，县镇部门合力同向。高标栽植，科技揽纲；勤细剪修，痴心为匠。除虫疏花套袋，添肥增墒保养。管理铸质优，色味获褒奖。脱贫产业，示范带动泽家邦；致富民生，合作抱团渥乡党。由是品牌堂堂，包装亮亮；商贾熙熙，物流攘攘。梨品俏神州，盛名红国网。

嗟夫！果带百业旺，地因果盛昌。佳树绵延铺富路，阡陌纵横建银行。天道酬勤，笑看基地遍通邑；匠心提质，喜见梨谷兴闯王。水果搭台兮，风情为窗。电商推浪兮，企业护航。开文旅之融合，促产业之腾骧。盛景如诗，彩笔欣描巨画；前途似锦，明朝再创辉煌。

（依《词林正韵》，撰于 2024 年 4 月 14 日）

注释

闯王砂梨，因主产于通山县闯王镇而得名。闯王镇属亚热带季风温暖湿润气候区，光照充足，雨量充沛，非常适宜砂梨生长。砂梨肉质细嫩、松脆，果实近圆形，果皮翠绿色，果面平滑光洁，蜡质多，具光泽；果点浅小而稀，果皮薄，果心小，果肉洁白。

1993年，宝石乡（今属闯王镇）以实施退耕还林项目为契机，在县财政局的扶持下，结合龟墩村小流域治理，营造梨园500亩。之后，逐步扩大种植，至1996年，全乡建村办、联办梨园20余个，面积达5000亩。2000年后，全县各乡镇开始推广砂梨种植，面积超过1万亩。2010年，通山县成立果业专业合作社，规范化组织砂梨生产。2013年，闯王砂梨通过国家绿色食品认证。2016年至2017年，连续两届荣获中国绿色食品博览会金奖。2018年2月，国家农业部批准对"闯王砂梨"实施农产品地理标志登记保护。同年，闯王镇举办首届砂梨采摘节。2024年3月，闯王镇在汪家畈村兴建"闯王梨谷"，开启梨文化发展之路。

［1］三级，指县、镇、村；四方，指乡镇、村组、联合、个体。

［2］闯王砂梨主要有金水、湘南、翠冠、黄金、华梨等品种。

唐老农山茶油赋

员木生南国，荆楚是故乡。[1]茶油出旷野，通山最典藏。吴雨滋，楚风晾，莽莽枳壳舞碧浪；唐雪润，宋日养，汩汩甘膏泽禹疆。历三千年岁，经百代暑凉。吸天地灵气，酿世间奇芳。

观夫幕阜广袤，富川苍茫。百谷跌宕，万壑幽长。渺渺茶林浩荡，累累油果汪洋。身栖僻阿，贫瘠不择而奋亢；秀拔崇崖，葐蒀广播以健刚。上吮霄府之玉液，下汲地仓之甘棠；春熏卉草之精粹，秋纳雨露之恭良。花果同枝沐日月，籽蕊联袂凌风霜。五季云霖滋圣果，满腔脂粒孕天香。油房榨碾，十里爽爽；厨间烹饪，一湾锵锵。旧时供奉朝廷，誉满九阙；今朝走俏南北，声震八荒。

尔其茶油风行，民众崇尚；生态为本，品牌为王。唐老农山茶油，上承千年品匠，下启三代荣光。做油先做人，人正油自彰。选野山之熟果，祛干瘪之外瓤。采传统之工艺，沥天然之琼浆。炒籽，碾轧，蒸制，撞桩。净滤，提纯，温控，灌装。全过程纯绿色，一体化无污伤。黄澄澄，清亮亮；明灿灿，金煌煌。煎炒食欲豪放，炖煮味蕾偾张。可清胃，可润肠，可解脂，可降糖。养颜抗身老，排毒促体康。男士女士都说好，长者幼者皆称强。无愧居家"第一油"，公认养生"长寿汤"。

至若时代潮涌，产业鸿昌。公司加基地，车间连作坊。科研树品牌，创新立标航。瓶装、壶装、罐装，款款高档；超市、酒店、家庭，处处堂皇。特产名优，屡夺农博金奖；食品康泰，荣膺国级证章。农旅结合，三万茶林澎湃大象；村企协作，数千民众阔步康庄。感而赞曰：

野山多嘉木，茶油源高冈。油品如人品，祖孙铸老唐。

生态作理念，绿色奉总纲。匠心无止境，前景更未央。

誉盛红网络，质优越海江。产销两相旺，人油各自慷。

（依《词林正韵》，撰于 2018 年 9 月 28 日，修改于 2023 年 7 月 16 日，赋作木雕悬壁于国家 AAAA 级旅游景区龙隐山入口处的隐水村古法工艺农产品电商街）

注释

地处鄂赣交界幕阜山脉中段北麓的湖北省通山县，不仅是我国山茶原产地，更是长江以南山茶主产区，当地山茶油食用历史达3000年以上。2013年，返乡大学生唐国安立足祖辈传统榨油作坊，注册成立通山唐老农生态粮油开发有限公司。公司位于通山县杨芳林乡杨芳林村幕阜山生态旅游公路西侧，以种植、生产、销售茶籽系列高档食用植物油为主，系咸宁市农业产业化龙头企业。

唐老农始终秉承家族榨油传统，恪守"三代榨油，良心做油"，在提升山茶油品质上孜孜以求。生产的"唐老农"牌野山茶油，获得国家食品生产QS证，先后荣获第十四届中国武汉农业博览会金奖、第二届楚菜美食博览会楚菜食材优质供应商、首届荆楚美味之湖北好网货、咸宁市首届品牌大赛金奖、咸宁市知名商标。公司先后荣获湖北省重信用守合同单位、咸宁市重信用守合同单位、咸宁市工人先锋号、咸宁市消费扶贫专平台、通山县电子商务十强企业等称号。公司采取"企业＋基地＋合作社＋农户"模式，合作油茶基地3万余亩，辐射油茶种植户200余户，有力促进了当地乡村振兴。

［1］山茶油是我国较为古老的木本食用植物油之一，原产地主要集中在长江以南亚热带湿润气候区。古时，称山茶为"员木""枳壳"，称山茶油为"甘醪膏汤"。野山茶油因其稀有且对人体健康具有特殊功效，从汉代起就被朝廷指定为御膳用油。

横石八大碗赋

荆楚多名菜，其华在通山；通山多佳肴，其最八大碗。岁令时节，斯嘉辰而必餐；民风故习，遇喜庆而多宴。设席交友，对壶觞淋漓畅言；舒意陈情，品美食高亢志满。荤素搭配堪精，色味错合至善。芳香飘飘以佐欢，怡悦切切曰恨晚。历百年之造化，内涵大观；经五味之调和，华筵鼎冠。

至若历史，当溯民间。毓毓蘑菇畈，欣欣横石潭。本为灶台之常菜，融入烹饪之精专。历经数朝之流变，方成卓绝之美鲜。若问斯碗有何恋？恋在食材之天然。肉源土猪圈，菜摘篱笆园。豆饮溪涧水，汤用山野泉。若问斯碗有何念？念在做法之纯虔。肉片千锤打，豆腐双手颠。调料不过夜，菜蔬取当天。土灶铁锅燃木柴，炖罐蒸钵绕炊烟。昔日农户办房宴，如今商家兴酒轩。菜名地道朴实，技艺精微周全。味美独树一帜，名高充盈四边。

观乎锅瓢聚髓，葱蒜凝芳；高汤常沸，香气自扬。俟燃薪之慢入，期出味之徐昂。亦荤亦素，半菜半汤。花生红枣，麻花小肠；锤肉脆软，蛋皮酥黄。五香扣肉入口化，七馅包坨扑鼻香；油干籽粒劲道足，猪肝粉糊回味长。食材虽无奇，味道却汪洋。赳赳乎，众人如趋鹜；攒攒也，老少争品尝。

由是广采时鲜，大开门店。菜随自选，知入座之有期；客必回头，料登堂而无限。熙熙攘攘之处，四时领先；欢欢庆庆之时，万众盛赞。喜百年之佳肴，树三楚之风范。

美哉斯菜，善哉功夫。十年磨一碗，百载赓一厨。匠心因方寸，品质看始初。擦亮品牌赖众伍，服务社会无止途。虽为谋生之小技，却是创业之大衢。可留香于唇齿，自誉美于江湖。

（依中华新韵，撰于 2024 年 4 月 12 日）

注释

横石八大碗，系通山县九宫山镇（原名横石潭镇）地域汤水席中最具特色的八道汤水菜。横石汤水席流传数百年，是鄂南地区最具地方特色的农家菜系。每道菜，就地取材，汤菜参半，汤是土猪肉熬制的高汤，菜为农家菜园种植的时蔬。菜由青花瓷碗或土钵盛装，吃完一道上一道，又名流水席。时下流行的"八大碗"，主要有红枣花生米汤、锤肉汤、豆腐薯粉坨（或薯粉包坨）、五香扣肉、麻花小肠汤、油干子汤、猪肝薯粉糊、蛋皮汤。

金荞酒赋

　　吴楚苍苍，幕阜茫茫。堪舆灵蕴，人文偾张。山川拱戴生苦荞，日月交合出奇浆。节宴喜庆，会盟嘉赏；滋身养性，释愁解伤。春秋更迭，经百代兮承一脉；物换星移，历千载兮名八荒。

　　神农尝百草，荞麦当食粮。孙吴宴群臣，众师奉佳酿[1]；大幕孕杰士，苦荞成壶觞[2]。官府推崇，民众尊尚；荆襄誉满，九州名扬。两千春演绎，其功无量；数十代坚守，其醇弥香。李靖习文武，独酌士气旺[3]；彭帅闹革命，众饮斗志昂[4]。将军恋故园，闻酒知桑梓[5]；赤子离乡土，携罐赴外洋。古时多入楼巷，今世遍布城乡。铜壶氤氲情爱，玉盏倾吐衷肠。君子厚德，春风荡漾；贤士盛意，余音绕梁。一家品酒，十里亢亢；十户煮酒，百村恍恍。

　　酒名金荞，寓意万丈；金荞名酒，气势无疆。黄沙广袤，丘岭阔朗；雨露丰盈，苦荞堂皇。采原态之野珍，取沟谷之泉洌；纳古今之气韵，蒸旷世之甘棠。湉湉玉魄，澹澹波光。烁彩盈目，流晶泄芳。素醪润润，清酤彰彰。香甜隽永，回味绵长。饮之气爽神清，脾胃舒畅；品之祛寒消暑，宠辱皆忘。有酒常伴真富贵，无忧相随自在王。日抿数杯，消糖降脂；夜酌几盏，强筋壮阳。人生苦短，宇宙久长。把酒临风，神采粗犷；举杯相邀，气宇轩昂。

　　时序盛世，金荞呈祥。兴酒文化之圭臬，筑致富路之津梁。酿艺薪传兮，懿德浩荡；造福桑梓兮，惠渥家邦。金荞酒业之兴兮，全靠民心所向；金荞酒业之旺兮，仰赖国运隆昌。感而祝曰：

　　金荞酒业，阆林巨栋；艳压群芳，永驻辉煌。美酒金荞，山珍佳酿；比肩茅台，不让杜康！

　　（依《词林正韵》，撰于2016年11月17日，修改于2024年5月9日）

注释

湖北通山九宫金荞酒业有限公司，坐落于通山县经济开发区工业园区内，为咸宁市农业产业化重点龙头企业，始建于2007年，其前身为通山县国有粮食酒厂。九宫金荞酒业有限公司利用通山境内独特的苦荞资源，挖掘提升民间苦荞酒酿造技艺，生产出的金荞系列酒成为地方名产，深受大众喜爱，荣获第十三届中国武汉农业博览会金奖。

［1］据《三国志·吴志》载："孙权都鄂，常临钓台饮酒大欢，讲武阅军"，并"广宴群臣"。孙权曾下令各地进奉酿酒名师，专为官廷、军营制酒。

［2］今通山县域，三国时期隶属东吴，并近邻东吴都城（今湖北鄂州），相传大幕山下有一位酿酒师利用山野苦荞麦酿制苦荞酒，以其色香纯正、原汁原味成为东吴官廷国饮。

［3］据传隋末将领李靖，曾隐居大幕山习文练武，酷爱用苦荞酒祛寒消暑，后出山辅佐李渊建立大唐，被封为卫国公。

［4］1929年，彭德怀曾率红五军到通山县大幕山地区开展工农革命，当地群众常以苦荞酒犒劳战士。

［5］从大幕山脚下走出的共和国将军阮贤榜、阮汉清、阮邦和，年少时就对苦荞酒情有独钟，革命成功后工作在外，也总是念念不忘家乡苦荞酒的醇香甘美。

通山山歌赋

吾乡先民，以山为伴；春秋冬夏，遇山而安。伐竹松兮以盖屋，辟丘壑兮以平川，烧薪草兮以沃野，采砂石兮以建园。栉风沐雨生慨叹，历雪经霜发感言。由是村妇樵夫，昂首以舒怨；屋场野地，列阵以图欢。

溯夫其史，肇乎上皇。赳赳千载，莽莽九疆。氏族迁徙彰其异，他乡生根养其芳。汉唐以降，联手交向；明清而迄，出口成章。锄草开荒，席地三人对唱；爬坡上岭，抬头五句连腔。晨出暮归，山歌相随兮神清气爽；牧羊放牛，山歌相伴兮身心舒张。踽踽独行，山歌解忧兮孤寂消散；熙熙聚会，山歌起乐兮激情飞扬。山歌如琴，可添生活之趣味；山歌似药，可疗心灵之痛伤。

莫道山歌言语俗，莫谓山歌内容犷，殊不知山歌乃生活之琼浆。生于荆野长于路，唱于禾场传于廊。流变张三或李四，各表赵钱与孙王。"自从去年接个吻，至今满嘴还留香"，情歌夸张拍案叫绝；"手拿花扇扇花身，花上加花爱煞人"，小调诙谐盖世无双；"自从今日祝过后，荣华富贵万年长"，神歌气象包罗日月；"家公周岁我摇箩，恭喜家公接家婆"，儿歌风趣戏弄阴阳。山歌好比春溪水，一年四季响当当。叙事曲折跌宕，劝喻擅打比方。嬉闹充满情趣，表意直抵胸膛。男唱女和，似瀑奔放；此起彼伏，如水汪洋。悠悠兮，夜莺鸣深涧；汩汩兮，骤风过山梁。

尔其舒内心之情思，发人世之哀喜。人有意，山歌达意成亲朋；歌有情，山歌传情结夫妻。忧伤之时百转千回，高兴之际声情并起。然山歌之演唱，常伴词句之自拟，无率真之情感不行，无应变之聪慧不济。涉水唱水，水漾涟漪；登山唱山，山绵清丽。此尽显歌者知识之博渊，文采之逶迤。

至于歌师艺人，群星璀璨。才子驰骋，裙襦舒曼。一乡上千，全县过万。孩童当歌郎，古稀树典范。三人对歌当联欢，半村开唱赛春晚。更有乡乡建歌会，月月摆歌摊。村头河边人似海，广场小区歌连天。你来我往打擂台，春去秋回不休班。网红抖音快手，声迷景区游船。登央视频道，入南洋戏园。举荆楚山歌之大纛，摘叙事长歌之桂冠。

妙哉！山歌声声唱不厌，声声山歌听不烦。旧时多诉哀怨，今朝皆表乐闲。最喜山歌登大雅，助力文旅谱新篇。赞曰：

山歌生南鄂，纯朴出天然。词浅且意美，五句胜千言。

不与花争艳，懒同诗比肩。只求真而粹，不求大而全。

真为歌之本，情为歌之泉。情真更意美，代代永流传。

（依《词林正韵》，撰于 2024 年 4 月 20 日）

注释

通山山歌历史悠久，至少起源于汉唐，定型于明清。清康熙四年（1665）《通山县志》载《新岭樵歌》云："野径新驱古岭云，岭头樵子日纷纷。负薪唱罢买臣调，朝市劳人哪得闻。"狭义的通山山歌，仅指樵歌，是当地人民以世代相传的独特腔调和方言土语唱出的民间歌曲。分高腔山歌、平腔山歌、哭腔山歌、放牛山歌、急口令山歌、盘歌（对山歌）等，高腔山歌、平腔山歌流传全县。广义的通山山歌，即指民歌，包括情歌、神歌、小调、儿歌、田歌等。2006年，通山山歌入选咸宁市首批非物质文化遗产保护名录。2010年，通山山歌节目随《白云深处》剧组赴新加坡演出。2019年2月，通山山歌《十绣荷包》作为湖北省两个节目之一入选中国原生民歌节。

通山一中赋
——为通山一中八十华诞而作

　　悠悠通羊，千秋古镇；勃勃县学，万卷书香。凤池秀而蕴玉，雉水清而含章。脉连幕阜，开通邑铮铮之气象；文纳吴楚，孕山城芸芸之华芳。扣弦咏歌，名庠誉远；右文崇道，奎壁光彰。

　　溯夫历史漫漫，风云稠稠。民国晚期，日军蹂躏，教育救国，名士筹谋。建校于山村，流徙于祠寺；避难于深谷，辗转于田畴。战乱袭扰，时局动荡，农舍施教，壮志难酬。幸肇共和，颠沛流离从此已；更逢盛世，安道乐业展宏猷。基奠黄土坡，学府鼎新极舒千里目；校迁柏树下，文曲再造更上一层楼。十易园址，守创卓绝传薪火[1]；五更学部，育教高瞩铸风流[2]。践初心，行大道；创名校，入省优。

　　观夫校区赫赫，杏坛皇皇。方圆似社村，纵横连街巷；春秋潜其影，日月耀其芒。门厅高峻，操地悠扬；桂樟掩映，花草汪洋。廊道蜿蜒，昭示书山有路应勤进；亭台错落，暗喻学海无涯当自强。逸夫楼中，青春荡漾；从文馆里，梦想启航。体育场活力奔放，教学楼严肃紧张。朝霞微曦，书声惊醒鸟雀；夜色深沉，灯火辉映星光。郁郁黉舍之翘楚，莘莘学子之殿堂。

　　尔其传道切切，授业虔虔。济济良师，彰孔孟风采；熠熠名儒，着时代先鞭。四季躬耕，专注勤勉，以人为本，以德为先。教学相恭，诲人不倦；五育并举，负笈在肩。三尺讲台，纵论古今中外；一方教室，神游上下千年。因材施教，襄贫奖优，内在潜能迸发；有教无类，扬长补短，整体素质卓然。编校报，办画展，倡学社，建电台，累累硕果冠南北[3]；勤教研，革课堂，刊论文，出专著，瞻瞻理念引楚天[4]。春去秋来，夜以继日，烛火朗照，青丝变颜。是故特级教师，誉满华中，成教育之擘指[5]；全国模范，名动京城，傲时代之前沿[6]。好学、乐学、博学、优学，求实学风赓续；立德、弘毅、创新、崇优，奋发精神永传。惟善惟真，雅训滋芳华一苑；求乐求美，嘉声引雏凤三千。

更有髦士俊俊，后昆琅琅。立远大之志操，践人生之理想；发悬梁之奋劲，养格物之情商。折桂学坛，夺冠考场；叱咤四海，指点八荒。北大清华，顶尖名校，皆有学子茁壮；纽约巴黎，世界都会，可见硕彦铿锵。纵览过往，前贤如星闪亮；放眼当下，英才似鲫过江[7]。心系黎民，汗水浸红壤；情牵祖国，碧血染边疆。噪起文坛，著作造名匠；位尊高校，学识担总纲。游科海，攀商榜；笃公益，富乡邦。党政军民学，东西南北中，行行出豪杰，处处有栋梁。余烈振之老竹，清俊发于新篁。人尽其才，不分凡夫巨子；报效社会，何论在野在岗，江山代有才人出，一代更比一代狂。毓秀钟灵，焉能不出名士？文风鼎盛，定当腾飞凤凰。

盛矣哉！时维金秋，岁在壬寅，天呈祥瑞，地炫彩茵。鸿雁归巢，庆华诞之盛典；群英荟萃，祝母校之八旬。寻迹钩沉，学苑风云几度；举杯相叙，杏园旧事犹新。忆往昔，岁月峥嵘兮，精忠报国，奉献能量无尽；看今朝，鲲鹏正举兮，中华圆梦，更建伟业绝伦！

（依《词林正韵》，撰于2022年3月21日；2022年12月，通山一中上海校友会请山东陶瓷艺术大师路今铧先生，将此赋刻字于一对2米余高的青白釉大花瓶上，作为母校八十周年校庆贺礼，并摆放于学校综合楼大厅）

注释

通山县第一中学，创办于1942年8月，系湖北省首批重点中学、咸宁市示范高中。学校占地270亩，建筑面积7.2万平方米，在校学生5000余人（含初中部），在职教职工360余人。建有教学楼、实验楼、艺术楼、图书馆、学生公寓、食堂等楼舍15栋，拥有多媒体教室、理化生实验室、语音实验室、音乐活动室、美术创作室等教学设施，配备有田径运动场、露天篮球场、排球场、室内羽毛球馆。1992年50周年校庆，时任中共湖北省委书记关广富、省长郭树言题词：桃李满天下，园丁誉中华。

[1]学校始创时，称县立初级中学。当时全民抗战，政局动荡，学校无固定教舍，借用宝石汪家畈汪氏宗祠办学。次年春迁杉坑寺（崇福

寺），秋季迁山下吴。1945年2月迁西港，日军投降后，迁田东畈杨福堂。1948年3月迁宋家祠。次年初，迁城关程家大屋。1949年秋，由县人民政府接管，并更名为通山县中学。1950年春，校迁余长畈。1952年8月，迁回城关，定校址于凤池山北麓。1955年秋，校名定为湖北省通山县第一中学（简称通山一中）。2005年9月，学校整体搬迁至通羊镇洋都大道柏树下南侧新校区。

〔2〕为适应社会形势，学校在学部设置上曾数度变化。1945年，增设简易师范班。1947年秋，分设普通科、职业科。1958年秋，增设高中部，成为完全中学。1999年秋，撤销初中部。2020年秋，恢复初中部，再度成为完全中学。

〔3〕为促进学生个性化发展，学校建立学生会、演讲社、广播台、舞蹈社、动漫社、文学社、摄影协会等社团，创办《通山一中报》并由著名作家贾平凹题写报名，先后获全国校园文化创新百佳学校、湖北省学校文化建设百强校等荣誉；通山一中文学社被评为全国优秀文学社团。

〔4〕学校重视教研工作，参与多个国家级、省级课题实验，是全国中语会创新写作教学研究与实验学校、全国数学教学案例研究与实验学校、全国家庭社会学校三结合育人实验基地，是华中科技大学、武汉理工大学、中国地质大学、中南财经政法大学、华中师范大学、华中农业大学等20余所高校优质生源基地。近5年来，教师在省级以上刊物发表教育教学论文300余篇，6人公开出版专著。

〔5〕学校先后涌现出特级教师4人：陈振翠（数学）、赵后春（物理）、王积勤（数学）、焦明（语文）；正高级教师1人：陈中华。另有高级教师90人，省市优秀教师40人，学校带头人18人，咸宁市专家2人，咸宁名师4人。

〔6〕教师王积勤、华振球，先后获全国优秀教师称号；教师陈振翠先后被评为全国优秀班主任、全国先进工作者，并当选中国共产党第十四次、第十五次全国代表大会代表，赴北京出席代表大会。

〔7〕似鲫过江：东晋于江南建立，北方士族纷至沓来，时人有"过江名士多于鲫"之说。

通山县职教中心赋

　　邑城阆苑，职教学坛。庠序福地，英才高原。桃李灼灼而芳郁，园丁翼翼而业轩。雄踞新城，坐拥通衢之地利；势耸南鄂，广纳兴邦之儒贤。标技艺而独霸一域，论闻道而鼎足四边。卅载春秋，肇建迁建以崛起；万余昼夜，增容增色而炫颜[1]。盛名播乎吴楚，鸿光射于尧天。凌诗书以六合囊括，纵胸襟以八方结缘。十万幽深，擎教育振兴之大纛；四校宏远，谱家国骞腾之伟篇。[2]

　　伊昔几番载誉，数度隆庭，终成大器，始展恢宏。凤凰涅槃于精进，彩蝶破茧于重兴。承前启后，秉势扬旌。传精神于漫漫，立学业于铮铮。办精品初中，树特色高中，循循善诱无止境；创示范中职，拓电大继教，谆谆教诲注深情。勤业、精业、敬业、乐业，师道启迪心智；自律、自强、自立、自信，良才灿若繁星。铸造校魂，薪火赓承不息；融合时代，人文蕴藉钟灵。春风化雨，大象无形。雏鹰正翥，潜龙欲凌。励志以圆梦想，修身以壮行程。佳音次第，广传江南北国；弦歌不辍，鸣奏闹市都京。

　　尔其素质教育，特色显彰。与时俱进，理念铿锵。立制建章，依法治校，青年才俊千帆竞；鼎新革故，立德树人，满园春色百花芳。立足就业之本，扎根深造之强。为民育良杰，披肝复沥胆；为国造匠才，补短更扬长。狠抓师传，飒飒教者鞠躬尽瘁；注重培育，莘莘学子奋发昂扬。施教因材，燕雀变鸿雁；精雕细琢，荆木成栋梁。由是初中盛盛，似挺拔香樟；高中巍巍，胜参天松柏；电大莽莽，如绵延枫杨。更有中职教育，血气方刚。车工钳工，前景宽广；机械机电，市场未央。精擅电子商务，畅通货殖；娴习文旅管理，游刃职场。新技术新能源，符时代之趋势；新媒体新业态，弥社会之疏荒。应用艺术，红缨汪洋。运以灵思，究心广告设计；施之巧手，着意舞美化妆。专设艺术厅，阐经典之博雅；传习木雕版，弘非遗之荣光[3]。一生一技能，人人上大学；一人一兴趣，个个是砥桩。是有精英翘楚，车载斗量。贤才济济，匡世经邦。科教多俊彦，政企有担纲。工农商学兵，行行领头羊。数万学子奉献社会，成千席首引领城乡。跻身荆楚第一方阵，荣列全国先进榜廊。

至若服务地方发展，不遗余力；探索校企合作，竭诚共襄。产学订单，凤雏添翼；实训机制，鹰隼助翔。就业工程，铺学子前程之锦绣；育人模式，供企业需材之琳琅。上市公司，活跃勤勉骄子；沿海城市，蜚声卓越儿郎。成才成人，拓新蹊以开大道；毕业就业，发奇彩以写华章。

嗟夫！通邑之职教，荆楚之高峰。前贤懿范滋厚土，后杰心血铸伟功。继往开来，高扬特色；臻内师外，再展雄风。是以名校更焕异彩，庠旌愈猎苍穹。

（依《词林正韵》，撰于 2024 年 6 月 14 日）

注释

通山县职业教育中心位于县经济开发区工业大道玉龙路，是一所涵盖高等教育（电大）、中等职业教育、普通初中教育和普通高中教育的公立综合型教育中心，是湖北省重点职业学校和首批"512"工程合格学校。现有教职工266人，常规在校学生3800余人。拥有正高职称教师2人，特级教师1人，高级职称教师78人，享受政府特殊津贴专家1人，全国优秀教师1人，湖北省优秀教师3人，省市骨干教师44人，市县学科带头人18人。

学校1986年创办于通羊镇新城路，由县教师进修学校、县职工中专和县职业高中三校合并而成。1991年县电大并入，1998年创办特色初中，1999年创办综合高中，成为一所大中专并举，全日制、函授、短训相结合，普通教育与职业教育于一体的综合型教育中心。2014年7月，整体迁入位于大路乡犀港村的新校区。新校占地面积232亩，建筑面积10万余平方米。

学校秉持"让每位职教人生活得更有尊严"的办学理念，围绕"办精品初中、树特色高中、创示范中职、拓电子继教、促和谐发展"的办学目标，恪守"每天进步一点点"的校训，倡导"尽、竞、净、静、精"的校风，推行"勤业、精业、敬业、乐业"的教风，培养"自律、自强、自立、自信"的学风，举质量大旗，走素质之路，争创省级一流名校。

［1］增容增色，指学校扩大面积、增加分部及特色科目等。

［2］十万幽深，指学校建筑面积10万余平方米；四校宏远，指学校由电大、中专、普通初中和普通高中四所分校合并而成。

［3］木雕版，指被列入国家级非物质文化遗产保护名录的通山木雕技艺。近年来，县职教中心与县文化和旅游局联合，积极开展"通山山歌山鼓""通山木雕"等地方非物质文化遗产传承工作。聘请通山"成氏木雕"第五代传承人——"荆楚工匠"成希担任兼职教师，并建立木雕工作室，组建木雕社团。"通山木雕的传承与创新"在第七届中华职业教育创新创业大赛中，荣获中职组全国三等奖。

通山县实验高中赋

　　神州古邑，县学新庠。坐拥沃野，势耸群冈。文脉悠长，赓吴楚之底蕴；理念宏大，耀时代之圭璋。桃李夭夭，文丰理备；星光熠熠，人杰地昌。砥砺名校目标，泽需众盛；育就社会杰才，腾步龙骧。通时达变、永攀高峰，学校精神活力奔放；通达致志、通才济世，教育使命激情高昂。

　　若夫赫赫黉门，欣欣学宫。汲郊壤之灵秀，枕衢道之要冲。撷四方之精粹，勃一地之雄风。环境清幽儒雅，校区大度从容。楼馆新而宏伟，花木茂而郁葱。曲径错落，移步而光影频换；小园有致，举目则景致愈丰。广场凌云致志，道路通达景从。明亮教室，任激舟于学海；田径赛台，看振羽之飞鸿。林荫道中，学子行步之促促；晨曦树下，青衿捧卷而憧憧。自是风貌绝特，气象和雍。

　　尔其育良才为宗旨，铸文化蕴初衷。海阔心无界，山高人为峰。纯德、纯美、纯净、纯真，塑造品行扬禀赋；真实、真诚、真心、真修，放飞理想于长空。一校之间，学气浩浩以盛；百亩之外，教风耿耿以崇。办温暖学校，高举素质苍穹；做温润教师，启迪满门鸾凤；育温厚人才，锻造社会精铜。教学相长，通力协作；通情达理，心心相通。唯美树人，倡多元文化；育德智体，求千秋之功。学科教研，屡拔头筹；年度高考，尽显殊荣。人文校园，师生同舟共济；标兵学府，文理载道无穷。博学滋养优秀，勤耕培育先锋。以师资之雄厚，树教育之洪钟。远瞩高瞻，上善是要；开来继往，大道为公。

　　甚喜斯校，众仁赤诚。资源裕丰而广博，愿景卓秀而峥嵘。教师年富力强，通邑之俊彦；党委行方履正，学界之旗旌。蕴厚德而载物，倾大爱而无声。踏实地而发奋，向未来而出征。炳辉煌以绵千秋，杏坛有道；励宏志以泽百姓，美誉隆庭。付吾之韶华，无悔光阴催老；看尔侪硕博，乃知心血有成。书香文苑，绮梦绽放其精彩；育才福地，人生开启其鹏程。由是，芸芸学生，皆以母校为骄傲；巍巍校府，更因学生而驰名！

（依《词林正韵》，撰于 2024 年 6 月 18 日）

注释

通山县实验高级中学创办于2020年9月，是中共通山县委、通山县人民政府为化解城区大班额新建的一所公立全日制全寄宿普通高级中学，为湖北省县域高中高质量发展实验基地学校、湖北省示范平安学校、湖北省全民阅读活动阅读示范基地、湖北省未成年人生态道德教育示范学校。学校地处通山县大路乡塘下村大垄口，紧连106国道，总投资2.5亿元，占地面积169.9亩，建筑总面积53000平方米。

学校塑造"通时达变，永攀高峰"的精神，肩负"通达致志，通才济世"的使命，确立"办温暖学校、做温润教师、育温厚人才"的理念，秉承"海阔心无界，山高人为峰"的校训，创建"纯德、纯美、纯净、纯真"的校风和"真实、真诚、真心、真修"的学风，打造以"四五六好课堂""读书分享""主题班会""一日四操""书法训练""课堂三部曲"等为主要内容的教育教学模式，推进学生自主管理，积极开展"阳光成长"系列活动，连续举办"润德节"，培养具有"山峰精神、云海胸怀、富水柔情"的新时代人才。

学校拥有54个教学班，学生2700余人，专任教师212人，其中研究生17名。学校持续开展"一带一帮一"青蓝工程，一大批青年教师成为全县教育教学中坚力量。近年来，在湖北省"基础教育精品课"遴选活动、第四届"中国好教育"优发协作体"同课异构"大赛和"中国好教育"荆楚联盟第九届"同课异构"省冠军赛中，20余人次荣获一、二、三等奖。

镇南中学赋

古代试院，当今学堂。[1] 襟雉水而毓秀，连凤池以腾骧。[2] 赓明清之文脉，壮吴楚之圭璋。举启民之大纛，开济世之宏窗。弦歌铿铿，承稷宫于南鄂；桃李灼灼，设绛帐于通羊。筚路蓝缕，感前贤创业之艰劬；鼎新革故，泊后人光大而奋昂。校风淳朴以冠誉，特色突显而卓芳。熏陶英俊，得示范之名盛；蔚为国华，享领军之位彰。[3] 诞寿百年，励志仁风远播；泽霈千里，报国精神高扬。

尔其历史赫赫，人文蓁蓁。址选清代文殿，庠肇民国杰贤[4]。救国图存，中西融合办新校；缁帷树蕙，文理兼收垂标杆。择基立黉，倾万财而书声起；植梧引凤，聚群彦而情志翩。楚光壁报开眼界，马列书籍引航船。[5] 振木铎以育才，筑通邑教化之高地；谋鸿猷而建党，成鄂南中共之首源。[6] 是以风云际会，星火燎原。革命骨干源于此，工农武装汇军团。忠贞耀日月，精神滋坤乾。

及至改革日，黉门续新篇。原址重构，巨匠题笺。文风犹在，遗韵斐然。政府显卓识，重贤才以敦教；校方多远志，描蓝图而登攀。革命先烈常铭记，红色基因永流传。恳恳园丁，劳心无畏；莘莘学子，负笈至虔。更有公门念念，士民拳拳。强国兴教育，富民拓校园。由是，合力夯基业，同德建伟功。虽无宏丽之广厦，实确弘学之要冲。校风校训，潜化今古；教风学风，彻传西东。为不刊之金律，乃百炼之精铜。楼宇环环，校延卅亩之阔；理念善善，才育数万之丰。馥馥芳蕤，叠成脊梁之栋；森森佳木，堪作砥柱之松。

至于五育并举，全赖传道有方。遵圣贤之遗训，汲百家之典藏。既谋学科专业之精进，亦有立德树人之非常。所司乃良匠之职事，所秉则慈母之柔肠。因材施教养浩气，春风化雨润心房。文质并重，学兼行知，见贤思齐，补短扬长。素质当先，何拘操场或教室；国学至美，可容歌舞与诗章。呕心沥血，独撼意乎讲舍之上；琢词断髯，每冥思于夜阑之墙。特色成品牌，名师粗犷；初心如山岳，使命慨慷。三尺讲台观世界，一支朱笔兴家邦。施教于斯，循循以善诱；求学于此，振振而自强。英美留博士，清北输栋梁。[7]党政坐席首，科教当头羊。种养兴农，能人济济；制造强县，英才泱泱。商海弄潮，精明巨贾；保家卫国，飒爽儿郎。

嗟乎！国兴世盛，人和时康。今日镇南，非凡气象；镇南今日，璀璨光芒。回眸百年，懋业闪亮；庆贺百年，宏篇堂皇。赞曰：

凤池蠢蠢，雉水汤汤。云鹤振羽，赤骥奋缰。百年往矣，桃李汪洋。所冀来日，其道大光！

（依《词林正韵》，撰于2024年3月18日，并置镇南中学校史馆）

注释

通山县镇南中学原名私立镇南中学，始创于民国十三年（1924）三月，校址位于县城南门桥头，由通山县西坑潭人李兆庚创办，民国十六年（1927）一月因社会形势恶劣所迫而停办。1984年9月，人民政府在原址重建学校，时名通羊镇南门中学，次年改名通山县镇南中学。1985年5月，著名作家姚雪垠题写校名。经过改革开放40年的发展，镇南中学已经成通山乃至鄂南有明显特色的百年名校。学校占地30余亩，建筑面积近4万平方米，先后获咸宁市示范学校、咸宁市教学常规管理规范化学校、湖北省级教育研究示范学校、全国中学生作文教学先进单位等众多荣誉。

［1］镇南中学原址为清代旧试院，试院又名考棚、考场，建于清道光二十六年（1846），光绪三十一年至三十三年（1906—1907年）曾在此办过镇南书院。

［2］通羊河，古称雉水；凤池，指凤池山。

［3］熏陶英俊、蔚为国华，为私立镇南中学校训，沿用至今。

［4］李兆庚生于清光绪二十九年（1903），毕业于汉口博学书院，父辈系通山县富绅，号为通山首富。1924年，李兆庚回乡，倾尽家财创办私立镇南中学，自任校长，开设国文、算术、英文、公民、动物、物理、植

物、化学、卫生、历史、地理、体育、美术、音乐、劳动、习字等课程。学校招生40人，毕业33人，先后聘请县内外名儒14人执教。

［5］私立镇南中学开办期间，中共湖北省委特派员魏书在学校任教，并带领学生创办《楚光壁报》，宣传进步思想。

［6］1925年五卅运动爆发后，镇南中学进步师生阚禹平、陈钟、夏子菁、吴礼执、吴斌、叶金波、江福来、陈兆秀、吉孟来、阚学增10人相继加入党组织。同年6年，经武昌地委批准，中共镇南中学支部委员会成立，陈钟担任书记。这是通山县第一个中共党组织，也是鄂南第一个党支部。镇南中学是通山革命的发源地，不少学生后来成为通山甚至鄂南工农革命的领导人，对通山、鄂南及湖北的革命运动发挥了重要作用。

［7］英美，即英国、美国，代指国外著名高校；清北，指清华大学、北京大学。

通山县迎宾路小学赋

　　欣欣迎宾路，熠熠新学堂。踞犀港之旺壤，硕西城之文昌。天敷渥泽，丘峦婉约强其脉；地蕴华衍，街市锦绣茂其芳。四千师生，融融乐乐；五万宇地，赫赫昂昂。荟通邑之俊贤，兴名庠于南鄂；举素质之大纛，驰盛誉于荆襄。

　　观夫菁菁校府，满目琳琅。楼高舍靓，堂阔馆煌。鸟雀嬉戏，花草沁香。樟桂芊芊而舒袖，樱荆款款而展妆。轩阁似林，教学楼巍然浑厚；檐台有致，公寓室明净恬良。报告厅激情浩荡，图书馆内涵汪洋。大餐厅通透舒适，小雅园斑斓慨慷。连廊曲道洋溢文韵，墙体橱窗蕴藏奎光。更有运动场虎跃龙腾，体育馆形矫步畅；陶艺间构思奇妙，电教室神采飞扬。好一处求学福地，乃一县育人沃疆。

　　尔其严谨活泼，教学相长。传道授业，释惑解茫。跬步致远，累土成冈。教师幸福工作，学生幸福成长。好行为、好习惯，崇德开道；好性格、好人生，立志启航。教坛巍巍兮，遵圣贤之遗训；学海泛泛矣，汲百家之琼浆。俯察品类，面向全体；仰观宇宙，背负穹苍。立时代之潮头，擎教育之圭璋。云平岸阔，风正帆张。乐学、善思、合作、创新，学子风华蔚茂；乐教、善教、博学、博爱，园丁壮志阳刚。看翩翩少年，若鸿侪之翔宇；琅琅弦诵，如雏凤之引吭。

　　慨其特色立校，毕露锋芒。爱校如家同缔造，诚信知礼共担当。少年智则国智，少年强则国强。塑品重行掘禀赋，培艺增能高情商。以人为本，服务社会；快乐学习，健康成长。国学英语并蒂镝，音乐美术联袂扩。晨诵经典苗其根，课程超市萌其匠。[1]传承红色基因，探求科学真相。[2]体育节、美食节，潜质张扬；汉服日、舞蹈班，情思怒放。五育并举名八荒，人工智能耀省榜[3]。最喜教者，师道昭昭，激情兀兀。争当领头雁，路漫漫我来护航；甘为提灯人，海茫茫吾伴闯浪。是以红巾学子拳拳，美德少年棒棒[4]。感而赞曰：

美哉斯校，蓬勃大象；誉哉斯校，卓秀乡邦。伟哉斯校，天生奎曲[5]；壮哉斯校，再谱华章。

（依《词林正韵》，撰于2024年6月29日）

注释

通山县迎宾路小学创办于2020年9月，是中共通山县委、县人民政府贯彻落实教育优先发展战略，推动城区教育优质均衡发展和缓解城区大班额新建的一所县教育局直属公立完全小学。拥有72个教学班，学生3900余人，专任教师170人，其中中高级教师130人，省市县级优秀教师、骨干教师、学科带头人60余人。

学校地处通山县迎宾大道旁，总投资约1.3亿元，占地80余亩，建筑面积3.6万平方米，园林绿化面积1万平方米。拥有占地1200平方米的学生餐厅，4幢可容纳1000名学生的标准化学生宿舍，12720平方米室外运动场和1200平方米室内运动场。配置报告厅、计算机室、科学实验室、音乐室、美术室、舞蹈室、陶艺工作室以及心理辅导室、"护苗工作站"等专业功能室。

学校秉承"让教师享受教育的幸福、让学生体验幸福的教育"的办学理念，"以人为本、服务社会"的办学宗旨，"教育以人为本、校长以教师为本、教师以学生为本"的办学思想，"爱校如家、诚信知礼"的校风，"好行为、好习惯、好性格、好人生"的校训，"乐教、善教、博学、博爱"的教风，"乐学、善思、竞争、合作"的学风，打造以培育和践行社会主义核心价值观为主旋律的校园文化，尊重每个生命个体，让每一名学生都成为更好的自己。近年来，先后获得湖北省阅读文化基地、湖北省健康食堂、通山县中小学艺术教育先进单位、通山县德育先进单位等10余项荣誉。

[1] 学校重视弘扬爱国主义和传统文化，利用晨读诵经典诗词，将名篇《少年中国说》、名曲《精忠报国》编成课间操；注重对学生兴趣爱好

的培养，精心安排特色课程——"课程超市"，学生可自主选学50余门兴趣课。

［2］以红色课本剧为载体，组织学生演绎爱国主义故事，让红色种子在学生心中生根发芽。

［3］2023年9月，经中国计算机学会中心批准，迎宾路小学成为全国青少年CCF-GESP编程能力等级认证考试考点。目前，湖北省内仅有湖北大学、中国地质大学（武汉）和通山县迎宾路小学3所学校获得CCF-GESP考点资格。

［4］红巾，指红领巾。

［5］奎曲，指文曲星。

双语学校赋

　　千秋古邑，人文繁昌。百年福地，双语堂皇。势揽凤池，树南鄂标榜；襟怀雉水，创荆楚名庠。承山川之灵秀，蕙兰怒放；蒙教育之优渥，俊彦偾张。

　　岁次甲申，序属春阳。先农坛畔，柏树村旁，聚贤敦教，筚路拓荒。校政团队，无分昼夜；教职员工，何计星霜？创业嵯峨，豪情荡漾；蓝图煌炜，你我共襄。名师云集，声誉朗朗；特色矗立，学子泱泱。小学初中媲美，全半寄宿互彰。怎奈园地狭小，室寡人攘；于是分设校区，立柱架梁。悠悠寒暑，款款秋阳。建新校于城西，圆民众之期望；兴懋业于桑梓，铭初心之未央。

　　菁菁校园，韵味悠扬。场馆纵横，层楼高亢；赫赫学府，黉门新妆。莺雀欢歌林荫道，蜂蝶曼舞百草堂。环顾斯地，操场阔绰；放眼晴空，赤帜猎翔。塑料跑道，龙腾虎跃；多媒教室，声茂情长。图书阁藏书万卷，实验楼满目琳琅。徜徉其间，神思舒畅；其间驻足，无穷慨慷。

　　亲亲双语，传道有方。身教则把手实训，言传则说文至详。全托寄宿，情溢村巷；多重关爱，誉满城乡。以生为本，以德树人，真情滋艳桃李；特色建校，质量强校，汗水育壮栋梁。自理、自律、自主，砥砺处世榜样；尊重、感恩、孝敬，澎湃为人衷肠。师维懿德，生遵雅范；春风化雨，棠棣竞芳。时光荏苒兮，尊师重道同勉力；斗转星移兮，鲲鹏展翅自图强。或投笔北国，或卫戍南疆。或行医事教，或履政从商。立业报国，勋名远播；建功济世，铎声铿锵。

　　时值盛世，国运兴旺；民办教育，前景非常。上切中央大政，下合地方总纲。为国育人才，为乡培文昌。浩浩情怀，荣光无上；兢兢风范，再铸辉煌！

　　（依《词林正韵》，撰于 2018 年 9 月 14 日，并悬壁于双语学校展厅，

修改于 2024 年 5 月 9 日）

注释

通山县双语学校，是经县市教育局批准，于2004年创办的一所九年一贯制民办寄宿学校，直属县教育局管理。学校位于新城开发区湖北科奥工业园内，总占地面积100多亩。2004年5月租用县卫生学校校舍始创，2005年秋迁至通羊镇柏树下小学，后兴建校舍。2015年春，租赁位于大路乡吴田村的科奥工业园楼舍设立初中部，并在园区旁开始征地建设新校区。2018年秋，新校区投入使用。2024年，有教学班53个，学生2600余名，教职工230余人。

学校坚持以"提供优质服务、打造一流名校"为办学目标，以"高标准、高效率、高质量、敢担当"的办学风格，营造"严谨有序、轻松愉悦"的校园秩序，打造"简单、平等、和谐"的校园人际关系。在人文化、现代化、园林化规划理念的引领下，惟博楼、惟德楼、惟勤楼、惟馨楼、惟正楼五楼林立，"一书、一树、一景"三大广场纵贯其中，开阔大气，彰显继承传统、追求卓越之人文情怀。近年来，学校多项工作先后20余次获省市县表彰。

通羊三小赋

　　雉水河边，罗阜山麓；地处南市，域隶通羊。弦歌圣地，书香四季；树人摇篮，情漾城乡。历七十风雨，青春不老；育万千桃李，岁月流芳。

　　回眸肇始，校立城隍。因陋就简，单班独窗。复式教学，语数双簧。一专多能，文体互彰。间或停办，旋即开张。校点合并，质量上扬。及至改革，工商兴旺，城市扩围，人口高张。[1]政府聚贤才以重教，校方乘筏路而拓荒。街道教学点，升格中心学校；城乡接合部，氤氲千万书香。扫盲普九，孜孜不倦[2]；均衡改薄，岁岁辉煌[3]。紫薇摇曳，丹桂飘香；绿樟翩跹，玉兰芬芳。教室功能齐全，操场设施多样；图书列阵长柜，电媒激活课堂。

　　培德至善，传道有方。举素质教育大旗，全面发展；守诚信做人宗旨，修为至纲。立德、树人、博学、奋进，时时自勉；爱生、敬业、善教、奉献，人人奋昂。学子立雪程门，含英咀华；教师德才兼备，宝筏兰艭。业精于勤，三尺讲台乐耕耘；诲人不倦，一头乌丝染秋霜。五育并举，德育为首，春雨滋艳桃李；因材施教，教学相长，慈心教化栋梁。创新成风尚，打造重点名校；教研获殊荣，构筑英才长廊。

　　合抱之木，生于毫末；擎天之柱，基于寸方。忆往昔，校点狭小举步维艰；看今朝，楼舍堂皇书声铿锵。施教于斯，循循以善诱；求学于此，振振而自强。

　　美哉三小，百年树人，再谱华章；壮哉三小，千秋懋业，世代兴旺。

　　（依《词林正韵》，撰于 2018 年 3 月 12 日，原载 2018 年 9 月《中国诗赋》）

注释

通山县通羊镇第三完全小学，位于通羊镇南门社区（民主街唐家地），地处罗阜山脚、通羊河（雉水）畔。其前身为1951年秋兴办的民主街教学点，校址设在城隍庙，为城关小学分部。1962年，城关二小建立，民主街教学点并入二小。1983年，在教学点原址下首新建中心小学，命名"通羊镇第三小学"，1988年进入全县重点小学行列。学校占地10余亩，建有教学楼、电教馆等建筑4幢，常设20余个教学班，微机室、图书室、书画室、音乐室、实验室、体育室、多媒体远程教室等一应俱全。

［1］20世纪80年代，随着改革开放，位于城乡接合部的唐家地迅速发展，造纸厂、化肥厂、印刷厂、纤维板厂、大理石厂等厂矿企业不断兴建，人口数量激增，为解决企业职工和当地居民子女就近入学问题，政府便投资兴建了通羊三小。

［2］扫盲，指扫除文盲，是对文盲、半文盲进行的一种最为初步的基础教育；普九，指普及九年义务教育。

［3］均衡，即教育均衡发展；改薄，即义务教育"全面改薄"工程，是全面改善贫困地区义务教育薄弱学校基本办学条件的简称。

通山县图书馆赋

　　雉水浩荡，凤池堂皇。北宋县治，共和沃疆。石器出土，壮千秋之文脉；典籍隆世，彰万民之书香。新馆屹立，声播南鄂；姚老留墨，名著荆襄。四十载建馆史，启心灵之慧窗；十万重书山路，架知识之津梁。

　　馆舍初立，基开文昌。从无到有，由弱渐强。乘改革春风，功垂当代；弘开放精神，惠泽城乡。创国家二级馆，耀基层金牌墙。春秋冬夏，阴晴雨霜。鹤发童颜，公身樵郎。欣欣然，心花怒放；浩浩乎，人面汪洋。

　　然时代潮涌，旧构沧桑；民众期盼，党政共襄。迁址新城，得地利之通达；设馆街市，享人气之和祥。亭亭七层兮，典雅大度；堂堂廿室兮，设计精良。前卫不循俗套，简约绝无铺张。观夫斯馆，神怡心旷；置身其间，情浓意长。服务全方位，开放无阴阳。借阅自动化，信息共一堂。报纸杂志，包罗万象；古今书籍，满目琳琅。名人专柜，纳文林之方家；本土书画，汇邑县之巨篁。幼童、少儿、成人，分区阅览；电子、影像、视频，融合互彰。窗几盈盈花繁叶茂，空调悠悠冬暖夏凉；读者济济座无虚席，嘉叶殷殷心留余香。更有特色服务，氤氲万千目光。亲子间、休闲廊，款款情趣荡漾；展览厅、大讲堂，汩汩思绪飞扬。有容乃大，多少俊彦汇聚相励；博爱无类，多少人生由此启航。

　　新馆落成，紫气青光；百年盛举，伟绩辉煌。培根固本，构舟造桨；陶冶乡风，文化邑邦。丰知识之羽翼，进奋发之能量；树干群之大德，圆黎庶之小康。

　　噫，一馆之兴，万民之福；一举之行，千秋之纲。感而赞曰：

　　书馆列张，家国兴旺；文化惠民，造福一方。

　　创新发展，活力无量；山通水富，世代繁昌。

（依《词林正韵》，撰于2019年4月20日）

注释

通山县图书馆成立于1978年，1986年6月在通羊镇文昌路兴建综合楼，著名作家、湖北省文联主席姚雪垠题写馆名。1994年11月，被文化部评为"国家二级图书馆"。2003年，县图书馆启动文化信息资源共享工程，被授予"全国文化信息资源共享工程通山县支中心"牌匾，成为全国首批16个该项目工程基层单位之一。2018年，为适应时代发展需要，县委、县政府启动县图书馆搬迁工程，将位于新城兴业街与洋都大道交叉地段的原县人民检察院左侧办公楼进行改造，建设新图书馆，并于2019年5月正式开馆。新馆占地514平方米，共7层，建筑总面积3263平方米，馆藏各类图书约13万册。一楼为服务大厅，包括民俗馆、小型展览馆；二楼为报刊阅览馆；三楼为少儿阅览馆，包括低龄儿童阅览区、亲子体验区；四楼为自然科学阅览馆，包括电子阅览区（视听区）、通山籍作家李城外捐献图书专区；五楼为社会科学阅览馆，包括朱廷立、李自成文化研究成果专区；六楼为文史典藏馆、学术报告厅；七楼为活动休闲区。

鸡口山古道赋

戊戌五月，时值端阳。相随卅余文友，跋涉崎岖丘冈。营结大墈垄尾，旗指中通深廊。虽是游走山野，旨在穿越沧桑。攀缘鸡口，寻觅历史遗珍；漫步古道，感悟岁月苍茫。斯地也，山岳敦实，天地清芳。峰高虽无千仞，放眼可及万顷；地阔仅有十里，舒怀维系百庄。满山林木，飒飒起舞；沿途涧溪，淙淙欢唱。莺雀枝头应呼，熏风谷底荡漾。石级如梯，引人畅想；山径为带，惹人高亢。置身其间，步步皆景致；登临巅口，处处成画廊。

悠悠古道，民众通衢之隘岭；浩浩鸡口，雄关扼险之津梁。北起黄沙，南至大畈；近控通羊，远射长江。肇基唐宋殿，隆兴明清堂。千余年风云，见证四方商旅之跌宕；六百载岁月，谱写三朝贸易之华章。人喧马鸣，朝发夕往；风情瑰丽，岁月流光。

观夫沿线古迹，遗韵未央。累累石磴，昭示先民奋发之倔强；兀兀山门，犹见翰林灵动之文昌[1]。古墓古寺，凝聚路人善举之硕德[2]；古亭古碑，彪炳村湾仁义之卓彰[3]。雄哉斯地，两镇要当。烽火岁月，厉兵屯枪。志士先驱，据关播马列；工农大众，凭险拒敌狼。土地革命，红缨漫卷；抗日战争，星火飞扬。解放大军，号角激越；剿匪队伍，步履铿锵。何长工、李文彬，扩红建军声势壮；吴致民、叶金波，武装割据斗志昂。萧高蔚、谭质夫、叶发全、潘际汉，鲜血浇铸信念；王惟允、阮贤榜、阮邦和、阮汉清，赤诚擦亮荣光。廿余载漫漫黄沙，数千尊堂堂儿郎。无名无姓，铜肩铁膀；有性有情，赤胆忠肠。

徜徉古道，思绪无疆。古风余烈，青山绵长。既往，晓然于千秋光耀、商旅熙攘；今来，欣逢于万象瑰玮、盛世和康。壮哉斯地，盈盈锋芒。商道官道，印记务实奉献；民道战道，彰显忠诚担当。感而铭曰：

举步前行，勿忘过往；先辈大德，首当弘扬。

初心不改，人民至上；万众拼搏，中华永昌。

（依《词林正韵》，撰于 2018 年 6 月 28 日）

注释

鸡口山为鄂东南大幕山系余脉，系黄沙铺与大畈两镇界山。鸡口山古道，北边为黄沙铺镇中通村阮家墩，南边为大畈镇大墈村、白泥村，俗称"七上八下"，约 7500 米。据记载，鸡口山古道至少肇始于北宋，明清以后人流物流兴盛，直到 1976 年因通羊至黄沙公路全线贯通而逐渐废弃。千百年来，鸡口山古道既是民道官道，也是商道战道。黄沙铺民众到大畈、通山县城必须途经古道，境内的物产通过古道运至大畈、慈口，再经富水船筏直抵长江。革命战争年代，红五军第五纵队司令员李灿（李文彬）、党代表何长工，中共鄂东南特委书记、中共鄂东南道委代理书记吴致民，红十七军副政委兼参谋长叶金波，湘鄂赣省军区北路指挥部指挥长萧高蔚，红三师师长谭质夫，中共通山县委书记兼湘鄂赣河北省特委游击队队长叶发全，中共鄂南游击地委青年部部长潘际汉，中共大畈区委书记谭英鸿，中共蒲圻中心县委书记、鄂南独立团团长兼政委阮耕（袁修平），红十六师卫生队队长全忠，中共大永区委书记阮旦明，鄂东南独立团政委姜中信，中共黄大区委书记窦联顺等数以千计的革命前辈和先烈，往返古道投身于工农革命。同时，从古道走出了中华人民共和国开国上将、总后勤部政委、中央军委常委、副秘书长、中共中央顾问委员会常委王平（王惟允），开国少将、安徽省军区副司令员阮贤榜，第二军医大学政委（少将、副兵团级）阮邦和，山东省军区副司令员（少将、正军级）阮汉清等黄沙籍人民军队将领。

[1] 南面山腰处有一天然石门，由 3 块巨石组成，高约 4 米，宽 3 米。清代阳新籍翰林院庶吉士王凤池游历到此，题诗云："何处飞来石，凭空设此门。乾坤神阖辟，吴楚足藩垣。扪斗通天坐，穿云插地根。皇仁牢锁

钥，固守在元元。”

　　[2] 山南临近山顶路边有一座坟茔，俗称“脚板坟”。据传，古时一老妇途经古道，不幸被老虎吞噬，仅留下一双脚板。某路过商人怜之，就地将其埋葬，此后商人飞黄腾达。

　　[3] 北面半山腰处有一座废弃茶亭，据载建于现存砖木结构房屋一间，30余平方米。

牌楼廖氏宗祠赋

国树华表，族兴祠堂。如昊空悬北辰，凝心同向；似袤野扬旌纛，聚众共襄。族建宗祠，奠万世之懋业；祠立氏族，兆千秋之隆昌。

时维仲秋，岁在辛丑；新祠焕彩，举族慨慷。深山牌楼，人丁四百偿夙愿；名湾廖氏，世纪六轮振家邦。鼓乐齐鸣兮，昭示盛典；鞭炮劲爆兮，抒发荣光。孝子贤孙，接踵摩肩祭先祖；近亲远族，披金戴红擎高香。好一派融融图景，引众姓啧啧羡扬！

宗祠雄立，气宇轩昂。前临曲水绕畈，后倚卧虎守岗。左望层峦叠嶂，右邻大道悠长。三重逐高占地近亩，两层通透凌空四丈；广场宽阔吞吐日月，龙脉健硕永合阴阳。最是设计精巧，做工专良。古今融合，徽楚相彰。朱瓦朱柱，高檐高墙；栏杆引步，壁画环梁。门楼瞻远迎百福，厅庭大度纳千祥。神殿庄严肃穆，戏台匠心无双。

观夫宗祠卓俊，当思岁月沧桑。始公德新，刚直义正，携子造园，开基拓荒。胜先胜英，耕读宏业光大门第；原兴原喜，赈灾救民仁播鄂湘。悠悠六百春，修身齐家兮秉礼信；赳赳三闾里，济世报国兮作砥桩。后昆绵延，荫于祖德；先祖忘我，范垂氏庄。遥想忠公恕公，由浙迁鄂，文鼎武甲，德盖甘棠。乾符匪乱，浴血沙场，纠众率旅，共赴国殇。断头颅，破敌帐；护乡井，捍大唐。其忠名京畿，其义沃厚壤，其功垂青史，其勋封爵王。郡县立忠庙，宗支设神龛；勤廉入家训，忠义成族章。

铭记祖恩，当修家谱传后世；弘扬宗德，当建祠殿励万房。然世事更迭，家国变迁，四朝风云空跌宕，数代宏愿多渺茫。神位屈奉陋檐，祖魂窘困窄巷；后裔无所集会，族事无地言商。年复一年，月升日降；辈盼一辈，暑热寒凉。怎不令人嘘叹，岂不引人神伤？！

幸有族中贤彦，通力担当。召众筹谋，识共而情亢；司责精虑，心齐而志刚。征地平基，劬劳无怨悔；募资购料，付出不声张。肇建于庚子孟春，竣工于翌年夏望；沾露于百年党诞，隆典于国庆大康。叹工程之浩

216

伟，赞六亲之铿锵：义务帮工，家家尽力；耗资百万，人人倾囊。有为青年，献财给物；敦朴长辈，箪食壶浆。倡修中坚，含辛日夜；房头骨干，饱受风霜。

嗟夫！勤廉社会兴旺，忠义事业腾骧。此非一族之小我，实乃一国之大纲。人人忠义江山和畅，事事勤廉国祚无疆。慨而歌曰：

宗祠巍巍，万千气象；祖德熠熠，亿兆流芳。

缅怀先贤，精诚向上；报效禹甸，再创辉煌！

（依《词林正韵》，撰于 2021 年 9 月 22 日）

注释

牌楼系通山县杨芳林乡郭家岭村自然湾，为鄂南廖氏聚居庄门之一，现有400余人。

据查宗谱世系，牌楼廖氏可溯远祖是忠恕二公。廖忠、廖恕兄弟约生于唐宝历、大和年间，唐宣宗初，自婺州兰溪县太平乡（今浙江金华市兰溪）徙居鄂州唐年县太平里茹菜垅（今湖北通城县隽水镇油坊村茹菜垅），为鄂南廖氏始祖。宋代，其后裔分迁通城、崇阳各地。

牌楼开基祖为廖德新，系通山廖氏始祖廖善琛之次孙。廖善琛，字探玉，生于元大德年间，恕公十二世孙，元天历、至顺年间，自湖北崇阳县黄沙迁居通山县新丰市。廖德新，字三日，生于元至正年间，明洪武年间，与夏氏携幼子廖胜先由通山新丰市迁居牌楼开基立业，后复娶陈氏，生子廖胜英。

牌楼原名林家堂。明成化己丑年（1469）春，天现奇荒，崇阳、通城、通山三县饥民络绎不绝。恕公十七世孙廖原兴、廖原喜兄弟，尽己所能发粟赈灾，救活众多饥民。为此，朝廷专门建牌楼于村前以示旌表，并加封廖原兴为中宪大夫（正四品文职），后人遂称该地为"牌楼"。《通山县乡土志略》载：廖原兴，五里人。成化间，岁歉，饥民流离转徙，络绎不绝，崇阳、通城及本境尤甚。兴发粟赈灾，全活甚众。事闻，诏建楼旌表，后遂名其里居曰"牌楼"。

　　牌楼廖氏宗祠为首建，动工于2020年3月，全面完工于2021年8月。占地600平方米，耗资100万元。2021年10月5日国庆期间举行落成庆典。

龙华古寺赋

朗朗通羊邑，堂堂平顶山。闹市静处，别有幽园。轩昂庙宇，坐落其间，殿堂有垠，景致无边。得尽日月之宠，独享造化之缘。远观似城坊相接，近临同田舍毗连。山虽不高，匠心营造瑶池琼阁；地虽不阔，净怀氤氲仙境人间。

龙华古寺，沧桑六朝日月；宝刹龙华，阅世九百云烟。大宋肇始，康乾续赓，清末圮废，今朝峨冠。因地建楼堂，就势兴殿院。飞檐斗拱，宛若清雅画轩；绿瓦红墙，堪称福地经典。虚烘实托，步移景换；浓淡相宜，形神备兼。佛殿金幔流苏泛异彩，垂帐璎珞珠光耀眼帘。菩提插翠瓶，斋果俸几案；银盘盛甘露，金箧五谷全。大势至菩萨、释迦牟尼，护佑苍生播祥瑞；南海观世音、四大天王，拯救疾苦种福田。山门广开，善男信女勤许愿；钟鼓悠远，香客游人常流连。众生各得其所，佛祖禅心泰然。檀烟整日绕柱，烛光彻夜照天。

寺庙重生，承盛世之浩德；龙华光大，铭法师之宏愿。四方弘法，广结善缘；十载布道，慈悲在念。闭关三春犹不悔，云游千里而弥坚。历风雨，换旧颜；沐日月，谱华篇。孤矮小殿成记忆，恢宏大堂矗山巅。成县城一道风景，开佛门一片坤乾。

登临寺庙，感慨万千。噫嘻哉！眺苍茫之环峦兮，感天地之伟岸；望错落之街景兮，叹时光之绵延；观烟云之变幻兮，悟人生之多元。不以物喜，不以事悲，立身天地中，当心盈良念；不以名累，不以利扰，做人咫尺间，当德沛为先。

（依《词林正韵》，撰于 2017 年 10 月 25 日，修改于 2024 年 5 月 9 日）

注释

龙华古寺，原名龙华古刹，位于通山县城新城区（通羊镇洋都村）平顶山上，是通山目前唯一的大势至菩萨道场。始建于北宋中期，兴盛于明代上中叶和清代康熙至乾隆时期，毁于清末咸丰年间战祸。直至20世纪90年代，寺庙仅剩近百平方米的小殿一座。2005年，释妙量法师出任龙华古寺住持，立志光大寺庙，并于2010年9月开基重建，2012年3月建成，耗资2000余万元。主体建筑有大雄宝殿、天王殿、念佛堂、静心院、客堂部、斋堂、贵宾楼、办公楼等，占地面积15亩，建筑面积1万余平方米。

桂梅亭赋

　　亲亲四都港，袅袅石湾庄。处吴楚通衢之要隘，居青山古镇之郊冈。千载烟霞，古道柔情沁厚土；百度寒暑，淳朴乡风染秋光。一亭新立，万众景仰；德沛翠屏，义盖藕塘。

　　凉亭冠人名，斯尊是徐娘；匾额书桂梅，故事历沧桑。兢兢寒舍女，日夜持家务；堂堂村居嫂，四季当农忙。负重争先，奋发倔强；秉性大道，心地善良。清贫不移济世志，势弱也要惠乡邦。朦朦晨曦，炉灶柴火旺；杲杲烈日，木桶茗液香。朝染一身清露，夕披两肩霞光；奉出几杯淡茶，收获八路欢畅。

　　斯茶，瑞草川芎氤氲，井冽山泉流淌[1]；慈善沁透心肺，甘醇胜比黄汤。田间地头，村尾路旁；金莲蹒跚，笑脸纯朗[2]。而后，立桶于石湾桥头，树伞以避雨遮阳；无柱无座虽简陋，有声有色韵味长。悠悠三十载，懿德荡漾；汩汩万壶茶，大爱无疆。

　　岁在戊戌，时值春阳。东风劲拂，党恩汪洋。精准扶贫驻藕塘，干群连心暖村巷；简易茶亭亮荧屏，耄耋老人登报章。施茶佳话，遍传城乡；桂梅故事，席卷荆襄。

　　乡村振兴，民风是保障；地方富裕，精神为脊梁。建凉亭，兴广场；立楷模，树榜样。款款之举，应民心所向；拳拳之意，感德行所彰。新构虽偏小，精神却堂皇。事迹虽平凡，教化当永昌。感而铭曰：

　　桂梅凉亭，人文标航。桂梅精神，砥砺山乡。

　　小事不拘，贵在久长。大德可期，重在担当。

（依《词林正韵》，撰于2018年9月6日）

注释

桂梅亭位于通山县厦铺镇藕塘村石湾，以当地九旬村妇徐桂梅名字命名，以此弘扬徐桂梅老人数十年向乡邻路人施茶义举。自20世纪80年代中期始，徐桂梅每年从春至秋，自备茶叶、川芎烧茶，供过往村民免费饮用。早年送茶于田间地头、村边路旁，后因年岁增大，便于石湾桥头放置茶桶，桶挂茶杯，并立伞遮盖。2018年初春，县文化体育广播电视新闻出版局副局长夏八喜率队进驻藕塘村开展精准扶贫，挖掘出徐桂梅三十年如一日施茶感人事迹。为弘扬"桂梅精神"，助力精准扶贫，促进乡村振兴，当年7月，县文化体育广播新闻出版局特建"桂梅亭"，并兴建石湾广场，以教化乡民、昭示后人。几年来，徐桂梅施茶义举先后被中央电视台、人民网、荆楚网、《湖北日报》、湖北卫视、《楚天都市报》等全国众多媒体密集报道。徐桂梅2018年被评为"南鄂楷模"，2023年成为第四季度"湖北好人"上榜人物，2024年成为第二季度"中国好人"上榜人物。

［1］瑞草，古时茶叶之别称。

［2］金莲，旧指缠足妇女的小脚。

子谦书院赋

婷婷书院，袅袅子谦。前瞩雉水，后依鹤山。[1] 处深巷，襟怀高远；居幽谷，品质卓然。一城日月淬风雅，三丈乾坤酿新天。

观夫因山而建，就势而连；两层平仄，五重云烟。虽为陋室，却藏大千。琅琅百科，玉树临风，错落受阅；恬恬桌椅，相携成阵，参差如鲜。拾阶，如沐书馆；席地，身焕童颜。曲折步廊，盛邀明月；方正厅殿，饱览宋元。欣欣然，相看两不厌；绵绵乎，执手在眼前。

书院名子谦，志存兢兢凤愿；子谦冠书院，情注熙熙童年。作家倪霞，文心炙烈；潜移润物，氤氲荷尖。春秋轮回，节假无间；窈窕稚发，吟哦诗联。引内外名士垂爱，招远近幼童联翩。方寸课堂，情趣迭现；漫身书卷，裨益无边。善哉，小小劳举，塑莘莘学子之志；钦也，赳赳接续，砺泱泱中华之坚。

嗟夫！人行一善，涓流成川。馈邦哺众，微善大焉。

（依《词林正韵》，撰于 2021 年 3 月 24 日，2024 年 6 月勒石立碑于书院内）

注释

子谦书院创建于2019年6月，位于通羊镇范家垄材厂巷，与玉竹楼连体。玉竹楼的兴建，源于作家倪霞抒写三代母亲跨越百年历史的长篇小说《玉竹谱》。玉竹楼·子谦书院的定位和宗旨是：小众雅集，文化公益；传承中华传统文化，用文字和行动传播真善美；奉行"玩中学、学中玩"的理念，让孩子们爱上古诗词。书院每周六定期举办面向5至13岁学子的公益经典诵读课，自2019年6月30日开课以来（2020年因故停课半年），目前已成功举办29课时，先后有家长和孩子670余人次参加活动。书院可藏图书2万册。2020年9月，子谦书院被湖北省妇女联合会认定为"亲子阅读基地"。

　　［1］通羊河旧时称雉水，鹤山即指白鹤山。

菜根谭书院赋

生态高坑，秀美桃源。处通羊近壤，居长林麓南。一溪独秀，四山相环。承大幕之奇丽，枕烟霞之蔚然。

村落深处，新构书院。名曰菜根谭[1]，意取竹里馆[2]。布局精巧，设施齐便。曲曲围廊，气韵盈胸；莘莘花木，清幽养眼。三层综合楼，步步气象新；两垒藏书阁，处处乾坤满。袖长衫，行师礼；坐条桌，执书卷。朗朗兮，诵楚辞；哦哦兮，吟经典；悠悠兮，弹琴瑟；堂堂兮，铺纸砚。旧时书斋气息犹在，今日校园风潮备兼。天文镜、投影室，激活梦想无限；夏令营、冬训班，砥砺人生百年。

书院立乡野，其意妙难言。依翠冈，傍清泉，毗长垄，连人烟。教学能接农事，体验可徒远山。藏乐于学，知识与体验相衍；寓教于乐，经典与情趣共骈。尽绵心，重振耕读习俗；立大志，助力和谐家园。让诗礼流行村陌，滋文化氤氲山川。

嗟乎！文化乃国之根脉，乡村乃国之前沿。国家富强必先文化自信，文化自信先决芸芸民间。乡村乃文化繁荣之主战场，文化乃乡村振兴之决胜田。农家学子，心怀高远；敢想敢试，愈行愈坚。倾桑梓之情，开风气之冠；培国本之基，撑小康之天。有道曰：

滴水成江海，块石垒高巅。众星可拱月，点火能燎原。

（依中华新韵，撰于 2018 年 1 月 5 日）

注释

菜根谭书院位于通山县通羊镇高坑村，由当地回乡"80后"大学生谭品腾于2017年7月耗资60万元兴建，占地400余平方米，建有综合楼、藏书阁等建筑。高坑村地处长林山南麓，系大幕山系余脉。长林山有数里山垄，并建有林场、水库，风景秀美。

[1]《菜根谭》是明朝还初道人洪应明收集编著的一部论述修养、人生、处世、出世的语录世集。书院以此命名，彰显其教人传世、正心修身、养性育德之初心。

[2]《竹里馆》是唐代诗人王维晚年隐居蓝田辋川时创作的一首五绝。全诗原文为："独坐幽篁里，弹琴复长啸。深林人不知，明月来相照。"用以表达书院主人淡泊宁静、高雅绝俗的人生追求。

第四辑

秉·性·比·天·高

老区通山赋

巍巍幕阜，青峰傲剑；渺渺富水，碧波荡天。扼四方之咽喉，百里要道护天险；踞三省之门户，千载雄关矗云巅。山水纵横，驻退两便；路道交错，攻防多端。廿六万平方千米，莽莽原野遁硝烟；五千余英烈，浩浩碧血润桑田。仰以瞻古，英雄伟绩耀日月；俯以观今，老区精神昭万年。

忆往昔，道失催民凋，割据伴杀戮，风起云涌黯故园；想当年，暴风挟骤雨，闪电牵惊雷，地覆天翻欣巨变。镰斧震撼大地，号角激荡长天。掀顽石，砸锁链，赴汤蹈火除旧宪；求马列，崇宣言，前仆后继捍民权。学堂建支部，点火传薪燃鄂南[1]；秋暴举首义，革命求索为人先[2]。富水河畔，揭竿举旗解民悬；九宫山麓，斩木当兵驱敌顽。三支工农军，八年奔袭，刀枪飒飒湘鄂赣；七块根据地，廿载坚守，旌旗猎猎吴楚边。黄沙铺、楚王山，红缨列阵连数县；燕厦街、冷水坪，军号激越荡中原。大幕山、太平山，蒋兵屡败震荆楚；大城山、山口铺，倭日群歼慰苍天。

金戈铁马，征战四野；仁人志士，义傲坤乾。争民主，平匪乱；御外侮，反内战。近卅载烽烟铺天盖地，十万余工农浴血直前。彭德怀、滕代远、王震，数进深山跃马扬鞭；傅秋涛、钟期光、萧克，长驻村野拔寨攻坚。将帅洒热血，功勋载史传；先驱抛头颅，忠魂融山间。旅欧组长华鄂阳，结伴周公赴国难[3]；红军政委叶金波，比肩陈毅破敌团[4]。省委书记陈寿昌，胸挡枪林无惧色[5]；军区司令徐彦刚，头顶弹雨练忠肝[6]。八烈士，聚力斗敌反政变[7]；六父子，接班赴死志弥虔[8]。机智少年徐亚栋，日营独往腾烈焰；孤胆英雄许金门，倭寇闻言心发癫。呜呼！幕阜腹地，赤血尽染；勇士无数，慷慨万千。别高堂，舍妻小，北上南下猛冲猛陷；摧碉堡，占山头，寒来暑往拼腿拼肩。万里征程人未还，百丈丰碑永纪念。拜谒先烈，感慨无限。幸福来之不易，更知守业维艰。

噫嘻！物换星移，沧桑巨变；县强民富，舜日尧天。抚今追昔，不忘初心怀先贤；开来继往，立党为民承遗愿。喜看农村，粮丰林茂百业兴；

最爱市镇，工特商活大发展。风水宝地，招八方商家投资；秀丽山川，引四海宾客游览。感而赞曰：

老区通山，湖北高地；钟灵毓秀，生态自然。政善民乐，河清海晏；欣逢明时，万众观瞻。先烈懿德，山高水远；续书辉煌，再谱丽篇！

（依中华新韵，撰于 2016 年 9 月 2 日，原载《中华辞赋》）

注释

通山地处鄂东南，土地革命和抗日战争时期，是湘鄂赣革命根据地的中心和八路军南下支队挺进湘粤、北返中原的后方基地之一。曾组建3支红军队伍（红三师、红十六师、红十七军），创建7块县级以上根据地、8个县级以上党组织，革命活动辐射湘鄂赣周边6县，鄂东南和湘鄂赣边区党政军机关长设境内。全县10万余人参加革命，3.2万人英勇牺牲，在册烈士5500余人，并走出7名通山籍共和国将领。

［1］1925年6月，经中共武昌地委批准，鄂南第一个党组织——中共镇南中学支部委员会在通山成立，发展学生党员10名。

［2］1927年8月30日，通山举行秋收暴动，并于次日成立通山县工农政府委员会，比当年11月成立的海陆丰苏维埃政府早两个多月。

［3］华鄂阳，通山县燕厦乡人，中共早期活动家。1919年赴法勤工俭学，1923年加入共青团担任旅欧支部书记，1924年被选送苏联东方大学学习，同年由团转党，担任中共旅莫（斯科）支部小组组长，曾与周恩来、邓小平、聂荣臻、李富春等一起参加革命活动。

［4］叶金波，通山县通羊镇人，曾任红三师师长、红十七军副政委兼参谋长，当时与陈毅、徐向前、张焘等一同被蒋介石通缉悬赏。

［5］陈寿昌，浙江镇海人，1933年底任中共湘鄂赣省委书记、省军区政委，在省委驻地通山县冷水坪地区领导革命，1934年11月在战斗中牺牲。1935年2月，中共湘鄂赣省委、省苏维埃政府将湘鄂赣边区崇阳、通山、修水3县交界苏区命名为"寿昌县"。

［6］徐彦刚，四川开江县人，1933年10月任湘鄂赣军区司令员，后兼任红十六师师长，曾率部在通山重创敌军。1935年6月，率领红十六师与省委书记傅秋涛分兵突围时负重伤，后被叛徒杀害。

［7］1927年，蒋介石发动四一二反革命政变后，驻湖北宜昌夏斗寅独立十四师一部窜入通山，大肆屠杀共产党人和革命群众，制造震惊湖北的五二一惨案，陈钟、黄中策、刘昌恕、吴斌、郑芝藩、夏文杰、陈世太、袁晓南8位县委、农协、工会领导人在与叛军斗争中集体英勇就义，董必武、邓演达等迅速安排部队赴鄂南平息叛乱。

［8］大革命和土地革命战争时期，通山县九宫山下朱家舍的朱正时一家7人接力投身革命，其中6人光荣牺牲，被称为"一门英烈"。

山通水富赋

　　通山地处鄂东南，素有"八山一水一分田"之称。千百年来，"山高水长"制约着当地经济的快速发展。近些年，通山县委、县政府放眼山外、创新观念、抢抓机遇，变自然劣势为资源优势、变资源优势为经济强势，开启通山发展新征程。2016年11月29日，中共通山县第十四次代表大会通过《开拓创新、竞进争先，为加快山通水富、绿色发展而努力奋斗》工作报告，描绘了通山"山通水富、绿色发展"的宏伟蓝图。短短一年来，通山在生态建设、产业发展、扶贫开发等方面取得令人瞩目的成绩。赞叹全县创业热情高涨，感慨城乡和谐安康，特作此赋。

　　千山莽莽，万水苍苍。地控吴楚，势揽荆襄。丘壑纵横，睿思阔朗；胸襟驰骋，蓝图堂皇。立足区位，谱写山通水富交响；放眼未来，构建绿色发展长廊。大气磅礴，开来继往；宏观远瞩，达海通江。

　　山通水富，千载梦想。绕山铺路，拦水筑塘；依山而居，傍水而养。袅袅原野，水阻山挡；列列先民，日劳夜忙。心有乾坤，竹筏连江海；胸怀天下，茶马接外洋。[1]悠悠百年，山来山往；煌煌数代，水短水长。及至共和，民生至上；肇兴改革，号角铿锵。众志成城士气旺，激情满腔汗水香。戴月披星，上山下港；餐风饮露，暑热寒凉。修路架桥，砌坡平宕；兴建水利，繁育山藏。拓展果蔬，规模种养；整治村镇，协调城乡。山通库活，总书记重托粗犷[2]；县强民富，老百姓期待高张。

　　山通水富，势头正昌。国道省道四面通达，青山秀水美名远扬。乡乡穿高速，村村织路网，镇镇建景区，湾湾藏风光。万亩果茶，滔滔银浪；千顷富水，汩汩金黄。十里荷塘，款款时尚；百处农庄，幽幽梦乡。生态公园披翠滴氧，国家景区溢彩流光。登山探洞游湖，春花夏凉秋爽[3]；采摘宿营探巷，如痴如醉如狂[4]。清洁能源，华中独享[5]；竹林碳汇，全国首强[6]。生态乡镇、传统村落，领冠鄂壤；生态小区、园林城市，帜展山乡。山歌山鼓响彻广场，民间非遗荣登京堂。[7]移民安居建新村，精准扶贫耀省榜[8]；科技制造上国市，电商营销连八荒[9]。欣欣然，国家全域旅游示范区旗帜猎猎；浩浩乎，国家重点生态功能区魅力煌煌。

山通水富，上切中央。绿色发展，下合地方。通山之"一带一路"，邑县之"中国梦想"。幕阜山区战略之主阵地，中部绿心建设之高架梁。[10]党代会，誓言脆响；人代会，群情激昂。目标宏伟，道路自强；上下同心，干群共襄。主攻绿色产业，全面转型提档；打造绿色家园，建美风情城乡；唱响绿色旋律，营造生态丽壤；注入绿色动力，夯实创业磁场；聚力绿色民生，实现全域小康。夜以继日，万众克刚，驰而不息，滴水成汪。仰不负天，在党兴党；俯不愧民，在岗爱岗。为政之道，敢于担当；为官之本，造福梓桑。

一张蓝图，千秋圭臬；五年基业，百世华章。满腔赤诚，路在脚下；锐意进取，梦已卓彰。感而赞曰：

山通水富兮，勃勃大象；绿色发展兮，泱泱流芳。华中绿谷兮，江南桃疆；宜居福地兮，兴业乐壤；人间仙境兮，旅游天堂。

（依《词林正韵》，原载 2017 年 7 月 31 日《香城都市报》11 版"花海泉潮"，获年度"中国地市报副刊二等奖"）

注释

[1]通山境内的富水是长江中游主要支流，自古以来，域内货物皆通过竹筏经富水输运长江，富水水库建成后中断。通山茶叶通过茶马古道运往武汉等都市，并销往俄罗斯、英国等国家。

[2]1984年12月5日，时任中共中央总书记胡耀邦到通山视察时指出，通山要把山搞通，把库搞活，山通库活就有希望。"山通水富"战略与此一脉相承。

[3]通山境内主要有国家重点风景名胜区、国家级自然保护区、国家地质公园、国家AAAA级旅游景区九宫山，国家地质公园、国家AAAA级旅游

景区隐水洞，国家水利风景区、国家湿地公园富水湖，省级森林公园太平山、太阳山、大幕山、凤池山、大城山等自然风景名胜。

〔4〕探巷即观古民居，通山境内有各类古建筑500余座，有"湖北古民居之乡"的美誉。

〔5〕通山境内水电、风电、抽水蓄能、光伏发电、生物质能等清洁能源蕴藏量在华中位居前列。

〔6〕通山率先成为全国首个碳交易试点县，全国首个竹林碳汇项目成功落户通山。

〔7〕通山非物质文化遗产众多，有10余个项目入列国家、省级重点保护名录。

〔8〕通山创新的资源共享、群众帮扶、产业带动3种精准扶贫模式和挂靠帮带、租赁返聘等10种产业扶贫模式，被省委、省政府主要领导批示推广。

〔9〕通山玉龙机械公司是湖北高新技术企业，研制的农业机械畅销全国，通过重组后成为全县首家上市公司。

〔10〕通山地处幕阜山连片扶贫开发区、幕阜山绿色产业带、中部绿心建设等省市级发展战略核心区，通过近年来的持续发力，产业发展、扶贫开发、生态建设等方面均走在全省全市前列。

通山烈士陵园赋

殷殷红壤，穆穆陵园。松柏肃立，亭台默安。将军题字闪耀，英烈丰碑壮观。朗朗乾坤，浩气长存天地；杲杲日月，雄风永励英贤。绵绵丘峦，有幸埋忠骨；郁郁花草，着意护贞肝。事迹昭昭兮垂千古，壮举烈烈兮芳万年。缅先烈而沉思，初心安在？瞻陵碑而自省，使命上肩。

忆峥嵘之岁月，追革命之史篇。华中激风雷，南鄂荡云烟。镇南建支部，村野张锤镰。[1]为民生，一腔热血遭镇压；争民主，两手赤拳受吊悬。于是，闹暴动，建政权。[2]男儿英勇，冲锋陷阵；巾帼善战，率队支前。不怕腥风血雨，何惧火海刀山。心系工农，临血火无二意；许身革命，置生死于一边。赤卫队，童子团；父子哨，兄弟班。旌旗漫卷连湘赣，洪流汹涌映楚天。一周数捷，连建功勋获嘉奖；四反"围剿"，屡歼团营上红刊。[3]道委、省委在此驻扎，军部、师部于斯发源。[4]开辟苏区，彭德怀扬鞭跃马；巩固据地，何长工克难攻坚。继而游击作战，席地幕阜；扫清倭匪，跨域中原。抗美援朝，彰和平之晏晏；自卫还击，显忠诚之拳拳。烈士魂，激起奋勇向前志；英雄血，成仁取义荐轩辕。

赤手擎天，为真理而奋战；红旗指路，联农友而欣欢。高度原则不变，诚挚精神铁磐。烈火焚身，忠贞不灭；铁镣链脚，大义凛然。军民同心，宁可断粮供部队；官兵合力，哪怕抛颅护桑田。一日赶缝百条被，七天捐献千件棉。作战顽强，流血不流泪；为民赤胆，克苦且克难。一家八儿赴死，一村卅人长眠；一乡三千子弟，一县廿万猛员。吴致民牺牲，改县名以纪念；成子英惨烈，得毛公之声援。[5]鲜血浸染湘鄂赣，忠魂绽开红杜鹃。

观夫纪念之馆，文物件件；聆听解说之词，泪眼盈盈。阅事迹，瞻遗物，思先烈，心难平。英雄故事菁菁，共存河岳；烈士伟绩熠熠，传诵书铭。桑梓埋骨，英魂不朽；青山立碑，家国康宁。

呜呼！革命老区，共和国由斯起步；烈士精神，新中国得以开疆。血染山川，换来岁月之静美；身融大地，铸就事业之永昌。铁骨铮铮，千秋矢志；忠诚荡荡，百世流芳。赓红色之基因，同心勠力；续先辈之宏愿，圆梦启航。时代改革兮，前程锦绣；中华复兴兮，大道辉煌。

（依《词林正韵》，撰于2024年4月21日）

注释

1956年1月，通山烈士陵园建成，坐落于通羊镇狮子山麓、县人民政府右侧。占地面积3.8亩，坐西向东，依山势而建，主要建筑有门楼、纪念塔、烈士纪念馆和纪念亭等。纪念塔高8米，塔体镌书"老苏区革命烈士纪念塔"，塔座镌书毛泽东同志对老苏区的题字和中共通山县委、县人民政府的题词。陵园正中是革命烈士纪念馆。

2007年9月，动工建设新烈士陵园。新烈士陵园位于大路乡洞口罗村，占地面积179亩。陵园分纪念瞻仰区、烈士安息区、市民休闲区三大部分。纪念瞻仰区建有纪念馆、烈士祠、纪念碑、纪念亭、纪念廊、纪念墙、悼念广场等建筑，180名革命先烈的骨灰及资料保存于此。纪念碑高26米，寓意通山1926年开始革命活动；碑上镌刻中共中央政治局原委员、中央军委原副主席、国务委员兼国防部部长迟浩田上将的题词"通山革命烈士纪念碑"，下方是中共通山县委、县人民政府重修陵园的纪念碑文。纪念碑前的悼念广场，占地8000余平方米，可容万人凭吊。烈士陵园绿化面积150亩，栽种各类花卉、树木等数十个品种50万余株。新烈士陵园是通山人民祭奠烈士的重要场所和爱国主义教育基地。

［1］1925年五卅运动爆发后，镇南中学进步学生阚禹平、陈钟、夏子菁、吴礼执、吴斌、叶金波、江福来、陈兆秀、吉孟来、阚学增10人相继加入党组织。同年6月，经武昌地委批准，成立中共镇南中学支部委员会，陈钟担任书记。这是通山县第一个中共党组织，也是鄂南第一个党支部。

［2］1927年8月下旬，中共通山县委在鄂南特委领导下，贯彻中共中央八七会议精神和湖北省委指示精神，成立县农民秋收暴动委员会。8月底，县暴委抓住通山驻军陈维汉团调走的机会，令全县各地农军同时暴

动。8月30日清晨，各路农军三面会集县城，附近数千农民手持大刀、长矛等前来助阵。在大兵压境之下，县长何雄飞同意投降交出政权。8月31日，通山县工农政府委员会在县城圣庙成立，夏桂林被推举为委员长，叶金波任副委员长兼军事部长，阚禹平、陈兆秀、涂宗夏为委员，分别任财政部长、民政部长、教育部长。

[3]1930年，彭德怀率红三军团进入通山，为了巩固和发展苏区，便以红五军、红八军留下的骨干和部分伤病员为基础，从通山、大冶、阳新等县工农游击队、赤卫队中精选300余人，于当年7月组建中国工农红军独立第三师。红三师成立后，先后成功粉碎敌人四次"围剿"，成为巩固和发展鄂东南苏区的坚强柱石，被中华苏维埃临时政府授予"坚强苦战"的战旗。特别是1932年7月，红三师与红十六军一周内在通山、咸宁连打4次胜仗，全歼敌人4个团，缴枪2000余支。中华全国苏维埃临时政府、中央军委专门发来贺电，《红色中华》第27期、28期还刊登专讯具体报道红军战绩。

[4]土地革命战争时期，通山长达4年多是湘鄂赣边区革命的指挥中心，湘鄂赣省委、省军区、鄂东南道委、红三师、红十七师、红十六师，以及红军医院、兵工厂、保卫局、政治学校等党政军机关驻扎于此。同时，在境内先后成立中国工农红军独立第三师、中国工农红军第十七军，重建中国工农红军第十六师。这三支地方红军，对稳定鄂东南苏区局势，巩固和发展湘鄂赣边区根据地起到了决定性作用。

[5]1934年，湖北省委特派员、代理鄂东南道委书记吴致民（化名胡梓）奉命坚守道委驻地冷水坪。1935年2月3日，江西省地方反动武装偷袭冷水坪，吴致民在组织抗击中不幸中弹牺牲。为纪念吴致民，省委将修武崇通县改名为胡梓县。1927年2月27日，阳新县国民党右翼势力组织暴徒制造"阳新惨案"，湖北省农协特派员成子英、阳新县农民协会秘书长谭民治等9名革命同志被捉拿，并乱棍齐下，将9人打得皮开肉绽、鲜血淋淋。接着，反动派用麻绳将9人的手脚紧紧捆缚，并在他们的周身淋透煤油，然后一起抛入烈火之中。阳新惨案传到武汉，中共领导人毛泽东、恽代英等与国民党左派邓演达、宋庆龄等非常气愤，并亲自查处此事。

红都冷水坪赋

巍巍山峦，纵横鄂赣；莽莽松竹，拱护村湾。碧水中流，诉说光荣岁月；旧屋旁列，追忆苦难昨天。野菜加步枪，坚初心而铸铁骨；国家与民族，赴希望而献忠肝。铸革命之大纛，启胜利之鸿篇。不怕牺牲，见证精神之烈烈；忠贞不渝，秉承信仰之拳拳。

溯夫畴昔，星火燎原。党始大革命，旗红三界源。彭帅进山播马列，长工指路办讲坛。[1]百姓去枷锁，众民闹桑田。建农协，惩霸劣；分土地，解民悬。开辟赤色区域，创立工农政权。地跨幕阜山，旌旗猎猎吴楚界；令传湘鄂赣，洪流滔滔廿县边[2]。四次"围剿"粉碎，三载"扩红"斐然。由是，山川褪萧色，民众绽笑颜；农商活据地，文卫泽黎元。

然则反动派猖獗，大苏区维艰。志士就义，红军减员。政权难继，驻地缩编。幸有冷水坪之奉献，呵护湘鄂赣之周全。道委迁临，省委迁临，村乡县道省共济危难；党旗不倒，军旗不倒，党政军民学同御敌顽。重振机关，重组军旅，革命火焰漫卷；武装思想，武装民众，红色堡垒弥坚。

继而瞬息万变，处处烽烟。卧榻之边，不容他人小寐；白日之下，哪有民权可言？[3]逼抢杀烧，民团肆无忌惮；攻围剿驻，敌军惯用连环。苏区日益破碎，战力愈显蹒跚。物资奇缺，以山草果腹；通信中断，攀绝壁通关。睡茅棚，栖寺庙，钻崖洞，挂树巅。天当被兮地当床，雨当梳兮风当剪；白不烟兮夜不火，行不语兮坐不眠。[4]环境恶劣无所畏，信仰坚定心志磐。保卫苏区，游击作战；遭遇枪阵，誓死当先。陈寿昌、徐彦刚，燃旺薪火；吴致民、严图阁，长眠山川。傅秋涛、钟期光，身临前线；江渭清、萧子敬，力撑坤乾[5]。更有无数英杰，抛头颅、洒热血，功千古，勋万年。

苏区寸寸，民心潺潺。扩军扩红，夫妻兄妹齐上阵；筹粮筹款，鳏寡孤独无等闲。宁睡茅草屋，勿让战士寒；宁挖山野菜，勿让子弟酸。粒米不用私，无情是大爱；怕死不革命，勇毅打头班。[6]徒刑累累，流血残臂守秘密；杀戮处处，慰饥问寒步深渊。家家有尖兵，忠诚护卫苏区省；户户埋忠骨，鲜血浸透山水间。呜呼！边陲冷水坪，深山小延安。追忆过往，何其幸焉。万千计牺牲，铸就红土地；十二年坚守，淬出将帅连。共和命脉在此壮硕，华夏砥柱于斯红专。

嘻嘻！硝烟远去，村庄斑斓。山清水秀如瑶境，路畅楼轩呈大观。铭历史而知来路，守初心而正航船。民心向背在于为，事业成败皆因缘。传承基因，全意为民死而已；赓续血脉，精忠报国更无前。英烈馆昭昭，伟绩峥嵘耀日月；纪念碑历历，大梦澎湃惊人寰。

（依《词林正韵》，撰于 2023 年 5 月 22 日）

注释

土地革命战争时期，冷水坪是湘鄂赣省委、鄂东南道委、修武崇通县委驻地，一度成为湘鄂赣革命根据地的中心区域，也是革命后期湖北的游击根据地之一。

19世纪20年代，大革命洪流席卷大江南北，冷水坪由此播下革命的火种。随着党组织、农民协会的成立，当地民众运动蓬勃发展。

1928年9月，彭德怀率平江起义队伍进军九宫山，途经冷水坪地区，广大民众备受鼓舞，革命热情更加高涨。1931年，鄂东南道委在这里创建修武崇通苏区，领导江西修水、武宁和湖北崇阳、通山四县边区，使冷水坪成为湘鄂赣省委联系湘东北、鄂东南、赣西北各地苏区的桥梁与纽带。修武崇通县的经济建设和文化教育事业得到快速发展，逐步成为湘鄂赣省最坚固的苏区与战略后方。

1934年，由于国民党反动派多路疯狂"围剿"，鄂东南道委、湘鄂赣省委相继迁至冷水坪，冷水坪成为湘鄂赣苏区指挥部所在地。省委、道委在此重振机关、重建部队，在崇山峻岭中浴血开展游击战争。在修武崇通县人民的全力支持下，冷水坪革命红旗不倒，与国民党反动派艰苦周旋，一直坚持到1937年抗日战争全面爆发。

冷水坪人民在中国共产党领导下,传递了燎原的星火,保存了革命的队伍,培养了精锐的骨干,指挥了卓绝的战役。

　　这片土地,承载着无数老一辈革命家的红色记忆。彭德怀、何长工、黄克诚、萧克、江渭清、傅秋涛、钟期光、李达、姚喆、张藩、郭鹏、刘玉堂、吴咏湘、王义勋、汪克明、秦化龙、阮贤榜、阮汉清、朱直光、吴嘉民、谭启龙、刘士杰、李平等曾在此战斗,其中有元帅1人、大将1人、上将4人、中将3人、少将9人。

　　这片土地,浸透着无数革命先烈的满腔热血。以湘鄂赣省委书记陈寿昌、湘鄂赣省军区司令员徐彦刚、红八军军长李灿、湘鄂赣省军区参谋长严图阁、鄂东南道委书记吴致民、红十七军副政委兼参谋长叶金波、红三师师长兼政委郭子明、湘鄂赣省委书记涂正坤、红十六师政委明安楼、红二师师长柳润泗、红十七军政治部主任张向明、鄂东南特委书记黄家高、鄂东特委组织部部长石海山、鄂东南道委执委罗冠国、湘鄂赣省军区政委黄志竞、红十六师副师长魏平、红十六师参谋长谭凤鸣、红三师副师长吴国珍、中共杨芳林区分部书记吉孟来、中共横石区分部书记陈兆秀、修武崇通县苏维埃主席戴德昌、修武崇通县苏维埃政府军事部长廖安仁、修武崇通边区游击队队长王鸿鸾、中共通山县委书记程怡坤、红三师师长谭质夫、中共修武崇通县委书记吴维政、中共修武崇通县委书记成其福、红十六师卫生队长全忠、修武通县少共书记潘际汉、中共通山县委书记黄玉田、修武崇通县苏维埃副主席兼财经部长金良元、中共修武崇通县委书记冯干林、红三师政委王应全、中共胡梓县委书记刘赤英、中共修武通县委书记成善心、中共鄂南中心县委书记黄全德、中共鄂南中心县委书记何功伟等为代表的千余名英雄战士,在这里浴血奋战或壮烈牺牲。

　　[1]1928年9月,彭德怀、滕代远率红五军主力进入九宫山休整,途经冷水坪地区,广大民众备受鼓舞,革命热情更加高涨。1929年10月,李灿、何长工率红五军第五纵队开辟鄂东南根据地期间,曾到杨芳林、厦铺、冷水坪地区指导工农革命。

　　[2]1933年后,鄂东南道委、湘鄂赣省委迁入冷水坪,冷水坪成为联系湘东北、鄂东南、赣西北各地苏区18个县的桥梁与纽带。

　　[3]"卧榻之边，不容他人小寐"，其意源自宋太祖赵匡胤"卧榻之侧，岂容他人鼾睡"。"白日"，即国民党青天白日旗，代指国民党统治之下。

　　[4]三年游击战争时期，坚守冷水坪地区的红军战士生存条件极其艰苦，长期东躲西藏、缺吃少穿，白天不能见烟、夜晚不能见火，只能吃生食，不能烤火取暖，行走时不能说话，休息时不能睡觉。

　　[5]萧子敬，即萧克。

　　[6]"粒米不用私"指修武崇通县临时苏维埃政府主席戴德昌。他手握10万斤军粮，但他唯一的女儿秀君高烧几天几夜，却舍不得动用一粒军粮给孩子吃。当县委其他领导得知后送来一碗米粥时，7岁的女儿已离开人世。"怕死不革命"指修武崇通县委书记成其福，他常说："干革命不能怕流血，当党员不能怕吃亏。"

　　附：冷水坪革命烈士纪念碑碑文

　　这里是鲜血浸染的土地。

　　这里是彪炳史册的苏区。

　　大革命时期，冷水坪地区就开展了革命斗争。一九二五年，境内先进分子加入中共组织。一九二六年，冷水坪党小组、农民协会成立，民众运动蓬勃发展。

　　一九二七年，鄂南秋收暴动后，冷水坪党支部成立。此后，政权建设、土地革命深入开展，赤色区域逐步扩大。一九三一年，以冷水坪为中心的修武崇通苏区建立，领导江西修水、武宁和湖北崇阳、通山四县，实现鄂东南道委"完全占领幕阜山脉"战略意图。这块苏区紧连湘北、赣北苏区，纵横百余里，易守难攻，成为湘鄂赣苏区最巩固的区域。

　　一九三三年后，国民党反动派多路"围剿"，各地苏区进入最艰难时期，龙武县委、鄂东南道委、湘鄂赣省委等党政机关、后勤部门先后迁至冷水坪，得以保存力量。其间，重建红十六师，全面开展游击战争，虽遭国民党反动派疯狂屠杀，但广大军民紧密团结，使冷水坪始终成为湘鄂赣苏区的大本营，直至一九三七年抗日战争全面爆发。

在长达十二年的伟大革命历程中，冷水坪地区广大军民，通山县、鄂东南、湘鄂赣的无数革命志士，为了民族的独立、国家的解放，浴血奋战，死而后已，作出巨大贡献和牺牲。他们的丰功伟绩，永远在中国历史上放射光辉。

革命烈士们永垂不朽！

无名英雄们永垂不朽！

（撰文：廖双河）

铁血畅周赋

　　旗炽龙燕，声鼎畅周。[1]身许马列，义聚田畴。播星火于四野，济苍生于百丘。大纛高擎，兴武装之据地；血雨坚守，护革命之红舟。矢志为党，不死不休；虔心为民，无畏无求。赤诚铮铮兮垂日月，忠烈浩浩乎耀春秋。

　　伊昔天地昏暗，华夏无光。云黯黯而星坠，暮沉沉而日亡。兵弱于外，政乱于堂，国敝于战，民凋于荒。幸有志士仁人，拯社稷以建党；大江南北，唤黎民以共襄。由是鄂陲南乡，旅欧华公燃星火；深山路口，工农旗帜露锋芒。[2]打土豪，分田地，均民权，定要纲。党徽锃亮，红缨汪洋；群情激奋，万众昂扬。兢兢苏维埃，施善政于百姓；赳赳自卫队，保安宁于一方。

　　继而风雷激荡，斯地铿锵。龙燕区之主堡垒，鄂东南之大后仓。总医院、小学堂，瞬间而建；兵工厂、被服厂，盛大开张。捐物捐粮，家家尽力；献铜献铁，户户慷慨。弹药、刀枪，供给部队；鞋帽、衣被，充积营房。放牛娃因而长进，伤病员得以泰康。独立师频传捷报，根据地屡拓边防。更有拥军扩红，不计付出；支前参战，不惧死伤。少年入团队，青壮守山梁，老人慰将士，妇女浆衣裳。忆其时，洪流滚滚，烈焰炽炽；村湾亢亢，漫野汤汤。

　　岂料敌军围困，革命维艰。碉堡林立港畈，关卡满布村边。铁桶合围，苏区被蚕食；枪炮肆虐，军伍多减员。利诱精神烈，拷刑意志坚。枪毙不腿软，追杀不胆寒。转移伤兵留火种，捍卫营地保政权。无奈敌氛日甚，抢掠烧杀联翩。蹲崖洞，睡庙坛；精谋划，巧周旋。秘议村郊定方略，遵尚指示歼匪顽。堰头侦察、磻溪突围，众先驱坠身枪海；路口阻击、黄荆肉搏，数百汉祖胸刀山。家藏红军，舍命护卫；暗助组织，何惧祸端。呜呼！一寸苏区一寸血，遍地英雄遍地丹。

　　至若先辈足迹，永耀汗青。彭德怀简从入户，何长工进驻屯兵。李灿踏勘防地，萧克纵横敌营。滕代远、程子华，村舍开会商大计；叶金波、王贤栋，山头拒敌堪忠英。幽幽石房，侯队长疗伤脱险；兀兀山岭，众烈士牺牲无名。[3]最是黄月涛、叶畅周，生死不弃讲大义，携手迎敌同志情。身殒英气在，魂栖地永铭。

观夫山川竞秀，乡村换颜。千寻回顾，故地瞻观。泣先烈之浴血，欣苏区之斑斓。遗址旧居煌煌，足慰忠魂之孤寂；陵园丰碑赫赫，永彰历史之斐然。产业连绵，筑牢发展之根脉；庄湾和美，氤氲小康之家园。烽烟散尽山河壮，血雨换来艳阳天。

嗟乎！乾坤清丽，四海升平。齐心奋进，勇毅前行。抚畅周之红殷，勿忘贤杰之忠义；赓畅周之铁血，澎湃盛世之荣兴。常秉初心，怜民众而同甘苦；牢记使命，富乡村而冠楚荆。

（依《词林正韵》，撰于2023年6月13日）

注释

燕厦乡畅周村地处通山县东南部，紧临富水河支流燕厦河上游，东与燕厦乡政府隔河相望，南与洪港镇车田村、下湾村接壤，西南端紧靠历史名山——北台山，距大（庆）广（州）高速洪港出口9千米，距县城通羊镇50千米，距阳新县城80余千米，距江西省武宁县90千米。全村400余户，11个自然湾，面积12平方千米。2020年，被定为全县红色旅游试点村。

畅周村是目前全县唯一以革命烈士命名的乡村。1932年10月，燕厦区苏维埃政府秘书叶畅周（有资料显示其为路口乡苏维埃主席），随同鄂东南政治保卫局局长黄月涛到敌占区侦察敌情，在磻溪与敌军遭遇，壮烈牺牲。为纪念烈士，鄂东南道委将路口乡（下湖畔）命名为畅周乡，同时将燕厦区命名为月涛区，红军撤退后被废除。1952年为援朝乡，隶属燕厦区。1955年，根据烈士遗属要求，恢复畅周乡之名。1958年，改为畅周管理区，隶属燕厦公社。1962年为畅周公社，隶属燕厦区。1975年，撤区并社，为畅周公社。1984年设区建乡，为畅周乡，隶属燕厦区。1985年，为畅周乡，隶属大塘山镇。1987年2月撤销畅周乡，1989年2月恢复。1999年8月，全县乡镇合并，畅周乡并入燕厦乡。1958年设立畅周大队，1984年改为畅周村，至今未变。

畅周村是鄂东南革命根据地的重要区域。大革命时期，境内就有党的活动。土地革命战争时期，鄂东南兵工厂、红军被服厂、红军医院、列宁小学曾设在路口华氏宗祠、水口寺、舒氏宗祠等地。境内建有燕厦乡烈士陵园、叶畅周殉难处、红军坟等革命纪念地，保存有红军洞、斑鸠崖、水口寺、华氏宗祠、舒氏宗祠、苦槠林、红三师燕厦战役指挥部、路口之战等革命旧址遗址。彭德怀、何长工、李灿、滕代远、萧克、程子华、侯政、叶金波等老一辈革命家与先烈曾在这里战斗。

［1］龙燕是龙港、燕厦两镇及附近乡村的总称，当时是阳新苏区的一部分，今大部分地区为通山县地域。

［2］南乡，指燕厦，民国时期属阳新县南乡。华公，指华鄂阳，五卅运动发生后，奉命从莫斯科回国。1925年6月，回到家乡燕厦，走村串户，宣传革命思想，发展党员，建立党组织。路口，即路口畈，代指畅周境域。

［3］石房，指红军洞。侯队长，指最高人民检察院政治部主任、全国政协法制组组长侯政。1929年10月，任中国工农红军第五军第五纵队手枪队分队长，参加创建鄂东南革命根据地的斗争。其间，执行任务受伤藏于水口寺下的崖洞得以脱险。后人称此洞为"红军洞"。山岭，指黄荆岭，燕厦战役中，红三师战士在黄荆岭阻敌三天三夜，牺牲300余人，其中一个连全部牺牲，48位战士埋葬在一起，成为无名红军坟。

富水移民赋

　　富水大坝，荆南奇雄。十镇移民，千秋勒功。仰其库区父老之情重，感怀移民历程之伟崇。两县因斯享益，百万借此怀雍。悠悠七十春，库区奉献不曾远纵；赳赳百村镇，移民精神愈发葱茏。

　　民众之徙迁，关乎社稷；命运之跌宕，关乎桑田。溯夫江西填湖广，湖广填四川。旧社会之徙居，流离颠沛，祸及黎元；共和国之移民，全面发动，人畜康安。高堤耸平畈，长河滔巨渊。十万土地成泽国，六万儿女别家园。创旷古之伟业，开世纪之宏篇。促山乡之蝶变，得南鄂之安澜。

　　忆乎往昔，丹心拳拳。政府一声号令，民众二话不言。征田征地，献林献山。家具捎数件，畜禽抵几钱。携幼扶老向前走，肩挑背驮沿路颠。通邑各村皆定点，阳新数镇亦择湾。挤仓库，蹲屋檐；砌石墈，垒土坛。昔日鱼米乡，多粮多面；如今荒瘠岭，少吃少穿。至于库区后靠，安家更难。平无九步远，陡有百丈悬。建房先劈石，耕地赖填滩。更有故土难离，外徙又返；搭棚而宿，就宕而眠。水抬人后退，库涨路更艰。家虽搬数次，心却无冤喧。

　　至于安居创业，历雨经霜。头顶星辰，撬开石缝种庄稼；脚踩泥泞，身披棕蓑平山冈。一年四季勤轮作，一日三时不歇场。拖儿带女常超支，节衣缩食难余粮。送子读书，以物抵账；置办家具，用工换床。恨不早晚分两日，总把冬闲作农忙。挖药材，砍木棒，采茅秆，编箩筐。滴滴汗水汇江海，点点盈余弥体香。

　　尔其党政关注，精神奋昂。物资救济，季季发放；扶贫开发，年年共襄。脱贫先兴业，发展先定纲。库区种柑橘，水域安网箱。高冈植茶果，低丘放牛羊。资金奖补内力足，政策加持效益长。当代愚公，兴建橘园，板锄挖断三十把；科技头雁，结对农户，枇杷带富千百堂。[1]继而修公路，架桥梁；谋项目，促小康。

进入新世纪，力度更铿锵。产业再提档，帮扶再上扬。拨专款，改楼房。建小镇，靓村庄。美丽家园，库区移民沾甘露；整村推进，贫困群众沐暖阳。[2] 聚集民心，砥砺能量；擦亮生态，前景正昌。喜库区重生，风华大象；看山村巨变，溢彩流光。

嗟夫！千载富水，横空而截，劈山斩水，战地惊天。浩大工程冠南鄂，移民丰碑耸宇寰。移民之壮观，当汗青铭记；大坝之宏伟，保国策周全。云淡天高，游人过坝惊伟力；风恬湖静，富水行舟叹瑶仙。感而赞曰：

富水移民，奉献无尚；牺牲小我，顾全大邦。

自立自强，奋斗粗犷；精神甚伟，情怀永芳。

（依《词林正韵》，撰于 2024 年 5 月 8 日）

注释

1958年8月，国家在通山县东侧阳新县境内的富水干流上，动工兴建富水大型水库，1960年截流，1964年大坝砌坡竣工，1966年9月正式发电。水库大坝距通山县境不足1千米，枢纽工程建在阳新县富水镇（今龙港镇），水库97%的水面在通山境内。

富水水库是鄂南最大的水利工程，也是湖北省大型水利工程之一。建设水库，淹没通山境内73平方千米土地，其中耕地73914亩、山林29700亩。库域涉及当时的畈泥、西坑潭、富有、大畈、九门、慈口、土塘、燕厦、高畈、畅周10个区、乡，下辖77个农业生产合作社，12444户，62795人。

由于兴建水库，往日的"鱼米之乡"变成水乡泽国，大坝高程60米以下居民搬迁11115户，56678人。其中，库区就地安置8130户，43273人；移民外地安置2985户，13405人；拆迁房屋43367间。淹没田地58792亩，其中水田39814亩，占全县耕地面积的20%左右。

富水水库淹没乡镇，重点是革命老区慈口、大畈、燕厦3个乡镇。移民除就地后靠山梁外，大部分分布县内100余个村，少数移居阳新县，另有部分外迁后又返乡后靠。

［1］当代愚公，指通山县慈口乡西垄村村民徐善龙；科技头雁，指通山县大畈枇杷专业合作社理事长袁观强，2022年9月被评为"湖北省十佳农民"。

［2］美丽家园、整村推进，是国家针对库区移民村湾而采取的持续帮扶措施。

通山脱贫攻坚赋

南鄂边陲，幕阜北麓；村野广袤，丘壑苍茫。苏区鼎兴之地，红土勃发之乡。富水移民，犹显气度粗犷；县城举义，可证秉性轩昂。冠全国生态之区，山水清丽；属华中名胜之域，人文堂皇。[1]其襟群峰而牵荆楚，汇诸水而奔海江；隆地标而名华夏，彪史册而耀南疆。斯之德馨，赫赫古县千载誉；今日声鹊，悠悠富川万重芳。

然乎回望卅余年前，山穷水困，人慌心殃。交通闭塞少商货，田地贫乏缺食粮。砍荆采茶换盐米，垒石盖草作舍房。青黄不接，多靠救济；收支难敷，全凭硬扛。读书治病满门受累，送礼遭灾全年白忙。日常生忧，呆坐门槛期丰阜；夜难成寐，愁对星空盼甘棠。

尔其感恩吾党施良策，政府揽总纲。吹改革之号角，谱扶贫之华章。授鱼变授渔，扶贫重开发；帮扶代救济，攻坚赖共襄。种养加一齐上，水陆空同铺张。更有精准扶贫，世间首创。干部驻扎村湾最前沿，书记高擎任务第一棒。部门勠力，社会同心；个体敢为，民企不让。"四个不摘"，责任分明不彷徨；"十大帮扶"，力量整合更精当。[2]关怀一致，"三保障"家庭和祥；兜底多层，"两不愁"心情舒畅。[3]

立足山区谋富路，依托水域绘蓝图。库区植橙橘，平畈兴菜蔬。山坡栽茶叶，城郊种甜葡。农林基地布村镇，工商园区连巷闾。重招商，促就业；抓文旅，繁供需。产业扶贫、生态扶贫特色显，连片开发、整村推进功勋殊。至于总书记嘱托，青山不负；新时代使命，荣耀在途。十年呕心，积微而著；百村摘帽，垒沙成衢。工厂车间，勤有岗位；孤独鳏寡，居有新庐。内外兼修，治陈旧之陋巷；城乡统管，兴繁荣之新区。镇镇通高速，湾湾达网渠。百业齐兴旺，万民同欢呼。宏猷正展，后有来者声更劲；捷报频传，前无古人业当书。

观夫今日之通山，脱贫见实效，致富露秀容。绿满花香，小区胜别墅；溪潺雀跃，新村似蓬宫。少则欣其学，老而乐以雍。纵有暂时之忧，众援其手；更为明日之计，人尽其功。追梦前行，此情豪迈；昂头远望，其景昌隆。社会和谐，证一党之伟大；黎民幸福，喜万户之瑞丰。神州焕异彩，此处尽春风。

（依《词林正韵》，撰于2024年4月24日）

注释

通山县属于山区、库区、苏区、穷区，扶贫工作始于20世纪70年代，1984年全面铺开。1986年2月，县委、县政府组建四区建设办公室，将扶贫开发工作提升到帮助群众脱贫致富、推动县域经济发展的高度，围绕富水库区资源，激励群众发展柑橘和渔业生产。1994年，国家实施"八七"扶贫攻坚计划。1996年，通山被列入全省12个特困县，县委、县政府紧抓库区扶贫发展特色产业，改善基础设施，开展科技帮扶和社会帮扶工作。2000年后，县委、县政府采取开发式扶贫，突出整村推进扶贫、产业化扶贫、劳动力转移培训扶贫、易地搬迁扶贫、推进老区建设扶贫等工作重点。2014年，根据中央部署，全县开始实施"精准扶贫"，共认定贫困人口83302人，贫困村47个。至2018年，通过"五个一批"（发展生产脱贫一批、易地搬迁脱贫一批、生态补偿脱贫一批、发展教育脱贫一批、社会保障兜底脱贫一批），通山实现整县脱贫，累计减贫82676人。其中，通山县"三双"扶贫经验被《人民日报（内参）》刊发。

［1］通山为国家生态功能区、国家全域旅游示范区，境内有九宫山、富水湖、隐水洞等众多国家级旅游景区。

［2］"四个不摘"，指摘帽不摘责任、摘帽不摘政策、摘帽不摘帮扶、摘帽不摘监管。"十大帮扶"，指通山县探索出的精准扶贫十大模式：政策驱动、龙头带动、挂靠帮带、乡村旅游、能人引领、租赁返聘、集体反哺、抱团经营、培训造血、电商扶贫。

［3］"三保障"，指教育、医疗、住房有保障；"两不愁"，指不愁吃、不愁穿。

通山石材开发赋

　　盖闻山水藏灵秀，庶民赖营生。莽莽通山，文脉浩浩；绵绵峭岭，石材铮铮。历万年而宝玉如皴，经百世而深闺无声。迨至当代，方始睐惺。昔日基料，奉为山英。兢兢数万人，举荆楚石材集群之大纛；历历半世纪，擎中国理石名乡之巨庭。

　　溯夫石材开发，肇始杨林。公社供地，财政支绌。技术从黄石招引，人工由队组调勤。飒飒数年，办厂满腔热血；涓涓百万，收支连岁空银。由是县尊点将，王公掌门。推行经济责任制，增强员工敬业心。购置先进设备，广开销售路津。打破大锅饭，人尽其才；盘活大生产，日进斗金。继而全域勘探而研发，产品雅致而著闻。一人激昂一池春水，一厂引领一地风云。

　　于是县城建总厂，产业成柱梁。址选唐家地，内含四分邦[1]。员工过千，活力浩荡；产值超亿，贡献汪洋。旋即股份制异军突起，国营牌机制难张。外资公司首进驻[2]，民营企业亦猖狂。资产剥离，石材集团立世；改制租赁，个体厂矿奋昂。念好山水经，县政府政策导向；大唱石头戏，全社会氛围共襄。组建管委会，宏观掌舵；专设办公室，精细引航。以致"地动山摇"，省委书记亲临鼓励[3]；"城乡共进"，石材企业遍地堂皇。

　　尔其集群大合唱，百花齐芬芳。规划工业园，面积广袤藏龙卧虎；展销世博会，产品琳琅过海漂洋。"四通一平"强服务，"四统一优"诚招商。[4]打击滥采乱开，避免资源浪费；引导规模生产，促进效益高扬。创业带薪，干部职工纷蹲厂矿；增收分利，营销专班勤奔京杭[5]。一时间，大理石变热门语，石老板成商界王。君不见，洪港、燕厦、大畈、厦铺、南林，石材小区满布通邑；北京、上海、广州、西安、深圳，石材门店林立尧疆。君不见，通山石材巍然纽约帝国大厦，九宫商标荣登首都人民会堂。

若夫石材竞秀，强县富民。品种缤纷，琅琅花色；企业烂漫，熠熠星辰。九宫青、米黄玉、玫瑰红，风行国内外；中米黄、红筋红、荷花绿，入列鼎甲群。中国锈、森林绿，全国独有；黑白根、金香玉，亚洲首尊。言及企业，风华绝尘。天丰、佳奇、创进、日兴、闽晨，行业旗舰；城南、雅豪、中艺、兴旺、鑫伟，石材中军。百石通俏天下，新蓝云藏乾坤。盛盛华南，喜摘全国专利奖；赳赳华磊，荣膺华夏五百勋。至于驻外石企，万马千军。省会城市店棋布，发达地区厂罗屯。县因石材而崛起，民因石材而挺身。收入百亿计，致富百千村。纵观县内，巨富石材精英过其半，小康石材红利近三分。

嗟夫！小小石材，峨峨昆仑。一块宝石畅销寰宇，万千骄子发展功臣。观夫时下虽归于常势，历史却永远青春。高质量发展理当效仿石材开发，新时代逐梦更应弘扬勇毅精神。

（依中华通韵，撰于 2024 年 7 月 2 日）

注释

通山县石材资源极其丰富，探明储量35亿立方米，其中大理石20亿立方米、页岩10亿立方米、花岗石5亿立方米。通山石材产业，入列湖北重点产业集群和全国石材产业集群，占据华中地区半壁江山。2008年，通山县被中国石材工业协会授予"中国大理石之乡"，为全国首个获此称号的县域。

通山石材有黑、红、黄、灰、绿五大系列30余个品种，主要有紫云红、九宫青、米黄玉、玫瑰红、中米黄、红筋红、荷花绿、奶油白、彩灰、啡网、珊瑚红等，其中中国锈、森林绿为全国独有，黑白根、金香玉为亚洲最大石材企业——环球石材集团公司重点推荐产品，通山啡网占国产市场份额70%左右。产品除售往日本、韩国、新加坡、澳大利亚、俄罗斯、加拿大、美国等20余个国家外，国内绝大多数大中城市都使用通山石材，国家体育场鸟巢、国家游泳馆水立方、奥运村、中央电视塔、北京西站等著名建筑均采用通山石材。

1964年，杨林公社组织劳力修建公路时，发现优质大理石资源。1975年，由县财政拨款、公社供地，全县第一家大理石厂在杨林创办。1982年，县委书记刘绍熙亲自点将，由教师王次云出任杨林大理石厂厂长。1983年，县国营大理石总厂在县城唐家地筹建。1985年，县建材局以杨林大理石厂资产及唐家地土地为股份，同中国铁道部第四勘察设计院合资扩建大理石总厂。总厂最大规模时，涵盖杨林大理石厂（一分厂），县城大理石厂区（二分厂、三分厂），及负责矿山开采的石材公司。1993年，总厂各车间，由员工租赁经营。1994年，县委、县政府出台《关于加快发展石材工业的决定》，提出"大唱石头戏，念好山水经"。1997年，实行体制改革，成立通山石材集团公司。2003年企业改制，总厂申请破产，大部分员工走向社会，不仅在县内办厂，而且奔赴各大中城市兴办石材企业和销售门店，成为通山石材走向全国乃至世界的中坚力量。

2003年，县委、县政府规划县石材工业园，洪港、燕厦、大畈等乡镇相应建设石材小区。其时，全县大小石材企业200余家，矿山开采点100余个。最盛时期，通山石材从业人员超过5万人，大小老板约1万人，实现行业总收入100亿元左右。

在石材开发历程中，通山境内重点企业有王少敏的天丰，舒建国的佳奇，丁礼忠的创进，阮家日的日兴，张兰清的中艺，朱育东的兴旺，谭崇斌的鑫伟，袁达剑的百石通，王少农的新蓝云，华长春的大自然等；陈兆喜的华南石材公司、李传富的城南石材厂获国家发明专利；华磊石材集团，拥有成员企业28家，成为华中地区最大的石材加工企业，进入全国私营企业500强。在外石材企业，有成义创办的闽晨、成建元创办的上海雅豪等过百家。

[1]四分邦，指四个分厂。

[2]通山首家外资企业，是石通石材有限公司，1994年由德国宝马汽车公司的马·肯尔勒博士投资100万马克创办。

[3]1995年，时任中共湖北省委书记关广富到通山考察，鼓励通山大力发展石材产业，搞个"地动山摇"。

〔4〕"四通一平"，指通水、通电、通路、通信及土地平整；"四统一优"，指统一征地、统一基础工程建设、统一办理证照手续、统一缓收税金，有关费用减免优惠。

〔5〕京杭，指北京、杭州，代指全国重点城市。

通山旅游强县赋

溱与洧，方涣涣兮；士与女，方秉蕑兮。[1]先秦男女，犹表怀于佳景；后世媛士，更寄情于山川。赏大好河山于足下，留无尽风雅于人间。太白巡地半禹甸，霞客登山过百千。[2]王勃过豫章而出名句，苏轼游赤壁则遗巨篇。[3]莽莽神州，自然多景致；煌煌华夏，历史涌文澜。旅助文兴，文赋旅之善；文推旅盛，旅借文以传。

至若通邑，人文辉煌。石器遗址棋布，青铜甬钟貌彰。新丰市兴自隋帝，羊山镇崛起后梁。茶史溯源北宋，古道肇始李唐。岳鹏举纵马幕阜，李自成长眠山乡。彭德怀播火南鄂，郭沫若慰军土塘。六都举旗，政权先荆楚；千湾浴血，红壤覆赣湘。五百座雕房，不乏国宝；千六年禅韵，多含沧桑。樵歌声声，惊城红网；山鼓阵阵，过海漂洋。特产炫乎金榜，山果泱乎园庄。而耿直廉臣，惩腐治贪堪第一；清正市长，忧国爱民世无双。[4]博学侍郎，著作名四库；忠义工部，官声赞两堂。[5]继有一门九进士，三里五将郎。士子勤而蟾宫折桂，人才勉而京都耀芒。

尔其形胜，无限奇雄。山清水秀，壑错谷重。九宫山，山峦峻拔嗟鬼斧；隐水洞，洞府卓异叹神工。浩渺富水湖，波光潋滟；幽邃三界谷，景致饶丰。杜鹃泼朱丹，万岭卷红浪；修竹缠云雾，千山腾苍龙。莽莽保护区，珍稀物种以聚营；斑斑古村落，往日时光再盈胸。桃花源里觅秦月，龙隐山上观天穹。实乃避暑之胜地，康养之仙宫。

然则立足资源，擦亮名片；规划山水，营建壶天。以山为根，景区三轴列列；以水为本，风光四时田田。以路为脉，车流款款畅村寨；以文为魂，游客熙熙悠岭巅。文旅融合，精布景点；眼光开阔，招引杰贤。由是城乡出异彩，山川焕新颜。展全域风华，开视觉盛宴；借千年民俗，奉文化大餐。成华中之打卡地，武汉之后花园。

嗟夫！贫穷之灭，大势所趋；文旅之兴，万众所盼。中国式现代化，发展当先；双百奋斗目标，民生至善。文旅呈大观，经济必浩瀚。而今大旅游格局，图绘已成；复兴梦愿景，花开正艳。待明朝，城乡富庶，经济腾飞，孰不感乎旅游强县也！

（依《词林正韵》，撰于2024年4月25日）

注释

　　通山旅游开发始于九宫山，起步于20世纪70年代末。1979年，县委、县政府设立九宫山管理处，全县旅游业开发进入起步阶段。1984年12月，时任中共中央总书记胡耀邦视察九宫山后，九宫山旅游开发引起中共湖北省委、省政府的重视，省政府及有关部门不断加大项目投入，主要景点相继建成。1997年，县委、县政府确立旅游兴县发展战略，把旅游业作为通山脱贫攻坚的支柱产业。2000年6月，省委、省政府召开九宫山旅游开发现场办公会，要求省直有关部门加大对九宫山旅游开发的扶持力度。2001年4月，通山被评为全省首批"湖北优秀旅游县区"。2003年4月，隐水洞进入实质性开发阶段。2005年，着力打造富水湖。此后，游山、玩水、探洞、观古民居、谒闯王陵的旅游格局基本形成。2020年，随着龙隐山风景区的开业迎宾，富水湖风景区开发的全面启动，三界谷溯溪康养旅游区总体规划通过评审，特别是创建国家全域旅游示范区通过国家验收，通山的旅游业进入一个全新阶段。

　　目前，通山拥有国家重点风景名胜区、国家级自然保护区、国家地质公园、国家AAAA级旅游景区九宫山，国家地质公园、国家AAAA级旅游景区隐水洞，国家湿地公园、国家水利风景区富水湖，国家AAAA级旅游景区龙隐山，国家重点文物保护单位李自成墓（闯王陵）、王明璠大夫第，省级森林公园大幕山、省级湿地公园望江岭，中国传统村落闯王镇宝石村、九宫山风景区中港村、大畈镇西泉村、大路乡吴田村畈上王、闯王镇高湖村朱家湾、通羊镇郑家坪村、南林桥镇石门村、黄沙铺镇西庄村、黄沙铺镇上坳村、厦铺镇厦铺村、大畈镇白泥村、洪港镇江源村，以及太平山、太阳山、大城山、凤池山等一大批自然景区、人文景点。

[1]《溱洧》出自《诗经·郑风》。

[2]太白,即李白;霞客,即徐霞客。

[3]名句,代指《滕王阁序》;巨篇,代指《念奴娇·赤壁怀古》《赤壁赋》。

[4]耿直廉臣,指北宋龙图阁直学士吴中复;清正市长,指国民党元老、南京市市长石瑛。

[5]博学侍郎,指明代礼部侍郎朱廷立;忠义工部,指明代工部侍郎徐纲。

铁御史吴中复赋

　　一代廉吏，千秋名臣。民众父母，社稷昆仑。兢职守而劾相，察民情以宿村。持皇权而无肆，历宦海以不沦。风节峻厉，秉性刚真。居庙堂则忧其庶，处江湖更效其君。为官卅一载，任职卅余身。德操同包拯，事迹入典坟。皇帝赐封，铁御史褒扬超古；勋功卓异，龙图阁荣显拔群。

　　惜乎吴公，幼时失怙；叹乎中复，年少敏聪。养于从父尤励志，学于从兄愈精躬。业勤北台山，学承家族之风尚；名播双迁里，性延严父之忠雍。景祐五年中进士，仕宦生涯唯大公。职任县州，恩惠于众；心忧社稷，情达于宫。擒巨盗，越数州，平妖祸，服万农。判别田地权属，县民迭辈以颂；请免特产赋税，百姓铭石以功。

　　况乎皇恩浩荡，行走京堂。心底无私，两弹贪渎权相；忠于职守，数陈猥琐跳梁。查要案不留半字疑问，监水道不沾半杯壶觞。洁身自好，奉公自彰。有胆有识，严纪严纲。清君侧而除奸佞，解国忧以献良方。知无不言，监察刚猛自古难得；秉事正色，处世清直盛德远扬。由是仁宗飞帛赐封其誉，天下慕名面睹其芳。[1]

　　继而署地方，担郡务。兴学重教，志载其贤；播德树仁，辽称其父。[2]改革输纳，无一民不欢欣；作主赈灾，无半心计荣辱。策议王安石，纠偏变法遭贬官；奏留永康军，强化防守固边武。恤民瘼，司马赞其大道不孤[3]；惩滑奸，苏洵誉其官场独树。升降不在意，任上屡开先河；毁誉无留心，胸中常念田亩。善哉！满腹皆忠烈，从无二心；浑身荡清风，不载一物。为官只为政，不愧砥柱股肱；顾民不顾身，堪称召父杜母[4]。

　　嗟乎！芸芸众生，各怀其志；赳赳官吏，尤秉其初。为官当学吴中复，执政应为吴龙图。常思民生之艰，常问民众之苦；多行爱民之策，多铺富民之途。名利不计较，清正不玷污。下不欺黎庶，上不负穹庐。好官也，邦国之柱；廉吏者，百姓之颅。夫吴中复，似巍巍高山，让人仰慕；

若熠熠星辰，引人并驱。

（依中华新韵，撰于 2024 年 5 月 23 日）

注释

吴中复（1011—1078），北宋名臣，字仲庶，北宋兴国军永兴县崇儒乡双迁里（今湖北省通山县洪港镇）人，以风节峻厉、持议刚方闻名于世，其事迹载于《宋史》《东都事略》《名臣碑传琬琰集》《续资治通鉴长编》《宋会要辑稿》等。

吴中复出生时，其父吴举71岁，6岁时父亲去世。后由堂叔吴鹗抚养，跟从堂兄吴几复在北台山读书。宋仁宗景祐五年（1038）中进士，为官41年，历任40余职。在地方，历一任县尉、四任知县、两任通判、八任知府（州），并兼四任经略安抚使、三任兵马钤辖、一任都转运使；在京都，历任监察御史里行、殿中侍御史里行、殿中侍御史知杂事、右司谏同知谏院、管勾国子监、判都水监、三司户部副使、北朝国信使等职。任监察御史里行时，弹劾两任宰相梁适、刘沆使其去职，遂成为朝中清流领袖。神宗熙宁元年（1068）四月，迁龙图阁直学士。熙宁十年（1078）十二月卒于岳州。去世后，赠太尉。

［1］吴中复言人所不敢言，言人所未能言，天下人皆欲一睹其风采，宋仁宗飞帛大书"铁御史""文儒"以赐，以示褒扬。

［2］瀛洲为宋、辽边界，辽人多沿边界河捕鱼，致争夺杀伤之事常有发生。吴中复知瀛洲时，下令指河北为界，以善言约束辽人，辽人感其仁德，以父称之。

［3］司马，指司马光。

［4］召父杜母，指西汉召信臣和东汉杜诗。他们都曾为南阳太守，且皆有善政，使人民得以休养生息、安居乐业，故南阳人为之语曰："前有召父，后有杜母。"见《汉书·循吏传·召信臣》《后汉书·杜诗传》。

大明侍郎朱廷立赋

一代能臣，名垂史榜；千秋乡贤，业著荆襄。位阶九卿，职履两部；政显瘠壤，忠耀京堂。卓卓兮，擎百世风范；巍巍然，树万众标航。

夫年少聪慧，氤氲书香；胸怀大志，心系黎苍。苦读两崖洞，卷不释手；游学潜山寺，文思激昂。[1] 而立之年中进士，极难之邑署正堂。师拜王阳明，询治政之道[2]；情注古越地，施爱民之方。新黉学，绅乡约，劝农桑；息讼诚，均里甲，停海塘；修公桥，建义冢，开社仓。四载寒暑，德沛衮野；千余日夜，富泽城乡。监察河南两淮，旧弊力革；巡按顺天四川，冤屈伸张。代天子守土，平定匪患；为朝堂正学，育举栋梁。执掌刑狱，庭中称平；恪尽政务，皇帝褒扬[3]。与名流交至友，砥砺能量；以贤能为楷模，秉维朝纲。出仕廿六年，起起落落不介怀；居官十八载，兢兢业业敢担当。百姓建生祠，功绩铭刻史册；众口呼青天，廉能传颂八荒。

推尊心学，铆力行践；撰述经史，著作宏章。政学合一，明德亲民；心性无二，忠孝直刚。构建炯然亭，光大阳明学说；刻印家礼册，传播伦理纲常。文结两崖集，独树明道风格；编著盐马志，阐述经世主张。立朝廷不忘丘壑，处江湖心忧庙堂。

情系桑梓，造福邑乡。创纂县志，开历史先河；重整学宫，启百年文昌。[4] 兴建书院，激励勤进后辈[5]；筑修路桥，方便往来旅商。九宫辟行窝，高扬名山大美[6]；六都留履迹，俯听民众衷肠[7]。"此中茅屋"，毕生积蓄泽公益[8]；"铜肝铁胆"，满腔赤诚献苍黄[9]。赞曰：

先贤朱公，大明柱梁；理学名臣，儒家巨匠。

功勤可嘉，高风堂皇；千古彪炳，万代景仰。

（依《词林正韵》，撰于 2018 年 7 月 18 日，

并收入《朱廷立纪略》一书）

注释

朱廷立（1492—1566），字子礼，号两崖，明代通山县人。明嘉靖二年（1523）中进士，任浙江诸暨知县，4年间使诸暨得到大治，离任时民众为其建生祠，后又入祀诸暨县名宦祠。嘉靖六年至十二年（1527—1533年），任河南道监察御史、两淮巡盐御史、北直隶（顺天府）巡按御史、四川巡按御史。嘉靖十四年（1535）七月，任浙江道监察御史，两月后任北直隶督学御史。嘉靖十六年（1537）正月，任南京太仆寺少卿（正四品）。嘉靖十八年（1539）八月，因母去世回乡守制，期满仍不复出，居通山7年余。嘉靖二十五年（1546）五月，任都察院右佥都御史，协管都察院事。嘉靖二十六年（1547）十二月，升任大理寺卿（正三品），进入"九卿"之列。嘉靖二十七年（1548）十月，升为工部右侍郎。嘉靖二十八年（1549）二月，改任礼部右侍郎，同年四月致仕。著有《两崖集》，收录诗文500余篇（首）。编纂《盐政志》《马政志》（已佚），其中《盐政志》收入《四库全书》。编刻《家礼节要》。有传载入《明史》《明一统志》。朱廷立是阳明学说湖北代表人物，也是当时具有一定影响的文学家，堪称鄂南一代大儒。

［1］两崖洞位于凤池山麓，洞外左右原有贺仙、会仙两崖，两崖洞由此得名。朱廷立年少时曾在洞内苦读诗书，后人为纪念他，便称之为侍郎洞。少年时，朱廷立被父亲送至咸宁县（今咸宁市咸安区）潜山寺读书习文。

［2］嘉靖二年至六年（1523—1527年），朱廷立任诸暨知县，正值王阳明在越中稽山书院及龙泉寺天中阁讲学，便执弟子礼前往受业。嘉靖二年（1523）冬，朱廷立向王阳明请教为政之道，王阳明为其作《书朱子礼卷》（又名《政学篇》）。

［3］朱廷立任两淮巡盐御史期间，大力整顿盐务，使税银年增170余万两，嘉靖皇帝称赞他"功勤可嘉"，并赏金币。

［4］朱廷立亲自纂修过《通山县志》，这应是通山有史以来的首次修志，但由于当时没有刊行，导致原稿遗失。现存县志最早为清康熙四年（1665）编纂的《通山县志》。朱廷立回乡期间，带头捐资修复圣庙，扩

建学官。

[5] 朱廷立在凤池山两崖之间兴建书院（即两崖书院），为后生讲学，宣扬王阳明理学思想。

[6] 嘉靖二十四年（1545）前后，朱廷立在九宫山建两崖行窝。行窝位于喷雪崖外右行1000余米处。《九宫山志》记载，有石崖如小室，可坐一人，前置小案，内产石笋，堪称笔格。

[7] 六都，代指通山县，古时通山县域分设一、二、三、四、五、六都。

[8] 朱廷立一生清廉，归乡住陋室、穿微服，却在家乡公益事业上舍得付出，"阅尽五侯七贵，楼台多少繁华。何似此中茅屋……"，这是时人对他的赞叹。

[9] 摩崖石刻"铜肝铁胆"，位于通羊镇管家下首、石牛潭北岸水浒崖上。石刻为正楷阴刻，前题"嘉靖癸卯冬吉"，落款为"两崖朱廷立书"。四字石刻是朱廷立一生正直担当的生动写照。苍黄，代指天地。

附：明嘉议大夫侍郎朱廷立传

朱廷立（1492—1566），字子礼，自号两崖，明代通山县湄溪（今南林桥镇湄溪村）人，历任知县、御史、督学、太仆寺少卿、都察院右佥都御史、大理寺卿、工部右侍郎、礼部右侍郎兼兵部侍郎，诰授嘉议大夫，从二品。

弘治五年（1492）八月二十四日辰时，朱廷立生于通山县城南市（今通羊镇凤池社区）。先祖徽州婺源人，北宋末迁居兴国慈口（今属通山县），后迁通山湄溪。高祖朱志先，洪武二十一年（1388）御赐进士，任山东布政使，后任云南临安府知府、福建按察使；其父朱伯骥，成化十九年（1483）考中举人，任广州府推官。

朱廷立受父辈熏陶，自幼聪颖，举止稳重，十六岁成为县学生员，师从蒲圻（今赤壁市）进士仵瑜专攻《周礼》。正德十四年（1519），二十七岁中举，文章被主考官盛赞"根极理要"，并以"国士"誉之。

嘉靖二年（1523），朱廷立中进士，同年六月任浙江诸暨知县，从此步入仕途。到任后，拜王阳明为师，询问为学为政之道。诸暨四年，朱廷立躬行德政，修学校，劝农桑，置狱鼓，立诚石；设义仓、义桥、义冢；均征调之役，规婚丧之礼；修筑圩埂，防水漫灌，开诸暨治理湖田之先河。使难治之县得以大治，百姓称其为"慈母"，并刻石纪政、修建生祠。

嘉靖六年（1527）十一月，离开诸暨到北京。次年三月，因治行"浙东八府考课第一"，升任都察院试御史，九月实授河南道监察御史。朱廷立尽职敢言，"城朔方、足兵食"等建议，被都察院采纳推广。

嘉靖八年（1529）九月，任两淮巡盐御史。朱廷立雷厉风行，作《商诚》九条晓谕盐商，作《御史诫》九条以自律，"杜私托、抑奢僭"，使盐政得以"大通"，年增税银一百七十余万两。嘉靖皇帝褒其"功勤可嘉"，赐以金币。任上，博考古今盐制，阐述盐政得失，撰成《盐政志》，成为后人研究盐政的首部史料。

嘉靖十年（1531），任北直隶巡按御史。朱廷立秉公办事、直言正谏，上书弹劾权臣为官不廉；不顾僚属劝阻，上陈民情六事，"切中时病，京师相戒敛手避朱御史"。时值饥荒，他赈济有策，使多数民众得以存活。一年间，皇帝两赐金帛褒奖。

嘉靖十一年（1532），奉命巡按四川。四川连年为皇家采木，民众不堪其苦。上任伊始，朱廷立直言上书，请求停止采木之役，获皇帝批准。次年五月，川北五寨土番动乱，切断松潘贡道。朱廷立建言征剿之策，并与副总兵何卿分兵合击，一举荡平番贼。六月，四川巡抚宋沧因疾乞休未报，擅离职守途中病亡，湖广巡抚汪珊不行参奏却为沧请葬，朱廷立遭弹劾"失于纠察"而"冠带闲住"。九月，回到通山。

嘉靖十三年（1534），朱廷立据王阳明"炯然见其良知"，在县城两崖洞前建"炯然亭"，与通山及周边文人讲学论道，弘扬王阳明心学。

嘉靖十四年（1535），新任四川巡抚潘鉴据实上奏朱廷立荡平番贼功绩，六月朱廷立获旨起用，七月任浙江道监察御史。九月，以监察御史提调北直隶学校，负责顺天府教育事业。朱廷立感于北直隶士风浮靡，决定先行"风教",评价士子时崇雅黜浮、先德后艺,由此发现培养户部尚书刘体乾、反严嵩谏臣杨继盛等一批杰出门生,被尊称为"朱夫子"。

嘉靖十六年(1537)正月,升任南京太仆寺少卿,监管南京周边军马政务。朱廷立"勤于牧养,马以蕃息",精研马政,并撰《马政志》(已佚)。次年七月,以母吴太夫人年事已高,上书乞归,后在城北七里外荒谷建"懒谷书院"。嘉靖十八年(1539)八月母逝。嘉靖二十一年(1542),朱廷立"见学宫甚废,捐数十金",并领头督修,使通山儒学学宫"一改而新之"。嘉靖二十三年(1544),在九宫山建"两崖行窝"。守制期满,不听复出之劝,与新朋旧友赋诗论道于炯然亭、懒谷书院和两崖行窝。

嘉靖二十五年(1546)五月,因重臣唐龙、徐阶推荐,朱廷立任都察院右佥都御史,协管院事。

嘉靖二十六年(1547)十二月,升任大理寺卿,步入"九卿"之列,执掌平决狱讼和审理刑狱案件。朱廷立公正严明,"多所钦恤,庭中称平"。因应皇帝之诏,陈"慎刑名、清吏习、正士风"三事,遭严嵩等朝臣忌恨。

嘉靖二十七年(1548)十月,升任工部右侍郎。

嘉靖二十八年(1549)二月,经礼部尚书徐阶等荐举,改任礼部右侍郎兼兵部侍郎,晋授嘉议大夫。四月,刑科言官受人唆使,劾奏朱廷立"钻刺干进"。因莫须有之罪,朱廷立被"革职闲住",五月离京归乡。致仕期间,热衷公益,主持编修《通山县志》(已佚),筹建李渡石桥,致力讲论阳明心学。

嘉靖三十六年(1557),朱廷立删定平生文稿为诗八卷、文八卷,名为《两崖集》刊行于世。两年后,时任内阁大学士徐阶作《两崖集序》。

嘉靖四十五年(1566)六月十五日戌时,朱廷立病逝于故里,享年七十五岁,葬于通山县大畈界首朱家山。

隆庆元年(1567)十二月,朱廷立因大理寺卿任上首辅夏言一案,遭言官弹劾而被"追夺原职"。

万历二十九年(1601)三月,皇帝下诏,"原任礼部右侍郎朱廷立复原职致仕"。去世三十五年后，朱廷立终得平反。

朱廷立是荆楚名儒名宦、通山著名乡贤，也是嘉靖年间阳明心学的代表人物，一生追求圣贤之学，践行知行合一。为官二十六年，居官十五年，始终谨守"忠、爱""清、慎、勤"，以"明德亲民""致良知"为执政理念，不以擢升而喜，不以赋闲而悲，毕生精诚为朝、施仁于民，政绩卓著。其诗文在湖北占有一席之地，先后编撰《家礼节要》《盐政志》《马政志》《两崖集》等著述，其中《盐政志》《两崖集》收入《四库全书》。

（此传于 2021 年 12 月以通山县人民政府名义立碑，撰稿：廖双河）

干吏王明璠赋

世以修身为上德，官以恤民为至务。有干吏王明璠者，晚清通山吴田人也。正身而直德，敦民而善布。数地县尊，一任知府。江西干员，朝廷梁柱。为民致万堂欢愉，忧国引百官仰慕。是以今人缮其居以追怀，瞻其像以尘步。

公少历贫苦，饱受辛劳。知庶民之艰楚，悟人生之奋钊。且耕且读，允文允韬。聪慧纯良，得四邻之誉；勤进方正，负八斗之高。襟怀落落，步东山而思星汉；文采斐斐，临舜水而诵离骚。入县学则声隆邑地，中举子而名励尔曹。乃授江右，着蟒袍。[1] 为己立德兮赤诚昊，为民立命兮气概豪。

至若车马辚辚，舟楫振振；翻山越岭，入寨走村。经乐安、上饶、南康，为诸邑之令宰；历丰城、瑞昌、萍乡，树一地之昆仑。其之为官，倾事以诚，兢政以奋；其之为人，秉公无媚，明义抱真。初任逢世乱，兵匪扰纷纷。殚精除强暴，惩恶绅，招流亡，奖垦耘。两年大治，一县狂欣。民众乐业，上官奏闻。继而易县赴命，再显手身。时值广筑碉堡以保境，众募兵勇以靖门。敛费日盛，民怨云云。御敌无策，击匪无魂。公疾书巡抚言其弊，力请裁撤强防巡。藏兵于民，训练丁壮；遍设岗哨，聚而成军。由是匪不犯境而遁去，民赖全活而颂恩。

尔其以民为本，胸纳乾坤。所至则革陋政，轻赋银，平讼狱，化怨存。劝以善，导以勤。屡捐俸资，倡修书院；数督水患，牢筑堤墩。惩恶、重农、兴学，满腔热忱万民记念；安贫、清匪、保境，三大政策全省遵循。以致积案悉无，牢房空蹲。四乞老幼，尽数回屯。一心慰民愿，两袖不染尘。慈丧丁忧回故里，返乡盘缠无分文。众怜资路费，贫哭泪沾巾。善哉！官誉其"才智吏"，民呼其"王青君"[2]。生祠百余处，春秋香熏熏。

且夫庚子国变，老骥悲鸣。心忧帝事，身向朝廷。痛时局日坏，恨列强霸凌。中夜疾书，独自拟救时刍议；昼宵驰马，决意赴西安请缨。沐雨顶日，餐露披萤。然两宫回銮不得上，千里呈奏老臣贞。呜呼！反议和，逆圣触君必凶险；忘生死，强谏救国仍孤行。

噫嘻哉！馨德配玙璠，隽才胜瑰玮。爱国爱民，唯公唯义，可耀河山、烛天地。闻夫疾风知劲草，板荡识忠臣。公之德足堪服众，才足能治世，廉足以灿史，明足可照人。百姓命堤纪其绩，耆老立碑铭其仁。真可谓禹甸出高华，德操隆青简；通邑多国士，先贤启后昆。

（依《词林正韵》，撰于 2024 年 6 月 8 日）

注释

［1］江右，即江西；蟒袍，明清时期官员的礼服，着蟒袍指步入仕途。

［2］王青君，代指"王青天"。

附：王明璠小传

王明璠（1829—1906），字焕若，号璞夫，清代通山县兴善里吴田（今大路乡吴田村畈上王）人，历任知县、知府，诰授朝议大夫，从四品。

道光九年（1829）二月二十九日，王明璠生于贫苦家庭。后其父王从异经商发达，王家渐富甲一方。王明璠幼年聪慧，勤进方正，19岁补博士弟子员，22岁考取廪生，29岁乡试中举，分发江西试用知县，开启江西为官一生的宦海生涯。

咸丰十年（1860），初任乐安知县。因太平天国战乱，民众逃难，田地荒芜，豪绅、团练鱼肉百姓。王明璠首除强暴、惩治奸恶，随即招回流亡民众，清丈田地山林，确权促耕，使民众安居乐业。两年后，县内"大丰收"，捐军费银9万余两。

同治元年（1862），任上饶知县。时太平军占领浙江，上饶"寇氛逼近"。前任县令广筑碉堡、广募兵勇,"敛费供给,岁近千余万"。王明璠深知其弊,竭力向巡抚沈葆桢请示裁撤,变阵地防御为藏兵于民,训练丁壮,遍设哨岗,"饶民赖以全活者不可胜数",太平军"未犯境而遁去"。

同治三年（1864）,任南康知县。时因充公田产,案积百十起,告状无虚日。王明璠坐堂审查,不杖一人,数月间积案全无,牢房一空。同时设伏擒匪,就地正法,使"一境帖然"。在任半年,六月母丧丁忧回乡。返乡时身无分文,当地民众"以资其行"。

同治六年（1867）,任丰城知县。王明璠捐出养廉银,倡修凤山书院,大力发展教育事业。次年,任瑞昌知县。瑞昌因外江内湖,水患多发,民众四处乞讨,王明璠筹银千余两维修25里长堤,百姓纪其功绩,称作"王公堤"。

同治九年（1870）,任萍乡知县。王明璠施行"团练以保境、保甲以清匪、积谷以安贫"的"三安"政策,兴建"福惠仓"平抑谷价、赈济灾民,巡抚刘坤一饬令江西"全省效之"。当地百姓呼王明璠为"王青天",并建"王公生祠"百余处,春秋两祀。

同治中期,王明璠先后钦加同知衔,诰授奉政大夫,晋授朝议大夫。

同治十二年（1873）任期届满,因父病重,王明璠告归养亲。次年四月父逝,在籍丁忧,居家10年。

光绪十年（1884）,因中法战争,朝廷广求人才,军机处据同治年间江西巡抚刘坤一疏荐王明璠"才行并茂"存记,诏令以知府进京陛见。到京时战事平定,吏部仍发王明璠原省补用。次年到江西,历办南昌七门城外保甲及义宁茶税、牙厘各差。后"痛时事日坏,国家用人亦不能尽其才",便于光绪十三年（1887）以"省墓"为由辞官归家。

光绪二十六年（1900）八月,八国联军侵占北京,慈禧太后、光绪皇帝外逃西安,史称"庚子国变"。王明璠心忧帝事,日夜不安,次年闻听与列强议和,"中夜悲愤,拟《救时刍议》一册",孤意亲赴西安面圣。赶到时,"适两宫回銮,不得上"。虽无功而返,但王明璠跋涉数千里,拳拳救国救民之心令人钦佩。

光绪三十二年（1906）十月十五日，王明璠病逝，终年78岁。

王明璠爱国爱民忠君，为官27年，在任14年，自诩"清、慎、勤、明、决"，有"王辣椒"之称，被江西巡抚赞为"江西干员""才智吏"。

（立碑于全国重点文物保护单位王明璠府第，撰文：廖双河）

民国第一清官石瑛赋

国共盛赞，杰贤独彰。同盟元老，邦国柱梁。处乱世而襟怀卓秀，出污浊却品性自芳。勇于担责不畏权贵，勤于政事不谋私藏。追求三民，为孙文之臂膀；毕生粗布，树天下之标航。廉洁奉公，民国清官誉第一；独行特立，湖北三杰堪首强[1]。

夫其生于耕读之族，长于雍穆之堂。始龀之龄目文成诵，未及弱冠处事有方。求学之路辗转曲折，上进之心从不彷徨。博览群书以明世，精研经典砺担当。中秀才文冠南鄂，过乡试名高武昌。因念国势日削而弃仕，胸怀振业崇武而赴洋。受张之洞选派学铁道，追孙逸仙革命任理襄。心系国家，刺取海校资料出法境；身融伦敦，荣膺超等文凭新史章。创立革命同盟，负责筹款联络；宣传三民主义，尽心理事担纲。深得总理之倚重，常获同志之誉扬。

继而襄助建国，劳苦功高。职履大总统之机要，权行禁烟所之首庬，事揽同盟会之总部，责掌湖北区之尔曹。当选众议员，严斗袁世凯窃国；给养永丰舰，力挺孙中山理朝。出任中央执委，抱负高张期施展；拒聘教育总长，政治昏暗心虑焦。由是赴广州、走上海，志在兵工强武；掌省厅、兴工业，意在建设泽胞。为湖北现代经济之奠基者，系浙江铁路工程之先行镳。

尔其为官清正，操劳亲躬。常素衣步行于市街，僚耻乡汉；多简从访贫于陋巷，民颂恩公。严管家随，权不私用；重处贪吏，利不私佣。尊教兴学，树武大之圭臬；鼎新革故，开京畿之廉风。三辞市长心忧国，三任省厅情顾农。私访扮菜夫，狠肃弊政；公然责贪腐，大敲警钟。节用爱民，诸事行重；反对亲日，万人巷空。敢顶林森罢提案，怒打祥熙灭威凶。秉性刚阿，痛斥汪精卫；慈心宽厚，深眷老弱穷。务实清廉，百姓齐赞"布衣海瑞"；忠贞纯粹，时人皆夸"正义高峰"。

至若赤心救国，沥胆披肝。提案联名，重建国共战线；精诚共事，高扬总理宣言。缘结武汉八路办，实助中共训练班。与董必武协同，应城办起"小抗大"；为共产党育才，汤池映红"半边天"。泱泱六百人，尽是抗日骨干；莽莽鄂豫皖，皆有革命中坚。虽身体顽疾而隐退，兆铭叛国却驱前。抖擞多病之躯，竭保商贸；厉行节省之策，关切黎元。保进步人士，护共产党员。查营私舞弊，劾渎职腐贪。杜鹃啼血，誓抗日倭倚中共；老骥伏枥，纠挽省府撑坤乾。然上苍不佑，忠魂难延。长记抗战心念念，力呼救国泪潸潸。

呜呼！一代国柱，两袖楷模。上品要职，三等匹夫。[2]爱国满腔忠烈，亲民一身赤朱。国共同追忆，官民齐赞书。国葬予褒奖，史载留芳殊。真乃"铁面无私继包拯，高洁如君德不孤"[3]。

（依《词林正韵》，撰于2024年5月30日）

注释

石瑛（1878—1943），字蘅青，民国时期著名爱国者，同盟会元老，国民党创始人之一，今通山县燕厦新庄坪人。1903年，参加武昌府乡试中举。1904年，受张之洞选派赴欧洲留学，入比利时皇家科学院学铁道。1905年，助孙中山号召留学生加入革命组织（同盟会），"负责经理及筹款"，并转入法国海军学校学习。1907年，因刺取海校绝密资料，被人告密而受到法方驱逐出境，转而进入英国伦敦大学学习。1909年，陪同孙中山在伦敦筹款、宣传革命，并与孙中山同居一室3个月。1910年，获全英高校统考"超等文凭"，为伦敦大学获此殊荣第一人。1911年，应孙中山之邀，东归襄助建国。1912年，在南京参加中华民国临时大总统孙中山就职大典，任大总统军事秘书、全国禁烟公所总理，并兼全国同盟会总部干事、湖北同盟会支部长。1913年，当选国会众议员，对袁世凯操纵国会进行坚决斗争。1915年，返回伯明翰大学学习，任国民党伦敦支部长。1922年，孙中山被困于永丰舰，石瑛与居正、李子宽等为永丰舰送给养，持续50余天。1924年，赴广州参加国民党第一届全国代表大会，当选中央委员，并任武昌师大校长。1925年，孙中山逝世，石瑛为孙中山灵柩24位抬棺者之一。1926年，拒绝北京政府聘任教育总长之职，赴广州石井兵工厂任工程师。1927年，任上海兵工厂厂长。1928年，任湖北省建设厅厅长，为湖北现代经济建设第一位奠基人。1929年，任武汉大学工学院院长。1930年，任浙江省建设厅厅长。1932年，任南京市市长。1937年，在国民党中央三中全会上与宋庆龄等14人联合提案：恢复总理三大政策，国共合作、团结抗日；并再任湖北建设厅厅长，与董必武合作，举办汤池农村合作事业指导员训练班，为抗日培训大批干部。1938年，筹划、指挥湖北省政府西迁恩施，为武汉大学西迁四川尽力。1939年，就任湖北省临时参议会议长，曾保护多名共产党员、进步青年和民主人士。1941年，任第二届湖北省临时参议会议长。1943年，病逝于重庆歌乐山中央医院，临终时力呼"救国"三声，国民政府明令予以褒扬。1947年，国民政府为石瑛举行国葬。

石瑛一生清廉、毕生布衣，被同时代人誉为"民国第一清官""布衣市长""不亚于谦、不让海瑞""现代包拯""湖北的圣人""正义的化身"和"现代古人"。

［1］湖北三杰，指民国时期3位湖北籍高级官员：严立三、张难先、石瑛，因他们为人清高、超世不群、不畏权贵，被时人称为"湖北三怪杰"。

［2］石瑛一生屡任要职，但清廉自守，平时乘火车坐三等车，乘轮船坐统舱，虽为中央执委、南京市市长，仍不改变"三等车主义"。

［3］石瑛逝世时，国民党元老、老报人冯自由挽诗："世风日下竞贪污，高洁如君德不孤。铁面无私继包拯，园陵界址不含糊。"

革命烈士叶金波赋

灵秀富川，哺育坚贞儿女；峥嵘幕阜，锤磨血性英雄。叶公金波，乃吴楚之崇岳，鄂赣之碑峰。心许马列浑身果勇，志拯工农满腹精忠。革命前卒，暴动先锋，红军良将，边区股肱。血洒河山，勋绩垂史册；身融大地，英名耀苍穹。

闻夫生于儒门，长于商户；文武兼备，德才双殊。[1]远商贸之传继，师新学以求图。修文、修理、修身，塑博学之气度；平等、自由、权利，开睿智之慧颜。操守持律，心性前趋。正气散发于天地，才略突显于巷间。由是奉马列，凝匹夫，建民队，行令符。深入农村，发动群众；捍卫同志，歼击痞徒。无畏叛变之危，以身犯境；何顾捕杀之险，率部以驱。

尔其全心革命，愈加奋前。组建农军，领导秋收暴动；攻占县府，成立工农政权。芸芸十万众，赳赳卅三天。[2]践中央之指示，行南国之发端。虽遭镇压而失败，却仍无悔而弥坚。化整为零，游击作战；临危受命，重建县班。奇袭"清乡团"，士气大振；支援"红五纵"，民众至虔。[3]主政苏维埃，通邑全境均亮赤；出席上海会，区域代表皆嘉言。[4]彭大将军进城，四时惦念；红三军团驻县，昼夜不眠。[5]不愧工农之梁柱，堪称红军之靠山。

至若领兵作战，屡建奇功。数组红三师，任政委之要；创建十七军，列将领之崇。布阵一役，殄顽千凶。用奇用正，设守设攻。制胜于幕阜内外，运筹于帷幄之中。四反"围剿"敌胆丧，一周"四捷"战果丰。挫反动派之炽焰，清湘鄂赣之烟烽。瑞金授旗，得中华苏维埃褒扬之誉；蒋某手谕，入国民党行营悬赏之隆[6]。

然瞬息万变，骤起枪烟。敌军重重围困，红军步步维艰。殊死搏杀，败不作亡命；向生奔突，撤在乎保全。奉令出击，反"围剿"以失利；率部作战，诬"改组"而难言。丹心一颗埋厚土，赤身两袖逝英年。

呜呼！岁月煌煌，乾坤朗朗。将军功德，无愧吾党。革命九载，富水两岸赤旗泱；领兵三年，幕阜山下风云荡。叶茂山清，日环月往。登高览胜，九宫峻极而南联；作赋吟诗，大幕秀雅而北望。夙昔浴血之山乡，今朝勃兴之沃壤。大国之鸿远方兴，人民之福祉乐享。予则悠悠兮遐思，穆穆兮崇仰。

（依中华新韵，撰于 2024 年 6 月 1 日）

注释

叶金波（1906—1934），字先雄，今通山县通羊镇人，生于南门桥旁叶家大屋，过继石宕叶叶家为嗣。1924年，入私立镇南中学读书。1925年加入中国共产党。1926年，牵头在泉港等地建立党小组，组建人民武装，任县农民自卫队总部司令。1927年"八七"会议后，担任通山县农军总司令，直接领导通山秋收暴动，并于8月31日建立全国第一个县级红色政权——通山县工农政府委员会，任副委员长兼军事部长。鄂南秋收暴动失败后，带领农军退入深山，开辟赤区。1931年1月，中国工农红军独立第三师成立，任政治委员，率领红三师转战湘鄂赣3省18县，创造"一周四捷"战绩，荣获中华苏维埃第一次代表大会颁发的"坚强苦战"锦旗。1933年8月1日，中国工农红军第十七军成立，任副政委兼参谋长。1934年1月下旬，率领红三师在木石港胜利后回师黄沙，途中遭敌军重兵包围伏击，红三师伤亡惨重。后被诬陷为国民党"改组派"，于2月5日在厦铺冷水坪遭错杀，时年28岁。1984年，被湖北省人民政府追认为革命烈士。2001年6月，中共湖北省委党史研究室在《湖北日报》发表文章《没有走上授衔台的将军》，以纪念叶金波等一批革命先烈。2004年4月，中共咸宁市委党史研究室、中共通山县委党史办公室在《咸宁日报》发表文章《叶金波——没有走上授衔台的将军》，以纪念叶金波牺牲70周年。

[1]叶金波生父叶章甫是一位饱学之士，在镇上开馆授学；养父叶仲甫颇有田产，在镇上开店铺做生意。

[2]1927年8月，通山县工农政府委员会成立后，领导全县10余万工

农，在县城坚守长达43天。

［3］红五纵，指李灿、何长工领导的红五军第五纵队。

［4］1929年10月，通山县工农苏维埃政府成立，叶金波任苏维埃主席。由于工作出色，1930年5月，叶金波到上海参加全国苏维埃区域代表大会。

［5］1930年6月23日，彭德怀率中国工农红军第三军团进驻通山县城，军团司令部设在圣庙，叶金波不仅多次上前汇报工作，还全面做好各项协调服务工作。

［6］1933年8月，蒋介石在南昌行营颁发《剿匪区内文武官佐士兵惩奖条例》，将红十七军领导人叶金波与陈毅、徐向前等人并列，悬赏缉拿。规定凡能生擒者，各赏大洋5万元，献首级者，各赏大洋3万元。

革命烈士阚禹平赋

　　富川汤汤，幕阜莽莽；英杰浩浩，忠魂煌煌。阚公禹平，荆楚先烈；血沃桑梓，身献黎苍。八年忘死奋战，十岗舍生担当。[1] 任指挥，枪林弹雨何所惧；办后勤，殚精竭虑沥肝肠。峨峨兮，革命气概壮山岳；赫赫兮，伟绩丰功耀史章。

　　夫阚禹平者，大畈西泉杉窝人也。年少聪慧，心志昂扬。熟读四书五经于村馆，苦钻数理英化于省庠。课业勤进，名标学堂。秉性执着，誉满邑邦。办私塾，授徒启民智；辅贤俊，兴校师西洋。[2] 强国为毕生所愿，安民为毕生所彰。丹心一片，赤诚满腔。然神州飘摇，风雨肆虐；上卜鱼肉，百姓凄惶。于是崇马列，播星火，夜以继日，热血偾张。虽被通缉，斗志更旺，使命如磐，蹈火赴汤。闯敌营，建县委，闹暴动，振党纲。唤起民众千村，旌旗浩荡；纵横赤区万岗，步履铿锵。灭民团，反围剿，危急关头大智大勇；掘坑道，攻城堡，枪炮阵前烈火真钢。

　　至若理财务，保军需，奉公克己，餐雪宿霜。深入白区，筹措给养；打破封锁，盈余钱粮。半月潜行，百里转运修械所；一周赶制，千兵喜穿棉军装[3]。拥红扩红，放哨站岗；运输慰问，治病疗伤。老幼支前，热情高亢；干群奋勇，力量汪洋。红三师、五纵队，远征近袭多胜仗；兵工厂、被服厂，提能扩产大后方。红军战功卓，后勤是保障；七尺好总管，胜过万杆枪。

　　日夜操劳，家小难顾；妻儿离散，父母流亡。手控重金，难赎发妻于陋巷；权掌劲旅，难救慈父于刑场。儿女颠沛，或送人，或寄养，死里求生，备受凄凉。公器不私用，公权不私忙；公心谋大业，公德耀荆襄。

　　呜呼！苍天可鉴，尽忠为党；大公无愧，诬告成殇。身负罪名，密害悲壮；革命受损，同志阋墙。所幸日月终昭昭，乾坤复朗朗，功勋同山川不朽，英名熠万世之光。

　　壮哉阚公，工农骁将；伟哉禹平，红军脊梁。赞以赋辞，歌以敬仰；

砺以初心，兴以吾邦。

（依《词林正韵》，撰于 2020 年 6 月 30 日，并载入《阚禹平传》）

注释

阚禹平，1895年2月生于通山县西坑潭（今大畈镇西泉村杉窝）。少时读蒙馆、经馆。1915年到武昌求学，1917年初中肄业回乡办私塾。1925年6月在镇南中学加入中国共产党。1927年，他同叶金波等人组织农民自卫队开展游击活动，6月被选为中共通山县委执行委员。同年8月，参与组织通山秋收暴动，建立通山县工农政府委员会，任财政委员。1928年参与重建中共通山县委，当选为县委常委、组织部部长。1931年元月调任中国工农红军第三师军需科长。1932年10月，他随部队去江西，途经横路时遇敌重兵伏击，部队伤亡惨重；11月，鄂东南政治保卫局以"改组派"罪名将其杀害于阳新县木石港。1984年平反昭雪，被人民政府追认为革命烈士。

[1] 阚禹平参加革命8年，先后出任和兼任过县农民协会保管委员会主任，县委执行委员，中共西坑区委书记，县农民革命军第一大队大队长，县农民革命军财务主任，县工农政府财政委员，县农委会经济委员会主任，县委常委、组织部部长，县委财经委员会主任，红三师后勤部军需科长。

[2] 1923年，应同乡好友李兆庚之请，参与筹办全县第一所初级中学——镇南中学，并负责总务处工作。

[3] 1929年10月，红五军第五纵队挺进鄂东南，在中共通山县委的领导下，阚禹平具体组织大畈、黄沙两地裁缝和青壮年妇女办起红军服务站，一周内为红五纵队指战员赶制千余套棉衣。

通山王姓赋

  富川汤汤，幕阜莽莽；吴头楚尾，厚土沃疆。四百氏族，泱泱一邑；三万王姓，赫赫独煌。三横一竖兮，顶天立地；一竖三横兮，为柱作梁。宗脉久远兮，枝茂九镇；英才辈出兮，名扬八荒。

  姓源姬晋，祖溯炎黄。王元避乱山东，琅琊为郡望；瓘文定居江西，锹溪当故乡。五世春秋繁衍，人丁簇拥江右；十余府县扎根，村落遍布荆襄。朋权津后裔，多地徙居会聚邑县；宋元明诸朝，八路安营光大宗堂。北宋乾德三年，首家落户甘港宕；大明嘉靖中叶，末支定居集潭庄。悠悠千载，煌煌万阳。改水造田，依山筑房。心有乾坤，瓜瓞繁盛；胸怀天下，根系硕长。从政求学，后辈建功平原大漠；经商科研，族人立业内陆外洋。村庄六十一，彪炳大族气象；祠堂七十六，穿越岁月沧桑。八门宗祠建筑精湛，四名堂号典故昭彰。[1]茅田王田，气势雄伟；港畔犀港，画栋雕梁；楂林集潭，美轮美奂；寨头留驾，古色古香。瓘文高悬缅祖德，敦睦灿然和邻巷；孝友至恭入典史，三槐明志励儿郎。

  源流绵远，文化宏昌。村湾枕青峦，房舍环碧水；宗谱破千卷，门楼题万方。山歌氤氲才智，诗联砥砺情商。致富办公益，崇教兴学庠。有乐大家享，逢难众人帮。族规家训，忠孝仁厚；民风村貌，纯朴慨慷。至若文物，岁月流芳。四朝敕封，君恩浩荡；乾隆书匾，御笔堂皇。[2]牌楼门坊，彰显节义高风；文宗名宿，挥毫谱牒碑廊。万方芋园，堪称楚天第一大夫第；百顷江源，荣登全国传统名村廊。[3]

  言及贤杰，世代龙骧。人才济济，勋绩洋洋。知县进士大夫列梯队，千户指挥将军排成行。大夫王兴谅，圣谕政声卓著；知县王则大，明祖面诏褒扬。[4]原衡鸿大，为民高举义旗；茅田七将，忠国效力疆场。[5]能吏王明璠，署理六县留名望；武举王德尚，情倾百姓载州志；岁贡王迪吉，兴教一方育栋梁。[6]党政军官员，堂堂百计情志亢；教科文尖兵，浩浩千员锐气昂。开国上将建奇功，二炮大校树标航。[7]人民公仆位列武

278

汉，敬业楷模名耀京堂。潜心学术成权威，情润教坛当师匠；发明创造惠亿众，文才横溢达三江。高新技术催热互联网，管理讲座火爆大学坊。

更有民间志士，工商精英，砥砺奋进，奉献担当。古有义士获皇赏，今多乡贤振家邦。[8]三代义诊捣石碗，一家垦荒建林场。[9]立足通山，四辈接力"石材闯将"；着眼世界，廿人领衔"商贸大王"。[10]嘻嘻！看前贤奋发兮才高德厚，欣后昆蔚起兮龙舞凤翔。

时光飞驰，岁月流淌。雄雄一门，熠熠四向。筚路蓝缕，寄壮志于高天；胝足胼手，绘宏图于袤壤。小康社会之福祉，倾我王姓之衷肠；中华复兴之伟业，献我王姓之力量。自强不息，青史名扬；继往开来，万古懋旺！

（依《词林正韵》，撰于 2018 年 7 月 22 日，修改于 2024 年 5 月 13 日，
并录入《通山王姓》一书）

注释

通山境内460余个姓氏，其中王姓3.3万余人，人口位列全县第三。通山王姓为姬姓太子晋之后，源于琅琊王氏，以琅琊为郡望。唐代，姬晋45世孙金紫光禄大夫王璀文，定居江西锹溪庄，即今江西省德安县爱民乡土塘村3组。过五代，繁衍出20余"君"字辈后裔，分布在今武汉、黄石、鄂州、黄州、阳新、大冶、通山、浠水、蕲春、武穴、英山、黄梅等地。通山王姓基本是王璀文的裔孙君朋、君权、君津之后，于宋至明代从江西迁出，几经徙居后分八支迁入通山，主要分布在洪港、燕厦、大路、厦铺、南林桥、通羊、大畈、慈口、黄沙铺、九宫山、闯王11个乡镇，共计61个村落，建有宗祠祖祠76座。

［1］通山王姓因分八支迁入，相应建有茅田、港畔、犀港、王田、留驾、楂林土塘、寨头、集潭八大宗祠，均源出"璀文堂"，同时使用"敦睦堂""孝友堂""三槐堂"。

［2］历史上，通山王姓族人先后受唐玄宗、明宪宗和清乾隆、道光、

同治、光绪等皇帝的敕封，另有民国临时大总统孙中山题"节励松筠"匾牌。大畈留驾庄有御笔石匾1块，传为清乾隆皇帝留宿留驾时亲笔题写。

[3] 芋园，即王明璠府第，位于大路乡吴田村畈上王，国家重点文物保护单位，建于清咸丰、同治年间，占地1万余平方米，有"楚天第一大夫第"之誉。江源位于洪港镇江源村，村庄形成于明代，为中国传统村落。

[4] 王兴谅，明代人，今大路乡寺下村人，曾任四川丹徒县、平利县正堂，政绩优良，圣谕"政声卓著、矢志廉贞"，后钦赐光禄大夫。王则大，今洪港镇杨林石膏坪人，明洪武年间任福建福清知县，后奉诏进京觐见太祖朱元璋受嘉奖。

[5] 王原衡，今洪港镇车田村人，元末带领乡亲投身起义军，后归顺朱元璋部，平定江南、参与北伐屡立军功；王鸿大，今洪港镇大塘山人，清咸丰年间参加太平军，并以起义首领留守兴国、通山和宁州等地。茅田七将，指明代洪港茅田祠走出的王福仁、王尔、王升、王瑛、王锐、王言、王文卿7位军官，逝世后分别被追封为武德、武胜、昭勇、昭武等将军。

[6] 王明璠，清咸丰年间举人，今大路乡吴田村畈上王人，历任江西乐安、上饶、丰城、瑞昌等六县知县，后授朝议大夫。王德尚，今洪港镇江源村下车田人，清康熙年间武举人，平生扶危济困，曾修复龙图书院和北台寺，事迹被载入《光绪兴国州志》。王迪吉，今洪港镇江源村人，清光绪年间岁贡（俗称岁进士），一生以教书为荣，所教学生考中举人30余人、进士7人。

[7] 王平，开国上将，曾任中国人民解放军总后勤部政治委员，中央军委常委、副秘书长，中共中央顾问委员会常务委员。王旺能，第二炮兵学院研究所所长，副军级。

[8] 王胜道，明代人，今洪港镇洪港村人，创立义渡，捐钱置田，作渡工酬资和修整经费，被誉为"民间义士"；王日尧，今大路乡吴田村人，其带领乡人先后兴建官家堰、吴家堰等10余处塘堰，并积极引进优质农作物品种，清乾隆皇帝赐"恩赐农官"石匾一块；王忠躬，清末人，今洪港镇姚家畈人，一生救人无数，乡人称其"救命王"；王汉生，洪港镇

沙店村人，定居澳门，先后为沙店中学、沙店小学、甘港小学等公益项目捐资近200万元；王功庆，洪港镇洪港村人，先后为家乡及外地学子捐资近百万元；王定钊，洪港镇江源村人，长期致力于江源村古民居保护工作，并取得显著成果。

［9］王思义，洪港镇洪港村人，祖孙三代坚持义务为群众采药治病，以致家门口的一块石头，由于长年捣草药变成一只石碗；王能新，黄沙铺镇下陈村人，夫妻筹资300余万元创办林场3000余亩，被誉为"新愚公"。

［10］通山石材产业全国有名，其中凝聚着以洪港镇沙店村王次云，洪港镇杨林村王定乾，洪港镇东坪村王贤海，洪港镇洪港村王肯定、王瑞淼、王功义，洪港镇盘田村王少敏，燕厦乡甘港村王定家，九宫山镇寨头村王志刚，洪港镇杨林村王能朋等为代表的四代王姓子弟的重大贡献。

通山曹氏赋

悠悠万灵，孕自天地；芸芸百姓，诞于炎黄。中华文明，五千年卓卓兴旺；曹氏宗族，三千载滔滔腾骧。追溯远祖，五帝颛顼传血脉；考其氏姓，周武胞弟肇山江。定陶立邑都，谯国成郡望；后裔徙中外，人口傲卅强。西周至今，代有忠臣良将；齐鲁而南，世享爵位荣光。

通山一族，赓续曹国之遗韵；庄门三脉，根出鄂赣之域疆。元明入迁，开启后昆之瓜瓞；民国移徙，播撒乐业之稻粮。守朴达显守义，源出同地一祖；高升梅山懋发，衍自异郡两乡。六支相亲，皆系振铎之嫡后；四市归并，均统江西之苗秧。抵肩抵足，连襟连裳；同宗同力，共祖共昌。筚路蓝缕，世纪七轮创业无畏；敦朴大度，风云五朝勤进有章。县内开枝，六镇廿村人丁逾千户；域外散叶，八省卅县后裔布百庄。勃勃兮，豹窥华夏之气象；浩浩哉，沛泽共和之甘棠。

至若村寨，风物纯良。青山秀水，碧树绿塘。畈平场阔，冈绵路长。老屋诉说岁月，古祠感召梦想；华楼荡漾孝泰，别墅昭示和康。居深山则生态至美，近集市则景致非常。日出而耘，尔田尔地心舒畅；月升而眠，此情此物梦醇香。与山野亲，老幼怡然笑声朗；同街镇邻，青壮迸起脚步锵。耕读传家，工商继世；闾巷奋发，髻鬓轩昂。族规村约，催人向上；家风民俗，砺儿翱翔。心能素专，处处成厚土；志必笃劲，村村皆福仓。

更有杰才，栉比成行。举孝廉，中科第，守军塞，居庙堂。辅元有功，国公之尊享御葬；研文无止，解冠之荣誉荆湘。进士、举人、庠生，德才兼备；推官、千总、训导，声名显张。览前朝，文武孝悌代代层涌；看今日，党政军学载载叠彰。勤政爱岗，创业科研，教书育人，救死扶伤。天南地北，内陆外洋，行行先进，人人锋芒。行有所律，心有所戒，利为众谋，情为民襄。趄趄乎，德贤传承壮族脉；欣欣也，教化相袭振家邦。

是以族由家并，国由族匡，众族兴旺，举国慨慷。喜而赞曰：

兢兢曹氏，华夏一桩。恭恭子弟，勋垂四方。

盛世大梦，鼎力担当。光前裕后，永创辉煌！

（依《词林正韵》，撰于 2021 年 12 月 8 日，并收入《通山曹氏》一书）

注释

通山曹氏起源于黄帝姬姓。公元前 1122 年，周武王（文王之子）之弟曹振铎被封于曹，建都陶丘，成为始封之君，即曹氏受姓始祖。元末明初，曹氏从今江西省武宁县、樟树市和湖北省麻城市，分五支先后迁入通山，至今 700 余年。主要支脉有通羊镇赤城村赤墈庄、厦铺镇竹林村大屋桥庄、九宫山镇富有村凤洞庄、南林桥镇团墩村张狮泉口曹庄，分布于厦铺、九宫山、南林桥、通羊、洪港、闯王、杨芳林 7 个乡镇，共 23 个庄门，900 余户，5000 余人。通山曹氏郡号主要有谯国、彭城等，堂号主要有太和堂、谯国堂、文昭堂、崇本堂、存养堂等，门楼字主要有刀笔相汉、规随懿德、民歌清靖、绣虎文宗、像修凌烟、鲁国流芳、振铎遗绪、绪衍平阳、平阳世第、仁泽江南等。

鄂南廖氏赋

神州泱泱，族群莽莽；中华万姓，廖氏百强。肇黄帝以赓龙脉，融华夏以硕文昌。首出姬姓，血缘高阳。[1]叔安封国，族名耀邦。始自商周，多元而根深叶茂；迨至汉晋，有序而郡望堂彰。旺推唐宋，踪布半禹甸；蕃在明清，迹徙港台洋。[2]勃勃兮经廿朝而风华鼎盛，浩浩乎遍九域而后裔卓芳。

溯夫本支，始祖忠恕；上推中古，国柱子璋。世系绵绵兮传一脉，子孙蛰蛰兮立八荒。忠公恕公，旺族嗣后；原籍婺州，生庚晚唐。志立少年，振家族以隆荣耀；德行大道，精学业以举朝纲。赫赫乎，武略文韬，兄中进士；起起哉，敦朴聪慧，弟秉刚方。然时值乱世，匪兵嚣张，有志难展，唯寻他乡。由是兄弟同心迁鄂壤，手足竞进历沧桑。寨立太平里，家安田野旁。懿德广播村巷，善行育化闾廊。百姓遵其项背，千夫服其令章。继而黄巢抢掠，唐年遭殃。为捍乡邻，兄弟纠义士；奋抗贼寇，碧血染山梁。兄终弟赴继，首断身犹刚。庶民感恩，铭地纪事；朝廷赠赐，授将爵王。官府推崇，兴庙上津渡；宗族弘德，立像各门庄。虔虔兮数朝代，煌煌乎遍荆襄。

尔其繁衍，分枝始五代；人口丕振，徙布在明清。通城、崇阳、通山，武威递递；咸安、嘉鱼、赤壁，村寨亭亭。观夫庄门联袂近半百，此乃鄂南廖氏大本营。至若邻市移居，襄阳、十堰、武汉、荆州、荆门、随州、恩施，纵横十区县；跨省发展，江西、湖南、陕西、河南、广西、山东、甘肃，相邀千室厅。尤是湖广填四川，千里大推进；陕西加鄂西，七百青壮丁。及至当代，外迁更兴。长城内外多族裔，亚欧美洋耸门庭。[3]芸芸乎家安千处地，鼎鼎乎众溢四万名。且耕且读，举族尚仁义；允文允武，满门皆耿精。悠悠逾千年，懋功垂史册；岾岾卅余代，能杰著寰瀛。

若夫先贤俊彦，无愧乾坤。武则安邦，功垂日月；文能淑世，业耀秋春。尚孝廉，泱泱皆官宦；崇科举，济济多能臣。位居翰林，一朝傲榜眼；阶入州府，三代任县尊。粮赈饥民，朝廷敕建牌柱；德霈治下，黎庶呼其恩君。志在邑庠育子弟，情融悬壶医乡村。代有硕儒，诗文流千古；庄藏高匠，技艺冠万群。君不见，历朝进士，十位高中；三县仕宦，两百余人。

及夫现当代，才杰更绝伦。传承忠恕家风，爱党爱国；秉持仁义族训，建功建勋。争民主，入红军。抗敌寇，做忠魂。居庙堂而勤政，处江湖而奋身。或为国担当，满腔正气；或为民谋利，两袖无尘。或精于科研，术领头雁；或沉于创业，泽被兆民。理出导师著吴楚，文诞名家入典坟。弱冠读清北，青壮履京门。[4] 更有共和将军指挥若定，留学博士激荡风云。善哉！能才累累如过江之鲫，贤士盛盛比满天星辰。

嗟夫！中华廖姓，国家砥桩。鄂南廖氏，邦族柱墙。当弘扬家风，崇文崇武；光大宗德，益忠益良。处世为人，坚守初心之旦旦；爱岗敬业，牢记责任之锵锵。团结共荣，不辱时代；携手奋进，再赓殊光。唯此，奉一族之懋功，襄九州之兴旺；依九州之伟业，助一族之腾骧。

（依《词林正韵》，撰于 2024 年 6 月 24 日）

注释

鄂南，代指湖北省咸宁市，下辖咸安区、嘉鱼县、赤壁市、通城县、崇阳县、通山县。鄂南廖氏的远古始祖是夏朝初期的飂叔安，中古先祖为西晋时期左卫镇国大将军廖子璋，郡望为武威郡，堂号为武威堂。作为廖姓大家庭中的一个分支，本宗支世系能确切上溯的开基始祖，为晚唐年间的廖忠、廖恕兄弟。唐宣宗初，廖忠、廖恕自婺州兰溪县太平乡（今浙江省金华市兰溪）徙居鄂州唐年县太平里茹菜垄（今湖北省咸宁市通城县隽水镇油坊村茹菜垄），成为鄂南赣北地区廖氏最早开基先祖，迄今已近1200年，衍派46代。

从五代后周起，开始县内、县外分庄并迁徙省外，至清光绪年间，后裔遍及全国11个省市40余个县（市、区）。其中，迁湖北省武汉、十堰、襄阳、荆州、随州、荆门、恩施等所辖12个县（市、区），迁陕西、江西、四川、重庆、湖南等11个省市所辖30余个县（市、区）。省内，以迁居竹山县、竹溪县居多。省外，以迁陕西最多，涉及15个县（市、区），其次为江西省。截至2024年，通城、崇阳、通山、咸安、赤壁、嘉鱼、修水等县可联系人口规模达2万；另有900余户（清康熙、乾隆年间居多）外迁后裔尚未建立联系，预估人口规模在2万以上。综合统计，鄂南廖氏一支目前实有人口应在4万以上。

自宋代起，开始人才辈出。由于文献资料缺乏，目前难知鄂南以外廖氏之全貌，从清同治五年（1866）《崇阳县志》收录人物看，历史上廖氏在当地极具影响力。自南宋以来，以今崇阳县境为主的廖氏，就出过进士、贡士、举人等50余人，为当地姓氏之最。

据不完全统计，南宋至通城、崇阳、通山三县廖氏，先后涌现仕宦250余人。其中进士10人（廖思齐高中榜眼，官至翰林学士），荐辟4人，贡士13人，举人20人，贡生3人。另有太学生、庠生、监生等100余人。

[1]廖氏得姓始祖叔安，是帝颛顼的后代。黄帝姬姓，颛顼是黄帝次子昌意的儿子，生若水，居于帝丘，号高阳氏。

[2]夏禹时期，中国被分为九州，因此"禹甸"指全中国的疆域；港台洋，指中国香港、中国台湾、南洋。

[3]亚欧美洋，指亚洲、欧洲、美洲、大洋洲，代指全世界。

[4]弱冠，泛指20岁左右的年纪；清北，指清华大学、北京大学；京门，指首都北京。

附：湘鄂赣边区廖氏始祖墓志铭

睦族者，尊宗为先；兴族者，明伦为大。族睦而后社稷安，族兴而后天下蕃。是以追根溯源，考究史籍，虔述先祖功德于累世，冀启后昆鸿业于永年。继而，赓续华夏文脉、壮硕炎黄大道于万代。

斯地墓园，乃湘鄂赣边区（通城、崇阳、通山、咸安、赤壁、嘉鱼、修水、平江）廖氏始祖之所也。一曰，唐追封虎威将军廖忠并诰命夫人雷氏；一曰，唐诏封端国公廖恕并诰命夫人王氏。忠公恕公，同胞兄弟也，原籍婺州兰溪，约生于唐宝历、大和年间（825—835年），殁于乾符六年（879）。据宗支谱载，为西晋左卫镇国大将军子璋公长子原宪之后，上有二兄廖仁廖义，父母不详。

忠公，进士也，唐宣宗初（847—850年），与弟恕自婺州兰溪县太平乡（今浙江省金华市兰溪）徙居鄂州唐年县太平里茹菜垄（今湖北省咸宁市通城县隽水镇油坊村茹菜垄）。唐僖宗乾符四年（877）始，王仙芝、黄巢寇乱唐年，沿掠生灵，民不聊生。忠公愤贼之乱，为捍卫乡井，与弟恕集义士，浴血剿贼。乾符六年（879），黄巢陷鄂州，忠公与弟纠率精勇，大战昼夜，杀贼无算。卒以寡不敌众，忠公首断尽节，犹跃马追贼七里，挥戈破石后仆，忠义凛然。事闻，有司录功奏圣，随赠"代朕亲征"统领御林军，追封虎威将军。

兄丧，为避贼追击，恕公携兄遗体随人马横渡大河，过茶铺，经云溪洞，奔上堡，翻幕阜山明境坳，下陡岭七八里处办丧，卒葬兄于岳州昌江县（今湖南省岳阳市平江县）大歇场。因兄丧贼手，恕公奋勇鏖战，杀贼几尽，功勋大著，诏封端国公。未几，亦遇害，殁葬唐年县文昌阁（今崇阳县城）。忠公妣雷氏、恕公妣王氏，均因夫功而获封诰命夫人。雷氏卒，葬马鞍山（今通城县隽水镇油坊村）株树下；王氏卒，葬金山九曲岭（今崇阳县高枧乡老湖洞村）龙形。

北宋初，忠恕二公追赠王爵。南宋嘉熙年间，十五世裔孙思齐公高中榜眼，缘机面圣，奏述忠恕二公之义勇，由此祖德复彰于皇殿。淳祐时，崇阳县令陈仲微立将军庙上津渡朱紫桥，额题忠显春秋，春秋置祭。不唯朝廷建祠于郡县以飨之，子孙亦立庙于茹菜以祀之。清雍正三年（1725），奉旨移祠学宫之左，以便官吏祭祀，奉祀生二名，子孙世袭。自宋始，各庄多塑忠恕二公神像以供奉，廖大王之名因而卓行于后世。

为铭记忠公功绩，其激战之地，后人命名七里山（今通城县麦市镇七里村）、走马岭（今通城县关刀镇石井村）。

祖德昭日月，宗功励后人。从五代后周起，后裔繁衍分枝、外迁立庄，至清代中叶，鄂赣湘陕川渝等地卅余县境多有分布。鄂南地域廖氏外迁，省内以竹山、竹溪为多，省外以陕西为最，清代康乾迁陕多达千人丁。时今，预估各地后裔实有人口逾四万之众。数以万千者，或官宦，或贤达，或营商，或杰能，赓续忠义家风，建功历朝历代。

时跨千年，因朝代更迭、世事变迁，忠公恕公窀穸屡遭毁损，渐夷平地或侵占，又因祖茔分葬四地，后裔看护祭祀难以周全。由是，共和庚寅（2010）七月，十五届宗谱编修理事会召众言商，决计将四祖坟茔迁葬一处，以便祭祀有地、溯源有方。此议一出，各庄力行，明圣、宇田、维汗、宗龙、洛早、成先、四方、祖雷、清白、晓明、宗方、金海、楚华、时尧、宗启、良军、道光等人牵头具体组织。通城城南白沙庄全体众裔以成瑞、炎初、维新等为首，自愿献出山地二亩有五，各庄裔孙捐资四万有余，将忠公恕公及两位祖妣迁葬至通城县隽水镇白沙门银山廖家牌。自此，众裔孙四时祭祀有常，各庄门聚心联络更昌，呈现同心同德、和和美美之气象。其铭曰：

昭哉吾祖，赫矣大唐。族系名第，身出贤良。

远迁异地，义播一方。允文允武，乃柱乃梁。

时逢乱世，心忧黎苍。纠率义旅，剿抗匪强。

躯捐乡野，血染沙场。忠君护国，保民卫乡。

朝廷封赠，历代褒扬。信义为本，家风永彰。

赵宋初立，再晋爵王。及至南宋，立庙官廊。

郡县祭拜，庄门奉堂。春秋千载，无上荣光。

大江南北，内陆外洋。子孙繁茂，裔族盛昌。

立碑要旨，同心是纲。以祖为榜，以宗为航。

上崇党政，下馈邑疆。天辽地阔，山高水长。

（廖双河撰于 2023 年 9 月 2 日）

通山旗袍秀赋

蕞尔小县，南鄂偏疆。国粹旗袍，风靡城乡。

山通水富，民乐众康。[1]文艺繁盛，巾帼自强。着一袭云锦，披一身霓裳。走一曲茉莉[2]，洒一路春光。翩翩佳人，联袂成对；款款艳饰，仪态万方。黛眉如叶，肌肤凝香，丰姿绰约，神采飞扬。盘扣暗合，玉峰高张，衩袖幻变，曲线垂杨。恰广寒嫦娥，恬柔蕴壮；似瑶池仙女，典雅端庄。远望近观，若芝兰含芳摇晃；仰看俯瞰，胜芙蓉莲步出塘。

旗袍如诗，韵味非常。雉水河边，休闲广场；凤池山麓，新村路旁。三部平伸，五点成行。[3]百媚挺胸，千娇展凰。好比春桃，丽颜清朗；宛若秋菊，傲骨擎阳；俨然夏莲，玉影荡漾；恰似冬梅，矫姿凌霜。更怜窈窕佳丽，尽显淑女锋芒。舒擎花伞，漫步青巷；轻罗小扇，斜倚雕窗[4]。回眸一笑，心花怒放；蜂腰三扭，众目眩堂。不是名模似名模，虽无T廊胜T廊[5]。

旗袍非罕物，寻常入街坊。村妇别牌桌，女士离赌仓。儿媳领婆母，亲友携同乡。茶余饭后，就地亮相；节庆假日，登台疯狂。粉红蓝白，橘绿橙黄。莲步轻移，造型流畅；音乐舒缓，身姿彷徨。立腰收腹，提臀竖膀；素颜绮罗，动容呈祥。雅者更清纯，丽者愈美艳；长者更风韵，少者愈芬芳。一人翩跹，全家围场；百人旋转，满城空房。

旗袍之秀，源远流长；百年国风，再兴时尚。倡生活之纯美，凝民心之慨慷；焕开放之精神，圆兴邦之梦想！

（依《词林正韵》，撰于 2017 年 5 月 3 日，修改于 2024 年 5 月 14 日）

注释

地处鄂东南边陲的通山县，近年来兴起一股旗袍热，众多城乡女性联合成立旗袍文化艺术协会，利用闲暇时间表演旗袍秀，大力弘扬旗袍文化，并积极参加慈善公益、旅游推介等社会活动，不仅展示了女性自强风采，更为当地经济社会发展作出重要贡献。

［1］中共通山县委第十四次代表大会提出今后五年的主要奋斗目标为"山通水富、绿色发展"。

［2］茉莉，指伴奏曲《茉莉花》。

［3］旗袍走秀时，要求头、肩、腿三个部位要平伸；头、双肩、臀部、小腿肚、脚后跟贴靠墙面，形成五点一线的垂直、挺拔体形。

［4］雕窗，指雕梁画栋的古民居。

［5］T廊，即T形台。

通山精神赋

盖闻天地育正气，士民有精神。是故崇山顶天，挺倔强之禀赋；纵水成湖，汪深邃之胸身。[1]观乎莽莽山原，物博地大；浩浩县境，史著文勋。昔为蛮荒之村，因山而困；今乃和美之域，凭山而闻。惊涅槃而娇艳，唏缔造而青春。通山精神，昂昂烈烈；漫野气象，赫赫尊尊。

遥忆筚路蓝缕，斗地战天。吴楚之偏隅，鄂赣之远巅。山堵水隔，出行不易；肩挑背扛，生活弥艰。越岭爬坡，日月刚其筋骨；钻沟涉谷，风霜砺其胆肝。争当愚公，移山筑地；效仿大禹，治水成川。悠悠千载，赳赳百年。见山征山，山高不挡道；逢壑驯壑，壑峭自敞关。由是，垄畈腾稻浪，溪河润村湾。茶马连蒙俄，林珍俏城垣。[2]及至当代，笃定愈坚。上下合念，干群共骈。蓝图铭胸多壮志，乾坤任我换新颜。盘山现坦途，车畅南北；瘠麓生福地，客居瑶坛。

至若耿直无畏，勇毅前行。处事磊落，为人晶莹。布衣元勋，肃贪三拂权贵；铁面御史，扬廉两罢宰星。[3]帝师弃官维国本，卿公含屈护黎灵。[4]侍郎逆圣纠谬政，知府忧民谏西京。[5]心有所向，行必专精。蹈汤火而挺生，其义惊世；怀马列以赴死，其贞撼陵。千载雕工赖其醉，百代茶技缘其兢。敬业爱岗无旁骛，履责尽职穷毕生。

尔乃情怀博广，意气轩昂。暴动开先声，万家奋亢；民运遍袤野，百姓铿锵。[6]献革命而无私，满门壮烈；栖游击以有度，全村掩藏。救死扶伤，六都老幼尽其力；拥红参战，三万儿女眠高冈[7]。长征途中当前哨，共和大厦奠砥桩。至如社会建设，赤诚慨慷。芸芸众卿离故土，渺渺村寨荡汪洋。[8]一无所有不哀怨，白手起家再腾骧。后靠兴屋场，远迁造粮仓。自我牺牲，十万姓族心向党；隐忍负重，卅载汗血铸小康。奉献聚澎澎富水，忠贞汹滔滔长江。

继而求新求变，奋发争先。斗志笃而勇往，雄心昂而无前。革故鼎新，不甘落后；部良除弊，接续动源。库区扶贫之探践，机械制造之精钻。古茗重兴，匠心风标荆楚；石材独树，慧眼瞻冠人寰。新型能源，孜孜不倦；全域旅游，步步登攀。创新图发展，锐意堪至虔。紧盯目标，不畏千险；成就大业，敢克万难。砥砺人文提精气，依托生态塑坤乾。于是城乡进活力，县域迭新篇。工农皆才彦，学商尽杰贤。

嗟乎！青山昊昊，碧水迢迢。一方水土，千秋尔曹。与山为邦，坚毅植入体窍；同水为伍，韧柔泽生华韶。山高人为峰，水纵我为潮；山清人胸廓，水秀我略韬。率直无私，担当奉献；团结奋进，拼搏勤劳。归而综曰：山崇人高，水注情豪！

（依《词林正韵》，撰于2024年1月14日）

注释

[1] 崇山顶天，指幕阜山脉，在境南绵亘120余千米，平均海拔800余米，千余米山峰10余座；纵水成湖，指富水水系，在境东汇聚成面积12万亩的富水湖。

[2] 通山茶叶随着万里茶道远销蒙古、俄罗斯、英国、美国等国家及地区。民国四年（1915），瑶山红茶在美国旧金山举办的巴拿马太平洋万国博览会上获一等金牌奖。

[3] 石瑛是孙中山亲密战友、中国同盟会会员、辛亥革命元勋、国民党创始人之一、国民党首届中央执行委员，曾任南京市市长，其一生清正耿直，曾痛斥汪精卫、怒打孔祥熙、斥骂日本外交官，被称为"民国第一清官"。北宋进士吴中复，时为朝中清流领袖，先后弹劾两任宰相，宋仁宗赐其"铁御史"三字。

[4] 明万历年间进士舒弘绪，曾任光宗皇帝朱常洛的授课老师，因竭力维护"立长不立幼"这一"朝纲国本"，万历皇帝将其削职为民，后朱常洛之子天启皇帝追封舒弘绪为光禄寺少卿，授中宪大夫，以彰其功。明嘉靖年间进士朱廷立，师拜王阳明，曾任大理寺卿、工部右侍郎、礼部右侍郎，为救百姓疾苦甘于含屈，甚至去官返乡。

　　[5] 明嘉靖年间进士徐纲，历任吏部给事中、北京光禄寺卿、顺天府尹、工部侍郎，明世宗崇信道教，以道装御殿理事，令文武百官戴黄冠参朝，徐纲拒戴并冒死进谏，受廷杖几近死去，其忠直之举受朝野一致赞赏。清代举人王明璠，曾在江西出任知县、知府，光绪二十七年（1901）《辛丑条约》签订，年过古稀的王明璠闻讯后中夜悲愤，连夜疾书奏折，跋涉数千里到西安面奏皇帝。

　　[6] 1927年8月下旬，中共通山县委在鄂南特委领导下，贯彻"八七会议"精神和省委指示精神，成立县农民秋收暴动委员会，攻陷通山县城，并于8月31日成立通山县工农政府委员会，成为"八七会议"后全国第一个县级红色政权。

　　[7] 新民主主义革命时期，通山有10万余人参加革命，其中3.2万人献出宝贵生命，在册烈士5700余人。

　　[8] 富水水库为湖北省第三大水库，1958年8月动工建设，1966年9月正式发电。建设期间，先后移民1万余户、5万余人，拆迁民房4万余间，淹没耕地近6万亩、山林近3万亩。

咸宁践行"马真精神"赋

马真精神，即指马上就办，真抓实干。系习近平同志任福州市委书记期间大力倡导和推行的一种精神和优良作风，强调对任何工作要重实干、讲效率、见成效，不抓则已，抓则必成。近年来，咸宁市委、市政府结合转变"四风"，在全市大力践行"马真精神"，如今"马真精神"已在咸宁落地生根。看咸宁大地创业热潮迭起，实干劲风高扬，感而赋曰：

万国咸宁，华中丽壤；青山笃行，碧水激昂。袤野勃发，春风浩荡；党政合力，干群共襄。六城一区，"马上就办"蔚为时尚[1]；百乡千村，"真抓实干"热潮偾张。心谋大局，描绘中部绿心壮美画卷；情系民生，谱写香城泉都崭新华章。

马真精神，正道沧桑。立党之名训，百姓之期望；公仆之镜鉴，为政之良方。源起福州，习近平用心独匠；光大北京，党中央指示堂皇。扎根白山黑水，风行北国南疆。书记丁公，行动飒爽；全市党员，誓言铿锵。进企业，穿村巷；蹲地头，爬山梁。吃土屋饭，睡木板床。访千家苦，疗万众伤。摒除等靠要，勤问富民计；推崇闯冒试，多筑兴业廊。不推诿、不回避，肩担道义；戒骄躁、戒功利，胸怀纯良。书记躬身践行，模范作用高扬。村口兑现承诺，街头化解积访；推销富水鲫鱼，代言贺胜鸡汤。[2]发展谋大计，大计耀思想；民生无小事，小事见衷肠。

马真精神，活力卓彰。俯身干事，平凡创造伟业；勤洒汗水，荒原荡漾稻香。立足大武汉，绘万顷蓝图；放眼湘鄂赣，立千秋总纲。创新驱动，绿色崛起，打造湖北特色产业增长极；脱贫攻坚，项目建设，磅礴荆楚优势板块功勋墙。三抓一优、三扶两促，展现咸宁作为[3]；一区四园、两带两河，闪耀南鄂锋芒[4]。大旅游、大健康、大文化，刷新创业速度；示范区、特色镇、生态城，引领实干标航。季度拉练、季度排名，倒逼县区主动履责；集中签约、集中开工，砥砺干部奋发图强。凭能力明进退，据实绩定否臧。奖罚分明，从严治党；凝聚正气，以德安邦。抓铁有痕，踏石留印；风雨兼程，日夜疯狂。心倾园区，无限银浪；身躬田野，遍地甘棠。盛哉，乐观浩浩民众，百万雄壮；美哉，喜爱莽莽山川，一派和祥。万事求真营气场，咸宁践行树榜样；万事求实干为上，咸宁马真驻城乡。

马真精神，大德其昌。铸为民之宗旨，磐石岿然；吹务实之劲风，士气高亢。在其位、谋其政、尽其责，分国忧患；讲实话、办实事、求实效，解民愁肠。化解难题，破除制约，方前途无量；把握机遇，应对挑战，才事业久长。潜心创业，绣花功夫铺大道；诚实干事，锤钉韧劲铸辉煌。俯不愧民，仰不负党；为官一任，造福一方。

人无精神不立，国无精神不强。一种精神，全党脊梁。向中央看齐，铜肩铁膀；为百姓谋利，赤胆忠肠。乡村振兴磅礴，精准脱贫嘹亮；生态城市高歌，小康社会慨慷。百舸争流，看我咸宁勃勃大象；千帆竞发，显我咸宁堂堂担当！

（依《词林正韵》，撰于 2018 年 3 月 20 日）

注释

　　［1］"六城"指咸安、嘉鱼、赤壁、通城、崇阳、通山六县市区；"一区"指咸宁高新区。

　　［2］2017年12月，市委书记丁小强在朋友圈转发一则题为《渔民求助！通山200多万斤鲴鱼急寻销路》的消息，随后这一消息刷爆朋友圈，几天内鲴鱼被销售一空；为促进咸安贺胜鸡汤产业发展，市委书记丁小强走上街头为鸡汤代言。

　　［3］"三抓一优"指抓投资、项目、招商，优化发展环境；"三扶两促"全称为"三扶一助两促进"，指通过扶志、扶智、扶资，帮助贫困地区建强党支部，促进党的基层组织建设，促进党员干部同人民群众的血肉联系。

[4] "一区四园"指咸宁高新区和咸安园、赤壁园、嘉鱼园、通城园；"两带两河"全称为"两带两河两湖"，指沿长江生态带、幕阜山生态带，陆水河、淦河，斧头湖、西凉湖。

向阳湖文化名人旧址赋

万国咸宁，天下向阳；青史高丘，人文沃壤。《尚书》有云，《诗经》咏唱。[1]二十朝春秋史，六千位文曲匠。堂堂四大区，渺渺千万方；房舍列市井，机构满曲巷。浩浩大军，改造天地；赳赳风霜，砥砺思想。历史之独一遗产，文化之无二富矿。神州回首叹惊，世界虔身仰望。

煌煌斯地，云梦古泽之域；攘攘当年，特殊时代之殇。主席指示上报头，五七干校建丘冈。京官省官，下放村野；文士科士，服侍农桑。中央干校驻南北，文化系统守甘棠。六千文家，三批轮岗；廿六部门，五载秋光。咸宁何其幸，大师巨匠云集；山乡何其苦，荒滩沼泽苍茫。削岭平坡，架桥筑路；围湖造田，开基建房。生活"四大盅"，饮食少花样；劳动"五自给"，老弱也疯狂。[2]管理编连排，责任分条框；白天战风雨，夜晚斗会堂。周巍峙、冯雪峰，出任鸭司令；臧克家、沈从文，变身菜园郎。冯牧、冰心，趴地除草；萧乾、李季，挑粪插秧。文物专家，下井挖宝藏；墨客骚人，烧窑弄刀枪。[3]人人当士兵，不讲斯文像打仗；个个是农汉，无师自通忙种粮。改造虽清苦，文情却未央。写日记，印诗选，不忘初心；办墙报，编节目，袒露衷肠。"两记两忆"，铭刻忍辱负重风骨；"林区三唱"，彰显逆境忧民担当。[4]进村演出，代写书稿，把群众当亲友；送医送药，扶贫帮困，视驻地为故乡。情洒雨露，德播琼浆。张家送菜蔬，李家献壶酿，王家借屋住，赵家问病伤。几多感人事，浸透干校路；数百老顽童，回谢向阳庄[5]。

一代旷古记忆，三行地方志章。[6]历史湮灭烟尘，文星透射光芒。拳拳俊才，勇担使命；兢兢城外，不负上苍。[7]奔京邑，访名贤；蹲大街，守小巷。与时间赛跑，为文史救场。专注二十载，文稿俏尧疆；著述出丛书，成果耀皇榜。干校研究，中国领跑高兀；旧址保护，京殿热议会商。[8]民间自觉升格政府方略，一人独行引来万众昂扬。

噫嘻！今日之向阳湖，文化之珠穆梁。小院别致，青樟飘香。总部区默然，居住点清朗；名人居恬静，陈列馆堂皇。烟云虽逝，警示犹响；山水勃发，宏图腾骧。反思来路，坚定发展航向；铭记历史，勤谋百姓福康。文旅结合，文化名村惠及百姓；产业开发，特色小镇饮誉八荒。[9]中部绿心之灿灿品牌，香城泉都之泱泱能量；生态城市之文化地标，小康咸宁之活力银行。

（依《词林正韵》，撰于2018年2月8日）

注释

向阳湖文化名人旧址，即原文化部五七干校，地处湖北省咸宁市咸安区向阳湖镇，所辖面积9平方千米。包括五七区、窑厂区、红旗区、向阳区4个保护区，现存房屋98栋。2013年3月，被国务院列为第七批全国重点文物保护单位，是全国唯一列入国保单位的五七干校旧址。1969年春至1974年秋，原文化部所属26个部门和文艺团体文化人及家属6000余人，分3批次下放咸宁向阳湖劳动锻炼和改造，时间短则1年，长则达5年之久。干校由中国人民解放军"毛泽东思想宣传队"（军宣队）驻校军代表全面领导，实行严格军事化管理，分编文化部机关、文联作协口、出版口、文物口、电影口5个大队，共26个连队，并内设干校总部、医院、学校、幼儿园、档案馆、运输队、机耕队、汽车修理厂、木工排、中转站和丹江口分校等机构。这批文化人中，有高级领导干部，有国家级专家、作家、画家，并包括冰心、冯雪峰、沈从文、严文井、张天翼、张光年、陈白尘、臧克家、李季、冯牧、萧干、孟超、侯金镜、郭小川等300多位文化大家。

[1] "咸宁"一词，最早出现在周朝的典籍中。《尚书·大禹谟》载："野无遗贤，万邦咸宁。"《周易》中说："乾道变化，各正性命，保合太和，乃利贞。首出庶物，万国咸宁。"意即普天之下全都安宁。向阳湖镇原名甘棠乡，《诗经》有云："蔽芾甘棠，勿翦勿伐，召伯所茇。"

[2] "四大盅"指萝卜、白菜、南瓜和牛皮菜；"五自给"指粮、油、棉、肉、蛋。干校主要任务是劳动改造和学习批斗，生产劳动任务繁

重，生活极其艰苦，不论男女老少都必须参加生产劳动。

[3] 挖宝藏，指挖矿；弄刀枪，指上山砍烧窑用的柴草。

[4] "两记两忆"指陈白尘在干校撰写的《牛棚日记》《云梦断忆》，张光年记录的《向阳日记》，臧克家创作的诗集《忆向阳》；"林区三唱"指郭小川在干校创作的《楠竹歌》《花纹歌》《欢乐歌》。

[5] 近年来，共有40余批次、600余人次的"五七"战士及其子女重返向阳湖参观联谊。

[6] 关于向阳湖五七干校事件记载，在20世纪90年代初出版的《咸宁县志》"大事记"中仅寥寥数十字。

[7] 1994年，咸宁青年作家李城外浏览地方志，偶然了解到向阳湖五七干校这段历史，从此便与"向阳湖"结缘。1995年春开始，李城外利用进京出差等机会，登门拜访向阳湖文化名人，先后采访了冰心、臧克家等文化名人500余人，发表人物专访100余篇，整理文稿数百万字，并出版"向阳湖文化丛书"《话说向阳湖——京城名人访谈录》《向阳湖纪事——咸宁五七干校回忆录》（上下）、《向阳湖诗草》《向阳湖文化研究》《城外的向阳湖》（上下）共7本，计300余万字。其中《话说向阳湖》获第五届"冰心散文奖"，并被翻译成日文发行海外。向阳湖文化研究载入《中国文学编年史》（当代卷），"文学湖北"将其列为鄂南颇有影响力的文化品牌之一。

[8] 为挖掘向阳湖文化，李城外发起成立咸宁市向阳湖文化研究会，后升格为湖北省向阳湖文化研究会，并成立中国五七干校研究中心，编辑出版《向阳湖文化报》，引领全国五七干校研究。关于向阳湖文化名人旧址保护工作，1997年3月全国政协八届五次会议、2010年3月十一届全国人大三次会议，7名新闻出版界全国政协委员、22位全国人大代表先后联名提出提案、议案，受到文化部及湖北省委、省政府的高度重视。

[9] 2011年开始，咸宁市全面启动向阳湖文化保护开发工作，立足向阳湖独特文化品牌，建设"中国向阳湖文化村""向阳湖小镇"，走"文、史、农、旅"结合之路，有效带动当地经济社会发展和群众脱贫致富。

外 · 篇

中国共产党百年华诞赋

泱泱寰邦，赫赫吾党；风华百岁，惊艳八荒。播马列之星火，荡神州之烟瘴；谋人民之福祉，铸共和之无疆。站起来，富起来，强起来，九万里河山焕异彩；中国梦，复兴梦，大同梦，五千年文明谱华章。殊世懋功，五洲四洋齐浩叹；旷古伟业，亿兆炎黄慨而慷。

征程壮伟，大道沧桑。遥想赤县，长夜未央，内忧外侮，国倾人徨。十三明公，举赤旗于画舫[1]；天下志士，激春雷于东方。雄赳赳，解大众于水火；气凛凛，救民族于危亡。工农团结，民主大纛城乡浩荡；国共合作，北伐战鼓千里悠扬。然蒋汪独裁，叛逆剿共，同室相戮，惊世奇殃。遂有南昌暴动，八一枪响；秋收起义，会师井冈。五反"围剿"，血雨浇铸坚贞；万里长征，忠诚书写绝唱。渡赤水，战湘江，爬雪山，过草莽。誓死抗战，百团劲旅日寇降；力铲敌顽，三大战役蒋家丧。[2]旧世界，黯然坍塌；新中国，闪亮登场。

漫漫征程，灯塔指向；兢兢伟业，功在中央。依靠工农建政权，握牢枪杆捍黎苍。战略转移，由南向北；军事机敏，以弱胜强。遵义城里谋大计，延安窑洞定总纲。联手抗倭，换番作战[3]；血浴苏皖，旗耀太行。持久游击，江南江北辟驻地；独立自主，敌前敌后歼豺狼。志在和平，仁师讨蒋；心怀天下，雄旅过江。思虑建国，戒腐纯党性[4]；志愿援朝，保家护邻邦。

至若内政外交，务实高瞩。土地改革，五年计划，定治国之大政；公私合营，三大改造，立制度之总盘。兴工活商，攻关科研，奠国祚之根脉；治水改土，科学种养，丰民众之食餐。继而纠浮夸，肃"文革"，辩真理，正本源。事业曲折，步履向前。对内改革，广袤城乡迸活力；对外开放，特色中国启宏篇。九二共识，助推两岸互信互利；一国两制，寻求金瓯无缺重圆。深圳崛起小渔村，浦东腾飞上海滩。东北振兴，筑牢强国之砥柱；西部开发，高垒富民之金山。西气东输，南水北调，力促区域协同发展；航母出海，神舟飞天，助推世界有序平安。跨境维和，加入世贸，邦间合作共患难；承办奥运，倡立上合，国际交流同欢颜[5]。夯实执政之基，三个代表铺长卷；倡导以人为本，科学发展绘彩绢。[6]港澳回归，南沙巡控，铿锵之举，大功难言！

步入新时代，举措更出彩。四个全面，五位一体，立百年航标；峰会世博，一带一路，襄万国命脉[7]。攻坚克难，改革开放再奋扬；砥砺前行，复兴伟业正澎湃。雄安新兴，粤澳宏构，千秋大计粲然[8]；射电导航，登月探海，大国重器奏凯[9]。华夏文化，远播美欧；中国精神，风骚海外。绿水青山，金山银山，神州万里画图洞开；脱贫攻坚，乡村振兴，康庄大道步履豪迈。更有举国战贫困，全民抗新冠，制度自信受追捧，大国担当备青睐。

立党为公，赢人民之拥戴；以民为念，保党运之绵长。三大纪律，八项注意，革命胜利之根本；关注民生，清正廉洁，事业跨越之琼浆。烽火岁月，根植人民，人民是坚强后盾；和平年代，心系群众，群众是大厦基桩。统一战线，参政议政，凝聚蓬勃之伟力；人民做主，社会监督，汇集昌盛之甘棠。心连心，共命运；情相牵，照衷肠。五保低保，济困扶贫，织牢兜底网；就学就业，医疗养老，夯实保障墙。孤独鳏寡享福寿，老弱病残得安康。民有所呼，我有所应；民有所托，我有所帮。人祸天灾，有党施救；民愤众怨，有党疗伤。

尤喜自我革命，刀刃向内重拳断腕；从严治吏，惩处无界法纪凌刚。不忘初心，牢记使命，苟日维新，步履铿锵。思想建党，定舵把向；制度治党，纲举目张；作风兴党，根深枝壮；反腐净党，气宇轩昂。与时俱进强监督，先锋永葆不止步；着眼未来抓党建，事业宏发岁岁彰。内陆沿海，平原高地，春光万里，山欢水畅；长城内外，大江南北，风和日丽，鸟语花香。

沧海横流，映照本色；世界潮涌，砥砺荣光。百年历程，光芒万丈；百年峥嵘，千秋流芳；百年成就，烁今震古；百年精神，强铁胜钢。人逢期颐入残暮，党逢百岁正春骧。根植人民兮，活力永葆，复兴路上更高亢；铭记宗旨兮，使命在肩，长征新途再辉煌。赞曰：

伟哉吾党，世界榜样；壮哉吾党，中华脊梁。

受命于民，光荣伟大；天下为公，既寿永昌！

（依《词林正韵》，撰于2020年11月21日，发表于2021年6月9日《咸宁日报》文学副刊，题为《中国共产党百年辉煌赋》）

注释

[1] 1921年7月23日晚，中国共产党第一次全国代表大会在上海法租界望志路106号（现兴业路76号）开幕，国内各地及旅日党组织共派代表13人出席。会议进行到7月30日晚，突遭法租界巡捕房密探骚扰而中止。最后，大会在浙江嘉兴南湖的一艘游船上完成全部议程。

[2] 百团劲旅，指参加百团大战的八路军部队；三大战役指辽沈战役、淮海战役、平津战役，为解放战争时期中国人民解放军同国民党部队进行的战略决战。

[3] 指中国工农红军接受国民政府军事委员会命令，改编为国民革命军第八路军，简称八路军。

[4] 1949年3月，毛泽东在中国共产党于西柏坡召开的七届二中会全上强调"两个务必"，即务必使同志们继续保持谦虚、谨慎、不骄、不躁的作风，务必使同志们继续保持艰苦奋斗的作风；1949年3月23日毛泽东等中央领导从西柏坡前往北京，毛泽东对周恩来说，"今天是进京赶考的日子"，"我们决不当李自成"。

[5] 上合，即上海合作组织。

[6] 三个代表，指三个代表重要思想；科学发展，指科学发展观。

[7] 峰会世博，指G20杭州峰会、上海世界博览会。

[8] 雄安新兴，指雄安新区；粤澳宏构，指粤港澳大湾区。

[9] 射电，指中国天眼射电望远镜；导航，指中国北斗卫星导航系统，是中国自行研制的全球卫星导航系统；登月，指中国"嫦娥登月"工程；探海，指"蛟龙"号载人潜水器。

中华人民共和国成立七十周年赋

金秋十月,国旗飞扬。长城内外,群山莽莽绽丽颜;南疆北地,繁花簇簇曳琼芳。五十六民族,同德同心,庆母亲七秩华诞;十四亿儿女,载歌载舞,祝祖国百业繁昌。

文明漫漫,古国泱泱。五千年崇山厚土,数百代子孙炎黄。二十八年革命,解民众于倒悬;四亿同胞齐力,换河岳以重光。天安门庄严宣告,中国人民从此挺直不屈脊梁;共和国浴火诞生,中华民族从此屹立世界东方。

遥想共和初创,百孔千疮。亘古大业,自立自刚。土地改革,人民翻身当家做主;五年计划,经济复苏步履铿锵。群英建设新中国,铁旅雄跨鸭绿江。深化民主,共商国是;发展军工,巩固国防。两弹一星,构筑强国梦想[1];双百方针,催生繁花汪洋[2]。致力富康,正本清源顺民意;辩明真理,实事求是放光芒。

三中全会,千帆破浪。总设计师绘蓝图,春天故事共传唱。内兴改革,外谋开放。联产承包,激活市场。引外资而搞活,创特区而兴旺。东北振兴,工业基地重焕荣光;西部开发,贫瘠山川收割希望。神舟飞天,嫦娥奔月,航母出海,尖端科技壮国威;南水北调,西气东输,跨海大桥,民生设施振盛况。港澳回归,南沙巡航;台海三通,两岸互访。加入世贸,与国际接轨;跨境维和,为世界站岗。复有上海合作,北京奥运,磅礴浩浩国力;杭州峰会,一带一路,携手泱泱友邦。四个全面,开来继往[3];五位一体,再创辉煌[4]。中国复兴梦,圆梦之旅激情奔放;命运共同体,共荣之路步履飞扬。

自古多难兴邦,家国更待图强。前进之路,难免经风雨;民心所向,谁能遮大阳?纵览今日之神州,处处康乐和祥。白山黑水,北国南疆,俨然仙境,胜似天堂。推行新农保,建设奔小康。绿水青山至上,环境生态优良。路网通达,一日行千里;社区和美,四海聚一乡。喜看千家万户,洋房小车成时尚；乐见城市农村，休闲旅游情未央。党民同心，东风浩荡；干群同德，国谟慨慷。

嗟夫，时值十月，丰收万象。祖国华诞，祥风荡漾。长城领群山起舞，黄河偕众水歌唱，雪山献洁白哈达，南海奉琼浆佳酿。人人意气风发，家家心花怒放。愿母亲千秋吉祥，祝祖国万寿雄壮！是以国家富强，匹夫有责；民族兴盛，干群同襄。中华新长征，举国再远航。积寸土成崇山，汇涓流成巨洋。尽微力以兴家国，聚众志以谱华章。唯有心系人民，方能永续康庄。唯有胸怀天下，方保国运恒长。值此良辰丽景，欣然作赋颂扬：

巍巍岱宗，峨峨太行；共和七旬，屹立万邦。

巨龙腾飞，河清海晏；大国崛起，地久天长。

（依《词林正韵》，撰于 2019 年 6 月 10 日，原载 2019 年第 10 期《中华辞赋》）

注释

1949年10月1日，中华人民共和国中央人民政府成立。10月1日下午3时，首都30万军民齐集天安门广场，举行隆重的开国大典。毛泽东宣读中央人民政府公告，宣告中央人民政府成立。12月2日，中央人民政府委员会第四次会议决定1949年10月1日为中华人民共和国宣告成立的日子，每年的10月1日为中华人民共和国国庆日。

[1] "两弹一星"，最初指原子弹、氢弹、人造卫星。"两弹"中的原子弹和氢弹后来合称核弹，另一弹指早期研发的导弹。后来"两弹一星"指导弹、核弹、人造卫星。

[2] "双百方针"，即"百花齐放、百家争鸣"，指在文艺创作上，允许不同风格、不同流派、不同题材、不同手法的作品同时存在，自由发展；在学术理论上，提倡不同学派、不同观点互相争鸣，自由讨论。

[3] 指全面建成小康社会、全面深化改革、全面依法治国、全面从严

治党。

　　［4］党的十八大报告对推进中国特色社会主义事业作出"五位一体"总体布局，指经济建设、政治建设、文化建设、社会建设、生态文明建设。

党指挥枪赋

　　巍巍仁师，百年雄壮；赳赳军伍，四海腾骧。从工农红军到志愿兵团，坚贞为民战无不胜；从烽火岁月到和平年代，精忠报国奉令至纲。回顾征程，强军安邦全赖枪听从党；纵观历史，兴国富民功在党指挥枪。

　　壮哉人民军队，忆乎血雨腥风。长夜漫漫点星火，屠刀霍霍残工农；碧血汩汩染大地，头颅铮铮叩洪钟。是以南昌举赤帜，湘赣建武装，三湾肃军纪，古田立规章。[1]枪杆出政权，支部建连上；部队遵号令，号令唯中央。政治建军，胸怀信念有力量；军事听党，枪确准星意志昂。兴红都于瑞金，燎原之火越烧越旺；还土地予群众，工农政权愈建愈昌。四反"围剿"，引诱猛攻以歼敌；灵活作战，神出奇袭而胜强。秣马厉兵，壮怀激烈；枕戈待旦，慨当以慷。然则途遇风雨，歧路迷航。军事极端，决断多失策；政治让步，行进少主张。失地损员，兵民睁睁心眼亮；东奔西窜，将士龂龂体味长。实践孕育真理，真理绽放光芒：由党指挥打胜仗，党枪分离现余殃。

　　尔乃正本源，端思想；将士奋，红旗扬。面对强敌合围，处处被动；却能同心搏命，人人铿锵。浑身是胆摧关隘，血肉之躯破湘江。四渡赤水河，巧越金沙荡[2]，飞夺泸定桥，强过安顺场。翻雪山，蹚草地，啃树皮，食叶浆。饥寒交加，内心却滚烫；枪炮肆虐，双脚胜铁桩。会师陕甘，信仰踏平万千险阻；星耀西北，理想氤氲无垠曙光。亦有南方游击，辗转神州半壁，旌旗不倒为革命；东北抗战，纵横白山黑水，舍生取义图救亡。[3]壮哉万里长征，浩浩赤诚谱写绝唱；雄也据地坚守，烈烈苦难砥砺忠肠。

　　至若联手抗倭，共赴国难；一声令下，力歼敌顽。八路军、新四军，江南江北铁流覆地；阵地战、游击战，敌前敌后烽火连天。毙敌黄土岭，灭寇平型关。枪隆苏皖鄂，旗猎太行山。百团大战奉赤胆，瓦解扫荡见铁肝。独立自主，持久抗战，前仆后继，丹心如磐。贼氛虽汹，百战益勇；

酋寇虽暴，愈斗弥坚。浴血十余载，终胜强虏，光复山川。

既而再出征，平内战，士无畏，将奋先。心怀兆民，逐鹿中原。同仇敌忾，一往无前。三大战役奠定国祚，四方剿匪巩固政权。征服戈壁滩，石油师染绿柴达木；开发大东北，军垦团再造南泥湾。跨过鸭绿江，雄赳气昂战异域；败敌三八线，钢筋铁骨惊宇寰。一切行动听指挥，冲锋陷阵争赴死；矢志不渝跟党走，流血牺牲无怨言。

兵立和平年代，军魂铸就新篇。护国护边，不舍昼夜；安邦安民，匪顾暑寒。驻昆仑，守南海；巡大漠，攀珠巅[4]。沙场点兵，联合军演，出境维和，跨国护船。[5]听统帅挥手，出击电掣；任风云变幻，遂命岿然。继有精兵简政，革故鼎新；使命兢兢，红心荡荡。除积弊，祛陈腐，政治武装士气狂；打虎蝇，清病瘤，整纲肃纪鸣镝亢。强军兴武，初心不忘。担当为民，赤诚向党。险滩敢涉，难关勇闯。战机掠空，航母破浪。心有主不彷徨，行有度不偏向。谨记领袖教诲，不负人民期望。全时备战，随时能战，军事过硬，作风优良。运筹帷幄于千里，决胜沙场于八荒；捍卫神州于世界，护佑华夏于万邦。

嗟乎！疾风知劲草，烈火见真钢。党指挥枪，立军圭臬；枪听从党，强军良方。历百年之风雨活力奔放，看今日之江山固若金汤。

（依《词林正韵》，撰于 2021 年 10 月 27 日）

注释

[1] 南昌举赤帜，指南昌起义；湘赣建武装，指秋收起义；三湾肃军纪，指三湾改编；古田立规章，指古田会议。

[2] 金沙荡，代指金沙江。

[3] 南方游击，指中央红军主力撤出根据地后，留守南方的红军队伍和游击队坚持游击战争；东北抗战，指九一八事变后，中国共产党组织并领导东北三省人民武装开展抗日救亡斗争。

［4］珠巅，指珠穆朗玛峰。

［5］出境维和，指派兵出国维护和平；跨国护船，指海军护航编队在亚丁湾索马里海盗频发海域护航军事行动。

人民至上赋

　　悠悠百年，煌煌大党；风华正茂，血气方刚。纵观自然，人到期颐坠残暮；横览世界，党逢百龄愈春骧。跳出历史周期，全心为民党兴旺；践行群众路线，人民至上国盛昌。

　　人民至上，大道沧桑。镜鉴于历代王朝，萌发于血雨征程，苗壮于共和岁月，傲伟于时代高冈。从忧患中走来，在战场上淬火；从苦难中蓄积，在阳光下铿锵。不拉夫，不征粮；同甘苦，共暑凉。不拿一针一线，为民忠诚满腔。第一军规锻造铁旅，毛公思想闪耀党章。[1] 既而三个有利、人民标准，评判工作成败；三个代表、以人为本，检验执政否彰。[2] 更有以人民为中心，"我将无我，不负人民"，福泽华夏，德沛九荒。[3]

　　人民至上，奉民如苍[4]。心付劳苦大众，身许浩茫禹疆。播马列，争民权，头可断，意如钢。遇难不忘群众，逢敌先救老乡。半被同御寒夜，碗粥共充饥肠[5]。牢底坐穿救赤县，血染山川迎曙光。"两个务必"纯党性，"一句誓言"拒闯王。[6] 至若和平年代，神州遍洒甘棠。治水改土壮命脉，兴农活商丰钱粮。改革开放替民谋富，区域协作为众共襄。修路桥，建学校，兴社区，夯实基础利百姓；免税费，发补贴，稳就业，促民增收惠万堂。吃穿住行，事事求满意；生老病死，件件虑周详。倾民呼声，关民疾苦，解民所盼，躬身无止境；权为民用，情为民系，利为民谋，尽心达精良。进入新时代，为民再奋昂。改革高跨越，发展疾步狂。精准扶贫，抗疫救灾，千村万寨幸福绽放；长天揽月，深蓝遨游，千里万里国威堂皇。科技创新增国力，保民长富；青山绿水护生态，助民大康。打虎拍蝇，为民再出发；全面从严，赶考情更长。

　　一切为了群众，群众迸发力量；一切依靠群众，事业创造辉煌。星火燎原，乃工农之呵护；红旗遮日，因民众之汪洋。红高粱、小米粥，抵御万千铁甲；木扁担、手推车，决胜千万战场[7]。江山是人民，人民是江山，党民共命运，沧海变沃仓。[8] 志愿援朝，民心耿耿赢美帝；社会建设，人力浩浩兴家邦。勘探石油，进军大漠，西气东输，南水北调，巍巍业绩群众创造；兴修三峡，开发特区，重振汶川，战贫云贵，卓卓功勋人民鼎扛。深圳速度，中国制造，根植民力之袤野；航天科技，磁浮列车，吮吸民智之琼浆。看今日之神州，城乡融融，民众豪情荡漾；观时下之世界，华夏赳赳，巨轮破浪远航。嗟乎！从石库门至天安门，人民至上乃胜利根本保障；从兴业路到复兴路，人民至上是强盛唯一良方。赞曰：

人民至上，光芒万丈，立党圭臬，强国砥桩。

人民至上，扎根厚壤，千秋永茂，万载吐芳。

（依《词林正韵》，撰于 2021 年 4 月 12 日，2021 年 4 月荣获诗刊社、中华辞赋社、四川省蓬安县人民政府联合举办的"司马相如杯"中华辞赋大赛二等奖，并载 2021 年第 7 期《中华辞赋》）

注释

[1] 第一军规指"三大纪律八项注意"，重新颁布于1947年10月，源于1928年毛泽东同志向红军颁布的"三大纪律、六项注意"，"不拿群众一针一线"是其中核心内容；1939年，毛泽东同志提出"为人民服务"思想，1945年4月党的七大把"全心全意为人民服务"写入党章。

[2] "三个有利""人民标准"是邓小平同志对"为人民服务"思想的进一步发展；"三个代表""以人为本"是江泽民同志、胡锦涛同志对"为人民服务"思想的再度发展。

[3] "以人民为中心"是习近平总书记对"为人民服务"思想的发展和升华；"我将无我，不负人民"是习近平总书记于2019年3月在意大利进行国事访问时提出的。

[4] 苍，指天。

[5] "半被"，指1934年11月，在湖南省汝城县沙洲村，3名女红军借宿徐解秀老人家中，临走时，把自己仅有的一床被子剪下一半给老人留下。

　　〔6〕"一句誓言"，指1949年3月23日毛泽东等中央领导从西柏坡前往北京，毛泽东对周恩来说，"今天是进京赶考的日子"，"我们决不当李自成"。

　　〔7〕当年参加指挥淮海战役的陈毅同志曾十分感慨地说："淮海战役的胜利，是人民群众用小车推出来的。"

　　〔8〕"江山是人民，人民是江山"是习近平总书记于2021年2月20日在党史学习教育动员大会上提出的。

中国共产党人赋

　　树高千尺，其源在根；国雄万邦，其核在党。从五十余到九千万，使命接力初心未央；从苏维埃到共和国，民族复兴开来继往。百年奋斗，风雨铸就坚贞；百年图强，忠诚谱写绝唱。

　　诞生于红船，势微谋大业；根植于马列，聚众建伟功。铁斧镰刀，点燃燎原之火；热血头颅，擦亮革命之锋。南昌举义旗，传惊天之枪炮；湘赣闹秋暴，响动地之洪钟。[1]井冈会师，五反"围剿"，铁流滚滚覆大地；湘江血战，长征苦旅，红星高高耀苍穹。抗日救亡，铲窃国之寇；灭蒋歼美，除害民之凶[2]。新中国巍然屹立，大华夏健步称雄。

　　昔日蹈火赴汤，英勇无畏；今朝富民强国，敢作敢当。搞土改，让民做主；开国门，促业繁昌。征自然，造福人类；战贫困，同享小康。进而严吏治，施仁政，南疆北国风和日丽；亲远邦，共命运，经济外交锦簇花芳。在其位，尽其责，分国忧患；办实事，求实效，解民愁肠。以人民为中心，甘当公仆；以复兴为己任，乐做头羊。综合国力蒸蒸日上，民生福祉节节攀扬。上可环天庭，下能邀深洋；远山成闹镇，都市荡荷香。壮哉！神州巨变尽尧舜，中华崛起惊寰邦。

　　砥砺百年，党员是国柱；百年奋进，代代有大公。面对绞刑，李大钊淡定何惧；胸临枪口，瞿秋白坦荡从容。夏明翰、方志敏，头颅可抛心许马列；向警予、赵一曼，须眉不让气贯长虹。血雨腥风多志士，白色恐怖出英雄，为民大义赴死，为国含笑尽忠。草地雪山，共产党员前仆后继；太行华北，英雄儿女喋血长眠。共产主义重于命，革命理想高于天。生死抉择腰不折，富贵利诱心如磐。先烈热血浸沃野，红色基因育忠肝。黄继光上甘高地堵枪眼，雷正兴普通岗位当瓦砖。[3]焦裕禄公而忘私，身献兰考灭三害；孔繁森生能舍己，心忧藏胞恋高寒。[4]杨善洲，郭明义，廖俊波、黄文秀，南仁东，谭清泉，王永志，钟南山。[5]或驻山村，情注百姓；或解危难，献身前沿；或担铁肩，呕心沥血；或精科技，毕生勇攀。

善哉！东西南北中，党政军民学，党员九千万，先锋万万千。不计名利，义无反顾；心忧天下，敢为人先。

嗟乎！唯经疾风，才知劲草；唯历烈火，方得纯钢。共产党人，民族之希望；先锋战士，中华之砥桩。站起来，富起来，强起来，千万忠贞铺大道；中国梦，复兴梦，大同梦，万千赤诚托巨航。初心永葆兮，伟大征程再击千层浪；使命赓续兮，崭新时代更跃万里疆！

（依《词林正韵》，撰于 2021 年 4 月 19 日，发表于 2021 年第 5 期中共湖北省委办公厅《党办工作》）

注释

［1］南昌举义旗，指南昌起义；湘赣闹秋暴，指秋收起义。

［2］灭蒋歼美，指解放战争和抗美援朝战争。

［3］上甘高地，指上甘岭，抗美援朝战争中的著名战场；雷正兴，指共产主义战士雷锋。

［4］三害，指内涝、风沙、盐碱；高寒，代指西藏。

［5］杨善洲、郭明义、廖俊波、黄文秀、南仁东、谭清泉、王永志、钟南山均为2019年9月由中央宣传部、中央组织部、中央统战部、中央和国家机关工委、中央党史和文献研究院、教育部、人力资源和社会保障部、国务院国资委、中央军委政治工作部等部门联合表彰的"最美奋斗者"。

中国改革开放赋

　　神州泱泱，五千载风云跌宕；华夏莽莽，九万里河山重光。五帝三皇，开天治世；唐宗汉武，经国安邦。纵览煌煌万象，除弊图新，首推特色新时代；回眸漫漫征途，强国富民，当属中国共产党。对内改革，致力国家和谐繁荣；对外开放，携手世界进步兴旺。改革开放，中国历程之旷古华章；开放改革，中国发展之惊世交响。

　　忆往昔，十年动荡，百孔千疮。城市乡村，经济停滞；干部群众，思想硬僵。村野市街，危机暗涌；亿万民众，困苦备尝。"文革"痛，积弱贫，黎庶愿，盼更张。安徽小岗，举家庭联产承包大旗；三中全会，指特色社会主义航向。思想冲破樊笼，人民放飞梦想。真理源自实践，实践承载希望。摸着石头过河，经济特区先行南国；甩开膀子下海，民营实体遍布城乡。借他域科技，夯发展砥柱；引外来资本，筑经济高墙。打破大锅饭，多劳多得活力迸发；废除铁交椅，能上能下速效优良。走出去，互利互帮诚服五洲；引进来，合作双赢饮誉四洋。重科教，人才辈出星耀平野；图创新，成果迭现潮涌大江。惠民生，老弱病残笑沐春风；倡和谐，东西南北乐享暖阳。党民同心，锐意进取激情澎湃；干群合力，团结拼搏斗志昂扬。

　　四十年风雨历程，四十年硕果琳琅。小渔村崛起大都市，偏海岛演绎万国廊。珠三角、长三角，建设日新月异；海峡西、环渤海，发展气势腾骧。[1] 西气东输，汩汩燃流点旺万户；南水北调，滚滚江涛润泽京坊。三峡电网，雄跨沙漠雪域；高速公路，缩短北国南疆。太空计划，飞人逛天英姿勃勃；信息工程，隔洋视频笑声朗朗。东北振兴，工业基地重焕生机；西部开发，穷山恶水变成沃壤。海洋征服，巨型航母深蓝遨游；文化自信，孔子学院全球铿亮。经济稳健繁荣，社会康乐和畅。打虎拍蝇，筑政治清明防护堤；树立标杆，激崇美向善正能量。长城内外，家家户户阔步幸福桥；大江南北，村村寨寨织牢保障网。

喜看今日之华夏，屹立世界之东方。黑水白山，稻麦丰饶；蒙疆宁藏，民众和祥。豫鄂鲁湘，宛如蓬界；浙苏闽粤，赛比天堂。抗击洪魔，众志成城；驰援地震，大爱盈腔。抵御金融风暴，彰显国家实力；打破西方制裁，高挺禹甸脊梁。港澳回归，华夏雪耻；两岸互访，同胞情长。京津冀一体，谋百世大业；雄安区崛起，铸千秋辉煌。上海合作，磅礴中华魅力；北京奥运，飞扬东亚健刚。杭州峰会，力促寰宇包容；一带一路，实现全球共昌。跨境维和，肩负友盟使命；消灭贫困，张扬大国担当。两山新理念，构筑民族未来[2]；命运共同体，主导人类总纲。富起来、强起来，富强之路奔放；中国梦、复兴梦，圆梦之旅正狂。名列全球俱乐部之前茅，位居世界大舞台之中央。

壮哉改革开放，伟哉党播甘棠。天下为公，人民至上；励精图治，志在小康。总设计师精心描绘蓝图，后任诸公躬身接力铿锵。春天的故事，诉说传奇；新时代旋律，蝶变沧桑。四个全面，紧握改革之大纛；五位一体，稳操开放之巨航。[3]为人类发展提供中国独特方案，为世界和谐贡献中国鼎甲智囊。感而铭曰：

滚滚长江，奔腾激荡；改革开放，浩浩汤汤。天下大势，创新者壮；国家之道，俱进者强。旗帜高擎，千秋昌盛；鹏程更举，万古流芳。

（依《词林正韵》，撰于2018年1月24日，原载2018年12月《中国诗赋》）

注释

改革开放是1978年12月十一届三中全会起中国开始实行的对内改革、对外开放政策。中国的对内改革首先从农村开始，1978年11月，安徽省凤阳县小岗村开始实行"农村家庭联产承包责任制"，拉开我国对内改革的大幕；对外开放是中国的一项基本国策。改革开放，是发展中国特色社会主义，实现中华民族伟大复兴的必经之路，邓小平为总设计师。

[1]珠三角经济圈，指位于广东省珠江三角洲区域的广州、深圳、珠海、佛山、惠州、肇庆、江门、中山、东莞9个地级市组成的经济圈。此

外，珠三角都市经济圈同时包括香港和澳门，是中国市场化及国际化程度最高的都市经济圈。长三角经济圈，位于长江入海口，包括1个直辖市（上海）、3个副省级城市（南京、杭州、宁波）和15个城市，土地面积10万平方千米。海峡西岸经济圈，指台湾海峡西岸，以福建为主体，包括周边地区，南北与珠三角、长三角衔接，东与台湾岛、西与江西的广大内陆腹地贯通，是具有独特优势的地域经济综合体。环渤海经济圈，指以辽东半岛、山东半岛、京津冀为主的环渤海滨海经济带，同时延伸辐射到山西、辽宁、山东及内蒙古中东部。

　　[2]"两山"指金山、银山。2013年9月，习近平总书记在哈萨克斯坦纳扎尔巴耶夫大学发表演讲时指出："我们既要绿水青山，也要金山银山。宁要绿水青山，不要金山银山，而且绿水青山就是金山银山。"

　　[3]"四个全面"指全面建成小康社会、全面深化改革、全面依法治国、全面从严治党；"五位一体"指经济建设、政治建设、文化建设、社会建设、生态文明建设。

脱贫攻坚赋

举国扶贫，华夏独创；千秋伟业，世界奇章。五级攻坚，南疆北地焕异彩；万团参战，黑水白山披华装。百年梦圆，赖万千赤子倔又强；四海嘉赞，引亿兆炎黄慨而慷。解旷古之难题，树寰宇之标榜；谋九州之福祉，献东土之智囊。

夫积困积贫，人类顽瘴；扶危助难，中华至纲。解民疾苦，始自三皇。福泽黎庶，历朝共襄。济孤独，优龄长；兴义社，膳流亡；薄赋捐，活街市；备廪库，赈灾荒。然困顿如荻，年年蔓延村巷；饱暖似梦，岁岁轮演黄粱。及至共和国，扶贫开发成大政；尤为新时代，脱贫攻坚熠京堂。举国动员，赫赫雄心震山岳；全党参战，拳拳真情润城乡。进千村，入万户；走深谷，爬高冈。脱贫攻坚，精准至上；决战贫困，举措琳琅。因地制宜兴产业，因人施策开处方。贫困人口岗位增收，特殊群体补贴保障；孤寡老者五保兜底，无居家庭专款建房。对口扶贫，优势互补支边援藏；驻村帮困，责任共担强农活商。帮重患者疗疾病，助贫困生上学庠。引洁净水入浴室，修硬化路进村庄。无息贷款蝶变基地，创业奖补催生银行。光伏电站蓄积红利，农副产品走俏商廊。更有精神脱贫，激增内生之狂。政策感召，脱贫先立志；榜样带动，致富须自强。贫穷不可惧，奋发家业昌。一人帮众姓，一地带九荒。

八年攻坚，神州大变样；一场战役，世界齐颂扬。放眼贵州，穿越西藏；漫步临夏，鸟瞰怒江。东南西北，吴楚蒙羌。青山绿水胜图画，乡野田园似桃疆。道路通达，房舍流畅；庭院碧绿，瓜果飘香。新村灯火璀璨，旧湾韵味悠长。特色园区方圆熠熠，种养基地满目苍苍。外出游子返乡创业，居家村嫂网上售粮。老幼自得恬静，青壮奋发阳光。白天车流络绎，夜晚舞步铿锵。蛙鸣莺啼歌盛世，山欢水笑兆福康。弹指间，沧桑巨变，引无数市民竞彷徨。

圆梦小康，利及当代；决胜贫困，功在中央。总书记挂帅出征，党政军挥师上场；公务员攻城拔寨，村干部日奔夜忙。铮誓言，立军状；同甘苦，共衣裳。山路弯弯，日月跌宕；村野绰绰，春秋偾张。披肝沥胆，餐风饮霜。不脱贫，不脱档；不致富，不撤岗。既倾输血之力，更育造血之浆；既阻返贫之路，更筑长富之墙。两千日夜，千万雄壮，丹心一片，热血满腔。

嗟乎！天地浩渺，宇宙泱泱。中华战贫，惠及万邦。唇齿相依，贫富相傍；一损俱损，一煌俱煌。复兴懋功兮，千载铭记；小康大道兮，万代流芳！

（依《词林正韵》，撰于 2020 年 11 月 24 日，原载 2021 年第 3 期《中华辞赋》）

注释

2013年11月，习近平总书记视察湖南湘西十八洞村时提出精准扶贫，由此打响一场举国动员、长达8年的脱贫攻坚战。2014年，国家公布832个贫困县名单，涉及22个省区市。其中，贫困县覆盖率最高的是西藏，全区74个县都是贫困县。当时，全国贫困县的面积总和占国土面积一半，全国大约每三个县中就有一个是贫困县，完全没有贫困县的省份只有9个。从2016年开始，我国贫困县逐年脱贫，退出数量在2019年达到峰值。连续7年来，我国每年减贫人口都在1000万人以上，贫困人口从2012年底的9899万人减至2019年底的551万人，贫困发生率从10.2%降至0.6%。2020年初，国务院扶贫开发领导小组对2019年底未摘帽的52个贫困县实施挂牌督战，至11月23日，这52个县全部脱贫摘帽。由此，全国所有贫困县摘帽、贫困村出列、贫困户脱贫，9899万贫困人口达到"两不愁、三保障"标准，即不愁吃、不愁穿，义务教育、基本医疗、住房安全有保障，如期实现百年目标。

党员先锋赋

　　泱泱寰邦，赫赫吾党；风华百岁，惊艳八荒。播马列之星火，荡神州之烟瘴；谋人民之福祉，铸共和之无疆。站起来，富起来，强起来，九万里河山焕异彩；中国梦，复兴梦，大同梦，五千年文明谱华章。殊世懋功，五洲四洋齐浩叹；旷古伟业，亿兆炎黄慨而慷。

　　征程壮伟，大道沧桑。遥想赤县，长夜未央，内忧外侮，国倾人徨。十三明公，举赤旗于画舫[1]；天下志士，激春雷于东方。雄赳赳，解大众于水火；气凛凛，救民族于危亡。工农团结，民主大纛城乡浩荡；国共合作，北伐战鼓千里悠扬。然蒋汪独裁，叛逆剿共，同室相戮，惊世奇殃。遂有南昌暴动，八一枪响；秋收起义，会师井冈。建根据地，八省区红旗偾张；立苏维埃，千万众激情奔放。[2]五反"围剿"，血雨浇铸坚贞；万里长征，忠诚书写绝唱。渡赤水，战湘江，爬雪山，过草莽。誓死抗战，百团劲旅日寇降；力铲敌顽，三大战役蒋家丧。[3]旧世界，黯然坍塌；新中国，闪亮登场。二十八载，换地改天；四万万民，点燃希望。

　　漫漫征程，灯塔指向；兢兢伟业，功在中央。依靠工农，发动村巷；立足山野，包围城郭。[4]鲜血换取教训，实践绽放光芒。枪杆出政权，支部建连上；中央胜舵手，人民是汪洋。面对合围，敌进我退，敌疲我扰；攸关生死，屡出奇兵，狭路逞强。遵义城里谋大计，延安窑洞定总纲。联手抗倭，换番作战[5]；血浴苏皖，旗耀太行。持久游击，江南江北辟驻地；独立自主，敌前敌后歼酋狼。志在和平，仁师灭蒋；心怀天下，雄军过江。思虑建国，"两个务必"纯党性；进京赶考，"一句誓言"拒闯王。[6]共和新生，美帝兴风作浪；志愿援朝，举国护邻安邦。决策真英明，一役中华扬神勇；干戈止烽火，卅载江山享金汤。

　　至若内政外交，务实高瞻。土地改革，五年计划，定治国之大政；公私合营，三大改造，立制度之总盘。兴工活商，攻关科研，奠国祚之根脉；治水改土，科学种养，丰民众之食餐。继而纠浮夸，肃"文革"，辩真理，正本源。事业曲折，步履向前。对内改革，广袤城乡迸活力；对外开放，特色中国启宏篇。九二共识，助推两岸互信互利；一国两制，寻求金瓯无缺重圆。深圳崛起于小渔村，浦东腾飞于上海滩。东北振兴，筑牢强国之砥柱；西部开发，高垒富民之金山。西气东输，南水北调，力促区域协同发展；航母出海，神舟飞天，助推世界有序平安。跨境维和，加入世贸，邦间合作共患难；承办奥运，倡立上合，国际交流同欢颜[7]。夯实执政之基，三个代表铺长卷；倡导以人为本，科学发展绘彩绢。[8]港澳回归，南沙巡控，台海三通，友邦襟连。铿锵之举，怎一个"好"字能言?!

步入新时代，举措更出彩。十八大攻坚克难，改革开放再出发；十九大砥砺前行，复兴伟业指日待。四个全面，五位一体，确立百年之航标；峰会世博，一带一路，诚交万国之人脉[9]。京津冀，新雄安，粤港澳，长三角，千秋大计澎湃。[10]天眼射电，北斗导航，嫦娥登月，蛟龙潜海，大国重器奏凯。[11]华夏文化，远播美欧；中国精神，风骚海外。绿水青山，金山银山，神州万里画图洞开；脱贫攻坚，乡村振兴，康庄大道步履豪迈。更有举国抗疫病，全民战新冠，内控外援，同仇敌忾。制度自信受追捧，大国担当倍青睐。特色社会主义思想光耀亚太，人类命运共同体普惠五洲，向世界展示中国襟怀，为全球倾注中国博爱。

砥砺百年，党员是梁柱；百年奋进，代代有先锋。面对绞刑，李大钊坚贞何惧；胸临枪口，瞿秋白坦荡从容。夏明翰、方志敏，头颅可抛心许马列；向警予、赵一曼，须眉不让气贯长虹。血雨腥风多志士，白色恐怖出英雄，为民大义赴死，为国含笑尽忠。草地雪山，共产党员前仆后继；太行华北，英雄儿女喋血长眠。八烈女投江，把生的希望让给同志；五壮士纵崖，用死的信念歼灭倭顽。[12]王若飞、董存瑞、杨靖宇、刘胡兰，特殊材料，千锤百炼；江竹筠、赵尚志、罗亦农、刘志丹，钢筋铁骨，柔情侠肝。啃树皮，食草根，身愈困，志愈坚。酷刑威逼腰不折，富贵利诱心如磐。共产主义重于命，革命理想高于天。先烈之血，浸染沃土，红色基因，一脉相传。黄继光视死如归，上甘高地堵枪眼；雷正兴助人为乐，普通岗位当瓦砖。[13]粪工时传祥，宁愿一人脏换来万户净；铁人王进喜，少活二十年拿下大油田。[14]焦裕禄公而忘私，身献兰考灭三害；孔繁森生能舍己，心忧藏胞恋高寒。[15]

时代发展，信念不变，初心永葆，使命在肩。杨善洲，李延年，郭明义，吴大观，黄文秀，高铭暄，廖俊波，凌尚前，南仁东，谭清泉，王永志，钟南山。[16]无数赤子，几多模范，为民舍小家，为国沥血汗：或施义举，情系贫弱；或行仁政，义薄云天；或退不休，老骥伏枥；或攻难关，醉心科研。东西南北中，党政军民学，党员九千万，先锋万万千。不为名利，义无反顾；心忧天下，敢为人先。为神州强盛铺大道，为中华复兴掀波澜。引领时代兮，国祚家运遒劲；创造未来兮，民生福祉联翩。

立党为公，赢人民之拥戴；以民为念，保党运之绵长。三大纪律，八项注意，革命胜利之根本；关注民生，清正廉洁，事业跨越之琼浆。烽火岁月，根植人民，人民是坚强后盾；和平年代，心系群众，群众是大厦基桩。统一战线，参政议政，凝聚蓬勃之伟力；人民做主，社会监督，汇集昌盛之甘棠。从群众中来，到群众中去，群众路线锤炼形象；当人民公仆，为人民服务，党的宗旨激励担当。心连心，共命运；情相牵，照衷肠。五保低保，济困扶贫，织牢兜底网；就学就业，医疗养老，夯实保障墙。孤独鳏寡享福寿，老弱病残得安康。急人民之所急，解人民之所难，人民利益无小事；忧人民之前忧，乐人民之后乐，人民幸福心亮堂。民有所呼，我有所应，民有所托，我有所帮。人祸天灾，有党施救；民愤众怨，有党疗伤。战冰雪，战洪魔，全党参战人民至上；抗地震，抗疫病，举国抗击干群共襄。

尤喜自我革命，刀刃向内重拳断腕；从严治吏，惩处无界打虎拍苍。不忘初心，牢记使命，苟日维新，步履铿锵。思想建党，定舵把向；制度治党，纲举目张；作风兴党，根深枝壮；反腐净党，气宇轩昂。与时俱进强监督，先锋永葆不止步；着眼未来抓党建，事业宏发岁岁狂。内陆沿海，平原高地，春光万里，山欢水畅；长城内外，大江南北，风和日丽，鸟语花香。

沧海横流，映照本色；世界潮涌，砥砺荣光。百年历程，光芒万丈；百年峥嵘，千秋流芳；百年成就，烁今震古；百年精神，强铁胜钢。人逢百龄入残暮，党逢百岁正春骧。根植人民兮，活力永葆，复兴路上激越高兀；铭记宗旨兮，使命在肩，长征新途再创辉煌。赞曰：

伟哉吾党，世界榜样；壮哉吾党，中华脊梁。

受命于民，光荣伟大；天下为公，既寿永昌！

（依《词林正韵》，撰于 2020 年 11 月 21 日，发表于 2021 年 6 月 9 日《咸宁日报》文学副刊）

注释

［1］1921年7月23日晚，中国共产党第一次全国代表大会在上海法租界望志路106号（现兴业路76号）开幕，国内各地及旅日党组织共派代表13人出席。会议进行到7月30日晚，突遭法租界巡捕房密探骚扰而中止。最后，大会在浙江嘉兴南湖的一艘游船上完成全部议程。

［2］八七会议后，江西、福建、湖南、湖北、河南、安徽、浙江、广西八省区先后开辟赣南闽西、湘赣、湘鄂赣、湘鄂西、鄂豫皖、闽浙赣、左右江七块规模和影响较大的根据地，并建立苏维埃政权。

［3］百团劲旅，指参加百团大战的八路军部队；三大战役指辽沈战役、淮海战役、平津战役，为解放战争时期中国人民解放军同国民党部队进行的战略决战。

［4］指农村包围城市，最后夺取全国胜利的革命道路。

［5］指中国工农红军接受国民政府军事委员会命令，改编为国民革命军第八路军，简称八路军。

［6］"两个务必"，指1949年3月毛泽东在中国共产党于西柏坡召开的七届二中会全上的著名论断，即务必使同志们继续保持谦虚、谨慎、不骄、不躁的作风，务必使同志们继续保持艰苦奋斗的作风；"一句誓言"，指1949年3月23日毛泽东等中央领导从西柏坡前往北京，毛泽东对周恩来说，"今天是进京赶考的日子"，"我们决不当李自成"。

［7］上合，即上海合作组织。

［8］三个代表，指三个代表重要思想；科学发展，指科学发展观。

·外篇·

325

［9］峰会世博，指G20杭州峰会、上海世界博览会。

［10］新雄安，指雄安新区；长三角，指长江三角洲城市群。

［11］天眼射电，指中国天眼射电望远镜；北斗导航，指中国北斗卫星导航系统，是中国自行研制的全球卫星导航系统；嫦娥登月，指中国"嫦娥登月"工程；蛟龙潜海，指"蛟龙"号载人潜水器。

［12］八烈女投江，指抗日战争时期在黑龙江省牡丹江市林口县乌斯浑河，东北抗日联军8名女兵与日伪军展开激战，她们主动吸引日伪军火力，使部队主力迅速摆脱敌人的攻击，背水战至弹尽后，她们誓死不屈，挽臂涉入乌斯浑河，集体沉江，壮烈殉国；五壮士纵崖，指抗击日军和伪满洲国军的狼牙山五壮士。在河北省保定市易县狼牙山战斗中，八路军晋察冀军区第一军分区一团七连六班的5名战士英勇阻击，子弹打光后，用石块还击，最后宁死不屈，义无反顾地纵身跳下数十丈深的悬崖。

［13］上甘高地，指上甘岭，抗美援朝战争中的著名战场；雷正兴，指共产主义战士雷锋。

［14］时传祥是20世纪六七十年代"宁肯一人脏，换来万户净"的淘粪工人，他毫不利己、专门利人的精神受到党和人民的高度赞扬；王进喜是新中国第一代钻井工人，20世纪60年代，他率领钻井队"有条件要上，没有条件创造条件也要上"，以"宁肯少活二十年，拼命也要拿下大油田"的顽强意志和冲天干劲，打出了大庆石油会战第一口油井，创造了年进尺10万米的世界钻井纪录。

［15］三害，指内涝、风沙、盐碱；高寒，代指西藏。

［16］杨善洲、李延年、郭明义、吴大观、黄文秀、高铭暄、廖俊波、凌尚前、南仁东、谭清泉、王永志、钟南山均为2019年9月由中央宣传部、中央组织部、中央统战部、中央和国家机关工委、中央党史和文献研究院、教育部、人力资源和社会保障部、国务院国资委、中央军委政治工作部等部门联合表彰的"最美奋斗者"。

《中华辞赋》赞

中华一刊，风雨十年。赋家幸甚，墨客灿然。推陈出新，扬民族经典；训诂今用，壮华夏文澜。根扎京都，四海叶茂；蜚声天下，两岸名传。亮身机关社区，驻足家庭校园。伫立雅室书馆，列阵邮亭报摊。既为读本，也奉教材。文士视若珍藏，读者喜赏美篇。

回望楚辞汉赋，风骚独领千年。墨香馥郁，文采斐然。然朝代更迭，赋章冷偏。匿迹销声一度，经风沐雨几番。幸盛世清朗，雅学重还。国刊风行，万众欢颜。中华辞赋聚百家，艰辛历程仰众贤。袁公慷慨倾囊，闵老重任承担。[1]部长举旗倡议，名宿奉献出山。[2]编委班子，方家云集；顾问团队，巨匠珠联。政治局常委批示，关怀切切；国务院副总理寄语，情意拳拳。[3]

于是一路风尘，初心不改；十载汗水，成果丰妍。北京论坛襄盛举，碑石工程铭高天。[4]国酒征文，中外垂顾；神州赛事，华章空前。[5]百校公益，育新苗于赋苑；春日咏诵，展华藻于台前。[6]和平宏篇，祝福多元世界；山水诗赋，歌颂壮丽山川。[7]汤山研讨，传黄吕之声；高端恳谈，畅金玉之言。[8]活动大雅属翘楚，栏目精美作指南。开卷首语，赏鉴宏观。奇赋新碑，汇众家之大作；天涯赋海，发时代之内涵。[9]诗赋人物、精品选读，彰显名家风范；校园诗赋、雏凤新声，推介后起瑚琏。楹联大观，诗词撷英，令人惊喜拍案；散曲新韵，朝花夕拾，引君回味缠绵。

理念创新，办刊站位无止境；时代发展，服务追求常自谦。坚守"两为"，张扬正能量；崇尚"双百"，育艳万花园。[10]古赋为体，今辞为用；立足时代，担当向前。国是聚焦，铭书中华之气象；民生关注，讴歌城乡之变迁。百度千里之外，手机咫尺之间。春秋自励，今古联骈。杂志颂家国，文章传咏而载誉；文化当自信，辞赋奋为而竞先。

（依《词林正韵》，撰于2018年4月12日，原载2018年第8期《中华辞赋》）

注释

《中华辞赋》是国内唯一公开出版发行的辞赋类文学杂志，创刊于2008年初，时为双月刊；2014年1月改为月刊，跻身国家级文学期刊，由中国作家协会主管、中国作家出版集团主办。

［1］2007年5月，闵凡路、袁志敏和人民文学原主编程树臻、中国新闻学院原古典文学教授周笃文、资深编辑黄彦等人，在北京经半年筹备，用香港刊号出版以发表辞赋作品为主的《中华辞赋》杂志。袁志敏倾其所有独资办刊10年，闵凡路不遗余力先后出任社长、总编辑。

［2］文化部原部长刘忠德担任《中华辞赋》首任编委会主任，此后《人民日报》原总编辑范敬宜、时任国家新闻出版总署副署长李东东接任编委会主任；饶宗颐、马识途、叶嘉莹、沈鹏、余秋雨等数十位文化名流先后出任顾问、编委。

［3］2013年初，郑欣淼、廖奔、何建明、闵凡路、吴昊、周笃文、袁志敏、黄彦、敢峰、程树臻、林岫11人联名致信中共中央政治局常委刘云山同志，表达公开出版《中华辞赋》杂志的诉求和愿望，1月29日刘云山作出批复，当年12月国家新闻出版广电总局为《中华辞赋》杂志办理国内公开出版刊号。2016年2月，中共中央政治局委员、国务院副总理马凯为《中华辞赋》总编辑闵凡路、副社长袁志敏写亲笔信，肯定闵凡路、袁志敏、周笃文、黄彦等人为创办《中华辞赋》所作的成绩，并勉励他们为传承辞赋文化不懈奋斗。

［4］2011年5月，"首届中华辞赋北京高峰论坛"召开，时任中共中央政治局常委、国家副主席习近平通过秘书致电论坛组委会对此次论坛的

举办表示祝贺。2007年4月，中国碑石文化工程院成立，其宗旨为：碑石纪胜、诗赋中国、弘扬文明、传承后世，并于2008年6月正式启动"长白山碑石文化项目"。

［5］2015年7月至9月，中华辞赋社和中国贵州茅台酒厂（集团）有限责任公司联合举办"酒神赋、国酒茅台铭"海内外征文大赛，收稿1300余篇，丽辞琳琅，佳作纷呈。2008年至2009年，为庆祝中国改革开放30周年和新中国成立60周年，中华辞赋社和深圳报业集团共同主办"中华辞赋"大赛，并结集出版《神州赋》专辑。

［6］2008年开始，中华辞赋社发起"百校万人学辞赋"公益活动，并长期无偿向北京大学、清华大学、复旦大学等10余所名校赠送《中华辞赋》杂志。2015年1月，中国作家出版集团、《中华辞赋》杂志社在北京现代文学馆举办迎新春首届中华诗赋咏诵会暨中国诗歌网展示仪式，20余位著名表演艺术家登台朗诵诗赋作品。

［7］2015年11月，以《中华辞赋》总编辑闵凡路创作的《世界和平赋》为版本制作的辞赋文学电视片在新华电视台播出，赋作书法并随神舟十号飞船飞上太空。2016年4月，新华网和中华辞赋社联合启动"中国百家山水诗赋文化工程"，旨在用优美的诗词、楹联、辞赋作品，吟诵祖国的山水名胜，赋山水以诗魂。

［8］2017年9月，中国作家出版集团、中华辞赋社在北京小汤山新华社培训基地举办首届中华辞赋高级研讨班。2017年1月，中华辞赋社主办"诗赋中国风"——学习习近平总书记讲话暨纪念《中华辞赋》创刊三周年高端恳谈会，中共中央政治局委员、国务院副总理马凯会前发来贺信贺诗。

［9］《中华辞赋》自创刊以来，先后设置栏目30余个，其中"卷首语""诗赋论衡""诗赋赏鉴""天涯赋海""奇赋新碑""诗赋人物""古赋选读""校园诗赋""雏凤新声""楹联大观""诗词撷英""散曲新韵""朝花夕拾"等栏目特色鲜明，佳作不断。

［10］"两为"指文艺要为人民服务、为社会主义服务；"双百"指百花齐放、百家争鸣。

处世在心赋

　　世界大千，风云幻变；人生数旬，运道多元。穷富祸福，事非人料；苦乐顺逆，局与心连。心平气和，总能呈祥化险；心急气躁，多会愈加困艰。心态若佳，长夜高悬星汉；心态若差，坦途陡立卡关。心态迥异，结局千般。圆缺阴晴，心态决定大半；阴晴圆缺，人生关乎百年。

　　尔其人生多烦扰，究源在于心躁喧。不义之财，纵情之酒，销魂之色，谋利之权。芸芸利诱，牵肠挂肚；匆匆攫取，不休不眠。谋得高薪，又想少汗；拥有巨财，又求上官；赚来美庐，又念艳妇；撷下花瓣，又猎春天。如此循环，名利之缰令人丧理智；既而反复，欲望之念使己陷泥渊。是谓贵而求显，人心不足蛇吞相[1]；得陇望蜀，欲望难平尸填川。[2] 名利之索厉催，人性可灭；欲海之涛澎湃，山岳可淹。人不知足，怎会身乐?! 欲望过甚，岂能心安?!

　　是以懂得舍，知进退，勿强求，多豁观。人生易蹉，当属天道；艳阳难久，此乃自然。有道是，人无千日好，花无百日红，事事难如愿，岁岁有悲欢。唯有淡泊明志，方可宁静致远；唯有洞察世事，才能气定神闲。所谓一步之间，人鬼两面；一念之差，成败倒悬。嗟乎! 宇宙之浩，生命之丸。人活在态，水流在弯。既阴既阳，方成大美世界；经风经雨，才有浩瀚人寰。祸福相倚，苦乐相依，进退在眼，得失在言。劝君弃利欲，抛虚名；守本色，端心田。不以时顺而趾高，勿以境逆而自贱；不以成功而心傲，勿以失败而泪涟。是非曲直，何必斤斤计较? 得失进退，更须时时自宽。容得过人，狭路相逢少积怨；放得下己，泰山压顶不变颜。忍一时峰回路转，退一步海阔天蓝。难得糊涂，让生活多添和乐；学会忘却，使自己少遭熬煎。

　　然则情自心生，境由心酿；虽关时运，更在自昂。举凡自知之人，遇事坦荡；自强之士，临危有方。平和之心，可经风雨；知足之品，无畏雪霜。淡看得失，蓦然收割希望；无意进退，平凡创造辉煌。积极之心态，奋发之琼浆。勇于自省，成功不惘；正确面对，虽败不伤。君应闻：司马厄而史记成，孙子困而兵法著；文王拘而周易演，仲尼窘而春秋扬。东坡贬江湖之边，可抒天地之豪放；渊明舍五斗之米，却享南山之霞光。君应知：稻父痴，饱九壤；将军隐，泽梓桑。[3]海迪残，成标榜；霍金瘫，当宙王。[4]更有两弹元勋，道德模范，时代先锋，身边榜样，隐姓埋名，劳苦困顿，远离酒绿，无缘花香。谁不面对得失，时常沮丧？谁不抉择进退，历经彷徨？谁不暗自奋起，激情满腔？谁不战胜苦难，肩责担当？

乱曰：

世间无进退，得失宽窄间，宽极便是窄，窄尽便是宽。

人生是苦旅，心态若悬帆，唯有心态举，生命才亮鲜。

（依《词林正韵》，撰于 2021 年 3 月 17 日）

注释

[1]"人心不足蛇吞相"源自民间掌故：传说一对母子相依为命，母亲年迈多病，儿子名叫王妄，没讨上老婆，靠卖柴维生。一天，王妄到村北打柴，发现草丛里一条小花斑蛇浑身是伤。王妄动了怜悯之心，给它冲洗涂药，并带回饲养。在母子精心护理下，小蛇慢慢长大。有一天，小蛇爬到院子里晒太阳。小蛇被太阳一照变得又粗又长，母亲看见惊叫昏死过去。等王妄回来，蛇已回到屋里恢复了原形，并着急地说："我今天失礼了，把母亲吓死过去了。不过别怕，你赶快从我身上取下三块皮，放在锅里煎熬成汤，让娘喝下去就会好。"王妄说："不行，那样会伤害你的身体，还是想别的办法吧！"花斑蛇几番催促，王妄只好照办。母亲喝下汤很快苏醒。话说皇帝整天不理朝政，想要一颗夜明珠玩玩，就张贴告示，谁能献上一颗便封官受赏。这事传到王妄耳朵里，他回家对蛇一说，蛇沉思了一会儿说："这几年来你对我很好，而且有救命之恩，我总想报答，可一直没机会，现在总算能为你做点事了。实话告诉你，我的双眼就是两颗夜明珠，你将我的一只眼

挖出来献给皇帝，就可以升官发财，老母也就能安度晚年了。"王妄听后非常高兴，可他毕竟和蛇有了感情，不忍心下手。大蛇说："不要紧，我能顶住。"王妄挖出大蛇的一只眼睛，竟真的变成了稀世的夜明珠，于是献给皇帝。皇帝赞不绝口，封王妄为大官，并赏赐了很多金银财宝。皇后见了也想要一颗，皇帝只好再次下令寻找宝珠，并许诺第二个献宝的人可以当丞相。王妄想，我把蛇的第二只眼睛弄来献上，那丞相不就是我的了吗？于是，王妄再次找大蛇商量。大蛇听后含泪说道："你有没有想过，如果再挖出第二只眼睛，我就双目失明了，今后怎么生活啊？""可是我救过你的命啊！"王妄继续哀求："你理应报答我。"大蛇听后，深知王妄是一个贪心不足之人，彻底绝望，便张开大嘴将王妄吞进肚里。后来人们以讹传讹，把丞相的"相"误作大象的"象"，于是"人心不足蛇吞象"就一直流传至今。

　　[2]"得陇望蜀"典故：东汉初年，有两个反对光武帝的地方势力，一个是割据巴蜀的公孙述，一个是称霸陇西（今甘肃东部）的隗嚣。公元32年，大将军岑彭随光武帝亲征陇西的隗嚣，将隗嚣围困在西城，把公孙述的援兵也包围了起来。光武帝见一时攻不破城池，就留了一封诏书给岑彭，自己先回京城去了。岑彭接到诏书一看，大意是：如果攻占了陇地，便可率军攻打蜀地的公孙述。既得陇地，又望蜀地，事后虽然战争取得胜利，但却付出了数以万计征战士兵的生命。《后汉书·岑彭传》载："人苦不知足，既平陇，复望蜀，每一发兵，头鬓为白。"

　　[3]袁隆平一生致力于水稻研究，被称为世界杂交水稻之父；开国将军甘祖昌1957年解甲归田，回乡务农30年，为地方建设作出了巨大贡献。

　　[4]张海迪虽幼年高位截瘫，却自立自强、自学成才，被誉为"八十年代新雷锋""当代保尔"；霍金全身瘫痪，不能发音，却成为英国当代著名的物理学家和宇宙学家，被世人誉为"宇宙之王"。

弄潮儿精神赋

　　钱塘江古称浙，全名"浙江"，又名"之江"，浙江富阳段称为富春江，下游杭州段称为钱塘江。钱塘江潮被誉为"天下第一潮"，由此衍生出知难而上、不畏艰险、勇于创新、开拓进取的"弄潮儿精神"，乃吴越文化之灵魂，亦为中华民族自强不息精神之象征。

　　吴越莽莽，钱塘汤汤。气磅九曲，势卷八荒。源出山野，怀蓄众长。志在沧海，勇夺玄黄[1]。

　　钱塘之著，在于潮茫。若夫朔望之期，极域大象；江风怒号，浊澜飞扬。登高远眺，宛如霄汉之激荡；临岸近观，恰似万马之飙昂。排山倒海，威力浩荡；天崩地裂，劲道铿锵。

　　大潮奔涌，健儿逞强。溯流而上，击水中央；英姿飒爽，风流倜傥。乘长风，破鲸浪；为砥柱，作标航。纵鸣声如雷，权视舞池奏唱；任潮势迭变，自当闲庭徜徉。风愈狂，情愈涨；涛愈恶，志愈刚。

　　嗟夫！勇立潮头，时代锋芒；敢于拼搏，人间正量。不畏难，不服输，斗志高亢；勇进取，勇创新，睿思阔朗；同携手，同奋发，胸襟豪放。

　　有道是，人无精神不立，国无精神不强。弄潮精神，华夏脊梁。敢试敢闯，砥砺臂膀；崇真崇实，铸造辉煌。为民族谋复兴，替百姓圆小康。目标宏伟，道路粗犷；上下同心，万众共襄。

　　新时代催生新梦想，新梦想引领新气象。喜看弄潮精神，蔚为时尚；更爱弄潮健儿，接力汪洋。工农兵学商，行行出巨匠；老少中青妇，人人争头羊。上天揽星月，入海探油仓。四洋旌旗展，七洲国歌狂。亿兆因之勃发[2]，神州因之永昌！

（依《词林正韵》，撰于 2018 年 7 月 18 日）

注释

［1］玄黄，代指天地。

［2］亿兆，指亿万中华儿女。

用赋为家乡作传（代后记）

今年，是通山置县1060周年。跨越千年时光，古县通山历经了怎样的沧桑巨变？回望千年岁月，我们能否追寻通山远去的容颜？作为来者，我们无法实现身心穿越，但借助文字却能让我们遨游时空，鸟瞰历史的风起云涌乃至每一个精彩瞬间。

2006年至2014年，我有幸主笔一届《通山县志》。通山现存旧县志仅有三部，均为清代编纂，分别为康熙四年（1665）《通山县志》、同治七年（1868）《通山县志》、光绪二十三年（1897）《通山县志》。在翻阅旧志时，我发现志书收录的艺文，为我们留下了大量有价值的历史信息。三部旧志艺文410余篇首，占到志书总量的四成，内容涵盖山川河流、风土人情、建筑名胜等。通过阅读艺文，我们可以从不同角度观照通山古今的风物异动、历史变迁。

而在所有艺文中，我认为最具代表性和对比性的，是组诗《爱山堂诗》和长诗《通山县百韵》。鉴于篇幅较长，在此不便照录原文。

《爱山堂诗》载于康熙版、同治版县志，也就是大家耳熟能详的《我爱通羊好》。据通山籍文史专家王亲贤考究，《爱山堂诗》本名应题作《通山》，九首诗实为三组诗，每三首一组，作者并非北宋进士、通山县令蒋之奇一人，而是李传正、蒋之奇、张根三人先后步韵奉和而成。

不论作者是蒋之奇，还是李传正、张根，他们三位都是同时代之人。也就是说，他们咏作《通山》时，通山置县刚过百年。透过诗作，我们可以从中看到北宋时期的通山，是如何清新脱俗，以山为城，与云为伍，同泉为伴，日出而作、日落而息，活脱脱一处无拘无束的深山野村。

《通山县百韵》载于光绪版县志，是晚清通山籍举人、海城知县朱美燮所作。朱美燮创作这组百韵时正值光绪中期，距今150年左右。一百句韵文，分成六部分，对通山的建制沿革、山川疆域、街坊布局、重点建筑、乡村风貌、自然景物、名人先贤、历史遗存、农业生产、工商贸易、物产民俗等诸多方面进行了高度概括，让人读来荡气回肠。

一组在北宋，一首在晚清，两者之间横跨大致700年。通过对比，700年时光，通山的变迁可谓天翻地覆。民居的扩张，农业的发展，人口的繁衍，民俗的多元，物产的丰饶，人才的迭出，无不彰显着经济社会的不断进步。这对后世盘点古时通山有着画面式的导入。

基于此，早在主笔县志期间，我就萌生了用古诗来概括通山风貌的念头。所创作的第一篇作品是《通山风情七字歌》，这是一首古风，根据历代方志，我用300句的容量，对通山的建制沿革、自然环境、物产矿藏、农工商业、风景名胜、文化民俗、古今人物、乡镇概貌等进行了高度概述。诗作刊发后，得到广大读者好评。

此后，为了更好地反映通山全貌，发掘通山人文内涵，我转而开始以通山为主题的赋体系列创作。其中第一篇赋作是《通山赋》，撰于2013年，发表于《南鄂晚报》，并收入本人文集《写意通山》。由于是初学习作，赋作在炼句、用韵等方面还存在诸多不足，故《通山百赋》未作录入，此次录入的《通山赋》系2023年重新撰写的作品。第一篇在国家级刊物发表的赋作是《富水湖赋》，发表于2016年第7期《中华辞赋》。而真正持续进行赋体创作始于2017年。2020年后，由于工作以驻村为主，承担办公室事务较少，创作进度明显加快，大部分赋作均创作于近几年。在此期间，我的一些赋作多次在权威刊物发表，或在全国大赛中获奖，或被勒石立碑，或悬壁于景区，或被当作贺礼相赠，这些都是我始料未及的。

至2024年7月上旬，我创作完成《通山石材开发赋》，《通山百赋》主体赋作部分才全面完稿。十年磨一书，一书纳百赋。在作赋之路上跋涉的10年，也是我更加深入走进通山的10年。回首10年，为实现为家乡作赋宏愿，我翻阅了大量的史志书籍，有时为了写好一篇赋，要通读上万字甚至一本书的文字信息；为了增强亲身感受，我走遍了通山的山山水水、风景名胜、古村落，光海拔1600余米的鄂南第一峰老崖尖就先后攀爬过3次，并中途2次遭遇险情；为了突出地方特色、县域发展，我将人文历史、大美生态、支柱产业、主要物产、乡镇名片等进行全面盘点，力求做出一桌有着浓郁乡土味的家乡菜；为了提炼通山精神，我从老区、山区、库区等角度，试图通过一组赋作进行整体呈现，以期读者能从中得到点滴启示。

创作是辛苦的，撰赋更甚。短短一篇赋，虽多不过千字，但其所花费的精力却远胜数千字的散文。其中的一字一酌、一句一冥、一事一考、一赋一意，无不时时考验着作者的智慧与体魄。这些年来，为了作赋，我牺牲了大量的节假日和晚上休息时间，推辞了不少应酬与文化活动，也挤占了不少本该陪伴亲人的日子，有愧于朋友、同人，更有愧于家人。

文学要深入群众，更要服务社会。创作《通山百赋》，我始终坚持以千年古县通山的魅力镇村、名胜古迹、民俗风情、地方特产、重大历史等为写作对象，尽力运用纵贯古今、深情细腻的笔触对通山的地域特色、红色历史、文化内涵进行深度挖掘与解读，以宏大的视野跨越千年时空书写山乡巨变的时代画卷，旨在使《通山百赋》能够成为一本文学样式的通山风情写意传、通山县情推介书、通山发展简要史。

如今，《通山百赋》就呈现在眼前，除了些许喜悦外，更多是内心的忐忑不安。因为，我不能确定我所作出的努力能否实现我的初衷。因为，通山的鲜亮与丽颜，我所能描绘的仅是其中之一瞥。哪怕仅是一瞥，我想也一定对后世领略通山有所裨益。

历史由人民创造，我仅是个记录者。作为一名乡土作家，唯有扎根热土，文学之树才能长青。未来的日子，情倾乡土、为家乡讴歌，注定会成为我人生的底色与亮色。因为我是大山的儿子，我相信我的付出会得到大山谷鸣般的回响！

由此，《通山百赋》可权作献给通山1060华诞的贺礼！

廖双河

2024 年 7 月 9 日